네가 누구든
얼마나 외롭든

문 학 동 네
한국문학전집

0 1 3

김연수
장편소설

네가 누구든
얼마나 외롭든

문학동네

착해지지 않아도 돼.

무릎으로 기어다니지 않아도 돼.

사막 건너 백 마일, 후회 따윈 없어.

몸속에 사는 부드러운 동물,

사랑하는 것을 그냥 사랑하게 내버려두면 돼.

절망을 말해보렴, 너의. 그럼 나의 절망을 말할 테니.

그러면 세계는 굴러가는 거야.

그러면 태양과 비의 맑은 자갈들은

풍경을 가로질러 움직이는 거야.

대초원들과 깊은 숲들,

산들과 강들 너머까지.

그러면 기러기들, 맑고 푸른 공기 드높이,

다시 집으로 날아가는 거야.

네가 누구든, 얼마나 외롭든,

너는 상상하는 대로 세계를 볼 수 있어.

기러기들, 너를 소리쳐 부르잖아, 꽥꽥거리며 달뜬 목소리로―

네가 있어야 할 곳은 이 세상 모든 것들

그 한가운데라고.

―메리 올리버, 「기러기」

해설 | 백지은(문학평론가)
설화적 모더니즘

단 하나의 실낱같지만 확실한 무엇

1

처음에 나는 그 사진이 남양南洋군도에서 왔다고 생각했다. 카우치 위에 비스듬히 기대앉아 세상을 향해 다리를 벌리고 있는 여자의 모습이 담긴, 가장자리가 불에 그슬린 사진이었다. 불길의 자취는 사진 아래쪽에 반원 모양으로 남아 있었다. 검은 그 반원의 양옆으로는 'Pier……s 1895)'라는 글자가 남아 있었다. 더 정확하게 말하자면 두 눈의 거리만큼 떨어진 한 쌍의 조리개로 찍은 흑백 누드사진 두 장이었다. 사진을 눈에서 멀찌감치 떼어놓고 두 사진이 서로 겹쳐지도록 만들면 그 가운데 환영처럼 여인의 나체가 입체적으로 드러났다. 소년처럼 깡마른 상체며 음모가 없는 사타구니며 서로 다른 방향을 바라보는 젖꼭지 따위가 눈앞에 펼쳐졌다. 아직 스무 살이 되기 전의 서양 여인이라는 짐작뿐, 정확하게 어느 나라 사람인지 분간할 방법이 내겐 없었다. 아무려나 나는 나름대로 그게 유럽, 그중에서도 독일 여인일 것이라고 생각했다. 그건 전적으로 어렸을 때 TV에서 마를렌 디트리히의 얼굴을 본 적이 있기 때문이리라. 그중에서도 고혹적인 입술은 오랫동안 내 기억에 남아 있었다. 독일. 함부르크. 베를린. 뮌헨…… 그런 먼 곳의 지명들이 머릿속을 스쳤다.

처음에만 호기심을 보였을 뿐, 내 애인은 이내 그 사진에 흥미를 잃고 더이상 누드사진을 보지 말라고 내게 말했다. 하지만 그해 겨울부터 이듬해 여름까지 나는 곧잘 두 눈의 초점을 흐릿하게 만들어 출신지를 알 수 없는, 그 환영 속의 나신을 바라보곤 했다. 그리고 얼마 뒤, 나는 애인과 헤어져 독일에 가게 됐으며, 자신은 그 누구의 슬픔도 아니라고 주장하는 한 남자의 기이한 삶에 대해 듣게 됐다. 그는 호수로 떨어지는 붉은 별을 향해서 떠났다. 그 광경은 아주 오랫동안 나를 사로잡았다. 그러나 지금 내가 하고 싶은 이야기는 그게 아니다. 그런 이야기가 아니다. 여기는 프랑크푸르트 공항이고 비행기가 이륙하려면 아직 시간이 조금 남아 있다. 그러니 먼저 그 사진을 가지러 고향집으로 내려가던 그해 가을에 대해 말하려 한다. 모든 일들은 그 입체 누드사진 한 장에서 시작됐으니까.

2

더 정확하게 말하면, 그 사진은 대학 재학중 일본군에 학병으로 징집돼 남양군도의 어느 열대 섬까지 내려갔던 할아버지가 가져온 것이었다. 팔라우 따위의, 이름 자체에서 무더운 느낌이 물씬 풍기는 그런 섬이었을 것이다. 일본이 패전한 뒤에도 오랫동안 할아버지는 미군의 포로수용소에 갇혀 있었다고 했다. 그러다가 어찌어찌하여 1947년 가을의 어느 밤, 미군 군복을 입은 할아버지가 해골 같은 얼굴로 문을 열고 들어왔을 때, 증조할머니를 비롯한 집안 식구들은 드디어 할아버지가 귀신이 되어 고향집으로 찾아온 것이라고 여겼다. 사실 그 생각은 반쯤은 옳았다. 전쟁에서 돌아온 후, 할아버지는 늘 집안에서는 귀신과 같은 사람이었으니까. 그건 그렇고 포로수용소에 갇혀 있었다는 사람이 어떻게 그런 누드 사진을 보관할 수 있었는지는 지금까지도 의문이다. 미군의 포로수용소는 포로들의 사적인 취향에는 관대했던 것일까? 어쩌면 귀국선에 올라타기 전, 이국의 항구에서 기념 삼아 그 사진을 구입했을 수도 있겠다. 싱가포르, 홍콩, 마카오, 상하이 따위의 지명을 떠올리면 그런 사진뿐만 아니라 금발 여자도 사올 것 같은 느낌이 들었으니까. 그렇긴 해도 일본군 패잔병 출신의 조선 청년이 해방된 조국으로 돌아가는 마당에 그런 외설적인 물품을 은밀하게 구입하는 장면이, 이십대 초반의 나로서는 쉽게 이해되지 않았다. 그건 할아버지라는 사람을 내가 잘 모르기 때문일 수도 있다고 나는 생각했다.

할아버지가 어떤 사람이었는지 내 기억에는 자세하게 남아 있지 않다. 다섯 살 때였는지 여섯 살 때였는지 정확하게 기억나지 않지만, 딱 한 번 멀쩡한 모습의 할아버지를 만난 적이 있었다. 그 시절, 할아버지는 전라북도 김제에 머물면서 참으로 원대한 사업에 골몰하고 있었다. 할아버지를 만나기 위해 우리는 몇 번이나 시외버스를 갈아타고 김제까지 찾아갔었다. 일행은 할머니와 아버지와 나였다. 그때의 기억은 어렴풋하지만, 냄새, 촉각, 풍경, 맛 등 감각적인 인상들은 단편적이나마 생생하게 남아 있다. 그 단편적인 인상 중에서 두번째로 강한 것은 대전 시외버스 터미널 차부에서 물씬 풍기던 기름 냄새였다. 그 냄새는 코로 들어가 머릿속을 가득 메우고는, 차가 흔들릴 때마다 그 반대방향으로 움직였다. 김제까지의 여행은 고통으로 가득했다. 나는 올칵거리기 전까지 입을 굳게 다물고 나와 반대방향으로 움직이는 그 냄새를 의식하지 않으려고 갖은 수를 다 썼는데, 그중 하나가 잠들려고 애쓴 일이었다. 하지만 그건 더 끔찍했다. 눈을 감는 순간, 냄새가 움직이는 게 두 눈으로 보였다. 나는 잠들 수도, 그렇다고 깨어 있을 수도 없는 난처한 지경에 놓이게 됐고, 얼마 지나지 않아 점심때 대전 터미널에서 먹었던 밥과 핫도그 따위를 토해내기 시작했다. 그때의 고통 이후 나는 아주 오랫동안 시외버스를 타지 못했다.

우리가 김제에 도착한 것은 서쪽 들판으로 뉘엿뉘엿 해가 넘어갈 무렵이었다. 해가 지는 쪽으로는 그때까지 내가 한 번도 보지 못했던 풍경이 펼쳐지고 있었다. 지평선이었다. 드넓게 펼쳐진 노란색 지평선의 좌우 양쪽이 붉게 물든 하늘을 향해 굽어 있었다. 이제는 기름 냄새에 더해 토사물 냄새까지 들어찬 머릿속으로도 그 광경이 하도 신기해 나는 고개를 좌우로 돌리면서 지평선을 바라봤다. 구토 끝에 바라본 지평선에는 애잔한 슬픔 같은 게 맺혀 있었다. 목을 길게 빼고 서 있는 나무 전봇대며 거기 삐딱하게 매달린 가로등 따위가 모두 지난날의 한순간을 반성하는 것 같았다. 기름 냄새만 맡지 않았더라도. 그런 생각이 머리를 스쳤다. 내가 기름 냄새를 맡은 일을 두고 후회하면서 지평선을 바라보리라고 생각한 적은 한 번도 없었으므로 그날 내가 본 모든 것들은 비현실적이었다. 머릿속에서 굴러다니는 니글니글하고도 시큼한 기름 냄새와 토사물 냄새도, 더이상의 구토를 막기 위해 내가 움켜쥐고 있던 비닐이 벗겨진 버스 손잡이의 스펀지도, 그리고 겨울 양복 차림으로 먼지 날리는 버스 터미널에 앉아 우리가 도착하기만을 기다리던 할아버지도. 참으로 맑고도 화창한 날이라 지평선 끝까지 노을에 물든 모습이 다 보이던 날이었으므로 할아버지의 그 꾀죄죄한 첫인상은 지금도 잊히지 않는다. 아버지가 손가락으로 가리키는 그 노인이 할아버지라는 게 나로서는 도무지 믿기지 않았다. 그도 그럴 것이 그때까지 내가 본 가족사진첩 속의 할아버지는 늘

올백 머리에 맵시나는 양복을 입은 중년 신사였기 때문이었다. 그 순간, 나는 느닷없이 할아버지를 가리키는 아버지의 팔을 움켜잡았다. 어찌나 세게 움켜잡았던지 아버지 팔뚝의 핏줄과 근육과 신경조직까지 다 느껴질 정도였다. 그게 그 여행에서 내가 받은 가장 강한 인상이었다.

제삿날 밤이면 어른들은 죽은 조상들이 들어와 밥을 먹을 수 있도록 모든 문을 열어놓았다. 나는 늘 제삿날이 아닌 밤에는 그 사람들이 어디서 밥을 먹는지 궁금했다. 제삿날이라고 할아버지가 집에 오는 경우는 극히 드물었으므로 내게는 할아버지가 그 조상들보다도 더 불쌍한 사람이었다. 할아버지는 언제나 내가 알지 못하는 한데서 밥을 먹는 사람이었다. 그래봐야 추풍령 너머나 대구 근처 어디쯤일 거라고 생각했지, 김제처럼 먼 곳에서 할아버지가 밥을 먹고 있을 줄이야 전혀 예상하지 못했다. 평생 바깥으로만 떠돈 할아버지 탓에 집안의 생계를 도맡아온 할머니의 푸념 섞인 말마따나 할아버지는 가히 '김태백'이었다. 늘 꿈에 젖어 달을 잡으려고 쫓아다니는 몽상가. 그리고 나중에 밝혀졌다시피 운율을 상당히 중요시하는 시인. 하지만 그날 내가 본 바에 따르면, 할아버지는 당신이 우리를 데려간 터미널 옆 옹색한 식당보다 초라해 보였다. 쥐색 겨울 양복을 입은 할아버지는 연신 손수건을 꺼내 흐르는 땀을 닦아냈다. 할머니 말대로 "우와기うゎぎ만 벗으만 되는 것을" 할아버지는 결코 벗지 않았다. 가히 전라도 음식은 귀신이나

14

먹을 수 있을 만큼이나 낯설었고, 할아버지가 장기 투숙하던 하숙방은 네 명이 자기에는 비좁기만 했다. "객지생활 하느라 욕 잡숫네"라고 할머니가 말했고, 참다못한 아버지가 나를 데리고 다른 방에 가서 자겠다고 말씀드리자 그 순간 할아버지는 느닷없이 가장으로서의 위엄을 내세우며 오랜만에 만난 식구는 모두 한방에서 자야만 한다고 우겼다. 그 위엄이란 이미 어둑해진 어스름의 잔영처럼 희미했지만, 아버지는 순순히 할아버지의 명령에 따랐다. 깊이 잠들기 전, 나는 몇 번이나 현실과 꿈속을 오갔다. 꿈에서 깨어날 때마다 할아버지, 할머니, 드문드문 아버지의 나지막한 음성이 어둠 속에서 들려왔다. 그 목소리들이 있었기에 나는 꿈과 현실을 구분할 수 있었다. 꿈속에서 헤매다가도 퍼뜩 그 목소리들이 들려오면 마음이 놓였다. 하지만 꿈과 꿈 사이에서 들려오는 어둠 속의 목소리들은 평상시보다 무겁고 느렸으므로 이내 나는 그 목소리들 역시 꿈속에서 들려오는 게 아닐까고 의심하게 됐다. 나는 아버지의 팔뚝을 찾아 거기 매달린 채로 잠에 빠져들었다.

다음날 아침, 다시 겨울 양복을 갖춰입은 할아버지는 자신이 무슨 일을 하는지 보여주겠다며 우리를 어디론가 데려갔다. 고향과는 색깔이 다른 시내버스를 타고 먼지 낀 길을 한참 달려 어떤 승객도 내리지 않는 외진 길가에 내린 뒤에도 고개를 하나 넘어 삼십분가량 더 걸어야 했다. 할아버지의 말을 그대로 옮기자면, 거기에 '회사'가 있다고 했으나 내가 보기에는 구멍가게는커녕 사람 사는 집도 하나 있을 것 같지 않았다. 우리는 가운데로 강아지풀 따위가 제멋대로 자라난 길을 반씩 나눠 걸었다. 이른 가을이었겠지. 그러니까 아이스크림을 파는 구멍가게라도 하나 있지 않을까 두리번 거렸겠지. 그러니까 할아버지가 그렇게 많은 땀을 흘렸겠지. 나지막한 언덕이 하나 있었고, 마침내 그 언덕마루에 올라서니 그 아래로 소나무숲 너머 검은 땅이 우리 앞에 펼쳐져 있었다. 그 검은 땅의 저편에서는 뭉실뭉실 안개가 피어오르고 있었고, 하얀 안개와 검은 땅의 흐릿한 경계쯤에서 고개를 바짝 치켜든 바닷새들이 웅성거리고 있었다. 할머니도, 아버지도, 그리고 나도 할말을 잃고 서 있는데, 성큼성큼 앞서서 걸어내려간 할아버지가 따라내려 오라고 손짓했다. 하지만 누구도 걸음을 떼는 사람이 없었다. 내려가던 할아버지는 다시 한번 우리를 올려다보며 손을 흔들었다. 내려오너라. 빨리 내려오너라. TV에서 본 팬터마임처럼, 할아버지의 목소리는 귀로 들려오는 게 아니라 그저 그 몸짓으로 전달되는 듯했다. 들려온 것은 오히려 할머니의 "종내 저 양반 눈에 세상이 텅 비어 보이는갑다"라는 말이었다. 하지만 할머니의 말을 들었더라면 할아버지는 동의하지 않았을 것이다. 할아버지 눈에는 세상이 논으로 가득차 보였을 테니까. 우리가 엉거주춤 모래를 밟으며 아래로 내려가자, 얼굴 가득 비지땀을 흘리고 있던 할아버지는 그 검은 땅을 손가락으로 가리키며 말했다. 저 땅을 다 메워서 논으로 만들 것이다. 처음에야 힘들겠지만, 한 삽 한 삽 메워가면 못할 것도 없다. 그때는 우리도 만석지기 아니라 천만석지기가 될 것이다. 찬찬히 살펴봐라, 이 땅 모두가 논이 되는 광경을. 한 삽 한 삽 메워가면 못할 일도 없기야 하겠지만, 도대체 저 검은 땅이 논으로 바뀌려면 몇 개의 삽이 필요하단 말인가. 내 눈에 보이는 것이라고는 그저 검은 땅, 그나마 대부분은 물안개에 가려져 보이지 않는 검은 갯벌일 뿐이었다. 나는 그게 꿈인가 싶었다. 그래서 다시 아버지의 팔뚝을 간절하게 찾았다. 팔뚝만 찾으면 곧 어둠 속의 목소리들이 들려올 것이고, 그러면 다시 깨어나 당장이라도 할머니, 아버지와 함께 집으로 돌아갈 것만 같았다.

3

여기까지 얘기했을 때, 정민은 자신도 그 사진을 보고 싶다고 말했다. 나는 지금도 그날을 정확하게 기억하고 있다. 1990년 10월 3일, 개천절이기도 하고 동서로 갈라져 있던 독일이 통일한 날이기도 했다. 통일이라니, 지금 생각해도 의미심장하기만 하다. 휴일이었던지라 우리가 앉아 있던 한낮의 공원으로는 비둘기뿐만 아니라 많은 사람들이 모여 있었다. 나뭇잎에는 아직 빨간 물이 오르지 않았지만, 바람이 불면 이따금 떨어지는 잎사귀들이 하나둘 눈에 띨 무렵이었다. 그즈음, 우리는 자주 만났다. 둘 다 총학생회에서 일하고 있었기 때문에 학교에 가면 당연히 만날 수 있었지만, 둘이

따로 약속을 잡아서 만나는 경우가 더 많았다. 그건 우리가 서로에게 자신의 이야기를 들려주는 데 너무 골몰했기 때문이었다. 사정이 있어서 만나지 못하는 날에는 수화기를 붙잡고 몇 시간씩 통화하곤 했다. 당연히 안부를 묻거나 숨겨둔 고민을 털어놓는 식의 대화는 아니었다. 우리는 생각나는 이야기라면 그게 무엇이든 모두 들려줬다. 집안 식구에 관한 이야기든, 자신이 겪은 이야기든, 혹은 책이나 영화의 줄거리든, 무엇이라도 괜찮았다. 다만 말할 수만 있다면, 그리고 들을 수만 있다면. 지금 생각하면 우리는 아주 기묘한 방식으로 연애를 시작하고 있었던 셈이다. 그렇게 서로 떠들어대는 관계는 총학 사무실에 공교롭게도 둘이 남아 문건을 정리하던 어느 밤부터 시작됐다. 정민은 학원자주화추진위원회 선전국장이었고 나는 총학 선전부 차장이었다. 처음에는 밤새워 일하는 게 너무 지루해서 이런저런 이야기를 꺼내기 시작한 것이었는데, 결국 나중에는 서로 상대방의 이야기에 중독되고 말았던 것이다. 시작부터 그런 식으로 관계를 맺게 되자, 이내 도저히 이야기를 멈출 수가 없게 됐다. 이야기를 멈추게 되면, 그러니까 더이상 할 수 있는 이야기가 없어진다거나, 혹은 그게 아니더라도 더이상 이야기가 하고 싶지 않게 된다면, 우리 둘의 관계는 그 순간 끊어질 것 같았다. 그리하여 이야기는 계속됐다. 철학이니 문학이니 하는 따위나 정세에 관한 나름대로의 생각 따위는 일찌감치 바닥이 났다. 우리에게는 더 많은 이야기가 필요했다. 그리하여 이야기를 찾기 위해 살아온 나날들을 되돌아볼 지경에 이르게 되자, 나는 내 안에 얼마나 많은 이야기가 숨어 있는지 깨닫고 깜짝 놀라게 됐다. 그중의 하나가 바로 남양군도에서 돌아온 할아버지의 입체 누드사진이었다. 내가 불구덩이에 손을 넣어 꺼낸 그 사진은 고향집 내 책상 두번째 서랍 속에 감춰져 있었다.

"고향집에 있다고?"

다리를 꼬고 앉아 오른발을 까딱까딱 흔들던 정민이 나를 바라보면서 물었다. 나는 고개를 끄덕였다. 마로니에나무 아래 벤치에 앉아 있었기 때문에 정민의 몸 위로도 나무 그림자가 까딱까딱 흔들리고 있었다.

"고향집까지 가려면 얼마나 걸려?"

"기차로 세 시간 정도."

"그럼 가서 가져와, 응?"

나는 고개를 끄덕였다. 그러자 정민은 고개를 흔들었다.

"그게 아니라, 지금 당장 가져오란 말이야."

"말도 안 돼. 지금 갑자기 어떻게 가?"

"말도 안 되긴. 지금이니까 이렇게 부탁하는 거지. 또 이렇게 부탁하는데 한번쯤은 그럴 수도 있는 거지. 내가 차비 줄게. 아직 한시밖에 안 됐으니까 여덟시까지는 돌아올 수 있을 거야. 그때까지 나 아무데도 안 가고 여기 나무 아래에 가만히 있을게, 응?"

네기 입을 다물고 멍하니 앉아 있자, 정민이 내 어깨를 툭 치면서 다시 한번 말했다.

"생각해봐. 지금 안 보면 영영 못 보는 거야. 게다가 그 사진을 보지 않고는 네 할아버지 이야기를 이해할 수 없어. 당연하잖아. 나는 한 번도 입체 누드사진이라는 걸 본 적이 없으니까. 그런 사진이 있다는 이야기도 들어본 적이 없는걸. 나로서는 상상할 수도 없는, 그러니까 북극의 오로라 같은 거야. 아무리 설명을 들어도 이해할 수가 없다고. 그러니 빨리 가서 가져와. 나머지 이야기는 그 사진 보고 나서 들을 테니까."

"그럼 같이 갔다 오자. 같이 갔다가 여덟시까지 돌아오면 되잖아. 이야기는 오고 가면서 들으면 되고."

나는 당연히 그녀가 거절할 줄 알았다. 하지만 정민은 좋다며 벌떡 일어섰다.

"이건 오로라를 보러 북극에 가는 게 아니야."

"알아. 우리는 누드사진을 보러 가는 거라구."

정민이 너무나 큰 소리로 대답했기 때문에 나는 입을 다물었다. 우리는 지하철을 타고 서울역으로 가 고향으로 가는 기차표를 두 장 끊었다. 출발시각이 조금 남아 있었으므로 정민은 담배를 피우러 가자고 했다. 그 당시만 해도 서울역 주변에서 여대생이 담배를 피울 만한 곳은 거의 없었다. 여대생이 담배를 피우고 있으면 대개는 눈살을 찌푸리거나 다가와 호통을 쳤으며 심지어는 귀뺨을 때리는 사람까지 있었다. 우리는 사람들의 눈을 피해 담배를 피울 만한 장소를 찾아 한참을 헤맸다. 마침내 우리가 발견한 곳은 2층 커피숍 옆 엘리베이터를 지나면 나오는 비상구였다. 육중한 철문을 열고 나가니 계단이 있었다. 문을 닫은 뒤, 나는 주머니에서 백자를 꺼냈다. 백자는 역한 풀냄새가 심하게 나는 이백원짜리 담배였다. 우리는 계단에 나란히 앉아서 담배를 피웠다. 정민은 담배연기를 삼키지 않고 그저 입안에 머금고 있다가 다시 뱉었기 때문에 연기 색깔이 파랬다. 나의 담배연기는 하얀 새처럼, 정민의 담배연기는 파란 새처럼 허공으로 솟구쳤다.

"언제까지 뻐끔담배만 피울 거야?"

파란 연기를 바라보며 내가 물었다.

"이상형이 나타날 때까지."

"흥, 이상형이 나타나면 그 입으로 담배 피울 겨를이나 있겠어?"

"그럼 이 입으로 뭘 할까, 응? 이 입으로?"

"징그러워. 저리 가."

"내가 어떻게 담배를 배웠는지 알아?"

물론 나는 알 수 없었다.

"헤어진 애인 때문이야. 애인과 헤어지고 나서 한참 정신없이 거리를 걸어가는데, 갑자기 그게 생각나더라구. 담배 말이야. 카페 테이블 위에 그 사람이 담배를 두고 간 게 느닷없이 생각난 거야. 그래서 다시 그 카페로 갔어. 들어갈까 말까 한참 망설이다가 용기를 내어 들어가서 카페 주인여사에게 담배를 두고 갔는데, 혹시 못

봤느냐고 물었거든. 그랬더니 카운터 밑에서 그 담배를 꺼내서 주더라. 손에 쥐고 보니 얼마나 연약한 것인지 움켜쥐면 다 뭉개질 것 같더라구. 카운터 앞에 서서 한참 담배를 바라보다가 여자에게 말했다. '맥주 네 병만 주세요.' '몇병이요? 네 병?'이라고 여자가 되물었어. '예, 네 병이면 충분해요'라고 내가 대답했어. 그 담배를 다 피우고 가겠다고 생각한 거야. 그래서 카페 한쪽 구석에 혼자 앉아서 담배를 피웠어. 연달아 세 개비를 피워봤는데, 머리만 조금 아플 뿐 아무렇지도 않더라구. 애인은 새처럼 날아가고 나는 애인이 두고 간 담배를 피우고 있다. 이렇게 생각했더니 인생이 그럴듯하더라구. 그래서 맥주잔을 단숨에 비우고 한 개비 더 피웠어, 이렇게."

정민은 계단에서 일어나 반쯤 타들어간 담배를 물고 연기를 깊게 들이마셨다. 입과 코에서 하얀 연기가 조금 스며나오는가 싶더니 정민은 심하게 기침을 해댔다. 정민의 몸이 들썩였다. 놀란 내가 벌떡 일어서서 정민의 등을 두들기며 괜찮으냐고 물었다. 정민은 괜찮다면서도 기침을 멈추지 않았고, 그러면서도 계속 피우겠다는 듯 담배를 입으로 가져갔다. 나는 손을 뻗어 담배를 뺏었다. 담배를 빼앗기고 난 뒤에도 정민은 한참 동안 기침을 계속했다.

"이상형이 나타났다가 그 꼴에 놀라서 도망가겠다. 그러게, 피우지도 못하는 담배를 왜 피워!"

"누군 피우고 싶어서 피운 줄 아냐!"

"우스운 말은 들을 만큼 들었으니까 가자. 이제 차 타러 가야 해."

하지만 우리가 들어온 비상구는 열리지 않았다. 몇 번이나 당겨도 문은 열리지 않았고, 나는 곧 그 문이 안쪽에서만 열릴 뿐, 바깥에서는 열 수 없다는 사실을 깨달았다. 순간 당황한 나는 서둘러야 한다며 정민의 손을 잡아 일으켰다. 한 모금 빨아들였을 뿐이었는데도 정민은 잘 걷지 못했다. 그런 정민의 손을 잡고 나는 1층까지 내려갔다. 1층의 문도 열리지 않았다. 다시 우리는 3층까지 올라갔다. 그곳의 문은 열렸다. 눈부시도록 투명한 햇살이 눈에 들어왔다. 나가보니 주차장이었다. 우리는 다시 1층으로 뛰어내려갔다. 나는 정민의 손을 잡고 대합실을 가로질러 달렸다. 우리 앞으로 네 명의 헌병들이 시간표를 바라보고 있던 휴가병을 향해 구슬 소리를 내면서 열 맞춰 걸어가고 있었다. 뛰어가는 와중에 정민이 뭐라고 얘기를 했는데, 무슨 말인지 알아듣지 못했다. 우리는 열 맞춰 걸어가는 헌병들을 지나쳐, 대합실 의자에 앉아 신문이나 TV를 바라보며 시간을 보내는 사람들을 지나쳐, 개찰구 옆에 서서 일제히 고개를 들고 시간표를 올려다보고 있는 한 무리의 남자들과 그들 뒤에 선 휴가병을 지나쳐, 개찰구를 통과했다. 플랫폼에 선 역무원은 우리에게 빨리 내려오라고 손짓을 보냈다.

간신히 기차에 올라탄 후, 정민에게 물었다.

"아까 뭐라고 그런 거야?"

숨을 몰아쉬면서 정민이 말했나.

"그래도 나 그 맥주 네 병은 다 마셨다고. 담배는 다 못 피웠지만. 얘는, 그 얘기를 마저 들었어야지. 그 얘기 하려고 시작한 건데."

"맥주 네 병으로…… 그래, 충분하디?"

나도 헉헉대면서 말했다. 정민은 배시시 웃으며 고개를 끄덕였다. 두시 십오분발 무궁화호는 출발하기 시작했다.

4

기차 안에서 정민은 어느 길의 풍경에 대해 얘기했다. 어느 봄 날 밤이었다고 한다. 그녀의 삼촌이 『희랍인 조르바』를 읽고 있던 정민의 방문 앞에 와서 자느냐고 물었다. 문을 열었더니 환한 보름 달을 등에 지고 삼촌이 서 있었다. 삼촌은 정말 멋진 것을 보여줄 테니, 같이 오토바이를 타러 가자고 정민에게 말했다. 그때가 새벽 한시였다. 너무 늦은 시간이라 정민이 망설이자, 반드시 지금 타야 한다고 삼촌이 강조했다. 왜 반드시 지금 타야 하느냐고 정민이 묻 자, 삼촌은 일 년 중 그날 그 시간에만 세상이 다르게 보인다고 대 답했다. 일단 달빛이 환하고 벚꽃이 만발하고 오가는 차량이 없어 야 하니까. 세상이 어떻게 다르게 보이냐는 물음에 삼촌은 이렇게 대답했다. 그 시간에 오토바이를 타고 달리면 달빛을 받아 하얗게 된 길가의 벚나무들이 오토바이의 둥근 헤드라이트 불빛을 향해 절하듯이 고개를 숙이기 때문에 온 세상이 터널처럼 보인다고. 그

작고 환한 원 속으로 세상의 모든 것들이 다 들어온다고.

그 말에 이끌려 삼촌을 따라 오토바이 뒷좌석에 올라타긴 했으나 정민으로서는 과연 그 길이 그렇게 보이는지 확인할 수 없었다. 다만 귀를 멍하게 만드는 바람소리만이 온몸을 뒤흔들 뿐이었다. 그 바람소리만으로도 정민은 취할 수밖에 없었다. 삼촌의 말에 따르면 그 밤길은 굽어서 꿈틀대는 벚나무와 담장처럼 단단한 바람의 벽과 둥글게 모여드는 빛들의 길이었지만, 정민이 느낄 수 있었던 것은 오직 바람뿐이었다. 입고 있던 체육복만큼이나 정민의 온몸도 쉬지 않고 떨렸지만, 그녀는 전혀 내색하지 않고 이 세상에 삼촌과 자신 둘밖에 없다는 듯 그의 허리를 꽉 움켜쥐고 눈을 감았다. 마치 김제에서 할아버지를 처음 보게 된 내가 아버지의 팔뚝을 움켜잡았듯이. 그럴 때면 어떻게 알았는지 삼촌이 정민에게 "눈을 떠봐. 벚나무가 보일 거야"라고 말했고, 눈을 뜬 정민은 거기에 어떤 나무도 보이지 않는다는 사실만을 확인했다. 멀리 있는 봉우리와 달만이 오토바이만큼 빠른 속도로 자신들을 쫓아오고 있었을 뿐, 그 어떤 나무도 보이지 않았다. "벚나무는 안 보여요!"라고 정민은 소리쳤다. 벚나무는 보이지 않아요. 벚나무는 뭉개졌어요. 그런데 어디까지 가는 거예요, 삼촌? 정민의 말은 바람을 따라 멀찌감치 뒤로 물러서고 있었다. 그 길은 더없이 고적한 길이었다. 세상의 모든 것들은 두 사람을 중심에 놓고 빠르게 멀어지고만 있었다.

"거기가 바로 네가 차멀미로 시달렸다는 바로 그 길이야. 삼촌말 때문인지, 오토바이를 타고 달리면 정말 그렇게 보이는 것인지 지금도 알 수 없는 일이지만, 벚나무들은 그 각각의 나무가 모두 하나의 나무인 양 반투명한 검은 몸통과 반투명한 하얀 꽃이 되어 포물선을 그리며 지나갔어. 마치 가드레일처럼 말이야. 그건 하나하나의 벚나무가 아니라 마치 벚나무의 일생이 한순간 흘러가는 것처럼 보였어. 그걸 바라보고 있으면 어지럼증이 났기 때문에 다시 눈을 감았어. 그러곤 소리치는 거야. 삼촌 눈에는 정말 벚나무가 보이나요? 몇 번을 소리치면 삼촌은 속도를 늦추고 대답했지. 더 크게 눈을 떠봐, 정민아. 벚나무들이 이렇게 절하는 게 안 보이니? 그 순간 겁이 덜컥 나는 거야. 거짓말을 하는 게 아니라면 삼촌이 미친 거라는 생각이 들었어. 아무리 눈을 크게 떠도 내 눈에는 그런 게 안 보였거든. 더 웃긴 건, 그런데도 나는 삼촌의 허리를 더 꽉 움켜잡았다는 거야. 어떡하겠어? 삼촌이 괴물이라고 해도 그때 내가 잡을 수 있는 건 삼촌의 허리뿐이었으니까. 그런데 거짓말은 아니었나봐."

"왜?"

"삼촌은 진짜 미쳐버렸거든."

"왜? 새벽마다 혼자 오토바이를 타고 다녀서?"

내가 웃으면서 얘기했더니 정민은 고개를 끄덕였다.

"우리는 기껏해야 지금 이 기차 정도의 속도로 그 길을 달렸을 거야. 하지만 이 기차 안에서는 나뭇가지들이 모두 뱀으로 바뀌는 장면을 본다고 해도 누구 하나 미치는 사람은 없을 거야. 여기에는 나 말고도 많은 사람들이 있으니까. 여러 사람들이 함께 보는 것은 그게 제아무리 괴기한 것이라고 해도 우리를 미치게 만들지는 않아. 하지만 혼자서 새벽 두시의 국도를 달리는 오토바이 위에 앉아 있다면 바라본 게 그저 평범한 벚나무일지라도 미칠 수밖에 없는 거야. 그런 거야."

정민은 입술을 깨물면서 차창 밖을 바라봤다.

"그래서 그런 생각도 해본 적이 있어. 그때 내가 벚나무가 보인다고 말했더라면 삼촌이 덜 외로웠을까. 그랬을까. 지금은 알 수 없는 일이 되어버렸지만."

할아버지를 만나고 돌아온 뒤로 내가 오랫동안 그 길에 대해 생각했듯이 정민도 그날 밤 그 길에서의 일들이 혹시 꿈은 아니었을까 생각했다고 한다. 그리고 하얀 꽃들은 모두 떨어지고, 그 길은 새로 나온 잎들로 반짝였다. 시간은 흐르고 흘러 여름이 찾아왔다. 어느 날, 학교에서 돌아온 정민은 마당에 세워놓은 삼촌의 오토바이를 봤다. 삼촌이 집에 왔다는 생각에 정민이 황급히 방문을 열었더니 거기 삼촌은 반듯하게 누워 있었다. 그 상황에서 정민이 할 수 있는 일은 하나도 없었다. 부질없는 짓이라는 걸 알았지만, 정민은 속삭이듯 "삼촌, 삼촌"이라고 몇 번 불러보았다. 큰 소리로 불렀다가는 혹시 삼촌이 깨어날까봐, 그런 상황이 오히려 더 무서워서 나지막하게, 몇 번. 그다음에 정민은 아무것도 보지 못했다는 듯이 방문을 닫고 밖으로 나갔다. 정민의 아버지는 외과의사였고, 정민의 어머니는 교사였다. 병원은 집에서 오백 미터 정도 떨어져 있었다. 정민은 그 길을 걸어갔다. 집들이며 전봇대며 상점의 간판들이 일순간 쏟아지는 퍼즐 조각처럼 갈라지더니 원을 그리며 돌았다. 도저히 있을 수 없는 일이었으므로 정민은 '아하, 이건 꿈이구나. 깨어나야겠다'고 생각했고, 그러면 다시 온전히 맞춰진 거리의 풍경이 생생하게 보였다. 사람들의 목소리며 신발에 와 닿는 길바닥의 촉감이며 머리칼을 스치는 바람도 너무나 진짜 같았다. 그래서 꿈에서 깨어났다고 생각했지만, 거기는 여전히 삼촌의 사체가 방에 놓인 세계였으므로 그건 현실일 수가 없었다. 그래서 다시 '이건 꿈이구나. 깨어나면 다 사라지겠구나'라고 생각하면 모든 게 산산조각이 나면서 흩어졌다가, 다시 온전하게 맞춰진 거리의 풍경이 눈에 들어왔다. 깨어나면 꿈이었고 깨어나면 꿈이었고 또 깨어나면 꿈이었다. 아버지에게 찾아가 "아빠, 삼촌이 죽었어요"라고 말할 때까지 그런 일들이 계속 반복됐다. "너 지금 무슨 소리냐?"라고 되묻는 아버지의 말이 너무나 생생해서, 그렇게 말하는 아버지가 진짜 자신의 아버지라는 게 너무나 분명해서, 그제야 정민은 자신이 본 게 꿈이 아니라는 사실을 인정할 수밖에 없었다. 그럼에도 정민은 자신이 너무나 생생한 꿈속으로 들어온 까닭에 이제 다시는 이 꿈속에서 벗어나지 못하는 것은 아닐까 하는 걱정이 들었다. 아버지가 자신의 몸을 흔들어대는 동안에도 정민은 그 모든 것이 현실이라고는 도무지 생각할 수 없었다.

"지금부터는 누구에게도 해본 적이 없는 얘기야. 그 일로 나 한동안 정신병원에 있어야 했어. 당연하잖아. 삼촌이 자살한 꿈속에 갇혀서 나오지 못한다고 생각하니까 어떤 일도 할 수 없었어. 공부는 해서 뭘 하겠니, 이게 다 꿈속의 일들인데. 누가 깨워주기만 하면 되는 일인데. 정신과의사가 뭐라고 얘기하는데, 나는 그 사람 말을 하나도 믿지 않았어. 나를 치료하겠다고 덤비는 그 의사마저도 깨고 나면 연기처럼 사라질 사람이라고 생각했으니까. 내가 자세히 설명해줬지. 선생님, 제가 좀 정상이 아니라는 건 잘 알아요. 왜냐하면 이건 꿈속이니까요. 삼촌이 자살하는 꿈을 꾸고 있기 때문에 제가 정상적으로 보이지 않는 것일 뿐이에요. 치료받을 문제가 아니라, 누군가 저를 깨워주기만 하면 되는 거예요. 그랬더니 그 의사선생님이 지금 너처럼 나를 보더라. 정말 정신은 말짱했어. 단지 모든 게 꿈이라고 생각했을 뿐. 그러다가 하루는 세수를 하려고 병실 한쪽에 있는 세면대로 가서 물을 틀었는데, 잘못해서 갑자기 너무 세찬 물이 쏟아진 거야. 차가운 물이 내 왼손으로 떨어지고, 그 물이 세면대에 튀어서 다시 내 옷을 적시고, 난리가 아니었어. 그런데 나는 물을 잠글 생각은 하지도 못하고 내 손가락 사이를 빠져나가 세면대에 되튀어 내 옷과 여기저기를 적시는 물방울을 바라봤어. 하나하나, 전부 다. 그 안에 들어 있을 미생물이며, 분자며, 원자 따위가 다 보이는 것 같더라. 그건 누구도 부인할 수 없는 진짜 물이었어. 그때 비로소 나는 이게 꿈일 수는 없다는 사실을 알게 되었어. 그러니까 내가 하고 싶은 말은, 지금도 이게 꿈이 아니라면, 언젠가 우리는 이미 한번 만난 적이 있을지도 모른다는 뜻이야. 네가 그때 김제에 온 게 분명하다면. 알겠니?"

5

할아버지가 다시 돌아온 것은 그로부터 이 년이 지난 어느 밤이었다. 삼십여 년 전의 그 밤처럼 할아버지의 몰골은 귀신과 같았다. 하지만 이번에는 아버지와 함께였다. 머리를 짧게 깎아 마치 눈 내리는 먼길을 걸어온 사람 같았다. 김제에서 봤을 때만 해도 할아버지는 이가 빠진 입으로나마 쉬지 않고 떠들어댔으나 집에 돌아온 뒤부터는 일절 말이 없었다. 변한 것은 그것뿐만이 아니었다. 가장 크게 변한 것은 눈빛이었다. 그 눈빛은 몇 해 전, 우리에게 손가락으로 검은 땅을 가리켜 보이던 그 눈빛이 아니었다. 물론 그때도 이미 이 세상에 없는 것, 그러니까 바다를 메워 만든 광대한 논을 바라보긴 했지만, 그래도 그 앞에 있는 검은 갯벌의 존재를 무시하지는 않았다. 하지만 이제 할아버지는 이 세상의 것은 그 무엇도 바라보지 않는 것 같았다. 할아버지의 시선은 어딘가 다른 곳을 향해 있었다. 서해에 흙을 부어 논을 만들겠다던 할아버지의 원대한 구상은 사업 허가도 받지 못한 채, 무위로 돌아가고 말았다. 하지만 할아버지의 심신을 그토록 상하게 만든 것은 정작 좌절된 만석지기의 꿈이 아니라, 간첩조작사건이었다. 지금이야 간첩조작사건이라고 말하지만, 당시만 해도 그건 엄연히 '지하혁명당 검거사건'이었다. 신문지상의 간첩조직도에 증명사진을 올릴 정도까지는 아니었지만, 지역 농민조직을 등에 업고 간척지를 마련하겠다던 할아버지의 구상은 지하당의 공작금을 마련하려는 방계의 경제활동으로 둔갑해버렸다. 서해에 흙 한 순갈 퍼넣지 못했는데도 말이다. 이 때문에 할아버지가 일 년 육 개월의 실형을 살고 교도소에서 막 나온 길이라는 사실을 나는 나중에야 알게 됐다.

집에 돌아온 할아버지는 어머니가 차려놓은 밥상은 거들떠보지도 않고 소주 두 병을 단숨에 비우더니 그대로 잠들었다. 집에서 할아버지는 그렇게 잠들어 있는 시간이 깨어 있는 시간보다 더 많았다. 물론 우리가 깨어 있을 때 보니 그렇다는 것이지, 새벽에 할아버지는 항상 깨어 있었다. 잠들어 있는 할아버지는 이따금 한숨을 내쉬기도 하고 잠꼬대를 하기도 했다. 그래서 잠잘 때만 살아 있는 사람 같다고 할머니는 말하곤 했다. 할아버지가 집에서 가장 오랜 시간을 보낸 건 그 마지막 일 년이었다. 한 달에 한 번씩 형사가 찾아올 때면 할아버지는 아침부터 양복을 갖춰입고 앉아서 그를 기다렸다. 이따금 형사는 온다던 날에 찾아오지 않고 그저 전화만 걸어오기도 했다. 형사가 "어른 집에 얌전히 있습니까?"라고 물어올라치면 할아버지는 얼른 어머니에게서 수화기를 뺏어들고 대답했다. "나 여기 가만히 있소." 교도소에서 어떤 다짐을 받았는지, 정말 할아버지는 집에 가만히 있었다. 그렇게 가만히 있으면서 할아버지는 서서히 말라갔다. "왜 밥을 드시지 않느냐"고 어머니가 물으면 할아버지는 "나라고 왜 먹고 싶지 않겠느냐. 이제까지는 밥을 벌기가 힘들더니만 이제는 이렇게 벌어놓은 밥을 떠먹기가 어려운 것이지"라고 대답했다. 아마도 자신이 보았던 광활한 논이 이뤄질 수 없는 환각에 불과했다는 사실을 감방 안에서 확인한 순간, 의지를 지닌 인간으로서의 할아버지는 이미 죽은 것인지도 모른다. 그러나 해가 저물어도 그 빛은 키 큰 나무 우듬지에 걸려 있듯, 꿈은 끝나도 마음은 오랫동안 그 주위를 서성거릴 수밖에 없는 법이다. 그런 까닭에 인생은 우리가 예상하는 것보다 조금 더 오래 지속된다. 교도소에서 나와 집으로 돌아온 뒤, 그 마지막 일 년 동안 할아버지의 목숨을 지탱한 것은 시였다. 할아버지는 마치 국왕의 은덕으로 마지막 대작 집필을 위해 사형 집행이 연기된 위대한 반역 시인처럼 삶의 마지막 순간을 시로 장식했다. "世上萬事 一場春夢 돌아보매 無常ㅎ구나"라는 첫 행을 지닌 그 시는, 시작도 끝도 없이 돌리는 대로 다채롭게 형태를 바꾸는 만화경 속의 영상처럼 한없이 꼬리에 꼬리를 물고 이어졌다. 당신이 입버릇처럼 말한 대로 '기미년의 만세 행렬' 속에서 태어나 자신의 의지와는 무관하게 태평양전쟁, 한국전쟁, 4·19, 5·16 등 한국 현대사의 최중심지를 관통해온 삶이 4·4조 운율에 실려 한없이 이어졌다.

할아버지는 깨어 있는 동안에는 늘 방안에 틀어박혀 화선지에다 붓으로 한 행 한 행 그 시를 적어내려갔다. 결국 그 시는 한국 현대사의 모든 격동기를 온몸으로 지나온 한 남자의 생애를 담은 203행의 대서사시로 드러났다. 시를 다 쓰고 얼마 지나지 않아 할아버지는 가족과 가까운 곳에 사는 친척들을 모두 불러모은 뒤, 안경을 쓰고 풀로 이어붙인 화선지를 조금씩 밀어올리며 느릿느릿 그 시를 읽었다. 법률가를 꿈꾸던 학창 시절의 소망을 피력할 때도, 남지나해 어느 물결에 모두 밀어넣고 돌아온 전쟁의 참상을 다시 떠올릴 때도, 한국전쟁 이후 가족을 떠나 객지생활을 하던 떠돌이 시절을 묘사할 때도, 뜻하지 않았던 말년의 치욕스런 교도소생활을 두 줄로 간략하게 서술하고 지나갈 때도 할아버지의 표정에는 아무런 변화가 없었다. 그건 그 시를 듣고 있던 가족들도 마찬가지였다. 전해들은 바로, 혹은 직접 겪은 바로 능히 짐작할 수 있는 내용들이었기 때문이다. 나 같은 아이들만 귀를 쫑긋 세우고 시에 귀를 기울였을 뿐, 다른 어른들은 대개 할아버지와 마찬가지로 전쟁을 겪고 고통에 찬 생활을 경험했기 때문에 그다지 관심들이 없었다. 아마 할아버지 또래의 다른 남자가 자신의 생애를 돌아본다 하더라도 그와 크게 다르지 않았을 것이다. 그 시는 지금도 가보처럼 우리집에 보관돼 있다. 아마도 다른 누군가의 집에도 그런 시가 한 편쯤 있을지도 모르겠다. 고난에 찬 한국 현대사는 개인의 삶을 모두 똑같게 만들어버렸으니까. 거기에는 그간 할아버지가

흘린 눈물이 몇 방울이었는지, 얼마나 기나긴 길을 혼자서 걸어야
했는지, 한 남자의 일생에 몇 켤레의 신발이 필요했는지에 대해서
는 나와 있지 않았다. 물론 그건 한 인간의 가장 사적인 영역에 속
하는 것이니 누구도 알 수 없는 게 당연하다. 내 말은 그런 뜻이 아
니다. 내 말은, 할아버지가 우리에게 남긴 글이 시 말고도 하나 더
있었다는 뜻이다. 거기에는 다른 내용이 담겼으리라. 할아버지가
쓴 또다른 글은 누구도 읽어보지 못했다. 그 글은 할아버지가 자
기 자신과 관련된 모든 것을 부엌 아궁이 속에 던져넣을 때, 함께
불태워졌기 때문이었다. 성냥을 던져넣자 주홍색 불길이 일었고,
일순간 할아버지의 얼굴이 어둠 속에서 꽃처럼 피어났다. 할아버
지의 일생도 그와 같이 피었다가는 이내 사라져버렸다. 할아버지
가 아궁이 속에 넣어버린 그 글에 대해서는 알 도리가 없다. 그렇
게 불꽃과 함께, 현대사를 거쳐온 사람이라면 누구나 이해할 수 있
는, 4·4조의 운율을 지닌 대서사시만 남겨놓고 할아버지는 죽었
다. 하지만 실제로 할아버지가 죽은 것은 그로부터 한 달 뒤, 동지
가까울 무렵의 매섭게 춥던 어느 날이 아니라 자신과 관련된 모든
것을 아궁이 속에다 집어넣던 바로 그 순간이었다. 그 순간을 몰래
지켜본 사람은 나뿐이었다.

할아버지가 죽은 뒤 집에서 초상을 치르는 내내 그랬지만, 할아
버지의 육신이 산에 묻히는 날에도 나는 좀체 눈물을 흘릴 수 없
다. 울어야 한다고 생각했지만, 눈물은 나오지 않았다. 휘몰아치

는 세찬 바람 속에서 구슬피 곡을 하는 할머니와 고모들을 하염없이 지켜봤는데도 그 울음은 내게 옮겨오지 않았다. 산역꾼들이 느릿느릿 관을 얼어붙은 땅속으로 밀어넣기 시작하자, 남자 어른들까지 모두 구슬프게 소리를 내뱉기 시작했다. 초상을 치를 때와 마찬가지로 처음에는 할아버지가 죽었다는 사실에, 그다음에는 저마다 다른 이유로. 하지만 그즈음에는 이제 눈물도 말라버려서, 그리고 더이상 생각해낼 슬픈 일들도 바닥이 나서 다들 마른 울음일 뿐이었다. 그때 느닷없이 내 눈에서 눈물이 쏟아져내렸다. 수도꼭지를 틀어놓은 것처럼 주르르 눈물이 흘러내렸다. 그때야 비로소 할아버지가 죽었다는 사실을 실감했기 때문이 아니라, 전날 밤에 들은 할머니와 고모의 대화가 생각났기 때문이었다. 사흘 내내 멀뚱멀뚱한 나를 두고 고모가 "쟤는 우째 눈물 한 방울 안 비칠까"라고 말하자, 할머니가 "냅둬라. 지 할부지한테 정 한 쪽 받아묵은 거 없는 아라"라고 대답하는 걸 나는 엿들었다. 그런 말을 들어도 눈물은커녕 슬픈 마음조차 일지 않았는데, 하관하는 동안 갑자기 할아버지가 자신과 관련된 모든 것을 불태우던 밤, 할아버지가 잠시 방에 들어간 사이 부엌으로 뛰어들어간 내가 꺼내온 사진 한 장이 떠올랐던 것이다. 할머니는 내가 할아버지에게 정 한 쪽 받아먹지 못했다고 했지만, 또 비록 그 사진을 할아버지가 내게 직접 준 것도 아니었지만, 내게도 받은 게 있다는 생각이 들면서 눈물이 흐르기 시작했다. 처음에는 소리없이 눈물만 주르르 흘리다가, 그다음에는 다른 누구보다도 큰 소리로 엉엉 소리내어 울다가, 결국 나는 쌓아놓은 흙더미에 데굴데굴 온몸을 굴려가면서 자지러지게 울었다. 내 울음에 놀란 가족과 친척 들은 곡을 그치고 나를 바라봤다. 나를 안아들고 달래던 아버지는 그래도 내가 울음을 그치지 않고 버둥거리자, 정신을 차리게 하려고 내 뺨을 마구 때렸다. 할머니는 그런 아버지를 만류하고는 연신 고개를 조아리며 외쳤다.

"이제 고마 떠나이소. 여기 일은 여기 사람들한테 다 맡겨놓고. 고집부리지 말고 이제 고마 떠나이소."

며칠 동안 울어야 한다는 강박관념에 사로잡혀 있다가, 우연히 엿듣게 된 할머니 말에 역시 나는 할아버지에게 받아먹은 정 한 쪽 없으니 울음이 나오지 않는 것이 당연하다고 여기다가, 결국 나도 할아버지에게 받은 게 있다는 생각이 하필이면 하관할 때 떠올라 울었던 것뿐이었는데, 그러다가 나도 모르게 좀 심하게 운 것뿐이었는데, 그후로도 오랫동안 집안 어른들은 그때 일을 두고두고 얘기했다. 나한테 할아버지가 다녀갔다며. 그렇게 해서 나는 할아버지에게서 가장자리가 타버린 입체 누드사진과 당신이 쓴 기나긴 글의 도입부를 전해받게 됐다. 그리고 얼마간, 학교에서 돌아오면 나는 방안에 혼자 누워 그 입체사진을 들여다보곤 했다. 난생처음 본 여자의 알몸이 한없이 나를 매료시키기도 했지만, 알몸만큼이나 나의 넋을 빼놓은 것은 그 생생함이었다. 손을 내밀면 카우치에 기대앉은 그 작은 크기의 여자를 잡을 수 있을 것만 같아 렌즈와 사진 사이에 손가락을 넣어본 것도 한두 번이 아니었다. 렌즈에서 눈을 떼고 바라보면 그 여자라는 건 그저 두 장의 사진에 불과했지만, 다시 렌즈에 눈을 붙이면 살아 있는 듯 내 앞에 그 모습을 드러냈다. 입체적으로 떠오르는 그 여자는 그때까지 내가 본 그 어떤 인물보다도 더 생생했다. 그런 까닭에 한동안 나는 중독된 듯 그 여자의 몸에 빠져들었다.

할아버지가 남긴 산문 형식의 글은 이렇게 시작한다. "내가 살아낸 지난 몇십 년간의 生의 基源을 찾는다면 그건 거품과도 같은 幻覺의 時代에서 기인하는 것이 분명하리라. 그러나 시네마스코프처럼 펼쳐진 환각 속에서도 破片의 一生을 버틸 수 있었던 것은 무엇보다도 단 하나의 실낱같지만 확실한 무엇이 存在하고 있었기 때문이기도 한데, 이는 내 心中의 재산이니 그 누구에게도 理解받을 수 없는 眞實이라 여기에 그 일을 回顧하고자 하는 것이기도 하다." 이 글은 할아버지가 공식적으로 우리에게 남긴 "世上萬事 一場春夢 돌아보매 無常ㅎ구나"나 "專門學校 在學 시절 日本軍에 끌려가서 千里萬里 南洋群島 故鄉山川 어드메뇨" 등과는 완전히 다른 풍이었다. 시가 민족 대서사시의 형태를 띠었다면, 불태워버린 그 글은 지극히 개인적인 체험을 담고 있었던 것으로 보인다. 시가 자신의 일생을 아무런 감정도 없이 담담하게 회고하고 있다면, 그 글은 고통과 절망과 환희로 가득차 있었으리라. 왜 할아버지는 한국인이라면 누구나 이해할 수 있는, 어떻게 보면 너무

나 뻔해서 오히려 거짓말에 가까운 대서사시를 우리에게 남겨두
고, 자신의 사적인 감정을 토로한 그 글은 몰래 불태워버린 것일
까? 그 글은 함께 불태워버리려고 했던 입체 누드사진처럼 너무나
개인적인 경험들로 가득차 있었기 때문이리라. 할아버지의 일생
은 바로 거기에 있었으리라. 그러니까 단 하나의 실낱같지만 확실
한 그 무엇에.

6

　그리고 그날 저녁의 일들. 고향 역전 근처 호프집 어두운 불빛
아래에서 정민은 두 눈을 렌즈에 갖다대고 그슬린 사진 속의 여자
를 바라보고 있었다. 그리고 〈네게 줄 수 있는 건 오직 사랑뿐〉이
란 노래를 배경으로 이런 목소리가 들려온다. "몇 번이나 했어?
수백 번? 수천 번?" 한편 정민이 "지금 여기서 한번 피워볼까?"라
고 말했을 때는 신촌블루스의 노래가 흘러나오고 있었다. 물론 내
가 한 말이나 행동도 기억한다. 하지만 그 대부분은 나중에 정민에
게 들어서 알게 된 사실이었을 뿐, 내가 직접 기억하는 것은 아니
었다. 1990년 가을부터 1991년 초여름에 이르는 그 반년 남짓, 우
리는 그날 밤의 일들에 대해 수없이 얘기했다. 당연한 일이지만,
정민은 나에 대해, 그리고 나는 정민에 대해 더 많은 것을 기억하
고 있었다. 그렇게 해서 우리는 그날의 기억을 서로 맞출 수 있었

고 공유할 수 있었다. 그렇게 맞춰놓으면 서로가 조금씩 다르게 기억하는 부분이 있기 때문에 어딘가 엇갈리는 듯 느껴지고 내가 내가 아닌 것 같은 느낌도 들었다. 그래도 그게 우리가 공유할 수 있는 기억이었다. 정민의 기억 속에서 나는 "응, 나 되게 잘해"라고 말한다. 내가 그런 말을 했으리라고는 도저히 믿어지지 않는다. 마찬가지로 정민 역시 내게 "몇 번이나 했어? 수백 번? 수천 번?"이라고 말한 적이 없다고 주장했다. 하지만 분명히 정민은 한참 입체사진을 들여다보다가 내게 그렇게 물었다. 그 사진 보며 자위를 몇 번이나 했느냐며. 반면 "지금 여기서 한번 피워볼까?"라는 정민의 말은 둘 다 기억했다. 너무나 빨리 술잔을 비운 우리가 세번째인가, 네번째 생맥주를 주문한 뒤의 일이었다. 그날, 몇 잔의 생맥주를 마셨는지는 우리는 둘 다 제대로 기억하지 못했다.

"진짜 내 이상형이 나타나는지 보게."

"지금 손님은 우리뿐이야. 안 피워봐도 그 이상형이 누군지는 뻔할 것 같은데."

"그래도 해볼래. 이건 어디까지나 거쳐야만 하는 절차니까."

"무슨 절차?"

"이상형을 확인하는 내 나름의 절차."

"좋아."

나는 담배를 꺼내 입에 물고 불을 붙였다. 그 모습을 정민은 유심히 지켜보고 있었다. 나는 담배를 정민에게 내밀었다.

"오호, 멋진걸. 그렇게 불을 붙여서 주는 방법도 있구나."

"다른 사람의 침이 섞이면 더 맛이 좋거든."(물론 이건 정민이 기억하는 버전에서 나왔다.)

그리고 정민은 눈을 약간 위로 치켜뜨고 담배연기를 천천히 들이마시기 시작했다. "어때? 보여? 보이냐구?"라고 묻는 내 말이 채 끝나기도 전에 주인아저씨가 두 잔의 생맥주를 가져왔다. 우리는 동시에 그 주인아저씨를 쳐다봤다. 털보였을까, 고추장 따위의 얼룩이 묻은 하얀 와이셔츠 차림이었을까, 소매를 걷고 있었을까. 그 사람에 대해서는 아무것도 기억나지 않는다. 다만 내가 기억할 수 있는 것은, 웃음을 참느라 입을 틀어막은 정민의 두 손 사이로 뿜어져나오던 하얀 담배연기뿐이다. 그 순간, 정민의 눈은 평소보다 두 배는 커져 있었다. 우리는 주인아저씨가 생맥주를 내려놓고 떠나자마자 소리 죽여 웃음을 터뜨렸다. 정민의 입과 코에서는 그때까지도 다 빠져나가지 못한 연기가 새어나오고 있었다. 테이블에 기대고 앉은 내 어깨를 마구 두들기면서 정민은 입을 막고 웃느라 눈물까지 글썽거렸다. 정민은 "봤지, 봤지? 너도 봤지?"라고 말하면서도 계속 웃었다. "그러니까, 니 이상형이, 그러니까……"라며 나는 웃음 때문에 말도 맺지 못하다가 결국 참지 못하고 큰 소리로 웃음을 터뜨렸다. 그게 뭐가 그렇게 우스웠던지, 우리는 한참동안이나 마주보며 웃었다. "담배는 이렇게 피우는 거구나"라고 정민이 코맹맹이 소리를 내면서 말했다. 술이 취하면 정민은 늘 코가 막혔으니까. "아, 담배 맛있다"라고도 말했고, "우리 매일매일 만나서 술 마시자"라고도 말했다.

그날 정민은 담배연기를 들이마시던 그 순간부터 취해 있었고, 나는 쉬지 않고 이야기를 떠들어댔다. 아마도 말이 끊어지는 게 두려워서였을 것이다. 말이 끊어지면 이제 그만 서울로 돌아가자고 할 것 같아 거짓말로라도 계속 이야기를 이어나가야 했다. 이야기는 남양군도의 외딴섬에 고립돼 죽을 날만 기다리면서 서양 여자의 입체 누드사진을 들여다보는 한 젊은 병사의 심리에 대한 추측에서 시작됐다. 그 입체 누드사진은 현실보다도 더 생생한 환상을 그에게 보여줬을 거라면서, 나는 고립된 사람들에게 현실이 한순간 뒤흔들리면서 그보다 더 생생한 환상이 나타나는 건 자주 일어나는 일이라고 떠들어댔다. 제아무리 견고하다 해도 현실은 인간의 감각을 통해서만 드러나는 것이므로. 인간은 누구나 한번쯤 자신의 감각이 바뀌면서 현실이 무르게 되는 순간을 경험하게 마련인데, 이를 두고 십자가의 성 요한은 '존재의 가장 어두운 밤'이라고 불렀다. 모든 성인聖人들은 자발적으로 고립을 택해 그 '존재의 가장 어두운 밤'으로 들어가는데, 이는 현실이 오직 감각을 통해서만 드러난다는 사실을 깨닫기 위해서다. 하지만 '존재의 가장 어두운 밤'을 경험한 그다음 순간, 모든 성인들은 감각적 현실이 얼마나 아름다운 세계인지 깨닫게 된다. 현실이 감각적으로만 성립된다는 사실을 깨닫게 되면 모든 게 덧없을 뿐이라는 허무주의에 빠져야 할 텐데, 아이로니컬하게도 더욱더 그 감각적인 생생함을 즐기게 되니 놀라운 일이다. 그러므로 그 밤을 경험하지 못한 사람들은 최상의 행복이 무엇인지 이해하지 못한다. 공기중으로 휘발되는 알코올처럼 내 안에 들어 있던 온갖 잡다한 생각들이 그렇게 허공으로 흩어지고 있었다. 그때, 나는 내가 정확하게 무슨 말을 하고자 하는지 전혀 깨닫지 못하고 있었다. 중요한 것은 내용이 아니라, 이야기가 계속되어야 한다는 사실이었으므로, 나는 부처와 마이스터 에크하르트와 아시시의 프란체스코와 천국에 다녀온 스베덴보리를 마음대로 들먹거리고 있었다. 내가 한참 정신없이 떠들어대는데, 혀가 꼬인 정민이 끼어들었다.

"그러니까 니 말은, 우리가 그 밤을 경험해야만 최상의 행복을 느낄 수 있다, 그런 말 아니야? 맞지? 그 말이 하고 싶은 거지?"

말을 멈춘 나는 멍청한 표정으로 고개를 끄덕였다.

"그 간단한 말을 뭘 그렇게 세미나하듯이 하니? 가자, 그럼. 존재의 가장 어두운 밤인지 뭣인지 하는 밤을 경험하러. 너, 해봤어?"

"응, 나 되게 잘해."

얼떨결에 내가 대답했다. 그런 나를 보고 정민이 배시시 웃었다. (물론 나는 내가 그렇게 대답했으리라고 생각하지 않는다. 무슨 말을 했다면 그건 아마도 "그게, 그런 뜻으로 한 얘기가 아니라……" 정도였을 것이다.)

"좋아, 그럼 됐어. 잘하기만 하면 아무 문제 없어. 대신에 조건이 있어. 여관 같은 데는 나 정말 싫고, 사람이 사는 집이 좋아. 그러니까 너희 집으로 가자. 니 방으로. 니 방만 2층에 있으니까 상관없잖아."

"아니, 집에는 아버지도 계시고 어머니도 계시고, 여동생도 있는데."

"얘는 참. 누가 인구조사 하러 간다니? 살짝 들어가면 되지. 싫으면 말고. 그럼 최상의 행복은 다음에 맛보지, 뭐."

1.5초 정도 망설이다가 나는 좋다고 말했다. 나는 집에 전화를 걸어 친구와 술을 마시고 있어 오늘은 서울에 올라가기 어려우니 이따가 들어가서 잠깐 잔 뒤, 아침 일찍 새벽기차로 올라가겠다고 말했다. 그리고 부모님이 잠들 시간이 될 때까지 술을 더 마셨다. 그 시간이 너무나 길었으므로 나는 다시 온갖 이야기를 떠들어 댔다. 마를렌 디트리히의 입술과 사진 속 그 여자 입술의 공통점과 차이점, 키스의 종류와 방법과 첫 키스를 하게 되면 생기는 열병의 증세, 그해 여름 범민족대회를 앞두고 있을 무렵 뜨거운 아스팔트에 누워서 올려다보던 어질어질한 햇살, 햇살이 너무나 뜨겁다며 사람을 죽인 『이방인』의 뫼르소가 죽기 직전에 뱉은 대사인 "다른 사람들 역시 언젠가 선고를 받을 것이다. 그 역시 처형을 당할 것이다. 그러니 살인죄로 기소되어 어머니의 장례식날 눈물을 흘리지 않았다는 이유로 처형된다고 해서 무슨 상관이 있겠는가", 햇살을 올려다본 뫼르소와 마찬가지로 화재가 일어난 밤 은하수

를 바라보며 『설국』의 시마무라가 읊조리는 대사인 "두렵도록 요염하다", 그리고 마지막으로 빨리 시간이 흘러가기만을 기다리며 온갖 이야기를 다 짜내던 나의 마지막 대사인 "결국 내가 내가 아닌 다른 사람이 될 수 없는 건 용기가 없기 때문이야". 그리고 그 어디쯤에서 기억은 희미해진다. 다음 장면에서 정민과 나는 고향집 담벼락을 넘어가려고 끙끙대고 있었다. 나는 정민의 엉덩이를 어깨로 받치고 밀어올렸다. 술에 취한 정민의 몸은 무척 무거웠다. 간신히 담장으로 올라간 정민은 두 손으로 담장을 잡고 웅크리고 앉아 있었다. 떨어질 듯 말 듯 아슬아슬했다. 이번에는 내가 얼른 담장 위로 올라가 뒷마당으로 뛰어내렸다. 마당에 선 내가 정민에게 내려오라고 손짓을 했지만 정민은 뛰어내리는 대신에 두 팔을 펼치고 천천히 그 자리에서 일어섰다. 북두칠성의 국자 부분이 정민의 머리 위에 걸쳐 있었다. "안 돼. 뛰어, 뛰어!"라고 내가 나지막이 소리쳤다. 그러자 정민은 아주 천천히 내게로 떨어져내렸다. 마치 컴퓨터게임 '페르시아의 왕자'에 나오는 공주처럼. 언제 떠올려도 그 장면에서 정민은 아주 천천히 떨어져내렸다. 나는 곰돌이 인형을 받기라도 하듯 정민을 받아안았고, 그 무게를 이기지 못해 그대로 뒤로 넘어졌다. 집안에서 기척이 났기 때문에 우리는 담장 아래 어둠 속에 가만히 누워 있었다. 아마도 늦게까지 잠들지 않았던 여동생이었던 것 같은데, 누군가 현관문을 열었다가 다시 닫는 소리가 들렸다. 그때까지 나는 꼼짝도 하지 않고 정민을 안고 있었다. 다시 일어나고 싶지 않았다. 그대로 시간이 멈추면 좋겠다고 나는 생각했다.

"이것도 괜찮네."

"그러게. 원래 나 운동 잘하는데. 지금은 생리중이라서."

"그으래?"

갑자기 모든 게 허탈해지면서 별달리 할말이 없었다. 그런 상황에서 무슨 말을 더 할 수 있었겠는가. 게다가 그날 저녁에 나는 필요 이상으로 많은 이야기를 했다. 그러므로 조금도 움직이지 않고 나는 정민을 안은 채 가만히 누워 하늘의 별들을 올려다봤다. 내가 별이 될 수 있다면, 아마도 바로 그 순간의 마음으로 수백 광년 동안은 반짝일 수 있을 것이라는 생각이 들었다. 그때, 뭔가 축축하고 끈끈한 것이 입술에 와 닿는가 싶더니 정민의 혀가 불쑥 입안으로 들어왔다. 그것이 수많은 키스의 종류 중 프렌치키스라고 하는 것이며, 능숙한 사람이라면 입안으로 들어온 그 혀를 빨아야만 한다는 사실은 이미 알고 있었고, 그걸 또 정민에게 말한 뒤였지만, 나는 꼼짝도 하지 않고 그냥 정민의 머리 뒤에서 반짝이는 별들만 바라봤다. 그 순간, 그때까지의 내 인생은 물론이고 과연 있을지 없을지 짐작조차 할 수 없는 내 전생과, 그 전생의 전생과, 그 전생의 전생의 전생과, 그 나머지 모든 전생들까지도 아주 근사한 것으로 바뀌었다. 나는 프랑스 사람들에게 진정으로 고마움을 느꼈다.

그리고 大腦와 性器 사이에

7

당시에는 미처 자각할 겨를이 없었지만, 6월항쟁이 있었던 1987년부터 분신정국이 펼쳐졌던 1991년까지 사 년에 걸쳐, 그동안의 한국 사회를 완강하게 지탱해온 뭔가에 불길이 지펴지면서 그 불꽃이 화려하게 타올랐다가 장엄한 모습 그대로 몰락해갔다. 그게 뭔지는 누구도 알지 못했다. 언론에서는 그게 공산주의적 세계관의 몰락일 것이라고 추측하고 속단하는 기사를 썼지만, 그들은 분신정국 이후 상실의 늪에 빠진 운동권을 향한 고소의 심정만으로 그 기사를 썼지, 그들 역시 돌이킬 수 없는 몰락 속으로 빠져들어가고 있다는 사실은 깨닫지 못했다. 그 몰락을 두고 어떤 사람들은 배신이라고 불렀고, 또 어떤 사람들은 패배라거나 승리라는 단어로 표현했고, 더 심각한 혹은 더 우스운 사람들은 포스트모던이라고 지칭했다. 뭐라고 부르든 그 단어들이 지시하는 바가 죽음, 상실, 몰락이라는 것만은 분명했다. 프랜시스 후쿠야마처럼 정체가 불분명한 프로파간다는 죽은 것은 바로 역사라고 재빠르게 선언함으로써 그 죽음을 입도선매하려 들었지만, 그와 마찬가지로 정체가 불분명한 다른 프로파간다들을 제외하고는 큰 호응을 얻지 못했다. 그들은 그 '죽음'을 독점하려 했으나 그들 역시 한 시대의 구성원인 이상 그것은 불가능했다. 그 '죽음'과 '상실'과 '몰락'은 동시대인들에게는 절대적으로 주관적이었다. 그러므로 애당초 선언 따위로 객관화될 수는 없었다. 동시대인들은 임상적으로 그 '죽음'과 '상실'과 '몰락'을 제 몸 안에서 앓는 수밖에 없었다. 그건 프랜시스 후쿠야마를 되뇌던 자들도 마찬가지였다.

그리하여 그들이 목도하게 된 것은 일찍이 황지우가 시 「이준태(1946년 서울生, 연세대 철학과 졸, 미국 시카고 주립대학 졸)의 근황」에서 쓴 것과 같이 "그리고 大腦와 性器 사이"의 세계였다. 대뇌와 성기 사이의 경계가 허물어지면서 대뇌는 대뇌끼리, 성기는 성기끼리 서로 피곤할 정도로 싸우던 시절은 끝이 났다. "그리고 大腦와 性器 사이"의 세계에서는 개인들이 저마다 한 시대의 몰락을 주관화하고 내면화시키면서 전면적으로 등장하기 시작했다. 이 말은 곧 한 시대의 상처가 각 개인의 내면, 그러니까 대뇌와 성기 사이에서 치유되어야만 한다는 사실을 뜻했다. 그 시점부터 대뇌의 언어와 성기의 언어가 혼재하기 시작하다가 한동안은 성기의 언어만이 사회를 휩쓸었다. 이 사실은 1992년부터 라캉 유의 정신 분석학이나 오시마 나기사의 〈감각의 제국〉과 베르나르도 베르톨루치의 〈파리에서의 마지막 탱고〉 따위의 영화가 크게 유행한 데에서도 잘 알 수 있다. 두말할 것도 없이 마광수 교수가 1991년 발표한 『즐거운 사라』로 구속된 것도, "모든 것이 이제 다 무너지고 있어도 환상 속에 그대가 있다"라고 노래한 '서태지와 아이들'이 데뷔한 것도 바로 1992년의 일이었다. 1991년 5월 이전까지만 해도 대뇌의 언어로 말하던 사람들이 1992년부터 모두 성기의 언어로 떠들어대기 시작했다. 그게 바로 1991년 5월 이후의 세상을 살아가던 사람들의 내면 풍경이었다.

물론 당시에 내가 이 모든 것을 다 생각하고 있었다는 뜻은 아니다. 다만 어렴풋하게나마 1990년 무렵부터 내가 "그리고 大腦와 性器 사이"의 세계에 대해 조금씩 눈을 떠가고 있었던 것만은 사실이었다. 할아버지의 입체 누드사진을 보기 위해 함께 고향집에 다녀온 뒤로 정민과 나의 관계는 새로운 국면에 접어들었다. 그 새로운 관계가 서로의 혀를 탐닉하는 프렌치키스로 시작됐음에도 불구하고 처음에 우리가 느낀 감정은 오누이의 그것과 흡사했다. '오누이'라는 감정은 아마도 암묵적으로 같이 운동하는 사람들끼리는 연애를 삼가던 분위기에서 비롯됐을 것이다. 국가와 민족은 거대한 가족으로 곧잘 비유됐으며, 동지들은 서로 형제였다. 동지애는 여자들의 여성성을 무시하고 그들을 남성처럼 바라본다는 것을 뜻했다. 그런 분위기 속에서 연애감정은 어느 정도 근친상간이나 동성애의 느낌을 지니고 있었다. 그러므로 학생회 사무실 소파에 앉아 농담을 하면서 서로 몸을 툭툭 건드리거나 행사 때문에 다른 학교로 찾아가던 버스 안에서 정민을 무릎에 앉힐 때에도 우리는 날 때부터 한가족이었던 사람들처럼 굴었다. 하지만 그 속사정은 사뭇 달랐다. 정민과 함께 있을 때면 나는 내 의지와 무관하게 불쑥불쑥 커지는 성기 때문에 난처해지는 경우가 많았다. 정민을 무릎에 앉힌 채 신촌으로 가던 날은 특히 심했다. 정민은 운동을 하면서도 여성성을 감추지 않은 경우였다. 정민의 머리칼에서 풍겨나오는 샴푸 냄새는 차치하더라도 내 허벅지에 와 닿는 엉덩이의 촉감만으로도 나는 더이상 오누이의 몸상태를 유지할 수 없었다. 버스에는 다른 학생회 간부들도 타고 있었기 때문에 나는 팽팽해질 대로 팽팽해진 성기를 누그러뜨리려고 필사적으로 노력했다. 속으로 구구단을 외기도 하고, 내가 쓴 대자보의 내용을 처음부터 끝까지 되뇌기도 했다. 하지만 한번 피가 몰린 성기는 나의 그런 노력을 비웃기라도 하듯 아플 정도로 커져만 갔다. 내가 발기했다는 사실을 혹시라도 정민이 알아차릴까봐 나는 자꾸만 의자 안쪽으로 엉덩이를 밀어넣었고, 그때마다 정민은 내 다리의 움직임을 따라 엉덩이를 뒤로 움직였다. 나는 그 엉덩이가 내 성기에 닿을까 겁이 나, 한참 네루다의 어떤 시에 대해 얘기하고 있던 정민을 일으켜세우며 자리에서 벌떡 일어섰다.

"어, 아는 사람인 줄 알았더니, 아니네. 니가 앉아서 가라. 그게 더 편하겠다."

공연히 맞은편 창밖을 내다보며 빠른 목소리로 그렇게 말한 뒤, 나는 정민이 앉은 자리에서 조금 뒤쪽으로 가서 섰다. 고향집 마당에서 입을 맞추기 전까지만 해도 정민과 나의 관계는 서로 마음이 맞아 얘기를 많이 주고받을 뿐, 다른 학생들과 별다르지 않았다. 물론 그때는 정민을 무릎에 앉히고도 발기하지 않을 자신도 있었다. 하지만 그날의 사건 이후로, 일단 정민의 몸이 닿으면 발기하지 않을 수 없다는 사실을 깨닫게 됐다. 그 깨달음은 나를 매우 혼란스럽게 만들었다. 그 당시의 다른 학생들과 마찬가지로 나는 사랑과 성욕을 어느 정도 분리하고 있었기 때문이었다. 이상한 말처럼 들리겠지만, 학생회는 구성원들 사이의 연애에는 엄격한 반면 성욕에는 관대한 편이었다. 아마도 그건 학생회라는 조직 자체가 남성적으로 구성됐기 때문이리라. 우리는 곧잘 엥겔스의 말을 좇아 일부일처제를 다양한 방법으로 조롱했다. 조롱의 핵심은 일부일처제가 한 사람만을 위한 영구적인 매음제도에 불과하다는 것이었다. 반면 우리는 매음행위에 대해서는 그보다 더 낭만적으로 접근하고 있었다. 우리는 매춘녀들을 성욕의 관점이 아니라 사랑의 관점으로 바라봤다. 이상한 전도顚倒지만 그렇게 말하는 수밖에 없다. 그러니까, 말하자면 남녀 간의 사랑이 아니라 인간에 대한 사랑이라는 것이었다. 예컨대 행사 뒤풀이에서 어느 정도 술이 취하고 부를 수 있는 민중가요도 바닥이 나면 하나둘 술상을 두들기며 옛날 노래들을 부르기 시작했는데, 그럴 때면 흔히 나오는 곡이 "이름도 몰라요, 성도 몰라. 처음 본 남자 품에 얼싸안겨"라거나 "그날 밤 극장 앞에, 그 역전 카바레에서 보았다는 그 소문이 들리는 순희" 같은 곡이었다. 노래를 부를 때, 우리에게 순정을 지닌 그 댄서나 엘레나가 된 순희는 욕정의 대상이 아니라 사랑의 대상이었다. 그건 강철이나 투쟁 같은 수식어를 붙여 학생회를 남성화시켰듯이, 순희라든가 엘레나와 같은 여성명사로 민족과 민중의 이름을 불렀기 때문에 가능한 일이었다.

그런 까닭에 어쩌다 고교 친구들과 술을 마신 뒤, 간혹 술기운을 빌려 다 함께 어울려 사창가를 헤매다가 엘레나가 된 순희 정도는 아니어도 나이가 비슷한 여자와 잠을 잔다고 해도, 남자들끼리는 그런 얘기를 관대하게 받아들이는 경우가 많았다. 그건 청춘의 객기로 치부되기도 했지만, 한편으로는 그들의 삶을 이해하는 하나의 방편으로 여겨지기도 했다. 사랑하는 여인의 앞에서 발기되는 성기는 감추면서 친구들과 함께 찾아간 어두운 쪽방에서는 자신 있게 성기를 드러내는 이 기묘한 전도현상은 일종의 도덕게임과 비슷했다. 아마도 학생회에서 일하는 남학생이 창녀와 하룻밤을 자고 왔을 때와 학생회 내부의 여학생과 사랑에 빠졌을 때, 학생회가 보이는 반응은 어느 정도 차이가 났을 것이다. 모르긴 해도 학생회로서는 후자의 경우가 더 곤혹스러웠을 테다. 이는 할아버지가 시를 읊었을 때 어른들이 보인 무덤덤 혹은 지루함과 일맥상통하는 얘기이며, 우리가 아무런 거리낌없이 〈댄서의 순정〉이나 〈엘레나가 된 순희〉를 합창하는 일과 별반 다르지 않았다. 말하자면 서로 공유할 수 있는 것이라면 아무런 문제가 없었다. 술이 취해 불콰해진 얼굴로 여럿이 몰려가 창녀와 하룻밤 자는 일은 모두가 공유할 수 있었지만, 학생회 내부에서 연애하다가 생기는 성욕은 전적으로 개인적인 것이었다. 개인적인 모든 것은 전적으로 이해받을 수 없었다. 하지만 어이없게도 그 누구와도 공유할 수 없는 욕망이기에, 그러니까 남들에게 드러낼 수 없는, 지극히 내밀한 욕망이기에, 나는 거기에서 단 한 발짝도 벗어날 수 없었다. 이윽고 나는 그게 사창가에서 드러나는 욕망과 달리 나만의 사적인 욕망이기 때문에 덫과 같다는 사실을 깨닫게 됐다. 엘레나가 된 순희를 향한 욕망은 연민의 감정이 대부분을 차지하는 사랑으로 포장됐으므로 도덕적이고 공적인 것이었다. 도덕적이고 공적이라는 말은 그런 욕망을 지닌 우리들이 그 욕망의 대상들보다 사회적 위치가 높다는 사실을 뜻했다. 실제로 도덕적으로 욕망할 때도 그랬지만, 도덕적으로 욕망한다고 생각할 때도 우리는 스스로 뭔가를 희생하고 있다고 믿었고, 뭔가를 희생하는 한, 우리는 스스로 그 욕망을 조절할 수 있다고 믿었다. 그런 내게 느닷없이 특정한 대상을 향한, 그 어떤 희생의 기미도 보이지 않는, 너무나 사적인 욕망이 자리잡았으므로 나는 당연하게도 그 욕망을 부도덕한 것이라고 생각했다. 그러나 명백히 부도덕한 모든 것들은 인간의 무의식을 점령하고 거기서 떠나지 않는다. 그리하여 1990년 가을, 나는 "그리고 大腦와 性器 사이"의 어딘가에서 헤어나오지 못하고 있었다. 그러니까 그해 가을 어느 저녁, 내 옆으로 와 앉은 정민이 고통스러울 정도로 커진 내 성기에 손을 대기 전까지는 말이다.

8

1990년 가을, 대동제가 열린 각 대학 캠퍼스는 결정적 시기를 앞둔 해방구를 방불케 했다. 학교로 올라가는 언덕배기에는 다양한 정파들이 내건 슬로건들이 바람에 펄럭이고 있었고, 게시판에는 정권과의 최종 결전을 예감하는 정세 분석이 빼곡하게 들어찼다. 광장에서 막걸리를 가운데 두고 둥글게 모여앉은 학생들은 소리 높여 북한의 혁명가곡을 불렀고, 문과대학 앞에서는 노동계급의 최종적 승리를 단언하는 시들이 낭송됐으며, 강당에서는 프롤레타리아 혁명을 고취하는 영화들이 상영됐다. 말하자면 우리는 캠퍼스 주위에 사상의 바리케이드를 설치하고 혁명의 언어를 완전히 쟁취하고 있었다. 언어의 차원에서 우리는 완전히 해방된 자들이었다. 그 시절에 나온 가장 끔찍했던 구호는 "속 태우고 애태우는 노태우를 불태우자"였나. 그 구호의 목적은 실제로 현직 대통령을 불태워버리겠다고 다짐하는 데 있는 게 아니라, 그런 말을 공공연하게 외치게 될 때의 해방감을 공유하는 데 있었다. 언젠가 한번은 종로 뒷골목의 술집에서 같이 있던 학생 하나가 그 구호를 외친 적이 있었는데, 그때 일반인들이 보인 반응은 두려움에 가까웠다. 술을 마시던 한 중년 남자는 우리에게 다가오더니 조심스럽게 "어찌해서 그렇게 무서운 소리를 하느냐? 그런 식이라면 너희들의 행동은 그 누구에게도 이해받을 수 없을 것이다"라고 말했다. 아마도 그가 두려워했던 것은 더이상 말할 수 없는 것들이 없어지게 되는 상황이었을 것이다.

그러나 캠퍼스 주위에 언어의 바리케이드를 설치하고, 대동제의 모든 행사를 선전 선동의 무대로 삼고자 했던 학생회가 원했던 것이 바로 그런 상황이었다. 우리의 무기는 고출력의 스피커였으므로, 하루종일 일 톤 트럭에 앰프와 스피커를 싣고 다니느라 우리는 정신이 없었다. 가을 대동제의 마지막 행사는 학교 중앙광장에서 열린 노래공연이었다. 비장한 선율의 오르간 소리와 함께 희생된 자들을 추념하는 여학생의 낭랑한 목소리로 시작된 그 공연은 서서히 혁명적 낙관주의를 찬양하는 노래들로 이어지다가 결국 거기에 모인 학생들이 모두 참여하는 집단 군무로 바뀌었다. 그때 나는 학생회 사무실에서 내려오다가 그 광경을 보게 됐다. 뉘엿뉘엿 저물어가는 오렌지빛 햇살이 드리워진 가운데 수백 명의 학생들이 노랫소리에 맞춰 일제히 두 팔을 흔들며 같은 동작을 취하는 모습은 감동을 넘어 오싹할 지경이었다. 그건 완전한 해방의 느낌 그 자체였으므로 나는 우리에게 다가와 "그런 식이라면 너희들의 행동은 그 누구에게도 이해받을 수 없을 것이다"라고 말한 중년 남자의 두려움을 떠올릴 수밖에 없었다. 완전한 해방은 두려울 정도로 요염한 쾌감과 연결돼 있었다. 중년 남자의 말은 옳았다. 완전한 해방이란 사적인 쾌감과 관계된 것이므로 누구에게도 이해받을 수 없는 것이었다.

우리가 초청한 노래패는 전문가들이었으므로 그들의 노래에 따라 우리는 슬퍼하고 좌절하고 분노하고 다시 낙관했다. 단상에 오른 그들을 따라 구호를 외치고 노래를 따라 부르는 동안, 우리는 서서히 흥분하기 시작했다. 어둠이 충분히 깔려 있었고 주위는 소란스러웠으므로 계단식 의자 한쪽 구석에 앉아 있던 나는 옆에 있는 정민의 손을 몰래 잡을 수 있었다. 정민의 손에는 땀이 배어 있었다. 이로써 대동제의 마지막 행사가 성공적으로 끝나게 됐으므로 우리는 어느 정도 안도감을 즐기고 있던 터였다. 그때 정민이 내 귀에 대고 속삭였다.

"나, 목걸이 떨어졌나봐. 좀 찾아줘."

노랫소리가 너무나 컸으므로 정민은 두 손을 모아 내 귀에 대고 큰 소리로 말할 수밖에 없었다. 나는 얼른 몸을 웅크려 손으로 바닥을 더듬었다. 자잘한 돌멩이 같은 것들만 손바닥에 와 닿을 뿐, 목걸이는 잡히지 않았다. 나는 주머니에서 라이터를 꺼내 정민이 앉아 있는 자리 아래쪽에 불을 밝혔다. 여기저기 라이터를 들이밀었지만, 어디에도 목걸이는 보이지 않았다. 대신 짧은 양말 위로 볼록하게 올라온 정민의 왼쪽 복사뼈가 보였다. 나는 라이터가 뜨거워져 결국 불을 끌 수밖에 없게 될 때까지 정민의 발목을 들여다 봤다.

"여기서 잃어버린 것 맞아?"

달구어진 라이터 때문에 그때까지도 후끈거리던 손으로 컵 모양을 만들어 정민의 귀에 대고 내가 물었다. 정민은 고개를 끄덕였다.

"바닥에 떨어지진 않았어. 혹시 티셔츠 안으로 들어간 거 아니야?"

내 말을 들은 정민은 티셔츠 안으로 손을 집어넣어 이리저리 훑었다. 정민의 손이 그녀의 배와 가슴과 등으로 움직였다. 정민이 티셔츠 안을 더듬느라 몸을 약간 비틀자, 정민의 등뒤에 목걸이가 떨어져 있는 게 보였다. 나는 그 목걸이를 오른손으로 집은 뒤, 정민에게 말을 하려고 했다. 하지만 손을 쓸 수 없었기 때문에 이번에는 정민의 귀에 거의 닿을 정도로 내 입을 바짝 갖다대야만 했다. 원래는 "그런데 이게 왜 여기에 있지?"라고 말하면서 정민의 목뒤로 목걸이를 보여주며 깜짝 놀라게 할 생각이었는데, 정작 내 입에서는 전혀 엉뚱한 말이 튀어나왔다.

"나, 지금 너무 커졌어."

처음에 정민은 무슨 소리인가, 눈을 동그랗게 뜨고 나를 바라봤다. 무안해진 나는 아무 일도 아니라는 듯 손을 내저었지만, 그런 나를 보면서 정민은 깔깔거리며 웃음을 터뜨렸다. 그러나 귀를 찢는 듯한 음악소리 때문에 정민의 웃음소리는 잘 들리지 않았다. 〈선언 2〉의 도입부를 연주하는 장엄한 오르간 소리만이 귀를 메울 뿐이었다. 노래가 끝나자 단상에서 사회를 보던 부학생회장은 학생들에게 지금 당장 스크럼을 짜 교문 밖으로 진출해 노태우 정권을 끝장내자고 외치고 있었다. 부학생회장의 구호를 이어받은 학생들의 목소리가 광장에 울려퍼졌고, 왼쪽부터 계단식 의자에 앉아 있던 학생들이 아래로 내려가기 시작했다. 그때 정민이 나를 향해 뭐라고 소리쳤다.

"민주세력 총단결로 노태우 정권 타도하자! 타도하자! 타도하자!"

정민은 구호를 외치지 않고 나만 빤히 쳐다보고 있었으므로 나는 있는 힘껏 소리쳤다.

"뭐라고?"

"너, 진짜 많이 컸다구."

"민중탄압 민주압살 노태우 정권 타도하자! 타도하자! 타도하자!"

다시 구호가 외쳐지는 가운데 노래공연은 대단원의 막을 내리고 있었다. 부학생회상의 선전 선동 속에 학생들은 교문 바깥으로 진출하기 위해 스크럼을 짜고 뛰어가고 있었다. 노랫소리와 부학생회장의 목소리와 학생들의 구호소리 때문에 정신이 하나도 없는 지경이었는데, 어느 틈엔가 정민이 불쑥 손을 뻗어 내 사타구니를 만졌다. 정민이 내 성기를 만져보는 그 순간에도, 그리고 다시 손을 떼고 구호를 외치기 시작했을 때도 나는 진짜 정민이 나를 만진 것인지 확신할 수 없었다. 어리둥절한 표정으로 자신을 바라보는 나를 향해 정민이 다급한 목소리로 소리쳤다.

"이것 좀 빨리 목에 걸어줘. 빨리, 빨리!"

정민은 등을 돌리고 목걸이의 고리를 뒤로 해서 내게 내밀었다. 목걸이에는 서로 연결할 수 있는 작은 쇠고리가 달려 있었는데, 작기도 했지만 손에 땀이 배어 잘 걸리지가 않았다. 바지에 손바닥을 문질러 닦은 뒤, 몇 번이나 다시 쇠고리를 채워보려고 했지만 번번이 제대로 되지 않았다. 그때, 뒤에서부터 학생들이 내려오기 시작했고, 우리는 그 물결에 휩쓸렸다. 나는 하는 수 없이 목걸이를 바지주머니 속에 넣었다. 대동제 기간에는 이따금 그렇게 교문 밖으로 진출하는 경우가 있었는데, 그때는 학생들과 전경들 사이의 일종의 휴전기간과 같았으므로 그날만큼은 전경들이 교문을 막고 서 있지 않았다. 대신에 만일의 사태에 대비해 전경들은 학교 앞 좁은 거리와 대로가 맞닿는 곳에 정렬해 있었다. 어느 정도 학교 앞 거리를 내려가서 행렬은 멈춰 섰고, 어느새 거기까지 내려온 부학생회장은 방패를 세워든 전경들 앞에 서서 다시 한번 삼당합당의 기만성과 공안통치의 본질을 폭로하는 선전활동을 하고 있었다. 열에 들뜬 그의 쉰 목소리가 가로등 너머 검은 밤하늘로 솟구쳤다. 대동제의 마지막 밤은 그렇게 끝나가고 있었다.

그날 밤, 늦도록 학생회 간부들과 어울려 술을 마시고 있는데, 정민이 복도로 나를 불러냈다. 복도 창밖으로 텅 빈 무대가 내려다보였다.

"너, 언제까지 그렇게 술만 마시고 있을 거야? 술이 그렇게 좋아?"

혀가 꼬인 목소리로 정민이 내게 쏘아붙였다.

"그럼? 대동제도 끝났고, 오늘은 할 일도 없잖아. 무대는 내일 정리하면 되는 거고."

그러자 정민은 주먹을 쥐더니 내 가슴을 세게 쳤다.

"니가 무슨 나이트클럽 기도냐? 지금 무대 정리하게 됐냐고? 목걸이 걸어줘야 할 거 아니야!"

"아, 목걸이!"

나는 비틀거리며 바지주머니를 뒤졌다. 목걸이는 주머니 속에 있었다.

"그런데 이건 뭐냐? 신데렐라의 유리구두냐?"

유리구두 모양의 목걸이를 꺼내며 내가 말하자, 정민은 소리내 한참 깔깔거렸다. 그리고 내 눈을 바라보면서 물었다.

"니, 지금노 커?"

"응."

"정말?"

나는 고개를 끄덕였다.

"좋아, 그럼. 그 목걸이 걸어주려면 네 자취방에서 걸어줘. 여관은 정말정말 너무너무 싫어."

어떻게 대꾸해야 할지 몰라 내가 멍하니 쳐다보자, 정민이 다그쳤다.

"목걸이 걸어줄 거야, 말 거야? 지금 빨리 결정해."

"알았어."

나는 그렇게 말한 뒤에 덧붙였다.

"그런데 오늘은 생리 아닌 거 맞지?"

정민은 다시 한번 내 가슴을 쳤다. 우리는 그길로 건물을 빠져나왔다. 정민의 손을 잡고 달리듯이 빠른 걸음으로 걸어가는 내내 술에 취한 내 입에서는 노랫소리가 그치지 않았다. 겨울 가고 봄이 오면 아지랑이 피어오르는 길게 누운 이 산하는 여윈 몸을 뒤척이네. 가자, 가자, 저 자유의 땅에 억센 팔과 다리로, 수천 년 이어온 생산의 힘으로 새 세상 만들어내리. 기나긴 밤이었거늘 압제의 밤이었거늘, 우금치 마루에 흐르던 소리없는 통곡이거늘, 불타는 녹두벌판에 새벽빛이 흔들린다 해도 굽이치는 저 강물 위에 아침 햇살 춤춘다 해도. 뿌연 가로등 밤안개 젖었구나. 사는 일에 고달픈 내 빈속. 온통 세상은 비 오는 차창처럼 흔들리네, 삶도 사랑도. 정민이 그만 부르라고 핀잔을 주는데도 굴하지 않고 나는 큰 목소리로, 온 동네가 떠나가라, 소리를 질렀다. 하나 없어라, 슬픈 사랑노래여. 심장에서 굳센 노래 솟을 때까지.

9

규칙적으로 고저를 오르내리는 전자음을 들으며 가만히 누워 있으려니 정민이 내 쪽으로 와서 기분이 어떠냐고 물었다. 나는 잠시 어둠만을 바라보다가 이 우주가 유한하다는 사실을 믿을 수밖에 없게 됐다고 대답했다. 그러자 정민의 얼굴이 내 눈앞으로 다가오는 기척이 느껴졌다. 나는 이렇게 설명했다. 우리가 살고 있는 우주가 무한하지 않다는 사실을 증명하는 설명 중에서 가장 인간적인 이야기는 다음과 같다. 먼저, 반대로 우주가 무한하다고 가정해보자. 그 무한한 우주에는 K라는 존재가 살고 있다. K는 이 우주가 무한하다는 사실을, 또한 그렇기 때문에 이 우주 안에는 무수히 많은 '또다른' K가 살아가고 있다는 사실을 알고 있다. 비록 가장 가까운 곳에 존재하는 K조차도 이백 광년이 떨어져 있기 때문에 실제로 만날 수는 없지만, 빛보다 빠른 텔레파시를 통해 무한한 우주에서 무한한 K들이 보내는 메시지로 그들이 어떤 삶을 살고 있는지는 K도 알 수 있다. 예컨대 어제 우리가 살고 있는 지구의 K는 밤늦은 시간에 술집을 나서다가 길에 쌓인 눈무지에 발을 헛디뎌 엉덩방아를 찧었다. 그때 텔레파시를 수신하는 K의 휴대장치로는 다른 은하에서 살고 있는 K들의 메시지가 속속 들어오고 있었다. 눈 위에 주저앉은 채 K가 메시지를 보니 어떤 K는 춥다고 아예 집 밖으로 나가지도 않았고 어떤 K는 아직도 술집에 앉아 있었다. 한편으로 우리 지구의 K처럼 술집을 나서다가 쌓인 눈에 미끄러진 K도 무수히 많았다. 아픈 엉덩이를 매만지며 우리 지구의 K는 이 무한한 우주에는 넘어지지 않은 '나'도 있으니 다행이라고, 또 한편으로는 자기와 마찬가지로 넘어진 '나'도 있으니 그것도 다행이라고 생각했다. 적어도 일어날 수 있는 모든 경우의 수를 경험할 수 있는, 무수한 K에게서 메시지를 받을 수 있는 한, K는 외로움을 느낄 겨를이 없다.

그런데 문제는, 우리 지구의 K가 일어서다가 맞은편에 서서 넘어진 그를 바라보며 깔깔대고 웃는 한 여자를 보게 됐다는 것이었다. 추위로 빨갛게 된 그 여자의 양볼을 보는 순간, K는 지금까지 자신이 그렇게 예쁘게 웃는 여자를 한 번도 본 적이 없었다는 사실을 깨닫게 됐다. K는 젊은 남자였으니, 그건 그렇다고 치자. 하지만 중요한 건 앞으로 또 그런 여자를 만날 수는 없을 것 같다는 예감이 강력하게 K의 마음을 두들겼다는 점이다. 그러므로 엉덩이를 털고 일어난 K가 아무 일도 없었다는 듯이 어깨를 펴고 그 여자에게 다가가 말을 걸게 되는 건 당연한 순서였다. 그렇다면 K는 그 여자에게 무슨 말을 할 수 있을까? 그 여자의 마음을 사로잡을 수 있는 말이라면 무엇이든 해야 한다. 아무리 진부하다고 해도 "시간이 괜찮으시면 차라도 한잔 하실까요?" 같은 말을 해야 한다. K의 인생에서 다시는 그런 여자를 만날 수 없을 테니까. 제일 좋은 건 자신감 넘치는 표정으로 여자 쪽으로 걸어가다가 다시 한번 미끄러지는 것이다. 당연히 여자는 넘어지려는 K를 붙잡으려 할 것이고, 그러면 여자를 안고 넘어질 수 있으니까. 같이 넘어질 수만 있다면 한번 더 만날 수 있다. 그럴 때는 "어릴 때부터 미녀를 보면 넘어지는 습관이 있어서"라고 말하며 끝을 흐려도 좋을 것이다. 아무튼 그 여자를 잡기 위해서 K는 무슨 말이라도 할 수 있다. 단 한 가지만 빼고. 그건 바로 마구 메시지가 들어오고 있는 휴대장치를 꺼내 보여주며 "다른 은하에서는 제가 이렇게 멍청하게 넘어지지 않았거든요"라고 말하는 것이다. 왜냐하면 그 여자를 사랑하는 K는 이 세상에 우리 지구의 K 혼자뿐이어야 하므로. 실제로 우주가 무한하든 유한하든 그건 알 필요조차 없다. 그녀를 사랑하는 한 K는 이 우주에 혼자뿐이어야 한다. 그러므로 사랑에 빠지는 순간, K는 휴대장치를 믿을 수 없게 된다. 문제는 그게 연인이든 가족이든 이웃이든 누군가를 사랑하지 않는 사람은 아무도 없다는 점이다. 그러므로 사랑은 모든 인류를 유일한 존재로 만들고, 또 그러므로 이 우주는 유한할 수밖에 없다.

내 말이 끝나기도 전에 정민은 "그러니까 좋았다는 뜻이야?"라고 네게 물었다. 바로 그랬다. 그 순간, 내가 무슨 얘기를 한다고 해도 그건 좋았다는 뜻이었다. 우주가 하나이듯, 그 순간도 내 인생에서 단 한 번뿐일 것이라는 걸 알고 있었으니까. 그러니까 정민과 처음으로 섹스를 하는 일 말이다.

"넌 어땠어?"

내가 묻자, 어둠 속에서 왼손으로 턱을 괴고 엎드려 나를 가만히 내려다보던 정민이 다시 바로 누웠다. 나는 몸을 돌려 정민의 가슴께를 바라봤다. 벌거벗은 여자의 몸을 한 번도 본 적이 없었으므로 어슴푸레한 빛을 받아 희미하게 반짝이는 가슴이 내게는 낯설었다.

"음…… 나도 너처럼 우주론적으로 말해보자면……"

숨을 쉬느라 정민의 배가 규칙적으로 오르내렸다.

"우주론적으로 말해보자면?"

"광속이란 참으로 빠른 속도로구나, 그런 걸 새삼 깨닫게 됐다고나 할까."

"그걸 몰랐어? 일 초에 삼십만 킬로미터."

"아이참, 그래서 새삼 깨닫게 됐다고 말했잖아. 그게 말이야, 태양에서 출발한 빛이 지구까지 오는 데 팔 분이 걸린대. 그게 긴 시간이라는 건지 짧은 시간이라는 건지 가늠할 수 없었는데, 이제는 확실하게 알겠어. 너무나 짧아."

그러더니 정민은 어둠 속에서 손을 들어 내 책상 위에 놓인 탁상시계의 야광 분침을 가리켰다.

"우리도 한 팔 분쯤 걸렸나봐."

그 말에 나는 장난을 치는 아이처럼 정민의 몸을 간질였다. 정민은 내 손을 툭툭 치면서 깔깔거렸다. 툭툭. 꼭 그런 느낌으로 내 성기가 갑자기 커졌고, 나는 다시 정민의 몸안으로 들어가고 싶었다. 하지만 정민은 그런 내게서 몸을 뺐다.

"조금만 있다가, 조금만 있다가 하자. 지금은 그냥 안고만 있어도 좋거든."

나는 한숨을 한번 내쉬고 모로 누워 엉거주춤 정민을 안았다. 정민의 어깨 너머 창밖 보안등 불빛을 받은 엉덩이가 보였다. 내 이야기 속의 K처럼 그렇게 예쁜 엉덩이를 나는 그때까지 한 번도 보지 못했고, 또 다시는 못 볼 것 같았다. 그러므로 나 역시 무슨 수를 써서라도 한번 더 섹스를 하고 싶었다. 그때의 그 감정을 두고 성욕이라고 할 수는 없을 것이었다. 지금은 성욕이 그보다는 좀더 인간적이고 좀더 육체적인 욕망이라는 사실을 안다. 한편, 당시의 나는 정민의 몸이, 그리고 예기치 않게도 나의 몸이 하도 낯설어 좀 당황하고 있었다. 내게 '몸'이 있다는 사실을 그 순간만큼 절실하게 느낀 적은 그때까지 한 번도 없었다. 다시 말하자면 그 순간 내 몸은 사랑을 하기 위한 몸으로 바뀌었는데, 그게 도대체 무슨 의미인지 몰라 나는 불안했다. 지금의 내 몸은 바로 그날 태어났다.

"네 밀대토 하자면, 우리 인류 중에 누군가를 사랑하지 않고 살아가는 사람이 단 한 명이라도 있다면 이 우주는 무한한 게 되겠네?"

내 어깨에다 대고 정민이 말했다.

"그런 사람은 이 세상에 없어. 뭔가를 사랑하지 않는 사람은 없으니까."

내 말이 진실이든 아니든 그 순간만큼은 우주가 유한해야 했으므로, 단호한 목소리로 내가 말했다.

"광주 시민들을 죽인 사람들에게도 사랑이 있었을까?"

"입대하기 전날, 밤새도록 애인과 껴안고 있었던 사람도 있을 거야."

마치 우리처럼. 하지만 불길한 느낌이 들어 차마 그 말만은 덧붙이지 못했다.

"그럼 그 학살을 명령한 사람은 어떨까?"

"적어도 자기 가족은 사랑했겠지."

"그런 것도 사랑이라고 할 수 있을까?"

지금 내가 그 질문에 대답할 수 있다면 나는 그렇다고 대답할 것이다. 그건 베를린의 한 바에서 피아노를 연주하던 노인 헬무트 베르크의 이야기 때문이었다. 유대인의 피가 섞인 혼혈 독일인 즉 미슐링Mischling으로, 한때 쾰른에서 아우슈비츠로 가는 열차에 올라탄 적이 있는 헬무트 베르크는 인간이 이 세상을 완전히 이해할 수 없는 까닭은 모두 사랑 때문이라고 말했다. "나는 너희에게 이르노니 너희 원수를 사랑하며 너희를 핍박하는 자를 위하여 기도 하라"라는 산상수훈의 한 구절은 평생 헬무트 베르크를 괴롭혔다. 자신은 증오도 이해했고 분노도 이해했지만, 결국 사랑만은 이해하지 못했다고 헬무트 베르크는 내게 털어놓았다. 증오나 분노와 달리 사랑이 가리키는 것은 저마다 달랐다. 예컨대 광주학살을 명령한 사람이 가족을 아끼는 감정도 사랑이었고, 그 순간 정민의 몸을 껴안고 한없이 만지려고 드는 내 마음도 사랑이었다. 사랑은 그 모든 것이었다. 세상이 혼란스러워지는 까닭은 그 모든 것을 사랑이라는 이름으로 부르기 때문이었다. 헬무트 베르크에 따르면, 하지만 그게 바로 신의 뜻이었다.

내가 아무런 대답도 하지 않자, 정민은 내 어깨에다 입술을 비비며 고개를 절레절레 흔들었다.

"아니야, 우주는 무한할 거야. 이 우주에 내가 누구인지 말해줄 수 있는 사람이 나 하나뿐이라면, 생각만 해도 추워. 무주에서 보내던 그해 겨울이 기억나. 얼마나 추웠는지 몰라. 그때 달달달 떨면서 이불을 뒤집어쓰고 내가 그토록 간절히 원했던 것은 누군가 내게 말을 거는 일이었어. 그게 누구든, 나는 연결되고 싶었어. 우주가 무한하든 그렇지 않든 그런 건 뭐래도 상관없어. 다만 내게 말을 걸고, 또 내가 누구인지 얘기해줄 수 있는 사람이 이 우주에 한 명 정도는 더 있었으면 좋겠어. 그게 우주가 무한해야만 가능한 일이라면 나는 무한한 우주에서 살고 싶어. 그렇지 않으면 너무 추울 것 같아."

"그게 왜 꼭 또다른 너여야만 하니?"

"몰라, 몰라. 니가 이 우주에 나는 나 하나뿐이라고 해서 너무 추워졌어."

그 말을 하면서 정민은 내 품안으로 파고들었다. 실제로 정민은 몸을 몹시 떨었다. 어찌할 바를 모르고 있다가 나는—다시 섹스를 하겠다는 마음은 미처 먹지도 못하고—그저 정민의 가슴이며 등을 어루만지고 몸을 비벼대기만 했다. 나도 모르게 그런 동작이 나왔는데, 실제로 그렇게 서로의 몸을 비벼대고 있으려니 우리는 무척이나 외로운 사람들처럼 느껴졌다. 그건 아마도 어두운 방 안을 가득 메우던 라디오 소리 때문이었는지도 모른다. 그날 외로운 사람들처럼 그렇게 서로 꽉 껴안고 있었던 것은 전 우주를 통틀어 우리 둘뿐이었다고 나는 생각한다. 처음에는 마치 우주의 저편에서 보내오는 메시지처럼 고음과 저음을 빠르게 오가던 그 전자음은 조금씩 의미 없는 소음으로 바뀌어갔다. 그 전자음은 방해를 목적으로 쏘아올린 것이었기 때문에 오랜 시간 귀 기울여 듣기는 참으로 힘들었다. 그러다가 조금씩 시간이 지나면서 그 전자음은 몇 가지 패턴으로 반복되는 것처럼 들렸는데, 그건 정민과 내가 그 전자음에 맞춰 서로의 몸을 만지고 비벼댔기 때문이었다. 그러는 사이 정민의 몸은 점점 더 뜨거워졌다. 가장 육체적인 차원에서 본다면, 사랑은 그런 온기에 불과할지도 모른다. 평소보다 약간 더 따뜻한 상태. 하지만 한 인간에게는 다른 사람의 몸에서 전해지는 그 정도의 온기면 충분했다. 그러므로 이윽고 몸이 완전히 뜨거워진 정민이 내 몸을 한없이 끌어당길 때, 나는 내가 어디에 있는지, 누구인지 알 수 없었다. 내 몸이 정민의 몸에 밀착하면 밀착할수록 나는 새처럼 하늘을 날아가는 기분을 느꼈다. 방 벽을 따라 울리는 라디오 소리는 나를 시작도 끝도 없는 우주공간 속으로 한없이 떠다니게 만들었다.

개인들은 언제나 자기 자신으로부터 출발했다. 이건 『독일 이데올로기』에서 마르크스가 한 말이었다. 이데올로그들이 말하는 '순수한' 개인으로부터가 아니라, 역사적 조건들과 관계들 내부에 있는 자신으로부터. 그렇다면 어디를 향해? 그 순간 내 몸으로 이해한바, 시작도 끝도 없는 우주공간 속으로, 그리고 외로움이 없는 해방 속으로. 그 공간은 너무나 행복하고 너무나 아름다워 다른 곳에 그와 같은 세상이 하나 더 존재할 것이라고는 생각조차 할 수 없었다. 내가 몇 번이나 다시 태어날 수 있는 존재가 아니라면, 그날의 그 몸이 바로 나라면, 그런 공간도 단 한 곳뿐이었고 그런 순간도 단 한 번뿐이었다.

라디오의 나날들

10

정민이 여관을 '정말정말 너무너무' 싫어한 까닭은, 거기에는 라디오가 없어서였다. 물론 찾아보면 라디오를 갖춘 여관도 있었으리라. 하지만 정민이 나와 함께 듣고자 했던 라디오 방송은 좀 색다른 것이었다. 그게 어떤 종류의 라디오 방송인지 말하려면 다시 정민의 이야기로 돌아가야만 한다. 그러니까 왼손으로 떨어지는 차가운 물 덕분에 현실감각을 되찾게 된 정민이 병원에서 퇴원할 즈음이 되자, 정민의 어머니는 다시 학교에 나가게 될 이듬해 봄까지 정민을 무주의 외갓집에 보내는 게 어떻겠느냐고 남편에게 제안했고, 아버지는 주저없이 이 말에 따랐다. 정민의 아버지는 사람의 일이라면 그게 무엇이든 쉽사리 판단내리지 않는 사람이었고, 그런 성격은 어느 정도 정민에게도 물려졌는데, 그때만은 예외였다. 그가 흔쾌히 동의한 것은 한적한 시골에서 몇 달 지내다보면 마음의 병이 아무는 데 도움이 되리라는 아내의 의견이 타당했기 때문이기도 하지만, 나중에 알게 된 바에 따르면 삼촌의 죽음과 정민의 입원을 둘러싸고 동네에 돌아다니던 나쁜 소문 때문이기도 했다. 소문을 전해들은 아버지가 어떤 반응을 보였는지 정민으로서는 알 도리가 없었지만, 병원에 있느라 그런 소문에 대해서는 들어본 바가 없는 정민이 여러 차례 그냥 집에서 공부하겠다고 우기는데도 완강하게 외갓집행을 고집한 점으로 미뤄 짐작하면 아버지가 놀라기는 꽤 놀란 모양이었다. 사실 내용만 놓고 보자면, 밤마다 정민이 죽은 삼촌과(비록 "뒤에서 꽉 껴안고 있는 거 보니까……"라는 말이 의미심장한 말줄임표를 붙이고 있었지만) 오토바이를 타고 어딘가를 다녀오는 모습을 본 적이 있다는 목격담이니 그 소문이 거짓만은 아니었다. 하지만 그런 사실을 전혀 몰랐던 정민의 아버지로서는 그런 소문이 돈다는 것만으로도 불쾌했을 것이고, 나아가 말 많은 인간들이 그 일과 삼촌의 자살, 정민의 입원을 서로 논리적으로 연결시킬지도 모른다는 우려도 들었을 것이다. 아버지의 그런 기세에 눌려 정민은 더이상 무주행을 거부하지 못하고 아버지가 운전하는 자동차에 올라타야만 했다.

그날, 전주를 지나 임실 쪽으로 진입할 때까지도 두 사람은 별 말이 없었다. 아버지는 앞만 바라보고 있었고, 정민은 왼발을 의자 위에 올리고 무릎을 세운 채 차창 쪽으로 기대앉아 푸른 하늘을 배경으로 스쳐가는 가로수 이파리들을 하염없이 올려다보고 있었다. 그해의 봄밤처럼 모든 것들은 정민을 중앙에 두고 지나가고 있었다. 열어놓은 차창으로 초록물이 든 그늘진 바람이 불어오자 땀이 맺힌 정민의 이마가 고스란히 드러났다. 그 나무들, 그 흔들림, 그 바람소리는 정민이 머무는 세상이 어떤 곳인지 분명하게 말해주고 있었다. 그 세상에서 정민이 할 수 있는 일이란 하나도 빠짐없이, 모두 기억하는 것뿐이었다. 그 봄이 지나간 것처럼 여름도 지나가고 있었다. 병원에 있느라 땀 한 방울 흘릴 겨를도 없었는데, 벌써 여름이 지나가고 있다고 생각하니 정민은 갑자기 노인이 된 듯한 기분이 들었다. 이제 또 얼마나 많은 봄과 여름과 가을과 겨울이 지나갈 것인지 그녀로서도 알 수 없는 노릇이었지만, 그리고 그 모든 계절들도 결국에는 다 지나가겠지만, 지금 자신이 할 수 있는 일은 그저 기억하는 것, 그 모든 일들을, 그 지나가는 것들을 몸속에 담아두는 일뿐이라고 정민은 생각했다.

그런 생각으로 머릿속이 복잡했던지라, 아버지가 "이 세상에 말이다. 사랑이 없는 삶도 있을까?"라고, 정민을 향한 물음인지, 자조의 혼잣말인지 혹은 원망 어린 질책인지 좀체 분간하기 어려운 말을 내뱉었을 때, 정민은 "기억이 존재하는 한, 사랑은 사라지지 않는다"라는, 자못 비장한 문장을 떠올렸다. 그 물음만 불쑥 내뱉고 더이상 아버지가 아무 말도 하지 않았기 때문에 정민은 입에서 나오는 대로 "수전노들의 삶이 그렇지 않을까?"라고 대답했다. 그래도 아버지는 아무런 대꾸가 없었다. 너무 무성의하게 대답해서 그런가 하는 생각에 아버지 쪽으로 고개를 돌리다가 정민은 빨갛게 충혈된 아버지의 오른쪽 눈을 보게 됐다. 정민은 몸을 곧추세워 앉으며 "왜 그래요, 아빠?"라고 물었다. 마치 『이방인』의 뫼르소라도 되는 양, 아버지는 아침 햇살이 너무 따가워 눈을 뜰 수가 없다고 대답했다. '아침 햇살이 너무 따갑다니, 아직 여름은 지나가지 않은 것일까', 정민은 혼자 생각했다.

그리고, 입을 다물고 있던 아버지가 소리내어 목을 한번 가다듬더니 다시 말했다.

"이 길을 쭉 따라서 무주까지 가다보면 마이산이 나올 거다. 그 산에 들렀다 갈까?"

"마의 산? 토마스 만?"

그러자 아버지는 헛헛거리며 웃음을 터뜨렸다.

"마의 산이 아니고 마이산이라고, 진안에 있는 산 이름이다. 생긴 모양이 말 귀를 닮았다고 해서 말 마馬, 귀 이耳, 마이산이다. 거기 가면 대단한 게 있지."

'말 마, 귀 이', 속으로 한자를 따라 되뇌던 정민이 물었다.

"뭐가 있는데?"

"잔돌을 쌓아서 만든, 엄청나게 큰 돌탑들이 여든 개 정도 있지. 하지만 더 놀라운 건……"

"더 놀라운 건?"

"단 한 사람이 하룻밤 사이에 그 탑들을 모두 쌓았다는 것이지."

"한 사람이, 하룻밤 사이에, 여든 개가 넘는, 그것도 엄청나게 큰 돌탑들을 쌓았다는 말이야?"

"그렇지. 한 사람이 하룻밤 사이에. 아마도 낮이었다면 그렇게 쌓지 못했을 것이다."

"뭐가 그래요? 낮에는 못 쌓는 탑을 밤이라고 어떻게 혼자서 다 쌓아?"

"왜 안 되겠니?"

아버지는 정민을 돌아봤다.

"하룻밤에 만리장성을 쌓는다는 말도 있지 않느냐."

그 말에 정민은 더이상 참지 못하고 웃음을 터뜨렸다. 그렇게 웃긴 이야기는 들어본 적이 없다는 듯이 정민은 깔깔거렸다. 봄의 그 일이 있고 난 뒤로 몇 번 혼자서 피식거리거나 씁쓸하게 미소를 지은 적은 있었지만, 그렇게 큰 소리로 웃어버린 것은 처음이었다. 그런데도 아버지의 표정은 여전히 진지해서 정민은 오히려 웃음을 그칠 수가 없었다.

"아니, 아버님! 그 만리장성은 말이에요……"

"그 만리장성은?"

"그건 운우지정을 뜻하는 거죠."

양볼을 살짝 붉히며 정민이 말했다. 국어시간에 배운 대로, 구름과 비의 사랑. 그때까지 정민은 그런 사랑을 알지 못했으므로, 깔깔거리며 터져나오던 웃음이 갑자기 멎어 정민은 좀 난감했다. 원래는 그렇게 말하고 나서 더 세차게 깔깔거릴 작정이었는데, 막상 말하고 나니 쑥스러워졌다. 그러는 동안, 아버지의 눈가는 평소와 마찬가지로 자상한 외과의사의 눈매로 돌아와 있었다.

"내 말이 그 말이야. 운우지정이라는 게 바로 사랑이 아니겠냐? 그동안 마이산에는 한 서너 번 가본 것 같구나. 그런데 거기 가서 그 돌탑들을 볼 때마다 사랑이라는 걸 생각하게 돼. 누군가 하룻밤 사이에 그렇게 많은 돌탑을 쌓을 수 있다면 그건 오직 사랑 때문이겠지. 전해오는 바에 따르면 그 돌탑들을 쌓은 사람은 사람들이 모두 행복해지는 세상을 갈망했다고 하더구나. 그런 갈망이 있었으니까 가능한 일이었겠지. 우리가 이렇게 살아 있는 것도 다 그런 갈망이 있기 때문이다."

정민으로서는 알 듯 말 듯한 얘기를 꺼낸 아버지는 곧이어 자살한 삼촌에 얽힌 기억 몇 가지를 끄집어냈다. "네가 아는 삼촌은 어떤 사람인지 모르겠지만"이라고 말을 꺼낸 아버지는 전주에 있는 고등학교로 유학 갈 때까지만 해도 삼촌이 '참 맑은 사람, 참 착한 사람'이었다고 했다. 그 말은 정민에게 미묘한 울림을 던져주었다. 아버지와 삼촌 두 형제만 놓고 보자면, 사람들에 대한 정이 많아서 돈이 있건 없건 환자라면 일단 병상에 눕히고 보는 아버지 쪽이 '참 맑은 사람, 참 착한 사람'에 해당하리라고 정민은 생각했다.

정민이 아는 삼촌은 그런 세상사나 다른 사람에 대해서는 별 관심이 없다는 듯 무덤덤한 표정으로 엉뚱한 짓만 저질러 늘 주위 사람들을 놀라게 하던 사람이었다. 예컨대 삼촌은 집에 꽂혀 있던 세계의 풍물 안내책자를 보고는 터키에 가봐야겠다며 한동안 터키어를 공부하던 사람이었다. 아마도 일생을 통틀어 정민의 삼촌이 저지른 가장 엉뚱한 짓이 바로 느닷없는 자살이 아니었을까? 그러므로 아버지가 삼촌을 두고 '참 맑은 사람, 참 착한 사람'이라고 말할 때 그것은 죽은 동생에 대한 형으로서의 애틋함이 반영된 표현일 것이라고 정민은 생각했다. 하지만 무주에 도착할 때까지 아버지의 얘기를 계속 들어보니 그게 아니었다. 일생을 통틀어 삼촌이 저지른 가장 엉뚱한 짓은 따로 있었다. 삼촌이 자살한 원인이 정민에게 있는 게 아니라, 다른 데 있다는 사실을 분명히 하기 위해서 아버지가 들려준 얘기였는데, 그게 하도 놀라워서 정민은 한동안 입을 다물 수 없었다.

11

그 시절 무주에서 들을 수 있는 라디오 방송은 많지 않았다. 전라북도 전역을 대상으로 하는 모악산 송신소에서는 오 킬로와트 출력의 라디오 전파를 송출했는데, 이는 계룡산과 팔공산에서 송출되는 전파의 출력과 같았다. 무주에서 바라볼 때, 모악산과 계룡산과 팔공산까지의 거리는 큰 차이가 나지 않았으므로 이론상 무주의 청취자들은 이 세 곳에서 송출하는 전파를 모두 수신할 수 있어야 했다. 그러나 문제는 무주를 둘러싸고 솟아 있는 높은 봉우리들이었다. 이런 지형적 특성 때문에 전주의 방송국에서는 무주읍 뒷산에 출력 오백 와트의 중계소를 설치했으나 이는 무주읍 지역만을 가청권으로 두고 있었을 뿐이었다. 따라서 금강의 물줄기를 따라 골짜기에 형성된 무주읍 북쪽 지역의 촌락으로는 참으로 다양한 곳에서 전파가 흘러들었다. 가장 강한 전파는 한반도 북쪽의 사회주의국가들을 대상으로 하는 기독교 선교방송으로 제주에서 송출됐는데, 그 출력은 무려 이백오십 킬로와트에 달했다. 무주에서 수신되는 일본방송 역시 그 정도 출력을 지녔을 것이며, 남한과 일본의 선교방송에 맞서 북한과 중국과 소련에서 송출하는 선전방송의 출력 역시 그에 맞먹었을 것이다. 그들이 방송에 이용하는 중파는 그 파장이 백 미터에서 일 킬로미터에 이르는 기나긴 전파였으므로, 밤마다 라디오의 주파수를 맞추기 위해 다이얼을 돌릴 때마다 잡음 사이로 스치는 낯선 목소리들에 정민은 머나먼 이국에서 한없이 긴 전파가 너울거리며 무주의 골짜기로 흘러들어오는 광경을 떠올리지 않을 수 없었다. 그게 선전방송이든 선교방송이든, 누군가에게 얘기를 들려주기 위해 그처럼 너울거리며 미지의 곳을 향해 날아가는 전파를 생각하면, 라디오에서 흘러나오는 목소리가 어떤 것이든(그게 일본인이든, 중국인이든, 러시아인

이든, 심지어는 섬뜩한 목소리로 '미제와 남조선 괴뢰도당'을 성
토하는 북한인이든) 그 목소리는 필연적으로 외로울 수밖에 없다
고 정민은 생각했다.

외갓집에서 정민은 아침이면 이따금 외할머니가 라디오 주파수
를 맞추는 소리를 비몽사몽간에 듣곤 했다. 그건 매일 밤 정민이
외할머니의 라디오를 아래채의 자기 방으로 들고 갔기 때문이었
다. 외갓집 마루에는 죽은 외할아버지가 전주까지 나가서 사온 오
동나무 문갑이 있었다. 문갑 한가운데에는 서랍 두 단이 있었고,
그 위의 빈 공간에는 큰외삼촌이 사놓은 책과 잡지 들이 꽂혀 있었
다. 왼쪽 귀퉁이에 왕관 모양의 마크가 새겨진 목침만한 크기의 그
라디오는 일요일 오전, 평신도석에 줄지어 앉은 여인들처럼 하얀
색 미사포를 머리에 쓰고 있었다. 산속의 섬이라는 무주군 내도리
로 시집온 뒤로 외할머니는 1일과 6일마다 돌아오는 무주 장에 간
혹 다녀올 뿐, 한평생 마을을 떠난 적이 없었다. 그런 외할머니가
읍내의 본당에서 무려 일 년에 걸친 예비자 교리과정을 듣겠노라
고 금요일마다 나룻배를 탄 것이 모두 그 라디오 덕분이니, 마침내
세례성사를 받은 외할머니가 벨기에 출신 신부에게 선물받은 그
미사포를 라디오 위에 올려놓게 된 것은, 그러므로 당연하다면 당
연하다는 게 외할머니의 짧은 신앙생활에 대한 그 딸의 견해였다.
외갓집에서 가장 또렷하게 들리는 방송이 기독교 선교방송이었
으니 라디오 때문에 외할머니가 성당에 다니게 됐다는 정민 어머

니의 말은 그렇게 틀린 것도 아니었지만, 그렇다면 왜 내도리에도 있는 교회가 아니라 읍내까지 나가야 하는 성당이었느냐는 의문이 정민에게는 남아 있었다. 어쨌든 외할머니의 신앙생활은 하늘이라도 뚫린 듯 쏟아져내리던 빗줄기 때문에 끝이 났다. 정민에게는 뉴스에 나온 내도리 소식에 어머니가 고향과 좀체 연결되지 않던 수화기를 붙잡고 눈물을 주르르 흘리던 장면이 여전히 생생했다. 그러니까 1976년 6월, 폭우가 쏟아지면서 내도리에 참으로 끔찍한 참사가 일어났다. 불어난 물줄기는 내도리를 휘감고 도는 금강을 따라 큰 원을 그리며 금산 쪽으로 밀려가고 있었는데, 그 와중에 읍내 학교에 가려고 나섰던 학생들이 탄 나룻배가 전복되면서 열여덟 명이 익사하고 말았던 것이다. 외할머니가 더이상 성당에 나가지 않은 것은 그 일이 있은 직후이니, 하느님이 원망스러워 그랬던 게 아니겠느냐고 정민의 어머니는 추측하곤 했다.

정민 어머니의 말이 옳든 옳지 않든, 주민들의 민원을 받아들인 정부에서 내도리와 무주읍을 연결하는 다리를 건설했기 때문에 이제는 걸어서 무주읍까지 갈 수 있었음에도 나룻배 전복사건 뒤부터 외할머니는 더이상 성당에 나가지 않았다. 하지만 신앙이 마음에서 완전히 떠난 것은 아니어서, 저녁이면 여전히 외할머니는 불을 밝힌 채 성경책을 읽곤 했다. 아무 곳이나 펼쳐 내키는 만큼 읽는 식이었으니 과연 몇 번이나 성경을 읽었는지 따져볼 수는 없었지만, 십 년간 그런 식으로 혼자서 성경을 읽었으니 그 두꺼운 책의 사소한 이야기까지도 외할머니는 자기 일처럼 기억하고 있었다. 그런 까닭에 외할머니가 들려주는 다윗과 골리앗이며 머리카락이 잘린 삼손 등 구약성서의 이야기들은 꼭 옆에서 지켜본 사람이 전해주는 목격담인 양 생생했다. 또한 외할머니는 하나의 이야기가 끝나기도 전에 다른 이야기를 시작하곤 했는데, 예컨대 구약성서에서 시작된 이야기가 한국전쟁 때의 경험담으로 옮겨가거나 어린 시절에 들었던 옛날이야기와 성서의 이야기가 서로 연결되기도 했다. 그래서 외할머니의 이야기를 듣고 있노라면 이 세상의 그 어떤 사소한 이야기라도 중요하지 않은 게 없으며, 모든 이야기는 저마다 한 가지씩 교훈을 지녀 듣는 사람의 마음을 치유하게 되는 듯 여겨졌다. 어쩌면 정민의 어머니가 정민을 무주의 외갓집으로 보내겠다고 마음먹었던 것도, 하염없이 이야기를 토해내는 자신의 어머니를 염두에 둔 때문이었는지 모른다. 밤마다 라디오에 귀를 기울일 때면 정민은 외할머니가 들려준 수많은 이야기들을 떠올렸다. 어두운 밤하늘에 수많은 전파들이 존재하듯, 외롭다고 느끼는 바로 그 순간에도 수많은 이야기들이 세상을 가득 메우고 있을 것이라고 정민은 생각했다. 화장실에 다녀올 때면 정민은 마당에 멈춰 서서 주위가 너무나 어두워 차라리 눈이 부실 만큼 별빛이 환한 하늘을 올려다보며 누군가에게 들려주기 위해 온 세상을 가득 메운 목소리들을 상상하곤 했다. 1901년 마르코니가 세계 최초로 대서양을 넘어 'S'라는 문자를 무선으로 보내는 데 성공하자, 뉴욕타임스는 "우리는 언어에 날개를 달아 내보내는 법을 배우는 중이다"라고 보도했다. 마르코니는 변압기에 무리가 가지 않도록 짧게 세 번 '톡톡톡' 두들기면 되는 모스부호 'S'로 실험했다. 다시 말하자면 이 세상을 가득 메운 수많은 이야기Story, 또한 그러하므로 이 세상에 그만큼 많은 '나Self'가 존재한다는 애절한 신호Signal. 정민의 눈에는 옆으로 누운, 짧게는 삼 밀리미터에서 길게는 삼백 킬로미터에 이르는 수많은 외로운 'S'들이 누군가 들어줄 사람을 찾아 날개를 달고 어두운 하늘을 가로질러 날아가는 모습이 보이는 듯했다.

그러므로 저녁마다 포도송이가 수놓아진 하얀 미사포를 문갑 위에 조심스레 내려놓은 뒤, 두 손으로 라디오를 들고 자기 방으로 갈 때마다 정민의 가슴은 두근거렸다. 위채와 아래채 사이의 작은 마당을 스쳐가는 바람이 문풍지를 발라놓은 방문을 흔드는 동안, 이불 속에 몸을 파묻고 정민은 주파수 오백사십 킬로헤르츠에서 천육백 킬로헤르츠 사이에 존재하는 모든 목소리에 귀를 기울였다. 거기서 흘러나오는 목소리들을 들으며 정민은 비 내리는 오사카의 뒷골목을 떠올렸고, 평생 한 번도 웃어본 적이 없는 듯한 목소리로 얘기하는 중국방송의 진행자가 웃음을 터뜨리며 친구들과 술을 마시는 장면을 상상했으며, 생전 처음 들어본 러시아어에 블라디보스토크의 해변을 산책하며 사랑의 밀어를 주고받는 푸른 눈의 연인들을 그려봤다. 높고 낮은 산봉우리들과 구불구불 휘

돌아가는 물줄기들로 둘러싸인 내도리 깊은 산중에 누워 그런 것들을 상상하노라면 세상은 멀리, 참으로 멀리 떨어져 있는 것 같았다. 이따금 국내방송이 잡히면 거기에서는 아시안게임을 앞두고 대통령이 태릉선수촌을 방문해 국가대표 선수들을 격려했다거나 어느 방범대원이 경찰관을 사칭해 여고생을 추행했다는 등의 뉴스가 흘러나오기도 했다. 뉴스를 듣다보면 갑자기 세 번의 차임벨 소리가 울리는 순간이 있었는데, 정민은 그 순간을 가장 좋아했다. 세 번의 차임벨 소리는 지금까지와는 다른 종류의 뉴스가 시작된다는 것을 의미했다. 외신을 전한다거나 지방뉴스가 시작될 때면 어김없이 그 소리가 들렸다. 뭔가가 바뀐다는 것, 이윽고 다른 세계의 일들로 넘어간다는 것은 그처럼 반드시 차임벨 소리와 함께 이뤄져야만 할 것 같았다. 세 번의 차임벨 소리와 함께 'AP연합통신의 보도'라는 아나운서의 멘트가 나오면, 여야 대표회담에 대한 소식을 전하다가도 뉴스는 요하네스버그나 암스테르담과 같은 지구의 반대편으로 넘어갔다. 그럴 때마다 정민은 삶을 생각했다. 라디오에서 흘러나오는 그 온갖 얘기들이 말해주듯 인간의 삶 역시 항상 무슨 일인가가 벌어지고 있는 곳이었다. 그렇게 무슨 일인가 일어나는 순간, 삶은 예전의 삶과는 달라졌다. 그런 점에서 우리는 늘 예전과 다른 곳에서 살아가는 유목민이나 다름없으므로 영원한 거처라는 건 있을 수 없었다. 그리하여 밤마다 라디오에 귀를 기울인 지 얼마 지나지 않아 국내의 방송에서 흘러나오는 일들 역시 정민에게는 머나먼 이국의 얘기처럼 느껴지기 시작했다. 대학생 이백여 명이 파출소를 습격했다는 뉴스나, 환자의 고름을 맛보고 DNA를 발견했다는 과학자 얘기를 통해 창조론의 우수성을 설명하던 어느 의사의 강의나, 온갖 냉대 속에서도 마을 사람들을 하나하나 설득해 양송이 재배로 오 년 만에 전국에서 가장 소득을 많이 올리는 마을을 만들었다는 새마을 지도자 부부의 수기를 각색한 방송극이나 모두 마찬가지였다.

하늘에는 무수히 많은 전파들이 있었으므로, 때로 주파수가 가까운 전파들은 서로 엉겨들어 간섭현상을 일으켰다. 그럴 때면 한국인과 중국인이 서로 통하지 않는 각자의 말로 다툼이라도 벌이는 것처럼 두 언어가 번갈아가면서 들렸다. 간섭현상이 일어나게 되면 소리는 커졌다가 작아졌다가를 반복했다. 얼마 지나지 않아 정민은 그런 일이 일어날 때는 주파수의 가장자리 쪽으로 다이얼을 돌리면 음질은 조금 떨어지지만 훨씬 듣기 좋아진다는 사실을 알게 됐다. 그런 방법도 통하지 않는 것이 바로 북한에서 흘러드는 전파였다. 자정이 가까워지면 들을 만한 방송도 거의 끝나 대개 정민은 라디오를 끄고 무주 읍내의 서점에서 사온 소설책을 읽었다. 그러다가 새벽 두시경이면 아침 일찍 깨어나야 한다는 생각에 책장을 덮고 불을 끈 뒤, 정민은 이불 속에 들어가 누웠다. 하지만 좀체 잠은 오지 않아 몇 번을 뒤척이다가 다시 라디오를 켜고 이리저리 내키는 대로 다이얼을 돌리곤 했다. 그러면 일본어, 중국어, 러시아어 등이 흘러나왔다. 거기에는 북한의 대남방송도 있었다. 그에 맞서 남쪽에서 방해전파를 쏘아올림에도 불구하고 무주에서는 어느 정도 선명하게 그 목소리를 들을 수 있었다. 대남방송에서 흘러나오는 목소리는 언제나 적개심에 불타오르고 있었고, 어느 정도 구식이라는 느낌이 들었고, 한편으로는 너무 힘줘 말하는 탓에 그 사람들이 집에 돌아가면 너무 피곤하지 않을까, 걱정도 들었다. 너무나 지루한 내용이라 정민은 이내 그 방송 내용에 흥미를 잃었지만, 잠잘 때면 어김없이 대남방송을 찾아 다이얼을 돌렸다. 대남방송을 무력화시키기 위해 남쪽에서 쏘아올리는 방해전파에는 뭔가 특별한 것이 있었다. 하염없이 고저를 오르내리는 전자음으로 구성된 방해전파는 대남방송의 전파와 서로 간섭현상을 일으켜, 적개심에 불타는 그 목소리를 듣기 거북할 정도로 심하게 오르내리게 했다. 그래서 처음에는 그 목소리의 내용에 귀를 기울였다가도 이내 단조롭게 고저를 오르내리는 그 전자음에 주의를 빼앗길 수밖에 없었다. 정민은 그 전자음을 들으며 누워 있었다. 전자음은 우주 저편에서 날아오는 것 같았다. 아무 내용도 없는, 그저 자신이 존재한다는 사실을 그 어느 누구에게라도 알려주고자 하는 그런 간절한 욕망. 정민은 어둠 속에 누워 방해전파를 들으며 더없이 광활한 우주를 생각했고, 자신이 그렇게 넓은 우주에 존재하는 하나의 인간에 불과하다는 사실을 절감했다. 그리하여 외로웠으므로, 정민은 밤하늘을 떠다니는 그 수많은 이야기들처럼 누군가에게 연결되기를 간절히 원했다. 그 누군가가 멀리 있든 가까이 있든, 과거나 현재나 미래 그 어디에 있든. 그런 사람이 나타나면 꼭 같이 라디오를 듣겠노라고.

사랑에는 아무런 목적이 없으니

12

나를 오랫동안 매혹시킨 몽상은 이런 것이었다. 성경보다도 훨씬 두꺼운, 아마도 이 세상에 이미 존재했거나 지금 존재하고 앞으로 존재할 모든 사물과 사람 들의 내력을 적어놓은 책이 책상 위에 놓여 있다. 그 두꺼운 책이 자신을 읽어줄, 단 한 사람을 소망하는 것처럼, 나 역시 내가 읽을, 단 한 권의 책을 만나기를 오래도록 기다려왔다. 그러므로 나는 두 손으로 두근두근 뛰는 가슴을 억누르며 천천히 책이 놓인 그 책상으로 다가간다. 한참을 바라보다가 떨리는 손으로 조심스레 표지를 넘기면 내가 그토록 읽고 싶었던 이야기들이 마술처럼 흘러나온다. 다음 장, 그다음 장, 또 그다음 장. 점점 더 빨리 나는 그 책을 읽어나간다. 읽으면 읽을수록 그 책이 내가 그토록 기다리던 바로 그 책이라는 사실이 분명해진다. 이 몽상의 가장 큰 매력은, 단 한 사람만 있어도 그 책은 읽힌다는 점이었다. 처음 우리가 서로에 대해서 알아가기 시작할 때 정민이 나와 닮았다며, 투르게네프의 『첫사랑』에 나오는 다음과 같은 문장을 읽어준 적이 있었다. "나는 언제나 불안한 마음으로 뭔가를 기다렸고 모든 것에 경이로움을 느꼈으며 무엇인가에 끊임없는 마음의 준비를 하고 있었다. 노을이 질 때면 나는 제비떼처럼 날아다니는 환상에 빠져 주위를 빙빙 돌면서 장난을 쳤다. 뿐만 아니라 나는 많은 생각에 잠기기도 했고 우울한 심정에 빠지기도 했다." 아마도 그런 책이 나타나기를 기다리는 내 처지도 그와 비슷했을 것이다. 그렇긴 해도 그 두꺼운 책이 너무나 부드러워 한없이 쓰다듬고 싶은, 한 여자애의 몸으로 내 앞에 나타나리라고는 전혀 예상하지 못했다. 정민과 잠을 자고 난 뒤로 나를 둘러싼 세상은 완전히 바뀌었다. 알고 봤더니 이 세상은 이야기로 가득차 있었다. 내가 한 일이라고는 서로 몸을 비벼대며 한 인간에게는 어느 정도의 온기가 필요한지 깨닫게 된 것뿐이었는데, 어찌된 일인지 그다음부터 세상의 모든 사물들은 마녀의 오랜 저주에서 풀려난 것처럼 저마다 자신만의 입으로 내게 말을 건넸다. 길거리에 버려진 귤껍질이 방금까지 그 귤을 먹으면서 엄마에게 혼난 마음을 달랜 아이의 하루를 얘기했고, 공중전화부스에 펼쳐진 전화번호부는 길을 가다가 느닷없이 혹시 오래선에 서울로 떠난 연인의 이름이 나오지 않을까 하는 생각에 전화번호부를 펼쳐본 주부의 사연을 들려줬다.

그렇게 세상 모든 것들이 내게 말을 걸기 시작한 그해 가을, 학생회는 차기 총장 선출안을 둘러싸고 재단측과 마찰을 빚고 있었다. 그때 정민은 학원자주화추진위원회 선전국장이었기 때문에 그 문제와 관련해 하고 싶은 말도 해야 할 일도 많았을 것이며, 설사 그렇지 않다고 해도 직책상 이런저런 말도 하고 일도 해야 할 입장이었다. 하지만 우리가 늘 푸념했다시피 총학생회의 일이란 언제나 '촌각을 다투는' '시급하고도 중요한' 하지만 결국 '노가다'가 대부분인 일이었기 때문에 토요일쯤 되면 정민은 더이상 쏟아내고 싶은 말도, 하고 싶은 일도 없을 만큼 지쳐버렸다. 그래서 정민에게 토요일이란 그애가 '누워 있기 좋은 방'이라고 불렀던 내 자취방에 찾아와, 일주일 내내 얘기했던 엄숙하고도 중요한 공식적 언어들로부터 해방돼 지극히 사소하고도 하잘것없는 사적인 대화를 나누는 날이었다. 방을 말끔하게 청소한 뒤, 혹시 정민이 지금 오는가 싶어서 이따금 창밖을 내다보던 그해 가을의 토요일 오후는 지금도 잊히지 않는 행복한 시간들이었다. 그러다가 정민이 창문을 두들기면 슬리퍼를 끌고 나가 문을 열자마자 정민을 끌어안았다. 방안으로 함께 들어간 우리는 얼마간은 그렇게 서로 부둥켜안은 뒤에야, 이제쯤에는 슬슬 이야기가 하고 싶다는 생각이 들 만큼 충분히 입을 맞춘 뒤에야 마주앉아서 찬찬히 얼굴을 쳐다볼 수 있었다. 그다음에는 〈올 바이 마이셀프All by myself〉나 〈오너 오브어 론리 하트Owner of a Lonely Heart〉등 고등학교 시절까지 열심히 듣던 팝음악을 마음껏 틀어놓고('마음껏'이라니, 지금 들으면 상당히 이상한 표현이 되겠지만) 정민의 얘기에 귀를 기울였다. 토요일 오후의 정민은 평소 늘 입고 다니던 청바지가 아니라 치마를 입고 있었다. 그러므로 정민의 이야기가 아무리 재미있어도 나는 정민의 다리에서 시선을 떼지 못했다.

해가 저물 때까지도 시시콜콜한 정민의 이야기는 그치지 않았고, 그때쯤이면 이제 이야기는 충분히 들었다는 생각에 다시 정민의 몸을 만지고 싶어 안달이 난 나는 그 입술에 내 입술을 아주 오랫동안, 그러니까 해가 아주 저물어 방안이 컴컴해질 때까지 맞추었다. 우리가 서둘러 옷을 벗고 소리 죽여 섹스를 하는 동안, 열어놓은 창문 밖에서는 저녁 먹으러 그만 들어오라고 아이들을 부르는 소리나 골목 어귀의 트럭에서 흘러나오는 과일장수의 호객 소리가 아련하게 들려왔다. 그러다가는 이내 온몸이 녹아내릴 것 같은 피곤이 몰려왔고, 몸에 맺혔던 땀이 식어가면서 저녁은 서늘해졌다. 두세 번의 토요일이 지나가고 가을이 깊어지는 동안, 우리가 사랑을 나누는 시간도 태양을 떠난 빛이 지구를 지나 목성에 이를 때까지 걸리는 시간만큼 길어졌다. 그렇게 정민의 몸에 붙어서 깜빡 잠들었다가 깨고 나면 언제나 정민은 "벌써 끝났어?"라고 물어 나를 좌절시켰다. 불을 켜고 저녁을 지은 뒤, 정민이 늘 표현한 대로 '욍후의 밥 설인의 찬'을 먹으려고 밥상 앞에 앉으면 정민은 "하던 얘기는 마저 끝내야지", 말을 꺼내고는 섹스하기 전에 하던 이야기의 뒷부분을 들려줬다. 우리의 공통점은 이야기를 너무나 좋아한다는 점이었다. 우리가 마르크스와 엥겔스의 책을 열심히 읽었던 까닭도 거기에 이야기가 있었기 때문일 것이다. 그들은 언제나 인간으로부터 이야기를 시작했다. 그렇게 인간적인 경제학과 철학과 정치학을 아직까지 나는 알지 못한다. 밥을 다 먹고 난 뒤에 정민은 푸른색 계통의 아이섀도와 마스카라로 눈만 치장하고는 손거울을 손에 들고 나를 돌아보며 "예뻐?"라고 묻곤 했다. 그게 정민이 할 수 있는 화장의 전부였지만, 그런 정민의 얼굴을 보고 있노라면 어떻게 그녀가 화장하지 않은 맨얼굴로 일주일을 버티는지 궁금할 따름이었다. "양볼도 좀 빨갛게 하면 더 예쁠 거야"라고 내가 말하면 정민은 "그건 화장으로 되는 문제가 아니고, 네가 나를 좀 부끄럽게 만들면 되는 거야"라고 대답했다.

둘이서 걸어가는 토요일 밤의 거리는 언제나 서늘했다. 손을 꼭 잡고 걷는 우리는 늘 뜨거웠으므로, 우리 쪽으로 불어오는 바람은 제아무리 미세한 것이라도 다 느낄 수 있었다. 토요일 밤에 우리는 어디론가 가기 위해서 버스정류장 안내판을 들여다보곤 했다. 이미 나는 학교 앞을 지나는 버스들의 번호와 노선을 다 외우고 있었지만, 안내판에 붙은 지명을 한참 들여다보고도 어느 버스를 타야 할지 몰라 정민이 내게 도움을 청할 때까지 가만히 기다렸다. 그럴 때면 나도 길눈이 참 어두운 사람인 것처럼 5번을 타야 하나, 710번을 타야 하나 고개를 갸우뚱하곤 했다. 우리는 사람들로 북적대는 명동의 음반가게를 찾아가 레코드판을 하나하나 구경하기도 했고, 세로간판의 칸칸이 나뉜 불빛이 무지개빛깔로 바뀌던 롯데백화점에 들어가 터무니없이 비싼 옷들을 구경하기도 했다. 우리가 제일 좋아한 곳은 종로서적이었다. 토요일 저녁의 종로서적 입구는 누군가를 기다리는 사람들로 빼곡했다. 그들은 어디선가 자신의 이름이 들려오기를, 혹은 자신도 누군가의 이름을 외칠 수 있기를 소망하며 인파로 가득한 종로 거리를 좌우로 두리번거렸다. 기다리던 사람이 누구든, 친구이든 애인이든 가족이든, 그들이 나타나면 사람들은 환한 표정으로 웃으며 층계를 내려갔다. 종로서적 입구에 서서 목을 빼고 늦게 오는 친구를 기다려본 사람은 그렇게 친구나 애인을 먼저 만나는 사람들이 얼마나 부러운지 알 것이다. 종로서적의 계단을 밟으며 우리는 잡지에서 종교로, 종교에서 인문으로, 인문에서 외국어로, 외국어에서 문학으로 올라갔다. 책을 찾다보면 몇 번이나 계단을 오르내려야 했다. 한 분야에서 다른 분야의 책으로 옮겨가는 일이 마치 그와 같다며 정민은 종로서적의 계단을 오르내리기를 좋아했다. 그러다 종로서적이 문을 닫으면 우리는 다시 버스를 타고 신촌으로 향했다.

신촌로터리에는 음료수 값만 내면 언제까지라도 춤을 출 수 있는 값싼 나이트클럽이 많았다. 거기에서 서로 마주보고 춤을 추고 있나보면 이따금 정민의 일부가 빛과 빛 사이 어디론가 사라져 그

애의 모습이 사진처럼 평면적으로 보이는 순간이 있었다. 그럴 때면 나는 늘 팔을 뻗어 정민을 잡았는데, 언제나 내 팔은 내 생각보다 느리게, 천천히 움직였다. 나이트클럽의 어둠을 빌려서야 겨우 서로 부둥켜안는 게 싫다고 정민이 말했으므로 한 시간에 한 번씩 돌아오는 블루스타임이 되면 우리는 무대에서 물러났다. 그사이에 나는 음료수 교환권을 들고 카운터로 가서 오백 시시 생맥주 두 잔을 주문했다. 때로 기다리는 사람이 많아 생맥주가 나오기 전에 다시 요란스레 댄스음악이 시작되기도 했다. 그럴 때면 양손에 생맥주를 나눠들고 돌아서며 혹시 거기 정민이 없는 건 아닐까, 불안감이 들었다. 그 불안감은 생맥주가 쏟아질까 조심하며 사람들을 헤치고 간신히 정민을 찾아 꼭 끌어안은 뒤에야 사라졌다. 그 나이트클럽의 생맥주는 지금까지 내가 마셔본 가장 맛있는 맥주였다. 아무리 전통 깊은 브로이에서 만든 정통 독일식 생맥주라 해도 춤추고 난 뒤 목이 말라 정민과 함께 쭉 들이켜던 그 생맥주만큼 맛있지는 않았다. 그렇게 시끄러운 곳에서도 정민은 소리를 질러가며, 혹은 내 귀에다가 두 손을 동그랗게 말아쥐고 뭔가를 얘기했다.

그렇게 나이트클럽에서 들었던 이야기 중에는 느닷없는 폭력으로 이 세상은 자신이 있을 곳이 아니라고 믿게 된 한 고등학생에 관한 이야기도 있었다. 나이트클럽의 현란한 조명 아래에서 정민이 들려준 그 이야기는, 그때까지의 다른 이야기들과 달리 세세한 부분까지 너무나 현실적이었기 때문에 도리어 비현실적으로 느껴졌다. 나로서는 그런 일들이 실제로 일어났을 것이라고는 도저히 믿을 수 없었기 때문에 나중에 그 시절의 신문을 찾아보기까지 했다. 그 순간 정민이 왜 그 이야기를 떠올렸고, 또 내게 들려주려고 마음먹었는지는 알 수 없었지만, 그 이야기는 씨앗처럼 내 마음 한구석에 뿌려졌다. 그 씨앗이 과연 어떻게 싹을 틔울지 당시의 나로서는 전혀 짐작할 수 없었기 때문에 이야기를 다 들은 후 나의 결론은 그에게도 사랑하는 사람이 있었다면 모든 게 달라졌으리라는 것이었다. 사랑은 입술이고 라디오고 거대한 책이므로. 사랑을 통해 세상의 모든 것들이 내게 말을 건네므로. 그리고 이 세상 모든 것들이 그 입술을 빌려 하는 말은, 바로 지금 여기가 내가 살아가야 할 세계라는 것이므로. 그리하여 우리는 이 세계의 모든 것들과 아름답게, 이토록 아름답게 연결되므로. 그저 바라보는 것만으로는 만족할 수 없으니 사랑에는 아무런 목적이 없다는 것을, 오직 존재하는 것은 서로 닿는 입술의, 그 손길의, 살갗의, 그 몸의 움직임뿐이라는 것을 그도 알았더라면.

13

전북 지역 고등학생들을 대표해 대한교련에서 수상하는 '훌륭한 청소년상'을 받기 위해 정민의 삼촌이 서울을 찾은 것은 1968년 4월 말이었다. 전주를 비롯해 이리, 정읍, 김제 등 전북 지역에서 선발된 고등학생들이 지도교사 두 명의 인솔하에 단체로 서울행 기차에 올라탔다. 여러 학교에서 모인 학생들이라 처음에는 서먹서먹한 표정을 감출 수 없었지만, 또래끼리는 쉽게 마음이 열리는 청소년들답게 기차가 천안역을 지날 즈음에는 대통령배 고교야구에 대한 전망이나 월남전 전황에 대한 의견 등을 떠들어대느라 다들 정신이 없었다. 정민의 삼촌은 다른 학생들에게 휴일에 몰래 들어간 극장에서 본 대한뉴스 얘기를 꺼냈다. 대한뉴스의 끝자락에는 항상 그를 매혹시키는 '월남 소식'이 나왔다. 하지만 다른 학생들처럼 그가 독수리 화랑작전을 펼치는 맹호부대나 미군의 헬리콥터, 혹은 APC 장갑차에 끌린 것은 아니었다. 그의 가슴을 두근거리게 만든 건 '월남 소식'의 타이틀 화면에 등장하는 야자수였다. 아마도 그는 "그 야자수를 볼 때마다 나는 '목적'이란 단어가 생각나"라고 말했을지도 모른다. 삼촌은 죽기 전까지도 '목적'이라는 단어를 즐겨 사용했다고 정민은 말했으니까. 다른 학생들은 그 이상한 표현법에 야유를 보냈겠지. 여드름이 송송 맺힌 그 학생들은 문교부와 국방부의 합의대로 2학기부터 학도군사훈련을 실시하게 된다면 제일 먼저 각 지역의 학생부대를 이끌 만한 통솔력과 재능을 두루 갖춘 최우수 인재들이었으므로, 도 교육위원회에서는 격려 차원에서 시상식이 끝난 뒤 서울을 견문시키라고 인솔교사들에게 지시했다. 창경원, 한강, 남산 등을 두루 둘러본 학생들은 을지로의 한 식당에서 저녁을 먹었다. 식사 후, 인솔교사들은 학생들에게 각자 주변을 둘러보고 여섯시 삼십분까지 식당으로 다시 모이라고 했다. 인솔교사들에게는 하루종일 학생들을 데리고 다니느라 피곤해진 몸을 술로 달래겠다는 생각도 있었고, 도 교육위원회도 인정한 모범생들인데 별일이야 있겠는가는 안일한 생각도 들었다.

다른 학생들이 촌닭들처럼 서로 어울려 명동으로 또 종로로, 화려한 쇼윈도며 오가는 사람들을 구경하느라 정신이 팔려 있는 동안, 그는 서울에 올라올 때부터 시간이 나면 사려고 마음먹었던 『내셔널 지오그래픽』을 구하기 위해 노점상들에게 외국잡지를 파는 곳이 어디냐고 물어보고 다녔다. 하지만 하루 벌어서 하루 먹고 사는 그들에게 외국잡지란 이 세상에 존재하지 않는 사물이었다. 결국 꾀죄죄한 셔츠 차림으로 딸기를 팔고 있는 한 청년에게 자기는 그런 거 모르니 딸기를 살 생각이 아니라면 말 걸지 말라는 쌀쌀맞은 대답을 들었을 때는 이미 시간이 웬만큼 흐른 뒤여서 그도 포기할 생각이었는데, 딸기를 사러 왔다가 우연히 그 얘기를 엿듣게 된 한 남자에게서 외국잡지를 파는 헌책방의 위치를 전해듣게 됐다. 길 건너편에 있는 국립중앙도서관에서 일한다고 자신을 소개한 남자는 『내셔널 지오그래픽』 지난호를 가장 많이 비치한 헌책방을 특별히 일러줬다. 그 남자에게 고맙다고 넙죽 인사하고 정민의 삼촌은 퇴근인파 사이를 헤치며 달려가기 시작했다. 시간이 낳지 않은데다가, 초행길이라 말로만 설명을 들어서는 시간이 어느 정도 걸릴지 예측할 수 없었기 때문에 숨을 헐떡이면서도 그는 속도를 늦추지 않았다. 사람들로 혼잡한 종로 거리를 얼마나 뛰었을까, 마침내 중앙도서관에서 일하는 남자가 설명한 포목점 간판이 눈에 띄었고 그 옆골목으로 들어가자 좌판에 외국잡지를 늘어놓은 헌책방이 나왔다. 정민의 삼촌은 숨을 헐떡이며 노란색 표지의『내셔널 지오그래픽』1968년 2월호를 펼쳐들었다. 거기에는 체코슬로바키아와 에콰도르, 미국의 주간고속도로 시스템, 상어 등에 관한 기사가 실려 있었다. 옆에 있던 1967년 12월호는 크리스마스 특집호로, 예수가 실제로 걸어다닌 길을 다루는 기사와 함께 엑소더스의 경로, 사도 바울의 역정 등이 표시된 지도를 부록으로 제공했다. 뛰는 가슴을 억누르며 그가 시계를 올려다봤을 때, 이미 시간은 여섯시 십팔분을 지나고 있었다. 정민의 삼촌은 손에 잡히는 대로 잡지를 집어들고는 주인에게 계산을 부탁했다. 그가 쓰는 사투리에 헌책방 주인이 어디서 무얼 하러 서울에 왔느냐고 물어보는 통에 시간을 허비한 정민의 삼촌은 여섯시 이십삼분에야 헌책방을 나설 수 있었다. 교복을 입은 채 노란색 잡지를 품에 안고 온 길을 되짚어 종로 거리를 오 분 정도 달렸을 때, 그는 자기가 길을 잃었다는 사실을 알게 됐다. 모든 게 절망스러웠다.

"하던 얘기는 마저 끝내야지. 그런데 왜 네 삼촌은 모든 게 절망스러웠다고 생각한 거지?"

우리는 밤새도록 영업하는 카페의 한쪽 구석 칸막이가 쳐진 자리에 앉아 있었다.

"통행금지 때문이었어. 통금 전에 전주에 도착하려면 최소한 저녁 여덟시에는 서울역에서 기차를 타야 했으니까. 삼촌은 『내셔널 지오그래픽』을 바닥에 내려놓고 그 위에 앉아서 사람들로 북적대는 거리를 바라보며 일행에게로 돌아갈 방법을 찾아내려고 안간힘을 썼어. 하지만 쉽진 않았겠지. 가장 중요한 두 가지를 삼촌은 알지 못했으니까. 지금 자신이 어디에 있는지, 그리고 찾아가야 할 그 식당은 어디인지. 그 두 가지를 모른다면 그 누구라도 길을 가르쳐줄 수 없을 테니까. 아마도 종로 거리에 앉아서 두 손으로 머리를 쥐어짜지 않았을까? 그러다가 삼촌에게는 문득 좋은 생각이 떠올랐어."

"그게 뭔데?"

"그 국립중앙도서관에서 일한다던 남자 말이야. 그 남자가 떠오른 거야. 국립중앙도서관 앞에 있는 과일 노점까지 가면 그 식당으로 가는 길을 찾아낼 수 있을 거라고 삼촌은 생각한 거지. 그래서 삼촌은 잡지를 들고 일어나 지나가는 사람을 붙잡고 물었어. '국립중앙도서관이 어디 있습니까?' 그 사람은 고개를 갸우뚱거리더니 오른손을 들어 길을 가르쳐줬어. 삼촌은 다시 『내셔널 지오그래픽』을 품에 안고 그 사람이 가리킨 쪽을 향해 달리기 시작했어. 이제 서울역으로 출발할 시간은 이삼 분밖에 남지 않았지. 빛의 속도로 달려도 도착하기 어려운 시간이었지만, 삼촌은 달렸어. 마치 네가 나를 만나러 올 때면 늘 그렇듯이, 번개처럼. 나를 만나러 올 때는 항상 그렇게 달려와, 알았지? 그때는 정말 사랑받는 느낌이 거든. 어쨌든 그런데 조금씩 길이 이상해지는 거야. 아무리 한 번밖에 안 가본 길이라도 그런 느낌은 알잖아. 왜 아까 그 길보다는 한결 더 어둡다든지, 오가는 사람들이 적다든지…… 정확하게 꼬집어 말할 수는 없지만, 자기가 지금 잘못된 길을 가고 있는 것 같다는 막연한 느낌 말이야. 그런 느낌이 싸늘하게 삼촌의 몸을 감싸는 순간, 멀리 앞쪽에서 '中央'이라는 글자가 눈에 들어왔어. 이제 살았다고 생각하며 얼른 가까이 뛰어가보니 그 건물에는 '중앙전신국'이라는 간판이 붙어 있었어. 길을 가르쳐준 사람이 착각했는지, 삼촌이 길을 잘못 든 것인지 알 수 없었지. 허탈해진 삼촌은 언덕을 굴러내려온 돌멩이가 평지에 이르러 천천히 멈춰 서듯이 그건물 바로 못 미쳐 걸음을 멈췄어. 건물 앞쪽으로 붉게 노을이 물들고 있었으니, 그쪽 방향이 서쪽이라는 사실을 제외하고는 삼촌이 알아낼 수 있는 건 그 무엇도 없었어. 완전히 길을 잃어버린 거야. 다시 헌책방 쪽으로 돌아가는 수밖에, 라고 생각하는데……"

그러더니 정민은 두 손을 가슴 쪽으로 모았다가 쫙 펼치며 말을 이었다.

"바로 그때, 뻥 하고 터진 거야."

"뭐가? 뭐가 터졌는데?"

"수류탄! 중앙전신국 안에서 수류탄이 터진 거야. 물론 삼촌은 깜짝 놀랐지. 수류탄이 터져서가 아니라, 폭음과 함께 유리창이 모두 깨지면서 연기가 밖으로 밀려나오는 광경을 지켜보던 그 까까머리 고등학생의 머릿속으로 이제 다시는 영영 고향으로 돌아가지 못할지도 모른다는 두려움이 밀려들었기 때문이지. 1·21사태가 있은 지 얼마 지나지 않은 때라 북한의 테러라고 생각한 사람들이 많았다고 해. 밖에 서 있던 청원경찰들이 카빈총을 겨누고 안으로 들어갔고, 건물 안에서는 비명소리가 새어나왔어. 한동안 가만히 서 있던 사람들 중 몇몇이 전신국 안으로 달려가기 시작했겠지. 그러는 동안에도 삼촌은 『내셔널 지오그래픽』 과월호를 품안에 안고 그 모든 광경을 지켜보고만 있었어. 두려움이 소년의 온몸을 습격한 거야. 모든 일들이 '월남 소식'의 그 야자수나 『내셔널 지오그래픽』의 한 장면처럼 보였으니까. 갑자기 자신이 현실의 바깥으로 튕겨나간 것처럼 느껴졌으니까. 삼촌은 다시 돌아서서 애당초 자기가 달려왔던 길을 뛰어가기 시작했어. 건물 안으로 들어갔던 청원경찰이 다시 밖으로 나와 있는 힘껏 뛰어가는 삼촌을 향해 거기 서라고 외치는데도, 삼촌의 귀에는 그게 들리지 않았어. 아마 그랬을 거야."

나중에 나는 한국을 떠나기 전에 일부러 시간을 내어 도서관에서 당시의 신문을 찾아 읽었다. 내가 총학생회 투쟁국장의 제안을 받아들이게 된 데에는 그 이야기가 많은 역할을 했기 때문에, 나는 그게 실제로 일어난 일인지 궁금했던 것이다. 1968년 5월 3일 오후 네시 사십오분, 프랑스 공화국 보안경찰대는 소르본 대학 광장으로 출동해 거기 모인 학생들을 체포하기 시작했다. 이에 놀란 몇몇 군중들이 주차되어 있던 차를 옮겨 길을 막았고, 이로써 파리에는 1848년과 1871년에 이어 역사상 세번째 바리케이드가 설치되기 시작했다. 바로 그 전날, 한국 정부는 전국 주요 도시에 비상경계령을 내리고 기동타격대를 증설했다. 언뜻 보기에는 68혁명의 여파가 한국에도 미친 것 같지만, 이 비상경계령은 4월 30일 밤 서울에서 일어난 두 건의 수류탄 투척사건 때문이었다. 정민의 삼촌이 지켜본 대로 서울 중앙전신국 창문을 깨면서 들어온 수류탄은 폭발해 일곱 명이 다쳤으나, 종로구 관철동 삼일로다방 계단에 떨어진 수류탄은 불발에 그쳤다. 지금은 서울 한복판에서 수류탄이 터지는 광경을 쉽게 상상할 수 없겠지만, 그때만 해도 지금의 우리로서는 깜짝 놀랄 만한 폭력이 일상적으로 일어났다. 예컨대 그로부터 한 달이 채 지나지 않은 5월 19일에도 애인이 변심했다는 이유로 휴가병이 사람들로 가득찬 극장에 수류탄을 던져 여섯 명이 죽고 마흔네 명이 부상당하는 사건이 벌어졌다(그 애인은 법정에서 울면서 결코 마음이 변하지 않았다고 항변했다고 기사에는 나와 있었다). 그 무렵에는 이미 4월 30일 밤의 수류탄 투척사건은 사람들의 기억에서 잊혀지고 있었다.

이처럼 지금의 사람들이 핸드폰, 블로그, 검색, 이메일 같은 단어를 쉽게 접할 수 있는 것과 마찬가지로 그 시절의 사람들은 총격, 수류탄, 폭격, 사살 등의 단어에 노출돼 있었다. 그렇다고 해서 그 시절의 사람들이 우리보다 더 불행했다는 뜻은 아니다. 그건 행복과 불행의 문제가 아니라 습관의 문제였다. 습관이란 무의식중에 행하는 행동을 뜻한다. 폭력이 몸에 밴 사람은 폭력을 인식하지 못한다. 그리고 바로 그 '인식하지 못함'이 그가 속한 세계를 폭력적으로 만든다. 그런 세계에서는 제아무리 비폭력을 주장한다고 해도 현실적으로 그들의 몸은 폭력보다 비폭력을 더 불편해한다. 그걸 가리켜 현실감각이라고 부르는 것인지도 모른다. 당시의 신문에는 납치당하고 피 흘리고 관통상을 입고 잘려나간 육체들에 관한 기사들이 가득했다. 유럽에서는 혁명에 가까운 상황이 벌어지고 있었고, 베트남에서는 매일 전투가 벌어졌다. 마르크스의 말대로 '순수한' 개인이란 이데올로그들의 강변에 불과하므로, 함께 모여 그런 세계를 형성한 사람들이 자신이나 타인의 몸에 가하는 훼손행위에 지금의 우리와 같은 불편함을 느꼈을 리는 없다. 그러므로 정민이 말한 '갑자기 자신이 현실의 바깥으로 튕겨나간 것 같은 느낌'이란 자신이 그 세계, 혹은 현실이라고 부를 만한 것과 얼마나 강하게 연결돼 있는지 인식하게 될 때의 느낌일 것이다. 내가 경험한 바에 따르면 그게 자신에게로 돌아가는 첫번째 단계였다.

자신이 있어야 할 곳을 찾아 정신없이 복잡한 서울 시내를 가로질러 달려가는 삼촌의 이야기는, 결국 폭파현장에서 얼마 두망가지 못하고 북괴의 만행이라면 치를 떠는 몇몇 애국 시민들의 도움으로 카빈총을 멘 청원경찰에게 붙잡히는 것으로 끝이 났다. 체코슬로바키아의 자연에 대한 기사를 수록한 『내셔널 지오그래픽』을 가슴에 안은 교복 차림의 고등학생이라면 서울 시내 한복판에 있는 건물에다 수류탄을 투척하는 일과는 전혀 무관하리라고 생각하는 게 상식적이었다. 그건 정민의 삼촌을 뒤쫓아간 청원경찰에게도, 또 뛰어가는 그를 붙잡은 사람들에게도 마찬가지였다. 그럼에도 그가 붙잡히자마자 집단적으로 얻어맞은 것은, 다만 그 자리에 멈추라고 했는데도 멈추지 않았다는 이유밖에 없었다. 얼마간, 그러니까 갑작스런 수류탄 폭발로 생긴 마음의 불안함을 달랠 수 있을 만큼 정민의 삼촌을 마음껏 두들겨팬 청원경찰은, 그제야 그가 수류탄 투척 용의자가 될 수 없으니 다른 곳을 찾아봐야겠다는 생각이 들었다. 청원경찰은 녹초가 되어 쓰러진 그의 멱살을 잡고 일으켜세운 뒤, 중앙전신국 쪽으로 걸어가려다가 다시 돌아섰다. 단추가 떨어져나간 교복 차림으로 코피를 흘리며 비틀비틀 서 있는 그에게 청원경찰은 카빈총을 흔들어대며 "정신 똑바로 차리고 살아, 이 새끼야. 니가 도망가면 어디까지 도망갈 줄 알았냐?"라고 말하는 것으로 그 불합리한 폭력행위를 설명했다.

폭력의 반대말은 비폭력이 아니라 권력이라고 한나 아렌트는 말한 바 있다. 권력이 훼손될 때, 그러니까 권력이 다른 곳으로 이양될 때, 폭력은 일어난다. 권력 유지에 안간힘을 쓰는 정권 아래에서 폭력이 빈번한 까닭은 그 때문이다. 그런 정권은 대리 감시자들에게 그 불안한 권력을 나눠주는 것으로 권력 유지의 한 방편을 삼는다. 그 대리 감시자들의 불안한 권력은 언제라도 다른 곳으로 이전될 수 있기 때문에, 그들은 일상적으로 폭력을 행사할 수밖에 없다. 그건 할아버지가 남긴 대서사시에 나오는 한국의 역사가 증명하는 사실이기도 했다. 할아버지가 살아낸 한국 현대사에서 권력은 늘 어디론가 이양중이거나 이양될 조짐을 보였고, 그러므로 폭력은 언제나 '지금 여기'의 일이었다. 전라북도 교육위원회가 인정한 최우수 인재의 삶은 그렇게 해서 끝장이 났다. 일생을 통틀어 그가 저지른 가장 엉뚱한 짓은 자살이 아니라 성적이 곤두박질치던 고등학교 2학년 겨울방학 때 세계일주를 위해 일본으로 밀항하겠다는 편지를 남겨놓고 가출한 일이었다. 열흘 뒤, 그는 부산의 경찰서에서 발견됐다. 당연히 가족들은 밀항하다 붙잡힌 것으로 생각했지만, 그의 혐의는 마약 밀수였다.

14

그 며칠 전부터 나는 잠에서 깨어나면 과연 오늘은 소풍을 갈 수 있을까, 하늘을 올려다봤다. 벚꽃이 하나둘 피어나던 4월 초부터 나는 정민에게 딱 하루만이라도 벚나무 아래에 둘이 앉아 한가롭게 보낼 수 있다면 더이상 원이 없겠노라고 떠들어댔다. 하지만 그해의 벚꽃 그늘은 우리 차지가 아니었는데, 정민이 학생회 일로 너무나 바빴기 때문이었다. 그 전해부터 시작된 재단과 학생회 사이의 해묵은 갈등은 해를 넘기면서 재단퇴진운동으로 심화돼, 새로 학원자주화추진위원회 위원장이 된 정민은 집회 준비로 아침이 밝아오고 회의로 밤이 깊어가는 나날을 보내고 있었다. 정민보다 학번이 하나 낮은 나는 상대적으로 한가한 편이어서, 어쩌다 복도에서 정민을 마주치기라도 하면 바로 그 손을 움켜잡고는 대자보가 붙어 있는 복도를 지나 담배꽁초가 어지럽게 떨어진 계단을 밟고 내려가 수업에 늦은 학생들이 서둘러 뛰어가는 길을 가로지른 뒤, 라일락나무 아래의 벤치에 정민을 앉혀두고 라일락꽃을 흔들며 윽박지르곤 했다. "이게 뭔지 알아? 씹으면 첫사랑의 쓰라림을 느낄 수 있다는 라일락꽃이야! 어디 한번 맛볼 테야?" 그러면 정민은 "잘못했어. 내가 이 나무에 매달린 꽃들 다 씹어먹으면 용서해줄 거야?"라고 말하며 그동안 자신에게 생긴 일이며 만난 사람들에 관한 이야기 따위를 천천히 내게 들려주곤 했다. 그러면 정민의 말이 다 끝나기도 전에 나는 이미 충분히 미안해지고 스스로 한심해졌다. 정민은 내게 아침 아홉시에서 열시 사이의 푸른 하늘에 뭉게구름만 몇 개 떠 있다면 수업이고 학생회 일이고 다 팽개치고 궁궐로 소풍을 가자고 제안했다. 나는 새로운 잎을 단 나무들로 우거진 뒷산을 올려다보며 "그런데 왜 하필이면 뭉게구름이지?"라고 물었다. 정민은 예의 그 깊은 눈동자로 나를 바라보며 "아침에 보이는 뭉게구름은 그날이 더없이 화창할 거라는 걸 말해주니까 그렇지"라고 대답했다. 그러는 동안에도 내 옆에 바짝 붙어앉은 정민은 내 손을 놓지 않았다. 학생회의 분위기야 어떻든 정민은 절대로 자신의 사랑을 감추는 여자가 아니었으므로, 이미 학생회 내에는 나와 정민이 서로 깊이 사귄다는 소문이 자자했다. 그 일을 두고 투쟁국장이 학생회에서 일할 때는 좀 삼가라고 주의를 주자, 정민은 "제가 국장 형처럼 음흉하지가 않아서"라고 대답해 내가 곤혹을 치른 적도 있었다.

그날, 나는 아침 아홉시 십구분에 창문을 열었다가 엄청나게 큰 뭉게구름이 학교 쪽으로 떠가는 것을 봤다. 누군가 솜사탕을 그대로 뜯어 바람에 날려보낸 것처럼 북슬북슬한 그 구름은 내가 탄성을 지르며 바라보는 동안에도 공기의 흐름에 따라 그 모양을 조금씩 바꾸고 있었다. 나는 옷을 입고 정신없이 밖으로 뛰어나갔다. 그 며칠 동안 구름 생각만 하다가 결국 도서관에서 찾아본 책에서는, 오전에 생성된 뭉게구름, 그중에서도 내가 본 것처럼 솜사탕처럼 혼자서 떠 있는 뭉게구름은 조금씩 모양을 바꾸다가 결국에는 푸른 하늘로 모두 흩어져버리고 만다고 설명하고 있었기 때문이었다. 물론 내가 본 뭉게구름은 하도 큰 것이어서 쉽게 소멸되지 않고 두건구름이나 베일구름으로 바뀔 가능성도 있었지만, 그런 건 중요하지 않았다. 한시라도 빨리 정민에게 지금 뭉게구름이 우리 머리 위에 떠 있다는 사실을 확인시켜주어야 했다. 혹시나 하는 생각에 머리 위의 그 뭉게구름을 이따금 올려다보며 골목 끝 식품점에 설치된 공중전화까지 달려가 전화를 걸었을 때, 정민은 자고 있었다. 내 전화를 받은 사람은 정민과 방을 같이 쓰는 룸메이트였다. 정민의 방에 놀러갔을 때 인사를 나누기도 했고, 또 셋이서 함께 술을 마신 적도 있었다. 룸메이트는 "잘 알잖아, 정민이 아침잠 많은 거"라고 말하며 고소하다는 듯이 웃었다. 나는 그녀에게 지금 당장 창밖을 내다보라고 말했다. "지금 시간은 아홉시 이십오분, 하늘에 뭉게구름 떠 있는 거 보이죠?"라고 내가 말했다. "그런데?"라고 그녀가 되물었다. "지금 갈 테니까 기다려요"라고 내가 말했다. "지금 왜요?" 그녀가 내게 물었지만 나는 대답하지 않고 전화를 끊은 뒤, 정민의 하숙집으로 달려갔다. 하숙집에 도착해 방문을 열었더니 전화를 받았던 룸메이트는 보이지 않고 정민이 혼자서 자고 있었다. 처음에 잠깐 눈을 떴을 뿐, 정민은 이불을 뒤집어쓰고 나오지 않았다. 나는 이불을 들추고 안으로 들어가 정민의 몸을 간질였다. 정민은 몸을 배배 꼬더니 비명을 질렀다. "오늘 소풍 가기로 한 날이야. 일어나!" 내가 외쳤다. 세수를 했는지 머리에 수건을 두른 채, 방문을 열고 들어오던 정민의 룸메이트는 우릴 보자마자 정말 눈꼴이 시어서 못살겠다고 투덜거렸다.

학교 근처에 있는 과학관 4층에는 반구형 천장에 불빛을 쏘아 각 계절별 별자리들을 보여주는 별자리 관찰 교실이 있었다. 주로 서울 시내 유치원이나 초등학교에서 온 아이들이 줄지어 서서 단체로 관람하는 곳이었는데, 우리가 거기까지 가게 된 것은 고궁의 잔디밭에 앉아 학교 앞 슈퍼에서 사온 국산 포도주와 김밥을 다 먹고 난 뒤에도 시간이 오후 두시밖에 되지 않아서였다. 정민은 너무 일찍 만나는 통에 해가 지려면 아직 시간이 한참 남았다며 연신 하품을 해댔다. 그렇다면 학교 앞에 있는 동시상영관에라도 갔으면 됐을 텐데, 하필이면 나는 오는 길에 본 그 과학관을 떠올렸다. 비스듬히 누워서 천장을 바라보며 사계절의 별자리를 모두 볼 수 있다고 말하자, 정민은 당장 보러 가자며 두 눈을 반짝였다. 뛰듯이 걸어가는 정민 때문에 숨을 헐떡거리며 표를 끊고 과학관에 들어갔더니 역시 초등학생들뿐이었다. 어른이라곤 과학관의 직원들과 아이들을 인솔하고 온 선생님들이 전부였다. 우리는 마치 아이들이나 가는 곳에 오게 돼 부끄러워서 얼굴이 붉어졌다는 듯 약간 고개를 숙이고 아무 말 없이 4층으로 올라갔다. 아직 관람시간이 되지 않아 우주관의 문은 닫혀 있었다. 시간이 될 때까지 우리는 전시관 벽에 걸린 사진들을 바라봤다. 케플러의 법칙을 보여주는 타원궤도, 전파망원경으로 찍은 금성의 적도 지역, 아폴로 16호의 우주비행사들이 레이저 반사실험장치를 달 표면에 설치하는 모습 등을 무심하게 들여다보고 있는데, 정민이 나를 불렀다. 정민은 다른 외계 생명체를 찾아 태양계 바깥을 여행중인 보이저호가 싣고 간 금도금 레코드판과 부호화해서 우리 문명을 소개한 그림 앞에 서 있었다. 정민은 설명을 가리켰다. 거기에는 "이 레코드판에는 세계 백여 개 국가의 인사말과 입맞춤 소리, 고래 인사말, 아이 우는 소리 등이 녹음돼 있다"고 씌어 있었다.

"이 레코드판을 보이저호에 실어서 보내자고 주장한 사람이 누구인지 알아?"

정민이 내게 물었다. 물론 나는 알고 있었다. 우리는 모두 『코스모스』를 읽고 자랐으니까.

"칼 세이건."

"딩동댕. 그럼, 어느 날 하늘에서 뚝 떨어진 이 금도금 레코드판을 전축에 얹어서 들어보자고 주장할 외계 생명체는 누굴까?"

"글쎄, 그거야 어떻게 알겠어?"

정민은 의기양양하게 고개를 바짝 치켜들었다.

"칼 세이건이야."

내가 말도 안 된다는 듯이 정민을 바라봤다.

"너만이 나를 사랑하고 싶다는 너의 강력한 바람과는 달리 만약 외계 생명체가 존재한다면, 그래서 우주 저편 멀리에 사는 외계인들이 어느 날 하늘에서 떨어진 이 레코드판을 보게 된다면 제일 먼저 들어볼 사람은 당연히 또다른 칼 세이건이야. 지구에 그런 레코드판이 떨어진다면 제일 먼저 들어볼 사람이 칼 세이건인 것과 마찬가지 이치지. 밤마다 텅 빈 우주공간을 바라보며 우리만 살기에는 상당히 넓다고 생각해본 사람만이, 그래서 어딘가에서 날아올지도 모를 신호를 기다리며 전파망원경을 이리저리 돌려본 존재만이 그 레코드판을 들어볼 생각을 할 거야. 그 레코드판이 금은방으로 떨어졌다고 생각해보면 간단하게 알 수 있는 문제지. 우리는 자신과 가장 닮은 사람과 연결되는 거야. 그날, 네가 내 목에 걸어준 목걸이 말이야. 유리로 된 구두 한 짝이 달린 거였는데 생각나?"

나는 고개를 끄덕였다. 그 목걸이를 걸어주겠다고 우리는 자취방으로 달려간 것이니까.

"술이 취한 네가 그때 주머니에서 그 목걸이 꺼내면서 '이건 뭐냐? 신데렐라의 유리구두냐?'라고 말해서 내가 한참 웃었던 기억이 나. 사실은 그때 그래서 너랑 자고 싶다고 생각한 거야. 어릴 때 말이야, 식구들이 모두 레슬링이나 권투시합을 보느라고 정신이 팔려 있으면 나는 혼자서 이런저런 상상에 빠지곤 했는데, 그때 왕자의 신하들이 유리구두를 들고 신데렐라의 집을 방문하는 장면은 꼭 들어갔어. 신데렐라의 집에 검소하지만 튼튼해 보이는 마차가 도착하는 거야. 그 마차의 생김새는 그 왕국의 정신을 말해주지. 그리고 신하들이 유리구두를 꺼내. 신데렐라의 언니들은 혹시나 하는 표정으로 구두를 신어봐. 발에 맞지 않는다고 해도 크게 실망하지는 않아. 언니들도 그만큼은 인간적이니까. 며칠째 전국 방방곡곡을 다녀서 무척 지치긴 했지만, 신하들은 원칙을 지킬 만큼 충직해. 그러니까 가당찮아 보이는 신데렐라에게도 한번 신어보라고 말했겠지. 살짝 비웃는 언니들을 뒤로하고, 신데렐라가 발을 내밀어. 그 순간을 상상하면 미소가 지어지곤 했어. 어떨 때는 너무 짜릿해서 소리를 지르기도 했지. 발이 구두에 딱 맞는 순간, 신데렐라의 영혼이 어땠을까, 생각하면 말이야. 그녀는 평온하고 겸손했을까, 아니면 이제 내 팔자는 고쳐졌다 싶었을까? 아니면 왕자가 보고 싶어졌을까? 어서 빨리 구두를 신고 왕자에게 달려가 그 품에 안기고 싶었을까? 다 아니야. 그녀가 이를 악물며 참았으나, 결국 드러날 수밖에 없었던 건 득의만만한 표정, 가족 누구와도 공유해본 적이 없는 자신감이었을 거야. 자기 것을 알아볼 수 있는 자의 표정 말이야. 그 장면은 항상 나를 위로해줘. 들어봐, 그건 내가 내가 아닌 다른 사람이 되는, 기적이나 마법과도 같은 순간이 있었고 이를 증명하는 작은 단서만 하나 있어도 나와 함께 그 시간을 공유한 사람은 끝내 포기하지 않고 나를 찾아올 거란 얘기잖아. 칼 세이건이 쓴 『코스모스』의 서문 맨 끝에 보면 '이타카와 로스앤젤레스에서'라고 씌어 있어. 내가 검은색 표지의 『코스모스』를 너무 좋아하는 건 칼 세이건의 그런 센스 때문이야. 아내 페넬로페가 기다리는 오디세우스의 고향 이타카를 서문에 적어넣을 줄 아는 센스라면 영혼이 서로 연결된다는 게 무슨 의미인지 분명히 알고 있을 거야."

"그건 그 사람이 근무하던 코넬 대학교가 이타카에 있으니까 그랬겠지."

"어쨌든! 이타카에 있는 대학교에 재직하면서 그런 책을 쓸 수 있는 것도 재능이야."

이윽고 관람시간이 되어 우리는 줄지어 선 초등학생들의 뒤를 따라 우주관 안으로 들어갔다. 소란스럽게 떠들던 아이들은 검은

커튼이 쳐지고 문이 닫히자 기대감에 일제히 소리를 질렀지만, 불이 꺼지자 곧 입을 다물었다. 어둠 속에서 정민은 내 몸을 더듬더니 내 왼손을 찾아 꽉 잡았다. 내가 정민의 몸을 당겨 입을 맞출 즈음 클라리넷 연주와 함께 둥근 천장에 별빛이 나타났다. 봄의 별자리였다. 아이들은 일제히 탄성을 내질렀다. 정민과 나도 아이들처럼 소리쳤다.

"4월 15일경 새벽 한시, 밤하늘을 보면 북두칠성이 반짝이고 있습니다. 북두칠성의 곡선을 따라 내려가다보면 우리는 두 개의 일등급 별을 만나게 됩니다. 첫번째로 만나는 별은 목동자리의 알파별 아르크투루스이고, 두번째로 만나는 별은 처녀자리의 알파별 스피카입니다. 북두칠성과 아르크투루스와 스피카가 그리는 이 거대한 곡선을 보십시오. 아름답지 않습니까? 우리는 이 거대한 곡선을 '봄의 대곡선'이라고 부릅니다."

내레이션과 함께 천장에 나타난 화살표가 해당하는 별을 가리킬 때마다 아이들은 탄성을 내질렀다. 사자자리, 처녀자리, 목동자리 등이 차례차례 그 모습을 드러냈다. 처음에는 별들 사이에 가느다란 선이 이어졌고, 그다음에는 이어진 선의 모양에 따라 사자, 처녀, 목동 등의 그림이 나타났다. 별들 사이에 선이 이어질 때마다, 그리고 모양이 나타날 때마다 아이들은 탄성을 내질렀다. 그 별자리들은 내게, 이 세상이 신비로운 까닭은 제아무리 삼등급의 별이라고 할지라도 서로 연결될 수 있는 한, 사자도, 처녀도, 목동도 될 수 있기 때문이라고 말하는 것 같았다. 봄의 별자리들이 모두 나타났다가 사라지고 여름의 별자리로 넘어가기 위해 불이 모두 꺼졌을 때, 나는 고개를 돌려 정민에게 입을 맞추었다. 어두운 천장에 다시 별들이 나타나고 "9월 중순경 저녁 아홉시, 밤하늘에서는 거대한 삼각형의 별꼴을 볼 수 있습니다. 우리는 이 대삼각형을 '여름의 대삼각형'이라고 부릅니다. 대삼각형을 이루는 별들을 잠시 알아볼까요?"라는 내레이션이 흘러나올 때까지, 그리하여 각 별들이 서로 이어지고 백조로, 거문고로, 독수리의 모양으로 바뀔 때마다 아이들이 탄성을 내지르는 동안, 우리는 계속 입을 맞추고 있었다.

겨울의 별자리에 대한 설명까지 다 끝난 후에도 힐끔힐끔 한심하다는 듯한 표정으로 우리를 바라보던 한 아이의 시선을 피해 밖으로 나왔을 때는 아직도 햇볕이 따가운 한낮이었다. 그때부터 우리는 자주 가던 학교 앞 술집에 앉아서 김치찌개에 소주를 마시기 시작했고, 저녁 일곱시쯤에는 둘 다 완전히 취해버렸다. 정민은 내게 우주관에서 본 것보다 백배는 더 멋있는 밤하늘을 알고 있다며 여름방학 때 같이 무주에 내려가자고 말했다.

"외갓집에서 강을 따라 언덕 하나를 넘어가면 금강 끝에 방울처럼 매달렸다고 해서 방우리란 마을이 있거든. 그 마을 옆 강변에 반딧불이가 많다고 해서 외할머니를 졸라서 거기까지 걸어간 적이 있었는데, 반딧불이뿐만 아니라 별도 진짜 많아. 그런데 그때 걸어가면서 우리 외할머니가 뭐라고 했는지 알아?"

"뭐라고 하셨는데?"

"그건 이번 여름에 거기 가서 얘기해줄게."

그렇게 술을 마시는 사이, 학생들이 한두 명씩 합석하기 시작하더니 나중에는 같이 앉은 사람이 열 명도 넘게 되었다. 혀가 꼬인 채 정민은 방안에서 돌고래를 볼 수 있다는 남아프리카공화국의 요하네스버그, 역시 방안에서 오로라를 볼 수 있다는 알래스카의 페어뱅크스 등을 죽기 전에 반드시 가봐야 할 여행지라고 꼽더니, 그렇지만 그중에서도 제일 가보고 싶은 곳은 방안이든 방밖이든 고산증에 걸리면 그동안 자길 좋아했던 남자들이 모두 한자리에 나타나서 말을 거는 환각을 경험할 수 있다는 히말라야라고 했다. 투쟁국장이 그 이름도 걸맞게 "애인들 다 모여서 집단난투극 벌이는 거 구경하게?"라고 묻자, 정민은 "'어, 다 알겠는데, 국장 형은 여기 웬일이세요?'라고 말하려고"라고 대답했다. 서로 그렇게 실없는 농담을 한참 주고받는데, 나중에 자리에 합석하게 된 누군가가 그날 저녁 명지대에서 시위를 하던 학생 하나가 백골단의 쇠파이프에 맞아 죽었다는 소식을 전했다. 떠들썩하던 분위기는 갑자기 가라앉았다. 다들 침통한 표정으로 앉아 있는데, 정민이 벌떡 일어서면서 나를 부르더니 "아, 속이 너무 안 좋아. 토할 것 같아. 나 좀 집에 데려다줘. 라디오 좀 들어야겠어"라고 말했다. 우리에게 1991년 5월은 그렇게 시작됐다.

모든 게 끝장나도 내겐 아직 죽을 힘이 남았어

15

1991년 여름이 시작될 무렵, 나는 서울 시내를 하염없이 걸어
다니기 시작했다. 처음에는 기말고사를 보기 위해 학교까지 갔다
가 좀체 교문 안으로 들어갈 마음이 생기지 않아 학교 앞 OB케이
브에서 오백 시시 생맥주를 두 잔 연거푸 들이켠 뒤, 무작정 학교
반대방향으로 걷기 시작한 것이었는데, 그 다음날에도 그런 일이
반복되더니 결국에는 매일같이 서울의 변두리 골목을 걸어다니는
신세가 되고 말았다. 그렇게 걷기 전까지만 해도 내가 아는 서울이
라곤 그저 학교 부근과 중심가뿐이었다. 그런 까닭에 나는 그때까
지도 서울이 얼마나 큰 도시인지, 그 안에서 얼마나 많은 사람들이
서로 북적대며 살아가는지 제대로 실감하지 못했다. 어쨌거나 내

두 발을 통해 새롭게 발견한 서울이 넓고도 큰 도시라는 사실은 당시의 내게는 정말 다행한 일이었다. 마음만 먹는다면 나는 얼마든지 걸어다닐 수 있었기 때문이었다. 하루종일 걸어다녀도, 며칠 동안 걸어다녀도 서울은 그 끝이 보이지 않았다. 사당동, 북가좌동, 신길동, 왕십리, 방배동, 정릉, 미아동, 갈현동, 목동, 화양리, 신림동 등 나는 내키는 대로 발걸음을 옮겼다. '내키는 대로'라고 했지만, 거기에도 원칙은 하나 있었다. 신촌과 퇴계로와 종로 등 중심가만은 늘 등을 지고 걸어야 했다. 부득이하게 그런 곳을 지나쳐야 할 경우에는 늘 지하철을 탔다. 지하철에 가만히 앉아 있다가 문득 보게 되는 '신촌'이라든가, '종로3가', 혹은 '충무로' 따위의 지명이 나오면 눈을 감았다. 그러면 보이는 것은 오직 어둠뿐이었으나, 그 어둠이 내게는 차라리 나았다. 그곳들만 아니라면 어디든 좋았다. 그건 지도가 필요한 도보여행이 아니었으므로, 또 시간을 정해두고 집 근처를 걷다가 돌아오는 산책도 아니어서 한참 걸어간 뒤에야 거기가 어디인지 알게 된다거나, 푸른색 도로표지판을 보고서야 바로 옆동네를 며칠 전에 다녀갔다는 사실을 깨닫는 일이 수없이 많았다.

그 일을 통해 나는 서울이 얼마나 낯선 도시인지 알게 됐다. 물론 이방인에게는 꼭 서울이 아니더라도 모든 대도시가 낯설다. 고향에서 고등학교까지 마친 뒤 대학 진학과 함께 서울에 올라온 내게 한없이 이어지는 변두리 골목길이 익숙할 리 없었다. 하지만 내가 말하는 낯섦이란 그런 의미가 아니었다. 예컨대 그렇게 걷기 시작한 지 닷새쯤 지났을 때였다. 하루종일 걸어다니다가 뉘엿뉘엿 해가 저무는 낮은 언덕길로 접어들었는데, 그 길의 좌우로는 똑같은 모양의 붉은 벽돌 다세대주택들이 즐비하게 늘어서 있었다. 걸어오면서 몇 번 상가 계단이나 공원 벤치에 앉아서 쉬었음에도 발바닥은 화끈화끈 달아오르고 있었다. 그래도 일렬로 늘어선 다세대주택들을 바라보니 다시 내 하숙방이 있는 학교 근처까지 돌아왔다는 사실에 안도감이 느껴졌다. 거기쯤 이르자 배도 고프고 다리도 아파서 언덕을 다 내려와 오른쪽으로 난 시장 골목으로 들어가 언젠가 후배들을 이끌고 한번 가본 적이 있다고 생각한 식당에서 순댓국밥과 소주를 시켜 먹었다. 처음에는 허겁지겁 순댓국밥을 먹었으나, 순댓국밥은 생각보다 훨씬 양이 많았고 상대적으로 소주는 턱없이 부족했으므로, 나는 어스름이 시장 골목 구석구석까지 호비작거릴 때까지 혼자서 소주 두 병을 비웠다. 세 병째 소주를 시키자, 주인아줌마가 너무 취해서 안 된다며 소주를 가져다주지 않았다. 그래서 내가 말했다.

"제가 취한 건 아는데요. 제가 집이 진짜 가깝거든요. 그러니까 괜찮아요. 금방 들어가서 자면 돼요."

"그래도 안 돼. 학생이 공부를 해야지, 그렇게 술이나 퍼마시면 쓰나."

탁자에 놓인 빈 소주병을 들고 주방 쪽으로 걸어가는 주인아줌마를 향해 내가 소리쳤다.

"하지만 어떡해요? 순대가 너무 많이 남았잖아요. 이것 봐요. 아깝잖아요. 아직 두 병은 더 먹을 수 있는 순대란 말예요."

"아이구. 참. 순대가 소주 마시나? 순대 남는다고 소주 먹는 인간은 이날 이때까지 학생이 처음이네. 순대에 맞춰서 소주를 마실 게 아니라, 소주에 맞춰서 순대를 먹으면 됐잖아. 옷 찢어졌는데 실없는 소리 하지 말고 빨리 들어가. 내일 학교 가려면 일찍 일어나야지. 어여 남은 순대 다 먹고 들어가. 객지생활은 자기가 하는 것 같아도 밥이 하는 거니까."

"팍 엎어지면 코 닿는 데가 학굔데, 아줌마가 무슨 상관이에요? 아줌마가 무슨 우리 엄마라도 돼요? 빨리 소주나 주세요."

탁자 위에 엎어지는 시늉을 하면서 내가 말했다.

"저 정신머리하고는. 학교가 코앞이긴 무슨 코앞이야. 여기서 차 타고 한 시간은 가야겠구만."

"지금 제 마음이 그래요. 코앞에 있는 학교 간다고 집 나온 지가 벌써 닷새째인데, 아직 강의실 구경도 못했어요. 그러니까 딱 한 병만, 소주 딱 한 병만 주세요."

"코앞이긴 개코가 코앞이냐고!"

그때까지도 나는 그 아줌마가 하는 말을 도무지 알아들을 수가 없었다. 그래서 한참 딴소리를 늘어놓은 뒤에야 거기가 내 자취방이 있는 동네가 아니라 면목동이며, 그 식당은 내가 한 번도 가본

적이 없는 곳이라는 사실을 깨닫게 됐다. 그 순간, 술이 다 깨는 것
같았다. 나는 몇 번이고 여기가 정말 면목동이 맞느냐고 아줌마에
게 되묻다가 엄청난 잔소리를 들어야 했다. 식당 밖으로 나와서 주
변을 두리번거리며 걸어다니다가 대로로 나가 표지판을 본 뒤에
야 나는 거기가 정말 면목동이고, 내가 사는 학교 근처까지는 버스
로 한 시간 거리라는 걸 인정하게 됐다. 그건 내가 하루종일 멍한
정신으로 걸어다녔기 때문이기도 하지만, 또 한편으로는 서울의
변두리가 모두 똑같은 모양으로 생겼기 때문이기도 했다. 그러므
로 서울이 낯선 도시라는 걸 알게 됐다는 건 그 풍경 때문에 하는
말이 아니었다. 그건 나를 둘러싼 모든 것들이 너무나 비현실적이
어서 마치 꿈속을 걸어다니는 것과 같았다는 뜻이었다. 걸어다니
면 걸어다닐수록 그 느낌은 더욱 강해졌다. 반소매를 입고 초록 그
늘이 드리워진 남산 소월길을 걸어가는 사람들과, 추적추적 비 내
리는 어스름에 헤드라이트를 밝히고 줄지어 영동대교를 건너가는
자동차들과, 왕십리 어느 분식집 한쪽 낡은 14인치 TV 화면에 등
장하던 정치인들의 모습이 하나같이 낯설어 걸음을 멈추고 망연
자실 빤히 쳐다보는 일이 잦았다. 그 모든 것들이 언젠가 내가 보
았던 꿈속의 풍경처럼 너무나 비현실적이었다. 사람들은 정신없
이 길을 걸어가거나, 아이의 손을 잡고 노래를 부르거나, 좌판에
들러붙은 파리들을 파리채로 내리치거나, 견고한 콘크리트 바닥
을 향해 곡괭이질을 하거나, 먼지 낀 하늘을 바라보며 담배연기를

내뿜거나, 버스 손잡이를 움켜잡은 채 차창 밖을 멍하니 내다보고 있었다. 그들이 나처럼 피가 흐르고 심장이 뛰고 희로애락을 느끼는, 정말 살아 있는 사람이라는 건 너무나 분명했지만, 나는 그 사실이 좀체 믿기지 않았다. 그래서 걸어다니다보면 하루에도 몇 번씩이나 그들을 붙잡고 "당신들, 정말 살아 있느냐? 정말 살아 있는 사람이 맞느냐?"고 묻고 싶은 충동을 억눌러야 했다.

그 얼마 전까지만 해도 우리에게는 '지하를 거점으로 서울을 장악하라'라는 슬로건이 있었다. 그때까지만 해도 서울은 살아서 꿈틀거리는 거대한 괴물과 같았다. 매순간 서울이라는 이 거대한 괴물이 어떻게 움직일지 알 수 없었기 때문에, 우리는 필사적으로 행동해야 했다. 모든 순간은 마지막 순간과도 같았다. 그렇기 때문에 가장 먼저 우리는 삶과 죽음이 서로 그다지 멀리 떨어져 있지 않다는 사실을 보게 됐다. 거리에서. 다시 말하자면 가두에서. 그러니까 폭죽처럼 지랄탄이 터져나던 가두에서. 백골단에 쫓겨 정신없이 달려가던 퇴계로 어딘가 좁은 골목길에서. 백병원 바리케이드 너머로 보이던 그 새벽의 불길한 어둠에서. 우리는 그 누구라도 그 어느 곳에서든 죽을 수 있었기 때문에, 살아남았다는 사실은 죽음보다도 더 우연적인 것처럼 보였다. 그해 많은 학생들이 스스로, 혹은 타의에 의해 생명을 잃었다. 학생들이 죽어갈 때마다 사람들은 그건 노태우 정권의 공안통치가 가져온 필연적인 결과라고 떠들어댔다. 그건 나도 마찬가지였다. 나 역시 누구보다도 큰 목소리로 손을 흔들어가며 외쳤다. 누구라도 죽을 수밖에 없었기 때문에 그들이 죽은 것이라고. 하지만 그런 필연적인 결과에 비하면 내가 살아남은 건 너무나 우연에 가까웠다. 그 죽음이 필연이라고 떠들어대면 떠들어댈수록 내 삶은 점점 더 우연에 가까워졌다. 그렇게 가장 먼저 삶과 죽음이 서로 그 자리를 바꿨고, 그다음에는 정의와 불의가, 진실과 거짓이, 꿈과 현실이 서로 뒤엉키기 시작했다. 김지하의 글과 박홍의 기자회견으로 시작된 그 혼란은 유서대필 사건으로 절정에 이르더니 결국 정원식 총리를 향한 계란과 밀가루 투척사건으로 완결됐다. 그 모든 과정이 나만 모르고 있었던 역사적 사건을 다루는 다큐멘터리처럼 느껴졌다. 나는 그 과정에 개입할 수 없었다. 왜냐하면 그건 내가 있는 곳과는 시간이나 공간이 다른 세계에서 일어나는 일과 같았기 때문이었다. 그건 '무엇이 진실이고 무엇이 거짓인가?'라는 고전적 물음과는 전혀 차원이 다른 경험이었다. 그 모든 것은 나와는 전적으로 무관하게 움직이는 유리창 저편의 세계처럼 보였다. 마치 반대편으로 움직이는 기차 속에 탄 사람들을 바라볼 때처럼. 거기에는 내가 관여할 정의와 불의도, 진실과 거짓도, 꿈과 현실도, 삶과 죽음도 없었다. 그건 전적으로 그들의 문제, 그 세계에 속한 사람들의 문제였을 뿐이었다.

그렇게 골목들을 헤매고 다니던 어느 날이었다. 화양리 일대를 걸어가다가 들어간 한 서점에서 신간서적을 들춰보다가 나는 다음과 같은 구절을 발견했다.

반석 위에 집을 지어라. 그 반석이란 네가 스스로 말살시킨 고유의 천성이며, 자식에 대한 사랑이고, 아내의 사랑에 대한 꿈이며, 네가 열여섯 살 때 가졌던 인생에 대한 꿈이다. 너의 환상들을 약간의 진실과 바꾸어라. 너의 정치인과 외교관 들을 짐을 꾸려 떠나보내라. 이웃은 잊어버리고 자신의 내면에 귀를 기울여라. 그리고 가장 중요한 것인데, 올바르게 생각하고 주의를 부드럽게 환기시키는 내면의 목소리에 귀를 기울여라. 인생은 자기 자신이 지배하는 것이다. 너의 인생을 다른 어느 누구에게도 맡기지 말라. 무엇보다도 네가 선출한 지도자에게는 맡기지 말라. 자기 자신이 되어라.

그제야 나는 그즈음 내가 공들여 지어온 집이 무너지고 있다는 사실을 깨달았다. 내가 반석이라고 믿었던 모든 것들이 한낱 환상에 불과하다는 사실을 그 순간 알게 되었던 것이다. 그럼에도 그런 자각은 그해 6월, 나를 향해 이루 말할 수 없을 정도로 세차게 밀려들던 우울(지금 생각해보면 그건 나만의 지극히 개인적인 우울이 아니라 한 시대 전체가 느끼던 거대한 우울이었던 듯하다. 그렇기 때문에 한 개인이 감당하기에 그 우울은 너무나 컸다)로부터 나를 구해냈다. 나를 구한 건 "자기 자신이 되어라"라는 마지막 문장이었다. 인생은 자기 자신이 지배하는 것이다. 너의 인생을 누구에게도 맡기지 말라. 무엇보다도 네가 선출한 지도자에게는 맡기지 말라. 자기 자신이 되어라.

16

가족들을 앞에 앉혀두고 돋보기를 쓴 할아버지가 풀로 이어붙인 화선지를 조금씩 위로 밀어올리며 203행으로 자신의 일생을 요약한 대서사시를 낭독할 때, 아버지 형제들이나 이웃에 살던 당숙어른 등이 그 시에 대해 무덤덤한 반응, 혹은 지루하다는 표정으로 일관한 까닭은 그 시의 내용 때문이었다. 시로 회고된 할아버지의 일생은 원인과 결과가 마치 사슬처럼 서로의 꼬리를 물며 이어져 있었다. 식민지 백성의 설움은 할아버지를 남양군도까지 내몰았으며, 도둑처럼 찾아온 해방은 정치적인 혼란을 낳더니 결국에는 한국전쟁이라는 고통에 찬 비극으로 이어졌다. 한 개인의 삶이 한 나라의 역사를 온전하게 담고 있었으므로 할아버지의 시에는 그 어떤 우연적인 요소도 개입할 수 없었다. 그건 같은 시기를 거쳐온 다른 어른들의 경우에도 마찬가지였으니 그들의 무덤덤함과 지루함은 마땅한 반응이었다. 개인적 삶은 모두 시대와 연결돼 있었다. 한 시대가 종말을 고할 때 그들도 함께 죽었고, 새로운 체제가 등장할 때마다 그들은 새로 태어났다. 개인의 희로애락은 민족의 감정과 밀접하게 연결돼 있었다. 모든 사람들이 웃을 때 그들은 웃었고 모든 사람들이 울 때 그들은 울었다. 할아버지의 일생은 한 민족의 일생과 마찬가지였으니, 예컨대 할아버지가 자신의 시를 다 읽고 났을 때, 나이 많은 당숙이 "소화십구昭和19 일억일심一億一心 사자항獅子港과 비도比島 함락"이라는 구절에 토를 단 것 역시 지극히 당연하다면 당연했다. 운명을 공유했으므로 그 연배의 평균적인 한국인들은 20세기의 역사를 연도별로 기억할 수 있는 능력을 지녔으니까.

소화19년이라면 1944년에 해당하는데, 당시 '사자항'으로 불렸던 싱가포르와 '비도'라고 칭해졌던 필리핀이 일본군에 함락된 것은 그보다 이르다는 게 그분의 주장이었다. 당숙의 이의제기가 타당하다고 생각한 할아버지는 그 자리에서 연도를 고치려고 했으나, 다만 종전 직전인 1944년에는 싱가포르와 필리핀이 일본군에 함락될 수 없었다는 사실만 서로 확인할 수 있었을 뿐, 그 자리에 모였던 어른들 중 누구도 그 정확한 연도를 기억하지 못했다. "이 중에서 남양군도까지 갔다 온 사람은 작은아버지뿐인데 당자가 그걸 모른께네"라고 당숙이 비꼬았다. 이어 당숙은 싱가포르 함락 소식을 전해듣던 당시에 자신이 어떤 처지였는지를 기억하면 간단한 일이라고 덧붙였다. 당숙이 그 소식을 들은 것은 소학교에 들어가기 전이었다. 그러므로 싱가포르 함락은 적어도 1943년 전의 일이었다. 그렇게 말하고 난 뒤, 당숙은 할아버지에게 물었다.

"싱가포르 함락 소식 전해들을 때, 작은아버지는 어땠습니까?

뭐하고 있었습니까?"

"하도 오래된 일이라."

그때만 해도 그건 단순한 망각의 문제라고 생각했지만, 그게 아니었다. 퇴계로 좁은 골목길에서 시위를 벌이던 김귀정이 죽어갈 때, 나는 정민을 찾아 골목길을 정신없이 뛰어가고 있었다. 그러다가 우연히 만난 투쟁국장에게서 쇠파이프로 어깻죽지를 세차게 얻어맞았다. 반쯤 넋이 빠져 있던 투쟁국장은 나를 사복경찰로 착각했던 것이었다. 그때, 내가 누군지 소리치면서 왼손을 드는 내게 투쟁국장이 쇠파이프를 내리치던 그 순간은 오랫동안 내 뇌리에 남았다. 같은 시간, 거기서 멀리 떨어지지 않은 곳에서 한 여학생이 죽어가고 있었기 때문에 그 순간은 영원히 내 기억 속에 남게 된 것이다. 할아버지 역시 남양군도에 간 게 맞다면, 어떤 처지에서 싱가포르 함락 소식을 들었는지 잊어버릴 리가 없었다.

"자기 자신이 되어라"라는 문장을 읽었을 때, 나는 내가 왜 나 자신이 되지 못하는지, 내가 누구에게 나의 인생을 맡기고 있는지, 그리고 내가 무엇을 두려워하는지 어렴풋하게나마 이해할 수 있었다. 바로 그 순간, 나는 이제 더이상 서울의 변두리를 걸어다니지 않아도 되겠다는 것을 깨달을 수 있었다. 할아버지가 그랬듯이, 또 현대사를 온몸으로 뚫고 지나온 다른 어른들이 그랬듯이, 한 시대의 우울을 내가 감당해야 한다면, 그래야 내가 나 자신으로 돌아갈 수 있는 것이라면, 기꺼이 그 모든 것을 내 등에 떠메기로 나는 마음먹었다. 그 책을 내려놓은 뒤, 나는 형형색색의 불빛으로 어지러운 대학가 술집 거리를 지나쳐 흐느적거리듯 길을 걸었다. 눈이 침침해지는가 싶더니 자동차 불빛이며 가로등 불빛이 뭉울겨 보였고, 며칠 동안 온종일 걸어다니면서도 느껴보지 못했던 피곤이 온몸으로 밀려들었다. 피로는 내가 지칠 만큼 지쳐 있다는 사실을 알려줬다. 나는 그 피로가 마음에 들었다. 건대입구역은 드높았고, 나는 안간힘을 다해 계단을 밟고 올라갔다. 배가 고팠고, 피곤했고, 무엇보다도 외로웠다. 나는 플랫폼에 쪼그리고 앉아 크게 휘어진 레일을 바라보며 전철이 들어오기만을 기다렸다. 이윽고 전철은 불빛을 쏘며 승강장으로 들어섰다. 사람들이 많아 자리에 앉을 수 있으리라고는 생각하지도 않았는데, 전철이 출발하자마자 내 앞에 앉아 있던 여자가 벌떡 일어나 문 쪽으로 걸어갔다. 티셔츠가 흠뻑 젖을 정도로 온몸이 땀투성이였으므로 더이상 견디지 못하고 나는 의자에 앉았다. 몸은 한없이 가라앉았다.

늦은 밤, 집으로 돌아가는 사람들로 북적대는 전철 한쪽 구석자리에 앉아 나는 맞은편 창으로 스쳐가는 밤의 도시를 물끄러미 바라봤다. 밤의 도시는 나와 마찬가지로 어둠 속에 웅크린, 그러니까 수만 개의 눈동자를 지닌 괴물처럼 보였다. 그 눈동자 하나하나는 모두 저마다의 사연을 바라보고 있는 듯, 함께 모여서 외롭게 반짝이고 있었다. 밤의 도시와 내 얼굴이 번갈아가며 투명한 창으로 스며들었다. 이윽고 전철은 가로등 불빛을 제 몸에 싣고 흘러가는 한

강을 건너 서서히 지하로 내려가기 시작했고, 창에는 내 모습만 온전하게 남았다. 겁에 질려 하는 수 없이 잠 속으로 빠져드는 아이처럼 나는 조금씩 눈을 깜빡거리다가, 손등으로 눈두덩을 비비다가, 이내 눈을 감아버렸다. 나를 태운 전철은 그 모든 분노와 욕망과 슬픔과 죄의식과 좌절과 체념과 우울의 강물과 터널을 지나, 시작도 끝도 없는 검고 푸른 공간 속으로 힘차게 달려갔다. 잠 속에서 나는 한 시대와 더불어 기뻐하고 슬퍼하고 분노하고 즐거워했다. 아직 살아 있던 할아버지가 화선지를 위로 올리며 "世上萬事 一場春夢 돌아보매 無常ㅎ구나"라며 시를 읊기 시작했고, 사진 속의 벌거벗은 금발 여자가 몸을 일으키더니 내 쪽으로 다가왔다. 어둠을 환하게 밝히며 많은 사람들이 몸에 불을 붙인 채 높은 곳에서 아래로 떨어져내렸고, 차례로 동서남북 사방팔방 뜨거운 빛의 장벽이 솟구치더니 나를 둘러쌌다. 딱히 악몽이라고 부를 수도 없는(그 모든 일들을 바라보면서도 나는 괴로워하지 않았으므로) 그 꿈들 속에서 깨어났을 때, 그곳은 다시 건대입구역이었다. 나는 서울만큼 거대한 둥근 잠을 잔 셈이었다.

원래는 곧장 학교 근처에 있는 자취방으로 돌아갈 생각이었지만, 잠에서 깨어난 뒤 나는 생각을 고쳐먹고 을지로입구역까지 갔다. 역에서 나와 고층빌딩들과 고가도로 사이로 드문드문 별이 보이는 길을 따라 걸었다. 늦은 밤, 중심가로는 걸어다니는 사람들이 많지 않았다. 사람들이 사라진 뒤의 유령 같은 도시에는 그저 쏜살

같이 도로를 지나가는 자동차 소리뿐이었다. '쁘렝땅백화점' 네거리를 돌아서자, 거기는 상가들 대부분이 문을 닫은 거리였고, 남산터널로 올라가는 고가도로 때문에 어두운 거리였고, 그리고 내가 다시는 가지 않겠노라 생각했던 거리였다. 그 거리를 걷는 동안, 적당한 간격을 두고 서 있는 가로등 덕분에 내 그림자는 어디선가 생겨나 또렷해졌다가는 다시 희미해지면서 어디론가 사라졌다. 중앙극장 앞 버스정류장에는 전경버스가 한 대 서 있었고, 버스 앞에는 전경 한 명이 경계를 서고 있었다. 본능적으로 나는 걸음을 멈췄다가 이내 다시 걷기 시작했다. 전경은 나를 바라봤다. 나도 그 전경을 바라봤다. 그리고 몇 초 뒤, 우리는 함께 눈을 돌렸다. 불이 환하게 밝혀진 전경버스 내부는 커튼이 둘러쳐져 있었지만, 뒷좌석에 앉아서 책을 읽는 사람의 실루엣이 얼핏 보였다. 나는 전경버스를 지나쳐 횡단보도 앞에 서서 보행자 신호등에 초록불이 들어오기만을 기다렸다. 정류장을 점거한 전경버스 때문에 시내버스는 도로 한가운데 정차해 손님을 내려놓고는 황급히 떠나가버렸다. 초록불이 들어왔다. 길을 다 건너기 전에 나는 횡단보도에 서서 전경버스를 돌아다봤다. 밤의 도시, 그 안에 홀로 서 있는 전경버스는 나만큼이나 외로워 보였다.

사람들로 가득한, 심야의 영안실 복도로 들어서자 가장 먼저 정체를 알 수 없는 냄새가 코를 찔렀다. 향을 피우는 냄새 같기도 했고, 삶은 돼지고기 냄새 같기도 했고, 방부제나 소독약 냄새 같기도 했고, 또 그 모든 냄새를 한데 버무린 것 같기도 했다. 나는 코를 감싸쥐고 천천히 영안실 복도를 걸었다. 넥타이를 느슨하게 풀고 화장실을 찾아가는 문상객들과 은빛 쟁반에 국밥이나 안주 등속을 올리고 걸어가는 아줌마와 검은 양복에 베두건을 머리에 쓰고 심각한 표정으로 다른 사람과 얘기를 나누는 상주 등을 스치며 나는 영안실 안을 천천히 둘러봤다. 거기에는 마른 초저녁 하늘의 벼락처럼 느닷없는 죽음도 있었을 것이고, 봄날 나무그늘의 동백처럼 이른 죽음도 있었을 것이고, 화장 짙은 술집 여자의 얼굴처럼 무표정한 죽음도 있었을 것이다. 나는 칸칸이 걸려 있는 영정 속의 얼굴들을 하나하나 살펴봤다. 인간들의 일생이 그렇게 끝나가고 있었다. 그러다가 문득 나는 절을 해야겠다는 강한 욕구에 사로잡혀, 그중 한 곳 앞에 멈추어 서선 신발을 벗고 올라가 절을 했다. 절을 마치자 상주가 나를 향해 절을 했고, 나 역시 그를 향해 절했다. 신발을 신고 나오니, 누군가가 내 소매를 잡아끌었다.

"선생님 제자분이신가? 배고프지?"

정말 너무나 배가 고팠으므로 나는 고개를 끄덕이며 그렇다고 대답했다.

"그래, 고맙네. 저쪽으로 가면 따뜻한 밥을 줄 거야."

아마도 그 선생님의 아내인 듯한 할머니가 큰 소리로 누군가를 부르며 나를 떠다밀었다. 문상객들이 앉아서 밥을 먹거나 술을 마시거나 화투를 치고 있는 자리 한쪽 구석으로 들어가 앉았더니, 내 앞으로 식어버려 맥이 풀린 김이 비트적거리는 국밥 한 그릇이 나왔다. 나는 허겁지겁 그 국밥을 먹기 시작했다.

17

1991년 5월 제3차 국민대회가 열리던 날, 최루탄 공세에 넋을 잃은 나머지 막으라는 전경은 때리지 않고 내 왼쪽 어깻죽지를 쇠파이프로 후려쳤던 사람이 있으니 그가 바로 집단난투극을 좋아하는 총학 투쟁국장, 그러니까 우리가 국장 형이라고 불렀던 사람이었다. 그 사람이 나를 찾아온 것은 병원 영안실에서 생활한 지 일주일이 넘었을 때였다. 그사이에 영안실 밖으로 나간 건 옷을 갈아입으려고 자취방에 한 번 다녀온 게 다였다. 발인하느라 상주와 문상객들이 빠져나가고 영안실이 조용해지면, 나는 정민에게 보낼 편지를 쓰곤 했다. 자취방에 갔다가 "그 선머슴애처럼 키 큰 여자애"가 몇 번씩이나 내가 돌아왔는지 보고 갔다는 얘기를 주인집 할머니에게서 들었기 때문이었다. 할머니의 말을 들으니 코끝이 시큰해져 당장이라도 정민에게 뛰어가고 싶을 정도였다. 지금 생각하면 당장이라도 달려갔을 듯싶은데, 그때는 이러지도 저러지도 못하는 처지였던 모양이다. 그래서 편지로나마 나의 심정을 써보려고 한 것이었는데, 결국 나는 한 통의 편지두 완성하지 못했다. "너와 지낸 시간은 내 인생에서 가장 행복한 시절이었어"라고 쓰고 나면 더이상 쓸 말이 없었다. 영안실 어딘가에 누워 있을 시체들을 떠올리니 뻔뻔스럽게 그런 유서 같은 문장으로 시작하는 편지를 쓸 수는 없었다. 그렇게 편지를 조금 쓰다가 더이상 쓸 말이 없으면 편지지를 구겨서 쓰레기통에 던져넣은 뒤, 문상객들이 다 빠져나간 접객실 한쪽 구석에 누워 나는 잠을 잤다. 그러고 있노라면 때로 삼베옷을 입은 상주가 옆에서 같이 자고 있기도 했고, 며칠 만에 서로 얼굴을 익힌 주방 아줌마가 당연하다는 듯 음식 재료를 옮겨야 하니 좀 도와달라고 깨우기도 했다.

정장만 잘 차려입고 있으면 영안실에서 먹고 자는 건 그다지 어렵지 않았다. 새로운 시신이 들어올 때마다 나는 적당히 순서를 봐가면서 분향실로 올라가 절을 했다. 물론 부조금을 낼 여력은 없었지만, 그렇게 절하고 나면 상주들은 대개 내게 밥을 먹으라고 권했다. 접객실에서 문상객들 틈에 끼어 밤을 꼬박 새우면서 나는 두 그릇의 밥을 먹었다. 낮에는 잠만 잤으므로 그 정도만 먹어도 충분했다. 때로는 밤새 화투를 치는 사람들을 어깨 너머로 구경하면서 새로운 기술을 익히기도 했고, 또 때로는 술에 취해 싸우는 문상객들을 말리려다가 나까지 얻어터지기도 했다. 그렇게 코피가 터져 화장실에서 얼굴을 씻고 있으려니까 영안실을 지키는 경비원이 다가와서는 "그냥 밥이나 얻어먹고 있다가 집 생각나면 돌아가. 공연한 데 참견해서 얻어맞지 말고"라며 충고인지 부탁인지 헷갈리는 말을 건넸다. 그 말에 나는 피식거리고 웃었다. 얻어먹는 것이나 얻어맞는 것이나. 다음날부터 나는 빗자루를 가져다 영안실 복도를 청소했다. '그냥 밥이나 얻어먹는' 사람이 되기는 싫었으니까. 영안실에서 생활하면서 가장 좋은 것은 정신을 잃을 정도로 술에 취해도, 또 그래서 혼자 눈물을 주르르 흘려도, 누구 하나 이상하게 생각하는 사람이 없다는 점이었다. 처음에 영안실에 들어 갔을 때 나는 돌아가신 할아버지와 자살한 정민의 삼촌 얘기를 하면서 소리내어 울었다. 하지만 며칠 두고 보니 공연히 문상하러 왔다가 자기 일 때문에 우는 사람들도 적지 않았다.

그날도 몇 년째 폐암으로 고생하다가 죽은 환자가 새로 들어온 날이었다. 하나둘 찾아온 문상객들의 말을 종합해보니 오십대 초반에 죽은 게 안타깝기는 했지만, 차라리 그렇게 죽어버린 게 당사자에게나 남은 가족들에게나 다행스러운 일이라고 할 정도였다니 그 고통이 이만저만이 아니었던 모양이었다. 눈치를 살피다가 이제쯤에는 분향실로 올라가 절해도 괜찮겠다 싶어서 신발을 벗고 앞으로 나가 영정을 바라보니 그 표정만은 참으로 편안해 보였다. 아마도 여권이나 주민등록증, 혹은 사원증에 쓰려고 찍은 사진이었겠지. 누구나 그렇듯이 사진관에서 증명사진을 찍을 때면 은연중에 그 사진을 붙이고 다니면서 겪을 일들을 생각할 것이다. 그게 영정으로 쓰이리라고는 상상조차 해본 적이 없었을 것이다. 그래서 영정 속의 얼굴들은 한결같이 죽은 사람에게는 어울리지 않게 차분하고도 기대에 차 있는 것이다. 그런 생각 끝에 절하려고 두 손을 치켜드는데, 누군가 내 옆에 붙어섰다. 고개를 돌렸더니 최루탄 공세에 정신을 잃은 나머지 나를 사복조로 착각하고 쇠파이프를 휘둘렀던 투쟁국장이었다. 그는 양복을 어울리지도 않게 차려 입고 있었다. 그 자리에 어울리지 않는 양복이란 뜻이었다. 의외로 그 촌스런 양복은 투쟁국장에게 잘 어울렸다. 갑작스런 그의 등장에 내가 의아한 표정으로 바라보자, 그는 어서 절하자는 듯 헛기침 소리와 함께 내 팔꿈치를 툭툭 쳤다. 우리는 두 번 절하고 난 뒤, 옆에 서서 메마른 목소리로 곡을 하는 상주와 맞절을 했다. 복학생이라 그런지 그 사람은 나보다 더 오랫동안 영안실에서 기식했던 사람처럼 능숙하게 상주에게 위로의 말을 건넸다. 그다지 슬픔의 기색이 보이지 않았던 그 상주는 우리에게 시장할 텐데 많이 먹고 가라고 말했다. 그도 발인할 무렵이면 내가 영안실에서 기식하는 사람, 그러니까 한때 영안실을 지키던 우리가 '밥풀떼기'라며 경찰에게 넘겨줬던 그 부랑자들에 가깝다는 걸 알게 될 것이었다.

문상객들 틈에 앉자마자 그는 넥타이를 느슨하게 하더니 대뜸 그때 때려서 미안하다고 내게 말했다. 물론 그가 쇠파이프로 후려친 일을 사과하기 위해 찾아온 게 아니라는 건 나도 알고 있었다.

"그런데 그때 왜 나한테 달려들어서 그런 화를 자초했지?"

그게 진실된 사과가 아니라는 걸 바로 증명하는 말이었다. 하지만 그렇다고 해서 "정민이가 보이지 않아서 혹시 어디 있는지 물어보려고 그랬던 것뿐이었어요"라고 대답할 수는 없으니 나는 "쇠파이프를 휘두르는 솜씨가 하도 어설퍼서 빼앗으려고 그랬죠"라고 대답했다. 그러자 그는 내 머리를 살짝 쥐어박았다.

"야, 인마. 내가 언제부터 쇠파이프를 만진 줄 알아? 87년부터 야."

"87년에는 학생들끼리 서로 집단난투극을 벌였나보죠."

내 말에 그는 너털웃음을 터뜨렸다.

"미안하게 됐다. 크게 다치진 않았지? 그날은 정말 정신이 하나도 없었다. 87년에도 그렇게 많은 최루탄을 쏘지는 않았어. 너도 경험했겠지만, 그날 퇴계로에 있었던 학생이라면 누구나 죽을 수 있었다. 그래서 네가 이러고 있는 거 다른 사람은 몰라도 나는 다 안다. 지금 네가 여기서 이 고생을 하는데, 내가 해줄 건 없고, 자, 음식 좀 들어라. 많이 말랐구나. 술도 한잔 하고."

하지만…… 어차피 음식과 술은 공짜였다.

"폐암으로 몇 년 동안 고생하다가 죽었다던데, 국장 형 저분 아니봐요?"

말도 돌릴 겸, 왜 나를 찾아왔는지 궁금하기도 해서 그가 따른 소주를 들이켜며 내가 물었다. 그러자 그는 고개를 저었다.

"모르는 사람이야. 내가 어떻게 알겠어? 이제는 누구 죽는 일이라면 아주 신물이 난다."

"국장 형, 영안실이에요, 여기."

내 말에 그는 입을 다물고 주위를 두리번거렸다.

"그런데 여기는 왜 왔어요?"

"정민이하고는 연락하냐?"

내 말에 대답하는 대신에 그가 내게 물었다. 나는 고개를 저었다.

"정민이 요새 너 찾아다니느라고 정신이 하나도 없어. 풀이 다 죽어서 기운이 하나도 없더라. 뭐, 그거야 요새 다들 그렇지만. 또 모르지, 그 녀석은 너 영영 못 찾으면 히말라야라도 가볼지."

"그런데 국장 형은 어떻게 내가 여기 있는 줄 알고 찾아왔어요?"

내가 경계심에 가득찬 목소리로 그에게 물었다.

"내가 정보원이 한두 명이 아니잖아."

자기가 내민 잔에 내가 꼼짝도 하지 않자, 투쟁국장은 혼자서 소주를 들이켰다.

"사실은 백병원 투쟁백서를 만들어야 하거든. 투쟁국장은 싸움 만 잘하면 되는 줄 알았더니, 그런 것도 하라고 시키더라."

"국장 형은 싸움도 잘 못하잖아요."

투쟁국장은 또 내 머리를 쥐어박으려는 시늉을 하다가 손을 내렸다.

"내가 싸움을 잘 못하는지는 몰라도, 내가 보니까 너는 참 잘 울더라. 그 일 때문에 애들 데리고 현장조사차 여기 영안실에 들렀다가 너를 봤지. 처음에는 너희 아버지라도 돌아가신 줄 알았다. 하도 서럽게 울기에. 그런데 여기 주방 아줌마가 너 또 운다고 혀를

차는 걸 보고 그게 아니라는 걸 알았다. 그리고 한 번인가 더 다녀 갔나? 오늘까지도 네가 여기 있으면 너하고 술이나 좀 마시려고 찾아온 거야. 할 얘기도 있고."

"여기 온다고 일부러 양복 입고 온 거예요?"

"그렇지, 그래도 격식은 갖춰야지."

"하지만 겨울 양복은 좀 부담스럽네요."

"양복이 이거 하나밖에 없거든. 그래서 본래 여름에는 장례식장 에도, 결혼식장에도 안 간다."

우리는 잔을 부딪치고 술을 마셨다. 그는 다시 내 잔과 자기 잔 에 술을 채웠다. 서로 마주보면서 우리는 단숨에 그 잔을 비웠다. 이번에는 내가 두 잔에 술을 따랐다.

"결혼할 일이 있으면 꼭 겨울에 할게요. 보아하니 국장 형 사정 이 상당히 비참하네요."

"내일 정민이 만나면 얘기해줄게. 올겨울에 날 잡았다고 말하면 되냐?"

"정말 나 여기 있다고 말할 거예요?"

"결혼할 다른 여자가 있는 거면 얘기하지 않으마."

시시껄렁한 농담 끝에 우리는 다시 잔을 부딪치고 단숨에 소주 를 들이켰다. 빈속에 연거푸 세 잔의 소주를 마시자, 나는 기분이 아주 좋아졌다. 무슨 일이 생겨도 상관없을 것만 같았다. 우리는 그 자리에서 각자 세 병씩의 소주를 마셨다. 다리가 풀릴 정도로 취해서는 비틀비틀 화장실로 달려가 속을 다 게워내고 와서도 나는 또 술을 찾았다. 세상이 빙글빙글 도는 것 같았다. 나는 영안실에서 술이 취하면 늘 그랬듯이 돌아가신 할아버지 이야기를 늘어놓았다. 투쟁국장도 내게 그 입체 누드사진을 꼭 한 번 보고 싶다고 말했다. 그 음흉한 속을 내가 모를 리 없었지만, 나는 지금은 영안실에서 한 발짝도 나갈 수 없는 몸이니 다음에 기회가 생기면 꼭 보여주겠노라고 대답했다.

"영안실 나갈 기회야 지금 만들면 되는 거지. 기분도 좋은데, 노래나 불러야겠다."

그러더니 그는 오른손으로 주먹을 쥐고 흔들며 노래를 부르기 시작했다.

"우리는 모두 해방의 전사, 온몸으로 울어대는 노래꾼. 겨레의 지친 가슴 눈물을 뿌리고 겨레의 멍든 가슴 불을 당기자. 일어서라, 나가 싸워라. 우리에게 겨누었던 총부리, 우리 가른 놈들에게 돌리어 몰아내야 한다……"

투쟁국장이 노래라고 해봐야 그런 노래밖에 부를 수 없다는 것을 잘 알고 있었음에도 불구하고, 그럼에도 불구하고 노래나 불러야겠다고 말했을 때, 그를 말리지 않은 게 내 천추의 한이었다. 그가 노래를 부르자 영안실이 소란스러워졌고 결국 우리는 경비원에게 쫓겨나는 신세가 됐다. 경비원은 그딴 노래는 이제 지긋지긋해 죽겠다며 한 번만 더 영안실을 찾아오면 가만두지 않겠노라고 엄포를 놓았다. 우리는 그런 경비원에게 주먹으로 엿을 먹이고 도망쳤다. 그렇게, 편안했던 나의 영안실생활은 끝이 나버렸다.

한참 뛰어가다가 우리는 병원 한쪽 화단에 앉았다. 나는 하늘을 올려다봤다. 서울 하늘이라 잘 보이지 않았지만, 거기에도 여름의 별자리가 있었을 것이다. 서로 가느다란 선으로 연결되며 백조가 되고 거문고가 되고 독수리가 되는.

"저 영안실에서 죽을 생각이었냐?"

"절차는 간단해서 좋겠지만, 아니에요. 살아보려고 그랬어요. 다시 살아보고 싶어서 그랬어요."

"하긴 그렇게 서럽게 울 힘이 있다면. 언제까지 영안실에 있을 거냐?"

"국장 형이 그 노래만 안 불렀더라면 괜찮았을 텐데."

"뭐가 괜찮아?"

"아까 그 경비원이나 식당 아줌마나 다 좋은 사람들인데, 인사도 못하고 나왔잖아요."

투쟁국장은 내 어깨를 툭툭 쳤다.

"그럼, 이번에는 영어 대사를 하나 읊어볼까?"

"아, 그만해요."

그가 이번에는 "이 자리에 모인 애국 시민 여러분!"이라고 소리치면 그것도 상당한 낭패다, 라는 생각에 내가 만류했다.

"이래 봬노 내가 영문과 5학년째야. 자, 들어봐. If all else fail,

myself have power to die."

영문과 5학년째라는 말은 듣지 않는 게 좋았다. 게다가 투쟁국
장은 마산 출신이었다. 하지만……

"모든 것이 끝장나도 내겐 아직 죽을 힘이 남아 있다. 『로미오와
줄리엣』 3막 5장. 네게도 아직 죽을 힘이 남아 있다면 너한테 소개
해줄 사람이 하나 있다. 오랫동안 고민한 끝에 너를 생각해낸 거니
까 가능하면 한번 만나보기 바란다. 죽을 힘만 있으면 할 수 있는
일이니까."

죽을 힘으로 할 수 없는 일이 어디 있겠냐마는. 어쨌든 그렇게
해서 내 앞에 문이 하나 생겨났다. 나는 그 문을 한번 당겨보기로
했다.

18

배낭을 메고 마을로 들어가다가 우리는 초입에 서 있는 공적비
를 읽게 됐다. 그 공적비의 뒷면에는 이런 글귀가 씌어 있었다.

"公姓은 薛이요 諱는 秉煥이요 淳昌人이니 西紀 一九二〇年
生으로 五四年 九月 難民定着 農園 認可를 받고 農園長이 되어
五五年 住宅 二十五棟을 세워 難民 五十戶를 入住시키고 六二年
까지 隧道 二百五十米를 뚫고 六六年까지 十一町 三段步를 開畓
하여 難民 二十一戶에 分配하되 工事費 七十萬圓의 國庫補助로

十三年 만에 完工하였으나 不幸히 七五年에 作故하다."

나는 정민에게 "五四年 九月 難民定着 農園 認可를 받고 農園
長이 되어 五五年 住宅 二十五棟을 세워 難民 五十戶를 入住시
키고"라는 문장을 보니 지리산 자락에서 발견된 이현상의 시체가
떠오른다고 얘기했다. 그러니까 1950년 9월 28일, 미군과 남한군
의 서울 탈환이라는 전세 역전을 맞아 월북했던 이현상은 강원도
세포군 후평리에서 조선인민유격대 총사령관 이승엽을 만난 뒤,
남한유격대 총책임자가 되어 11월 중순 칠백여 명의 대원과 함께
태백산맥을 타고 다시 남하했다. 이 부대의 공식 명칭은 '조선인
민유격대 독립 제4지대'지만, 사람들은 흔히 '남부군'이라고 불렀
다. 이들은 소백산, 속리산을 거쳐 1951년 중순, 충청도와 경상도
와 전라도의 경계지점인 무주 민주지산에 정착했다. 지리산, 덕유
산, 민주지산 일대를 오가며 게릴라 활동을 펼치던 남부군의 세력
이 급격하게 소멸하게 된 것은 전북도경이 후원하고 토벌대장 차
일혁 서장이 직접 출연한 영화 〈애정산맥〉이 흥행에 크게 성공할
즈음이었다. 1953년 9월 18일, 서남지구 전투경찰대 제2연대 수
색대 매복조는 지리산 반야봉 동쪽 빗점골에서 십여 발의 총탄을
맞은 이현상의 시신을 발견했다. 근처에서 찾은 상의주머니 속에
는 미제 손칼과 손톱깎이, 나침반과 군용 수건 등과 함께 다음과
같은 한시가 적힌 수첩이 있었다고 한다. "지리산의 바람과 구름
당홍동을 감도니, 칼 품고 천 리 지나 남쪽 고을에 닿았도다. 한 가

지 마음으로 늘 생각하되 조국 아닌 것이 없으니 가슴에는 만 개의 껍질, 심장에는 붉은 피智異風雲堂鴻洞 伏劍千里南州越 一念向時非祖國 胸有萬甲心有血.'

"그러니까 여기 '五四年 九月 難民定着 農園 認可를 받고 農園長이 되어'라는 글에 나온 '54년 9월'이란 문장 뒤에는 이현상의 비극적인 죽음을 비롯한 남부군의 패배가 숨어 있어. 남부군이 완전히 소멸된 것은 제4지구당 군사부장 남도부가 체포된 1954년 1월 중순이었으니까. '五四年 九月 難民定着 農園 認可를 받고 農園長이 되어'라는 문장은 이 지역의 치안이 이제 완전히 군경의 손에 들어가게 됐다는 사실을 뜻하는 거야. 하지만 그럼에도 아직 남부군 출현에 대한 공포는 남아 있었을 거야. 여기 '五五年 住宅二十五棟을 세워 難民 五十戶를 入住시키고'라는 문장을 보면 알 수 있겠지. 남부군에 대항해 만든 전투경찰대가 치안국 기동대로 재편성된 게 1954년의 일이니까. 어쩌면 이 사람들은 돌아가면서 불침번을 서거나 접경지역의 오랜 전통대로 총기를 소지한 채 밭을 갈았을 수도 있겠지. 하지만 이 공적비는 그들의 공포에 대해 말하지 않아. 남부군 병사들의 죽음에 대해 말하지 않는 것처럼. 그럼 이 난민들은 누구일 것 같아?"

정민은 고개를 저었다.

"북한에서 온 피난민들?"

"아닐 거야. 공비를 소탕한다고 이 지역의 외딴 마을들을 많이 불태웠거든. 아마도 그 사람들일 거야."

칼 세이건은 이 세상에 쓸모없는 것은 하나도 없다는 전제를 통해 이 우주가 이처럼 광활한 까닭은 어딘가에 우리와 같은 인류가 반드시 존재하기 때문이라는 결론에 이르렀다. 마찬가지로 이 세상에 무의미한 것은 하나도 없었다. 이 세상은 온통 읽혀지기를, 들려지기를, 보여지기를 기다리는 것들 천지였다.

그날 저녁에 방우리마을 강변에 텐트를 치고 라디오 다이얼을 돌려봤더니 역시 선교방송과 선전방송밖에는 잡히지 않았다. 나는 방해전파를 찾아서 다이얼을 이리저리 돌려맞춘 뒤, 정민과 함께 누워 여름의 별자리를 올려다봤다. 하늘에는 연결되기를 기다리는 별들로 가득했다. 저 머나먼 우주의 반대편에서 날아온 전파인 듯, 한없이 고음과 저음을 오르내리는 라디오의 잡음을 들으며 초등학생들 사이에 끼어 우주관에서 배운 대로 우리는 손으로 밤하늘을 가리켜 백조자리 알파별 데네브와 거문고자리 알파별 베가와 독수리자리 알파별 알타이르를 찾았다. 그러자 어두운 밤하늘 위에 거대한 삼각형이 그 모습을 드러냈다. 바로 여름의 대삼각형이었다.

"그러니까 별자리교실의 설명대로라면 저 별이 베가니까 직녀별일 테고, 저 별이 알타이르니까 견우별이겠구나. 어떻게 옛날 사람들은 저렇게 멀리 떨어진 두 별이 서로 만나면 좋겠다고 생각한 걸끼? 그때도 세상은 서로 그리워하는 사람들로 가득했던 걸까?

아무리 외로워도 여름밤이면 다들 참 마음이 편안해지고 위로가 됐겠네. 저렇게 멀리 떨어진 별들도 일 년에 한 번씩은 서로 만날 수 있다고 생각하면 아무리 힘들어도 참았겠다, 그지? 고개만 들면 거기 서로를 간절히 그리워하는 별들이 보였을 테니까."

하늘을 올려다보며 정민이 내게 말했다. 할아버지의 입체 누드 사진을 들여다볼 때처럼, 무의미한 듯 밤하늘에 흩어져 있던 별들이 하나둘 서로 연결되면서 손에 잡힐 듯한 생생한 형상으로 떠오르고 있었다. 별들은 오직 서로 연결되고자 하는 소망의 힘으로, 우주가 태어나면서부터 지금까지 그렇게 밤하늘을 지키고 있었던 것이다.

"그런데 아까 그 언덕을 넘어오는 동안, 너희 외할머니가 하셨다는 얘기는 뭐야?"

"아, 그거. 있잖아, 그때 외할머니가 나한테 살짝 고백하시기를, 나룻배 타고 읍내 나가는 재미에 성당 다니셨다는 거야, 글쎄. 집으로 돌아가는 나룻배 앞에 서서 이걸 탈까 말까 망설이던 순간이 그렇게 좋았다며. 나룻배를 타고 나갈 때면 말이야, 오늘은 내가 절대로 돌아가는 나룻배를 타지 않겠노라고 마음먹는 거지. 하지만 시간이 흐르고 나면 이런저런, 집으로 돌아가야 하는 핑계가 생기는 거야. 이불 홑청을 빨아야 한다거나 아이가 감기에 걸렸다거나. 그래서 하는 수 없이 오늘은 안 되겠으니 다음을 노리자, 그때는 내가 반드시 돌아가지 않겠다, 라고 다짐하면서 축 처진 어깨로 돌아가는 나룻배에 올라타는 거지. 그렇게 며칠을 버티다가 다시 성당에 나갈 때가 되어 나룻배를 탈 때는 언제나 늠름하게, 어깨를 곧추세우고 고개를 바짝 치켜든 채, 배에 탄 다른 아줌마들을 바라보며 '한심한 여편네들아, 이 지긋지긋한 인생, 오늘로 나는 끝이다'라고 생각하면서. 너무 귀엽지 않아, 우리 외할머니?"

정민이 내 팔을 자기 쪽으로 잡아당기며 킥킥거렸다.

"……그랬는데, 그만 전복사고가 일어나고 학생들이 많이 죽은 거야. 그래서 마을 사람들이 다리를 만들어달라고 연판장을 돌릴 때도 외할머니는 나룻배 타고 다니는 게 더 좋다는 말도 못하고 그저 혼자서 끙끙끙. 다리가 생기면 더이상 집으로 돌아가야 할 핑계를 만들 필요가 없었으니까. 그냥 걸어서도 돌아갈 수 있으니까. 그렇게 해서 외할머니의 가슴속에 숨어 있던 희망 하나가 영영 사라져버렸다는 거야. 그게 무슨 희망이었냐고 내가 물었더니, '이 산골짜기로 다시는 돌아오지 않고, 저 너른 세상 속으로 영영 도망치는 거지'라며 웃으시더라. 하도 어이가 없어서 내가 '도망가면 어디로 도망간다는 거예요?'라고 물었더니 외할머니는 의기양양한 표정으로 '갈 데야 많지. 우리 다윗 왕과 못된 밧세바가 연애하던 예루살렘도 있고, 살아생전 꼭 한 번은 가보고 싶었던 안트베르펜도 있고'라고 말씀하셨어. '우리 다윗 왕과 못된 밧세바'라는 표현에는 할말이 많았지만, 어쨌든 그때는 바빴거든. 그래서 내가 '예루살렘은 알겠는데, 안트베르펜은 어디야?'라고 물었더니, 외할머니가 소녀처럼 수줍은 목소리로 그러시더라. '우리 주임신부님 고향이란다.'"

"누구 고향이라고?"

"벨기에에서 오신 본당 주임신부님 말이야. 세례를 받은 외할머니에게 하얀색 포도송이 미사포를 선물한 사람. 그런데 잘 들어봐. 그래서 내가 '안트베르펜에는 가서 뭘 하겠다는 거예요?'라고 물었더니 외할머니는 거기에 있다는 성당에 가보고 싶다는 거야. 그러면서 그 성당 제단화에 그려졌다는 그림을 꼭 자기가 본 것처럼 설명하더라구. 지상에 남겨둔 사람들을 너무나 사랑하셔서 이를 악물어 좋다는 표정을 애써 감추며 천사들의 호위하에 그 위풍도 당당하게 하느님의 곁으로 휭 날아서 올라가는 성모님 어쩌구저쩌구하면서 말이야. 어디서 많이 본 그림 같다고 생각하는데, 외할머니가 이번에는 그 그림을 그린 사람을 잘 알기라도 하는 듯이 만리타향 이태리까지 유학 가 난다 긴다 하는 화가들한테 서러운 구박을 받아가면서도 눈물을 꾹 참고 그림을 배워서는 복되게도 여기저기 성당에다가 성경 얘기를 많이 그린 우리 형제 루방스 어쩌구저쩌구하는데, 그제서야 알겠는 거야."

"플란다스의 개! 네로가 죽어가면서 마지막으로 본 그림이구나."

"그래, 우리의 파트라슈도 함께. 세상에, 우리 외할머니, 이 산골에 있으면서 세상천지 안 가보신 데가 없다니까. 그래서 내가 외할머니에게 소리쳤어. '외할머니! 벨기에가 얼마나 멀리 떨어진 나라인지 아세요!' 우리 외할머니, 참으로 뻔뻔하시게도 '그 사람도 우리 같은 사람을 주님께 인도하고자 이 캄캄한 산골까지 찾아왔는데, 나라고 왜 거길 못 가겠니? 다 사람 마음먹기 나름이지. 내가 마음을 안 먹어서 그렇지' 그러시더라. 무주로 시집온 뒤로 바깥구경이라고는 무주 읍내가 전부인 시골 할머니의 순 억지 아니겠니? 그렇게 걷느라 얘기하느라 깔깔대느라 숨을 헐떡이며 가파른 언덕을 넘어와서 마을을 지나 지금 우리가 있는 곳까지 외할머니를 따라 걸어왔어. 달빛도 없던 초가을밤이었단다. 강변에는 돌멩이가 많아서 외할머니가 밝힌 랜턴 불빛만 바라보면서 조심조심 걷고 있었는데, 어디쯤 갔을까, 갑자기 외할머니가 불을 딱 껐어."

그리고 어둠 속에서 하나둘 불빛들이 나타나기 시작했다. 정민의 눈이 어둠에 익숙해지면서 더 많은 불빛들이 강변을 날아다녔다. 아주 천천히, 마치 오래전부터 정민이 오기만을 기다렸다는 듯이. 자기들을 보려고 어두운 밤에 외할머니를 졸라 가파른 언덕을 넘어 찾아오는 정민이 있기에 이 세상에 태어날 때부터 지금까지 자신들은 그렇게 반짝이고 있었다는 듯이.

"세상의 모든 동물들은 보호색을 지녀 자기를 감추는데, 반딧불이는 왜 그렇게 환하게 자기를 드러내는 걸까? 자기가 존재한다는 사실을 알리기 위해 이 먼 지구까지 빛을 보내는 저 별들처럼 반딧불이들도 고독한 걸까? 그렇게 해서라도 서로 연결되려고 보호색

따위는 기꺼이 던져버린 것일까? 죽을 각오를 하고서라도 누군가
에게 보여지기 위해서?"

정민이 내 손을 끌어당겨 입을 맞췄다.

"유럽에 가면 안트베르펜에도 꼭 가봐. 우리 외할머니에게는 평
생 그렇게 멀리서 반짝이는 별 같은 곳이었으니까. 외할머니 표현
에 따르면 거기 가면 여기 금강보다는 좀 크지만, 어쨌든 스헬데
강이라는 게 있고, 여기 무주 사람들보다는 역시 키가 조금 크지
만, 어쨌든 서로 지지고 볶으며 살아가는 벨기에 사람들이 있어서
몰래 연애도 하고 사기도 치고, 그래서 배를 타고 멀리 아프리카로
도망도 간다고 하니까. 세상은 그렇게 넓다고, 그렇지만 또 사람들
은 그렇게 어딜 가나 똑같다고 하니까. 네가 거기 가서 정말 많은
것들을 보고 듣고 느꼈으면 좋겠어. 그래서 내게 돌아와서 이 세상
이 얼마나 넓은 곳인지 들려줬으면 좋겠어."

나는 정민을 끌어안았다.

"그리고 무엇보다도 빨리 네가 돌아왔으면 좋겠어."

정민이 내게 속삭였다.

나는 내가 유럽에 가는 목적을 사실대로 털어놓을까 망설였다.

"나는 구경만 하다가 금방 돌아올 거야. 아무 일도 없을 거야. 반
딧불이처럼 네가 알아볼 수 있게 멀리서도 온몸에 불을 밝히고."

"정말 금방 돌아와야 해."

"그래, 금방 돌아올 거야."

146

그렇게 우리 앞에는 검은 밤하늘처럼 광활하고도 끝이 없는 삶이 펼쳐지고 있었다.

내게 조국은 하나뿐입니다, 선생님

19

무슨 일인가 일어나고, 그 순간 우리가 예전의 자신으로 되돌아갈 수 없게 된다는 점에서 인생은 신비롭다. 그런 탓에 우리는 살아가면서 몇 번이나 다른 삶 속으로 빠져들게 된다. 무주에서 정민과 나란히 누워 바라본 밤하늘처럼 인생은 광활하고도 끝이 없기 때문이다. 끊임없이 다른 모습으로 바뀌어가는 무한한 삶. 그럼에도 우리의 삶은 일생, 즉 하나다. 우리의 삶이 하나의 이야기로 이어지지 못한다면 우리는 결국 미쳐버렸을 것이다. 그해 여름 헬무트 베르크에게 들은 얘기 중에 이런 게 있다. 누군가 인도의 시인이었던 카비르에게 물었다. 이름이 뭐냐? 카비르. 신분이 뭐냐? 카비르. 직업이 뭐냐? 카비르. 나는 이 세 번의 카비르라는 대답이 너무나 감격스러웠다. 나 역시 몇 번을 스스로 물어도 나일 수밖에 없었다. 아무리 다른 모습으로 바뀌어간다고 해도 결국 나는 나였다. 그게 바로 내가 가진 기적이라고 생각했다.

나는 최종 목적지를 밝히지 않기 위해서 베를린으로 들어가기 전에 암스테르담에서 사흘을 보내야 했다. 그 사흘 중 내게 의미 있는 시간은 오후 두시뿐이었다. 그 시간이 되면 나는 담 광장에 있는 우체국에 들러 미리 바꿔놓은 일 길더짜리와 이십오 센트짜리 동전을 잘 골라 공중전화 투입구에 집어넣고 차례로 번호를 눌렀다. 그러면 통신망은 이 세계를 가로질러 지구 저편에 있는 전화기와 나를 연결시켰다. 이윽고 신호가 울리고 전화선 저쪽에서 누군가 수화기를 들 때까지의 시간은 처음이나 나중이나 똑같이 초조했으므로 나는 바지주머니에 손을 넣고 동전을 만지작거리기 일쑤였다. 암스테르담에서 보낸 그 사흘 동안만 놓고 보자면, 그 신호음은 그다지 길지 않았다. 한국을 떠나올 때 미리 약속한 대로, 서울은 밤늦은 시간이었음에도 불구하고 늘 누군가 내 전화를 기다리고 있었다. 서울에서 흘러드는 목소리는 때로 지쳐 있기도 했고, 때로 술기운이 묻어나기도 했으나 그 어떤 쪽이든 내게는 소중했다. 하루에 한 번씩 들을 수 있는 모국어의 음절들은 눈물겹도록 아름다웠다. 하지만 그 대화는 오래 지속되지 않았다. 나는 그들이 떠났는지를 물었고, 번번이 그 목소리들은 그들이 아직 떠나시 않았다고 대답했다. 그뿐이었다. 언제 떠날 예정인지, 과연 떠날 수는 있는지 나로서는 알 방법이 없었다.

항상 준비한 동전에 비해 통화 내용은 간단했으므로 전화가 끊어진 뒤에도 손에는 동전이 많이 남아 있었다. 그래서 본국의 가족이나 애인과 연결되기 위해 늘어선, 다양한 피부색의 외국인들 사이를 걸어나오다보면 무심결에 흔든 손안에서 동전이 절렁거리는 소리가 들려오기도 했다. 여러 번 나는 그 절렁거리는 소리의 유혹을 이겨내지 못하고 다시 줄을 서곤 했다. 암스테르담 스키폴 공항에 도착하자마자 정민에게 전화를 건 뒤로 나는 단 한 번도 정민과 통화하지 않았다. 그 전화에서 정민은 대뜸 "춥지 않느냐?"라고 내게 물었다. 내가 애써 웃으며 "여기도 여름이야, 같은 북반구"라고 대답했다. 초조하게도 정민은 바로 대꾸하지 않다가 "하지만 여긴 지금 새벽이라구. 니 전화 때문에 하숙집 사람들이 다 깼어"라고, 조금 퉁명스럽게 얘기했다. 그제야 나는 우리가 서로 다른 세계에 있다는 사실을 실감했다. 시간이 부족했으므로 나는 대단히 빠른 속도로 내가 얼마나 정민을 그리워하는지 고백했다. 내가, "너는 내가 보고 싶지 않느냐?"고 캐묻자, 정민은 심드렁한 목소리로 밤마다 제대로 잠을 자지 못한다고 대답했다. "많이 덥지?"라고 내가 물었더니, 정민은 "아니야, 그렇지 않아. 그게 아니라…… 그런데 춥진 않은 거야? 정말 춥진 않아?"라고 재차 물었다. 그렇게 이상한 물음을 마지막으로 전화는 끊어졌다.

그뒤로 나는 정민에게 다시 전화하지 않았다. 사실은 공항에서 전화한 일마저도 나는 후회하고 있었다. 그때쯤에는 어쩌면 정민도 내가 단순히 배낭을 둘러메고 유럽의 문화유산을 구경하러 간 게 아니라는 사실을 알고 있을지도 모른다는 생각이 들었다. KLM 편으로 김포공항에서 이륙한 뒤부터는 별도의 지시가 없는 한 내가 통화할 수 있는 대상은 매일 밤 정각 열시에 내 전화를 기다리는 그 목소리뿐이었다. 나는 그 누구와도, 심지어는 고향의 가족과도 연락하지 않기로 약속했었다. "그건 학형뿐만 아니라 이 일에 관련된 다른 많은 학우들의 신변에도 위험을 가져올 만한 행동이니 특히 유념해주십시오"라며, 통일위원회 위원장 강철수라고 자신을 소개한 사람이 내게 주의를 줬다. 그 사람과는 딱 한 번 어느 대학교 교정에서 만났다. 우리는 후일을 기약하며 키 작은 배롱나무 옆에서 사진을 찍었다. 아마도 강철수라는 건 가명일 것이라고 나는 생각했다. 그와의 약속 때문에 매번 나는 손에 쥔 동전을 흔들며 줄을 서 있다가 내 차례가 다가오면 슬그머니 줄에서 빠져나와 다시 별다른 목적지 없이 암스테르담 거리를 걷곤 했다.

그날도 마찬가지였다. 신호음, 동전 만지기, 그들은 떠났는가? 아직 떠나지 않았다. 동전이 절렁거리는 소리, 그리고 공연히 다시 줄의 맨 끝에 가서 섰다가 슬그머니 줄에서 빠져나오기. 그 일들의 의미는 암스테르담에서 또 하루를 보내야 한다는 뜻이었으므로, 나는 벤치에 앉아 햇볕을 쬐며 담 광장 근처의 상점에서 산 연어샌드위치를 천천히 씹어먹었다. 왕궁 앞에서는 웃통을 벗은 흑인 청년 몇몇이 휴대용 카세트로 음악을 크게 틀어놓고 기계체조에 가까운 춤을 추고 있었고, 그 주위로 관광객들이 빙 둘러서서 구경을 하거나 사진을 찍고 있었다. 멀리 전쟁위령비가 보이는 쪽으로는 은빛으로 반짝이는 옷과 장화를 신고 얼굴까지 은빛으로 칠한 채, 바구니를 앞에 놓고 꼼짝 않고 서 있는 인간 조각상이 있었고, 그의 머리 위로는 아이들에게 쫓긴 비둘기떼들이, 그리고 날아오르는 그 비둘기떼 뒤로 더없이 청명하고 푸른 하늘에서는 몇십 분 전쯤에 생겨난 비행기구름들이 희미하게 지워지고 있었다.

우연의 일치겠지만, 바로 그 순간 나는 할아버지가 남긴 대서사시의 첫 구절, 그러니까 "世上萬事 一場春夢 돌아보매 無常ㅎ구나"를 읊조리고 있었다. 아마도 내가 바라본 그 풍경이 너무나 일상적이고 현실적이었기 때문에 그 시가 생각난 것일지 모른다. 말했다시피 그 며칠 동안 나는 매일 두시면 한국에 전화를 걸기 위해 유스호스텔에서 나와 담 광장 뒤편에 있는 우체국까지 걸어갔으므로, 그때마다 관광객들로 북적이는 담 광장을 가로질러야만 했다. 그 광경은 볼 때마다 똑같았다. 누군가 평화라는 관념을 현실로 만든다면 담 광장의 풍경이 그에 가장 흡사할 것이었다. 전쟁위령비 주위의 너른 계단에서는 금발의 연인들이 서로 부둥켜안고 햇볕을 쪼이고 있었고, 비둘기들은 먹이를 찾아 뒤뚱거리며 편석 위를 걸어다녔으며, 조각상으로 가장한 사람들은 이따금 자세를 바꿔 그게 진짜 조각상인지 만져보려고 조심스레 다가가던 아이

152

들을 놀라게 했다. 나는 입안에 든 빵조각과 연어 살을 천천히 씹었다. 그럼에도 그 광경이 내게 현실로 다가오지 않았던 까닭은 내가 처한 처지 때문이었다. 그때 내 앞에 놓인 삶의 행로는 세 가지였다. 첫번째, (그들이 결국 출발하지 못할 경우) 북한으로 밀입국하거나 두번째, (그들이 출발한 뒤에도) 독일에 남아서 연락업무를 계속하거나 세번째, (그들에게 모든 것을 맡겨두고) 한국으로 다시 돌아가거나.

동틀 무렵의 희미한 여명 속에서 흐릿한 풍경을 골똘히 바라본 사람이라면 알겠지만, 모든 것이 불확실할 때는 또한 모든 것이 제 가끔 의미를 지닌다. 할아버지의 시구절이 떠오르는 것과 동시에 내가 바라보던 담 광장 주변의 풍경이 비현실적으로 보이면서 모든 것이 내게 중요한 뭔가를 알려주려는 듯 보였다. 하지만 그게 정확하게 무엇인지 알 도리가 없었다. 암스테르담의 담 광장. 두 번 반복되는 담Dam. 거기에 뭔가가 있었는데 말이다. 샌드위치를 다 먹은 나는 조금 석연찮은 마음으로 전차가 다니는 길을 따라 무작정 걸어가기 시작했다. 전차와 자동차와 자전거와 사람 들이 어울려 다니는 좁은 길은 꼬불꼬불 이어지다가 몇 개의 운하를 건너 큰길과 연결됐다. 바로 그 순간이었다. 내 머릿속으로 할아버지의 부릅뜬 두 눈과 군데군데 침이 맺혀 있는 하얀 수염이 떠올랐다. 그 모습은 매우 희극적인 흑백의 이미지로 내 기억에 남아 있었다. 초저녁 별늘이 하나둘 떠오르는 여름 저녁이었고 할아버지와 당숙과 아버지와 내가 그 풍경 속에 들어 있었다. 할아버지와 당숙은 해가 질 무렵부터 막걸리를 마시고 있었고 회사에서 막 돌아온 아버지는 세수를 하기 위해 러닝셔츠 바람으로 서 있었다. 그때 나는 평상에 앉아 책을 읽고 있었는데, 할아버지는 그 책에 약간 문제가 있다고 생각했던 모양이었다.

"그래도 책에 그렇게 씌어 있으면 그게 맞는 거 아니겠습니까?

수건으로 얼굴을 닦으며 아버지가 할아버지에게 말했다.

"자고로 제방에 뚫리는 구멍은 그 크기와 유속이 반비례하는 법이다. 우리 서해바다를 놓고 봐도 최종 물막이공사 때는 유속이 칠 미터도 넘기 때문에 육 톤짜리 블록을 제아무리 던져봐야 다 쓸려가버리고 만다. 그런데 그 꼬마녀석 주먹으로 제방을 막아 나라를 구했다고 하니 이게 바람 먹고 구름똥 싸는 얘기 아니냐?"

"아니, 평생 손오공마냥 뜬구름 쫓아다니신 양반이 어째 그 얘기는 믿지 못한답니까? 사람이 위기에 처해 힘을 쓰면 항우가 와도 못 당합니다. 내가 육이오 때 중공군한테 잡혔을 때는 맨손으로 되놈들 세 명을 때려눕히고 내 키만한 참호를 단숨에 뛰어넘어서 기관단총 총알 사이를 도망쳐나왔는데, 그게 맨정신이었으면 있을 법이나 한 얘기겠습니까?"

누구에게나 농담을 잘 던지던 당숙은 말했다. 지금도 내게 한국전쟁이란 밭고랑처럼 깊게 팬 검은 주름의 이미지로 남아 있는데, 그게 모두 어린 나를 겁주느라 두 눈을 치켜뜨고 전쟁담을 들려주던 당숙의 이마 때문이었다. 매년 6월 25일 아침이면 동네 꼬마들을 상대로 추풍령 너머에서 인민군 탱크가 몰려오고 있다고 거짓말을 하는 일은 당숙의 오랜 레퍼토리였다. 평생 자기 눈에만 보이는 꿈을 좇아 살았던 할아버지나 그 어떤 고난도 희극적으로 회고하던 당숙과 달리 아버지는 고지식했다. 그도 그럴 것이, 할아버지가 늘 집에 없었기 때문에 아버지는 어려서부터 가장 노릇을 해야만 했다. 장남으로서 집안을 일으켜야 했으므로 아버지가 살아온 삶에는 좇아갈 꿈도, 희극적인 회고도 없었다. 아버지는 어떤 경우에도 진지하기만 했다.

"아버지야 생각하는 게 우리처럼 평범한 사람들과는 많이 다르니까 할말은 없습니다만, 아버지가 살았던 세상과 얘가 살아갈 세상은 다르다는 걸 아셔야지요. 이제 열심히 책 보고 공부해야 할 애한테 자꾸 교과서가 틀렸다고 말하면 어떻게 합니까? 나라에서 만든 교과서가 틀리면 그럼 세상에 옳은 게 어디 있겠습니까? 그리고 남들 듣는 앞에서는 그 서해바다 둑 쌓는 얘기는 다시 안 하시는 게 좋겠습니다. 그것 때문에 우리 집안에 여러모로 지장이 많으니까요."

아버지가 퉁명스럽게 쏘아붙였다. 할아버지가 간첩단사건에 연루되는 바람에 내 앞길이 막혔다는 얘기를 나는 자라면서 수없이 들었으니까. 그때 할아버지가 한 말은 너무나 또렷하게 기억난다. 두 눈을 부릅뜨고 침을 튀겨가며 한참 바다에 방조제를 쌓는 일에 대해 설명하던 할아버지는 당숙과 아버지가 들은 척도 하지 않자, 큰 소리로 이렇게 말했다.

"그렇다면 너희들이 네덜란드 암스테르담에 가서 코르넬리스 렐리에게 물어봐라. 이게 말이 되는 소리인가?"

나는 오랫동안 그 장면을 잊고 있었다. 구멍 뚫린 둑을 막아 조국을 구했다던 한스 브링커의 이름은 기억하고 있었을망정, 할아버지가 말한 코르넬리스 렐리라는 이름은 아주 까맣게 잊어먹고 있었다. 그런데 그 순간 그 이름이 너무도 선명하게 머릿속에 떠오른 것이다. 할아버지의 말에 따르면 그 사람은 이미 오십여 년 전에 바다를 가로지르는, 무려 팔십 리에 달하는 방조제를 쌓았다. 이 세상에 할아버지와 같은 괴짜가 또 있었다니. 러닝셔츠 바람의 아버지나 발그스레하게 술기운이 오른 당숙과 마찬가지로 나도 입을 떡 벌리고 네덜란드의 제방 축조기술에 대한 할아버지의 열띤 설명을 듣고만 있었다. 결국 그 기세에 눌린 당숙이 "작은아버지는 뭔 얘기를 해도 꼭 가본 듯이 얘기하니까 당해낼 재간이 없습니다"라고 말하며 꼬마 한스가 주먹으로 둑의 구멍을 막아 나라를 지켰다는 그 이야기가 잘못된 것임을 인정할 때까지.

그건 바로 담 광장을 빠져나와 거리를 걸어가는 내 눈에 북해를 가로지르는 제방이 표시된 네덜란드 지도와 함께 'Cornelis Lely'라는 이름이 인쇄된 엽서가 보였기 때문이었다. 기념품가게의 엽서 스탠드에 꽂혀 있는 그 엽서를 보는 순간, 내 무의식의 저편으로 굴러

떨어졌던 그 이름, 코르넬리스 렐리가 불쑥 튀어올라왔다. 나는 "코르넬리스 렐리, 코르넬리스 렐리", 몇 번이나 그 이름을 되뇌며 엽서에 인쇄된, 머리가 벗어진 채 한 손에 책을 들고 서 있는 노인의 사진을 들여다봤다. 그 노인이 바로 코르넬리스 렐리였다. 기념으로 그 엽서를 살까 하고 이리저리 살펴보다가 한쪽에 빽빽하게 꽂힌 그 사진들을 보게 됐다. 바로 할아버지가 남양군도에서 가져왔다던 그 입체 누드사진들이었다. 나는 넋이 빠진 것처럼 그 사진들을 바라봤다. 그리고 어처구니없게도 나는 할아버지가 나보다 먼저 암스테르담을 다녀간 것이라고 믿게 됐다.

20

할아버지가 나보다 먼저 암스테르담을 다녀갔으리라는 생각은 오직 그 도시에서 본 다양한 종류의 입체사진에서 비롯된, 근거도 희박하고 황당한 망상이었지만, 그 절망스런 여름을 보내는 데는 큰 도움이 됐다. 독일에서 활동하는 한국인 작곡가가 소개해준 그 집의 주인은 헬무트 베르크라는 이름의 노인이었다. 주택가라 너무나 조용하고, 한편으로는 공항 옆이라 때때로 너무나 시끄러운 곳이기도 했다. 기역자 모양의 2층 공동주택의 꺾어진 모서리 부분에는 가운데뜰로 들어오는 사람의 눈에 바로 들어오는 자작나무가 한 그루 서 있었다. 그 자작나무의 그림자 속에 들어가는 양쪽 부분이 모두 베르크 씨의 집이었다. 문을 열고 들어가면, 언젠가 나처럼 그 집에 머물렀던 이란인 망명자 가족들이 놓고 갔다는, 페르시아풍으로 수놓은 양탄자가 바닥에 깔려 있었고, 거실 한쪽 구석에는 검은색 그랜드피아노가 놓여 있었다. 베르크 씨는 일흔 살에 가까운 노인이었는데도 매일 아침 그 피아노로 라흐마니노프를 연습했다. 월요일부터 금요일까지, 오전 여덟시부터 열시 사이에. 이웃들과 약속한 시간이었기 때문에 그 외의 시간에는 피아노를 칠 수 없었다. 대신에 베르크 씨는 열시가 지나면 시내 중심가에 있는 대학교 도서관에 가서 동양 고전들을 읽었다. 벽에는 옛날 잡지 『슈피겔』의 과월호 표지들로 만든 콜라주 작품들이 쭉 붙어 있었다. 프라하로 밀고 들어가는 소련군 탱크를 찍은 사진을 인쇄한 표지의 한 귀퉁이에 자신의 사진을 붙인 베르크 씨는 사진 옆에 말풍선을 그려넣고 "이 세상은 오직 출구일 뿐이다"라는 글자 조각들을 붙여놓았다. 그 옆의 하얀 벽에는 "I just believe in me, Yoko and me, and that's reality"라는 문장이 매우 작은 글씨로 적혀 있었다. 베르크 씨는 그게 존 레논이 적어놓고 간 것이라고 말했다. 내가 "존 레논도 독일에 망명한 적이 있나요?"라고 묻자, 베르크 씨는 능청스럽게도 "1972년에 아들론 호텔에서 오노 요코와 대판 싸운 뒤 이 집으로 망명한 적이 있지"라고 대답했다.

나는 그곳을 지나 기역자로 모서리를 따라 오른쪽으로 꺾어지면 나오는 두 개의 방 중에서 왼쪽 방을 사용했다. 한쪽에 작은 부엌과 샤워시설 및 변기가 갖춰진 화장실이 딸린 손님방이었다. 또한 나를 그에게 소개시켜준 작곡가의 말에 따르면 독재에 시달리던 수많은 제3세계 망명객들이 은신처로 사용한 방이기도 했다. 베르크 씨의 말을 곧이곧대로 믿는다면, 오노 요코의 학정을 견디다 못한 존 레논이 하룻밤 몸을 피한 침대일 수도 있겠다는 생각이 들 정도로 낡은 침대가 창가에 놓여 있었다. 베르크 씨는 2층에서 생활했다. 처음 작곡가와 함께 그 집을 찾았을 때, 집 안내를 하면서 베르크 씨가 2층을 보여준 적이 있었다. 베르크 씨는 계단을 올라가며 '현실의 무덤'이라고 2층을 소개했는데, 직접 눈으로 보게 되자 그 말의 뜻을 이해할 수 있었다. 2층의 거실은 그간 그 집에서 묵었던 세계 각국의 사람들이 남겨놓은 물건들로 가득했다. 가장 많은 것은 다양한 언어로 씌어진 책이었다. 베르크 씨는 특히 셰익스피어의 소네트를 좋아해, 그 집에 묵는 사람들에게 부탁해서 수집한 세계 각국의 번역본들을 한쪽에 비치해놓고 있었다. 거기에는 물론 1974년 피천득 시인이 번역한 한국어본 『셰익스피어 쏘네트 詩集』도 있었다. 아마도 오래전부터 한국인들도 여러 명 베르크 씨의 신세를 졌던 모양이었다. 책을 펼쳤더니 "운명과 세인의 눈이 날 천시할 때/나는 혼자 버림받은 신세를 슬퍼하고/소용없는 울음으로 귀머거리 하늘을 괴롭히고,/내 몸을 돌아보고 내 형편을 저주하나니"라는 구절에 줄을 그어놓은 게 보였다. 이 집에 머물렀던 사람들은 누구나 느끼는 게 비슷했던 모양이다. 벽에는 그림들이 걸려 있었고, 한쪽에는 조각작품들이 전시돼 있었다. 통기타도 보였고 피리도 있었다. 침실로 들어가는 벽면에는 그동안 머물렀던 사람들과 찍은 사진이 붙어 있었다.

"트라벤이라는 작가가 있지. 본명은 레트 마루트. 1919년 뮌헨 혁명이 일어났을 때, 혁명세력으로 참가했었어. 그러다가 5월 1일 백위군에게 체포되어 반역죄로 사형선고를 받거든. 즉결재판이었지. 로자 룩셈부르크가 학살당한 것처럼. 하지만 마루트는 형 집행 대기실에서 죽음을 기다리다가 천만다행으로 탈출에 성공해. 그러곤 여성으로 변장해서 뮌헨을 떠난 뒤에 유럽 여러 나라를 전전하다가 멕시코에 정착하게 되지. 왜 멕시코인지 아는가? 거기에서는 이름, 직업, 출신지, 행선지 등을 묻는 게 모욕적인 질문이니까. 게다가 물어본다고 하더라도 아까 얘기한 카비르처럼 그저 트라벤이라고만 하면 되는 일이었으니까. 그 사람은 이런 말도 했다고 해. '내게 조국은 하나뿐입니다, 선생님. 나 자신이죠.' 멋진 말이지 않아?"

작곡가가 내게 그 말을 통역해주는 동안, 베르크 씨는 한번 살펴보라는 듯 두 손으로 벽에 붙은 사진들을 가리켰다. 사진을 보고 나자, 베르크 씨는 우리를 각종 신분증들, 예컨대 학생증, 면허증, 증명서 등이 쌓여 있는 그릇 쪽으로 이끌었다. 모두 그 집에 머물다가 떠난 사람들이 놔두고 간 것들이었다.

"'뭔가를 찾아나선 힘든 여행을 무가치한 것으로 만드는 보물,

그게 진정한 보물이다. 그걸 찾기에 네 삶은 너무 짧게 느껴지리니.' 그 사람이 쓴 글 중 지금도 잊히지 않는 구절이야. 멕시코 밀림 속 초가집에 앉아서 트라벤은 이런 글들을 썼어. 전기는 당연히 없었고 이따금 재규어와 사자가 나타났지. 모기, 거미, 뱀, 전갈 같은 것들은 더 자주 나타났고. 종이와 잉크를 살 수 있는 상점마저도 삼십오 마일이나 떨어져 있었다고 해. 거기서 악착같이 글을 쓴 거야. 아무도 그에 대해서 알지 못했지. 그래서 소문이 자자했어. 자살한 것처럼 꾸미고 멕시코에 들어간 잭 런던이 가명으로 쓰는 글이라는 둥, 빌헬름2세의 사생아라는 둥, 나병환자라는 둥. 하지만 다 억측에 불과했지. 그는 자신의 과거를 깡그리 지우고 싶었던 것뿐이었어. 그저 트라벤이라고 하고 싶었던 거지. 정교수는 이 말의 뜻을 이해하겠지?"

"어떤 사람들에게 과거란 죽음과도 같은 것이지."

"그렇지, 맞아. 트라벤은 『트로차』라는 소설에서 이렇게 썼어. '누군가 경찰 조서에서, 재판의 판결문에서, 감옥의 수인 명단에서 자신의 본명을 발견한다면, 그는 잘 알려진 이름 대신에 가명으로 도피하고 싶은 충동을 느낄 것이다.' 조서에서, 판결문에서, 수인 명단에서 발견되는 그 이름이란 바로 죽음의 이름이지. 그러니까 새로운 삶을, 새로운 현실을, 새로운 미래를 꿈꾸는 사람들이 가장 먼저 자신의 이름을 거부하는 것은 충분히 이해할 만한 일이야. 그래서 나는 망명이란 이름으로부터 도망치는 일이라고 생각해. 잔인한 현실을 꿈으로 만들지 않으면 도저히 견딜 수 없으니까. 현실을 꿈으로 만드는 첫번째 단계는 자신의 이름을 부정하는 일이야. 당신이 옥중에서 〈나비의 해탈〉이라는 오페라를 만든 것처럼. 당신이 고문으로 몸이 망가진 채 감옥에서 나비가 된 장자를 떠올리고 있었다는 말을 들었을 때, 나는 너무나 깊은 감동을 느꼈네."

"때로 현실은 견디기 어려울 정도여서 차라리 꿈이라고 생각하는 게 더 나으니까."

베르크 씨는 우리에게 소파에 앉으라고 말한 뒤, 침실로 들어갔다. 정교수와 나는 아무 말 없이 앉아 있었다. 정교수는 북한 사람과 접촉하고 북한에 다녀왔다는 이유만으로 군사정권하에서 사형을 구형받았다. 베를린에 있는 식당에서 밥을 먹다가 우연히 폴란드 출신 웨이트리스가 어릴 적에 사귀었다는 북한인 친구 얘기를 들은 것이 그 계기였다. 한국전쟁중에 발생한 북한의 전쟁고아 수천 명이 '사회주의와 인터내셔널의 정신교육을 위해' 폴란드, 헝가리, 체코슬로바키아, 루마니아, 불가리아 등 동구권 국가로 이주한 일이 있었는데, 웨이트리스의 친구는 폴란드의 실롱스크 지방으로 온 아이들 중 하나였다고 한다. 웨이트리스는 그 아이가 자주 불렀다는 노래를 흥얼거렸는데, 그건 민요 〈도라지〉였다. 그녀가 흥얼대는 〈도라지〉의 음률은 이제는 아무도 사용하지 않는 조선학교 건물과 잡초만 무성한 운동장처럼 구슬프게만 들렸다. 이후 북한 정부는 이 전쟁고아들을 본국으로 송환했는데, 이에 불응하고 도망가거나 소비에트연방으로 들어가기 직전에 기차에서 뛰어내린 아이들도 있다는 소문이 돌았다. 정교수는 이 이야기를 매우 신선하게 들었다. 이것이 계기가 되어 정교수는 동베를린을 통해 한국전쟁중에 북한으로 넘어간 작은아버지에 대한 소식을 알아봤던 것이다. 처음에는 작은아버지가 보낸 한 통의 편지로 시작됐다. 감격에 겨운 몇 마디가 지나가고 나니, 마치 집을 떠나 객지를 유랑하는 가장이 보낸 편지처럼 집안 대소사에 대한 염려가 적혀 있었다. 그렇게 정교수를 통해 몇 번 편지가 오갔다. 그때쯤에는 북한이나 남한이나 별다른 큰 차이를 느끼지 못할 때여서(오히려 북한보다는 박정희 정권이 지배하는 남한이 더 나쁜 쪽이라는 생각이 들 정도여서), 별다른 각오나 두려움 없이 정교수는 평양에 있는 작은아버지를 만나 자세한 소식도 전하고 이런저런 집안일들도 상의했던 것이다. 거기에는 큰집과 작은집 사이의 유산 분배에 대한 시시콜콜한 논의까지 있었으니, 그게 사형을 구형받을 만큼 중한 범죄행위라고는 생각지도 못한 것이 당연했다.

침실에서 나온 베르크 씨는 나비 그림 한 장을 들고 나왔다. 뒷면에는 악보가 인쇄되어 있었다.

"아폴로나비 그림이지. 이 그림을 그린 여자아이는 자신도 곧 나비처럼 자유로워질 거라고 믿었어. 그 아이의 가족들은 가스실로 들어가기 직전에 브랜디를 나눠 마셨어. 그러고는 춤을 추며 노래를 불렀지. 믿을 수 있겠는가? 미친 짓이라고 생각하겠지. 하지만 그게 더 자유로웠으니까. 노래를 너무나 힘차게 잘 불렀던 여자아이의 오빠는 아이보다 먼저 죽었어. 나치들은 성악을 공부한 그아이의 오빠와 아이를 세워놓고 〈투란도트〉의 한 장면을 연출할 것을 명령했어."

"그게, 〈울지 마라, 류〉인가?"

생각하기도 끔찍하다는 듯이 정교수가 물었다.

"맞아. 〈투란도트〉처럼 거기에도 목숨을 건 규칙이 하나 있었지. 류 역할을 맡은 여자아이가 노래 제목처럼 울지 않는다면 오빠는 살아남는 게임이었어. 그 오빠는 거꾸로 매달린 채, 그 아리아를 반복해서 불러야만 했다네. 채찍을 맞으면서. 오래지 않아 목은 쉬어버렸고 곧이어 몸이 축 늘어졌지. 하지만 그 여자아이는 지지 않았어. 절대로 눈물을 흘리지 않은 거야. 그러니까 그 오빠가 그렇게 죽어갈 때까지 말이지. 그런 끔찍한 현실을 생각하면 가스실에서 춤을 추며 노래를 부르는 건 오히려 너무나 정상적인 일이야. 그날 저녁에도 나는 장교들을 위한 바에 가서 재즈를 연주했다네. 서로 떠들고 술을 마시고, 흥에 겨우면 내가 연주하는 재즈곡에 맞춰서 춤을 췄지. 그들에게도 풀어야 할 스트레스가 있었으니까. 손가락을 모두 잘라버리고 싶다고 생각한 것도 바에서 연주하던 초기의 얼마 동안이었을 뿐이고, 얼마 뒤부터는 손가락을 주셔서 감사하다고 신에게 기도했다네. 거기에 희망이 무엇이라고 나와 있었지? 〈투란도트〉에 말이야."

베르크 씨의 말에 정교수는 답했다.

"밤이면 인간의 마음속에서 날개를 폈다가 해가 뜨면 사라지는 환상. 매일 밤 태어났다가 매일 아침 소멸하는 것."

"결국 만지면 부서지는 나비의 날개 같은 것이지. 현실이 잔혹할 때, 희망이란 아무짝에도 소용없는 장난감 같은 거야. 그래서 나는 모든 희망을 버린 사람들에게 새로운 삶을 찾을 수 있도록 도와주는 거야. 희망과 함께 자신의 모든 과거를 부정하는 사람들을."

21

내게 조국은 하나입니다. 선생님. 나 자신이죠. 나는 미친 사람처럼 혼자서 말하고 혼자서 낄낄거렸다. 바람은 더욱 강해졌다. 나는 어둠을 향해 달리기 시작했다. 나는 투사가 아니었다. 1991년 5월에 내가 한 일이라고는 최루탄이 터지는 길에서 정신없이 정민을 찾아나섰다가 투쟁국장이 휘두른 쇠파이프에 어깻죽지를 얻어맞은 것뿐이었다. 나는 영웅이 아니었다. 코앞에 있는 학교에 가기 싫어 서울 시내를 하염없이 걸어다니다가 장례식장에서 기식하면서 눈물을 쏟아낸 게 다였다. 나는 본질적으로 나약한 사람이었다. 그럼에도 내가 독일행을 결심하게 된 것은 프라하의 성녀 아녜스에게 보낸, 성 클라라의 편지에 나오는 한 구절 때문이었다. "옷을 입은 사람은 붙잡힐 때에 있어서 더 빨리 땅에 내동댕이쳐지기 때문에 알몸인 사람과는 싸움이 되지 않습니다." 그 글귀처럼 나는 나의 나약함도 무기가 될 수 있다고 믿었을 뿐이었다. 뭔가를 위해 희생하는 일이라면 그 누구보다 더 잘해낼 자신이 있었다.

자동차 한 대가 헤드라이트 불빛을 길게 쏘면서 이차선 도로 위로 지나갔다. 필름가게에 매달아놓은 광고판이 바람에 흔들리면서 소리를 냈다. 정신과의사가 사는 집의 쪽문으로 머리가 하얀 노파가 들어갔다. 그 사이로 나는 달렸다. 숨이 턱까지 차오를 때까지 달렸다. 제안받은 그 자리에서 독일행을 받아들인 단순한 마음과 달리 내 처지는 자못 복잡했다. 우선 나는 정식 대표가 아니라 예비대표였다. 이 말은 곧 독일로 파견된 정식 대표들이 입북에 실패할 경우, 그들을 대신해 내가 북한으로 들어갈 수 있다는 뜻이었다. 나중에 알게 된 바에 따르면 예비대표는 나 말고도 한 명이 더 있었다. 그 여학생은 출국을 앞두고 안기부에 검거되면서 존재가 드러났다. 어쩌면 더 많은 예비대표들이 유럽으로 떠날 예정이었거나 떠났을지도 모르지만, 세상에 알려진 예비대표는 그 여학생뿐이었다. 물론 나의 존재 역시 세상에는 알려지지 않았다. 그건 정식 대표들이 무사히 베를린에 도착했기 때문이었다.

나는 스프레이로 그림을 그려놓은 고가도로 밑을 지나쳤다. 바람이 내 머리카락을 잡아당겼다. 멀리, 어둠 속의 창문들은 모두 오렌지빛으로 따뜻했다. 정식 대표들이 베를린에 도착하자, 학생운동 지도부는 학생 대표가 북한으로 들어간다는 사실을 공표했다. 그들이 입북을 목적으로 배낭여행객을 가장해 유럽으로 떠났다는 사실을 확인한 안기부는, 전대협 지도부 검거에 나서 배후 조종 혐의로 모두 여덟 명을 구속 수감하고 여든한 명의 학생들을 수배했다. 그리고 한 달 남짓 수많은 일들이 일어났다. 그 학생들의 부모들이 방북을 만류하기 위해 베를린을 찾았으나, 결국 학생들을 만나지 못하고 돌아갔고, 안기부는 한 신문사의 파리 특파원을 통해 이 일에 관련된 사람들의 신원을 모두 파악하고 있으며, 방북이 성사될 경우 관련자 모두를 엄중 처벌할 것이라고 알려왔다. 그러는 동안에도 나는 베르크 씨의 집에 틀어박혀 있었다. 남북한 3자 실무회담에서 애당초 계획한 대로 그 두 학생을 평양으로 보내기로 결정하는 동안에도, 그리하여 실제로 그들이 베이징행 비행기에 올라탈 때까지.

네거리에서 나는 잠시 걸음을 멈추고 손을 들어 바람이 불어오는 쪽을 찾았다. 바람은 공항과 묘지와 공원이 있는 서쪽에서 불어오고 있었다. 나는 그쪽을 향해 달리기 시작했다. 베르크 씨의 집에 머물면서 서울의 지시를 기다리는 일은 너무나 불안했다. 하루하루가 어떻게 될지 몰랐다. 갑자기 짐을 싸서 평양으로 들어갈 수도 있었고, 아니면 서울로 돌아갈 수도 있었다. 내일을 전혀 알 수 없다는 게 얼마나 절망스러운 일인지 나는 깨달았다. 거기까진 못 미치겠지만, 정교수가 죽음의 고통 속에서 장자의 호접몽을 떠올리며 악보를 그려나간 일이 쉽게 수긍이 갔다. 내게는 할아버지의 숨겨진 삶이 정교수의 음악 같은 것이었다. 나는 침대에 누워 멍하니 천장을 바라보며 도입 부분만 남은 할아버지의 글을 떠올렸다. 그리고 불에 타버린 나머지 부분을 상상했다. '거품과도 같은 환각의 시대' '시네마스코프처럼 펼쳐진 환각' '파편의 일생' 같은 단어들이 머릿속에서 맴돌았다. 나는 나가사키 근처의 부대에서 신병 훈련을 받은 할아버지가 몇 년 뒤 암스테르담까지 갈 수 있는 방법이 뭐가 있을까 고민했다.

마침내 내가 공원 안으로 뛰어들어갔을 때, 너도밤나무길로 빗방울이 떨어지기 시작했다. 일제히 나무들이 깨어난 것처럼 숲에서 비 내리는 소리가 들렸다. 얼굴로 떨어지는 빗방울은 시원하기만 했다. 할아버지를 암스테르담까지 데려가는 일이 마음먹은 대로 잘 되지 않자, 이번에는 정민을 베를린으로 데려오는 방법에 대해 나는 생각했다. 한국을 떠나오던 날, 공항에서 정민을 껴안은 채 오랫동안 서 있었던 것을 나는 잊지 않고 있었다. 정민은 토요일 저녁이면 외로울 것이라고 내게 말했다. 나도 토요일 저녁이면 외로울 것이라고 말했다. 정민은 히말라야에는 가지 않겠다고 말했다. 나도 히말라야에는 가지 않겠다고 말했다. 정민은 겨울이 오면 나와 결혼하겠다고 말했다. 나도 겨울이 오면 정민과 결혼하겠다고 말했다. 그리고 정민은 모두 거짓말이라고 말했다. 나는 모두 진짜라고 말했다. 안고 있던 팔을 떼고 바라보니 정민의 두 눈이 촉촉하게 젖어 있었다. 정민은 내 뺨을 쓰다듬고 또 쓰다듬었다. 정민을 베를린으로 데려오는 것보다는 내가 서울로 돌아가는 게 더 간단할 것 같았다. 하지만……

개를 끌고 노인과 아이가 내 곁을 지나갔다. 자전거를 타고 십대 아이들이 쏜살같이 달려갔다. 공원에서 빠져나오는 그들과 반대방향으로 나는 달렸다. 잔디가 심어진 너른 공터에 도착한 나는 숨을 헐떡이며 잔디밭 옆 벤치에 가서 앉았다. 그날 서울에서 온 결정사항에는 "이후 공동연락본부 남측 대표를 구성하기 위해 가능한 인원을 모두 확보한다"고 적혀 있었다. 그 가능한 인원이 몇 명인지는 모르지만, 평양으로 들어간 두 학생은 판문점을 통해 다시 남한으로 돌아갈 가능성이 많았기 때문에 나 역시 그 '가능한 인원' 속에 들어가야 한다는 것만은 분명해 보였다. 밤이 조금 더 깊어질 때까지 나는 그 벤치에 앉아 있었다. 밤나무 이파리에 떨어진 작은 빗방울들이 서로 모여서 내 머리 위로, 또 어깨와 허벅지 위로 하나둘 떨어져내리는 동안.

22

그리고 나는 그 눈썹을 보게 됐다. 서로 마주보고 누운 두 개의 일자 눈썹. 처음 만나는 사람들은 으레 그 눈썹 얘기를 먼저 꺼냈는데, 그때마다 그는 "눈썹이 짙은 남자는 장남이 아니더라도 맏아들 노릇을 하면서 부모를 모시고 산다고 하던데 저는 정작 맏아들이면서도……"라고 하면서 말끝을 흐렸다. 그렇게 말할 때면 양쪽 눈썹이 이마를 향해 일어서다가 이내 우울한 일직선을 그리며 다시 아래로 내려앉았는데, 그 모습을 보고 있노라면 마주앉은 사람으로서는 눈썹 얘기를 꺼낸 것만으로도 대단한 상처를 건드린 듯한 죄책감을 느낄 수밖에 없었다. 하지만 한 번이라도 자세히 들여다본 사람이라면 그의 얼굴이 상당히 희극적이라는 데 동의할 것이다. 변화무쌍한 눈썹과 달리 얼굴의 다른 부위들은 아주 이따금씩, 그리고 그와는 완전히 상반되게 움직였다.

예를 들어 그는 입꼬리가 볼 쪽으로 올라가 있어 가뜩이나 얇은 입술이 더 얇아지는 경우가 있었는데, 이때 그 모양은 눈썹의 진지한 일자 형태와 전혀 어울리지 않았다. 그가 한 말처럼 눈썹이 짙은 남자가 맏아들 노릇을 해야 한다면 입술이 얇은 남자는 신의가 없고 정이 얕으며 손익에만 밝아야 할 것인데, 관상학에 나오는 이 두 가지 해석은 서로 모순될 수밖에 없다. 그의 얼굴을 바라보며 오랫동안 얘기를 나누다보면 필연적으로 불안을 느끼게 되는데, 어쩌면 그게 다 이런 부조화의 얼굴 때문이었는지도 모른다. 울고 있는 눈썹에 웃고 있는 입술. 그럼에도 사람들은 그에게 동정을 느끼고 자신의 비밀을 털어놓았으며 기꺼이 정을 베풀었다. 그의 진짜 정체가 무엇인지에 대해서는 나뿐만 아니라 그 누구도 알지 못했는데, 그건 어쩌면 그 자신도 마찬가지가 아니었을까?

2층을 청소하다가 정교수가 옥중에서 작곡했다는 오페라 〈나비의 해탈〉이 담긴 음반을 발견하고는 전축으로 듣던 참이었다. 간밤의 비구름은 모두 사라지고 오랜만에 푸른 여름 하늘이 펼쳐진 날이었다. 2층을 청소하겠다는 내 말에 베르크 씨는 페르시아의 물라 나스루딘에 대한 우화를 내게 들려줬다. 하루는 물라 나스루딘이 마당에서 뭔가를 열심히 찾고 있어서 이웃사람들이 뭘 찾느냐고 물었다. 물라 나스루딘은 바늘을 찾는다고 대답했다. 이웃사람들도 물라 나스루딘과 함께 바늘을 찾았다. 하지만 마당을 아무리 샅샅이 뒤져도 바늘이 나오지 않자, 이웃사람들이 다시 물었다. 어떻게 된 일인가? 아무리 찾아도 바늘이 없지 않은가? 당연하지. 물라 나스루딘이 대답했다. 바늘을 잃어버린 곳은 집안이니까. 그럼 집안에서 바늘을 찾아야지, 왜 마당에서 바늘을 찾는 것인가? 그 어두운 곳에서 어떻게 바늘을 찾는단 말인가. 베르크 씨는 자기가 가장 좋아하는 얘기라며 날씨처럼 환하게 웃음을 터뜨렸다. 인생이 이다지도 짧은 건 우리가 항상 세상에 없는 것을 찾고 있기 때문일지도 몰라. 베르크 씨의 웃음소리가 집안에 가득했다.

오페라는 음울하기도 하고 몽환적이기도 했다. 적어도 그처럼 맑은 날 들을 만한 음악은 아닌 것 같았다. 내지를 꺼내보니 온통 독일어라 이해할 수 없었지만, 중간에 나오는 한문 문장은 더듬더듬 읽을 수 있었다. "百歲光陰一夢蝶 重回首往事堪嗟 今日春來明朝花謝 急罰盞夜闌燈滅." 나는 손가락으로 글자를 짚어가면서 중얼거렸다. 백 년의 빛과 그림자 한 마리 꿈속 나비로세. 머리 돌려 지나간 일 생각하니 탄식을 참을 뿐. 오늘 봄이 왔는데 내일 아침꽃이 지누나. 벌주를 빨리 들게나, 내건 등불 꺼지기 전에. 인생이 한 마리 꿈속 나비 같은 것이라면 우리는 어디에서 바늘을 찾아야만 할 것인가? 그런 상념에 젖어 있을 때, 내 눈에 그 비디오테이프가 눈에 들어왔다. 그건 캄보디아 돈 오백 리엘, 유고슬라비아 돈 이십 디나르, 중국 돈 십 위안, 수단 돈 이십오 피아스터, 인도네시아 돈 오 센 등이 들어 있는 투명한 상자 옆에 놓여 있었다. 누가 썼는지 겉면에는 한글로 '그 누구의 슬픔도 아닌'이라고 적혀 있었다.

나는 레코드를 내려놓고 데크에 그 비디오테이프를 넣었다. 처음에는 그저 이 집에 머물다 간 또다른 불우한 한국인이 조국에서 가져온 영화겠거니 했다. 그래서 대충 내용만 파악한 뒤 나중에 정말 심심해지면 베르크 씨에게 부탁해서 그 영화를 볼 계획이었다. 비디오를 켜놓은 채, 한쪽에 쌓인 책더미를 조심스레 벽 쪽으로 옮겨놓다가 나는 고개를 돌려서 TV 화면을 바라봤다. 그 눈썹이 보였다. 진공청소기의 플러그를 꽂으려고 하는데, 그 눈썹의 주인공이 뭐라고 얘기했다. 나는 다시 고개를 돌렸다. 나는 청소기의 플러그를 손에 든 채 그 화면을 바라봤다. 그다음에는 TV 앞으로 다가가 앉았다. 그날 오후 내내 나는 그 비디오를 모두 세 번 봤다. 그건 정말 놀라운 내용이 아닐 수 없었다.

그 누구의 슬픔도 아닌

23

화면 속의 그 일자 눈썹은 이렇게 말했다. "나는 이 세상에 두 번 다시 태어났습니다." 화면 속에서 그가 들려주는 이야기는 앞뒤가 맞지 않고 두서가 없었지만, 시간의 순서에 따라 대충 정리해보면 다음과 같다. 1984년 서울의 공사판을 떠돌며 일용노동자로 생활하던 그는 여의도 63빌딩 공사현장에서 일하다가 그 건물의 완공을 눈앞에 두고 새로운 일자리를 찾던 중 광주 무등산 주변에 대규모 관광개발 계획이 잡혀 있다는 소식을 전해듣고 광주로 내려갔다. 그에게 광주는 입을 틀어막은 울음의 도시로 기억되는데, 그건 첫날 광주역 근처의 여인숙에서 옆방에 들어온 커플이 밤새도록 흐느끼는 바람에 잠을 제대로 자지 못한 까닭이었다. 마음에도 없는 이별을 앞둔 연인이었는지 새벽 두시가 넘어가자 충분히 흐느꼈다고 생각한 두 사람이 섹스를 시작했다. 흐느끼던 여자는 이번에는 흥흥거리며 콧소리를 내기 시작했는데, 그에게는 그 소리가 더 구슬프게 들렸다.

이튿날 그는 무등산을 찾았으나 거기에는 그 어떤 개발의 기미도 보이지 않았고, 대신에 밥그릇 세 개와 두 개의 주사위를 이용해서 행인들을 등치는 야바위꾼들만 만났을 뿐이었다. 간단한 게임이었다. 야바위꾼은 두 손으로 세 개의 밥그릇의 위치를 이리저리 옮긴 뒤에 주사위가 들어 있지 않은 밥그릇을 맞히면 건 돈의 열 배를 주겠다고 말했다. 야바위꾼이 현란하게 밥그릇을 옮기다가 움직임을 멈추면 지켜보던 사람들이 남들보다 먼저 빈 밥그릇을 움켜잡으려고 법석을 떨었다. 그 실랑이가 재미있어서 그도 옆에 서서 구경했다. 그는 금방 그 게임의 맹점을 알았다. 제일 처음 야바위꾼은 주사위가 들어 있는 밥그릇을 붙잡고 그 위치를 옮기기 시작했다. 그때 야바위꾼은 두 손을 들어 갖은 너스레를 떨면서 주사위가 안에 있음을 보여줬다. 하지만 사람들이 맞혀야 하는 건 주사위가 들어 있지 않은 밥그릇이었다. 돈을 거는 사람들은 그 사실을 자꾸 잊어먹었다.

하지만 옆에서 구경하는 사람들에게는 몇 번만 자세히 살펴보면 쉽게 답을 알아낼 수 있는 간단한 트릭이라고 생각하게 만드는 게 그 야바위꾼의 진짜 트릭이었다. 처음에는 돈을 따는 게 정말

쉬웠다. 야바위꾼이 잡지 않은 밥그릇에 집중하면 되는 일이었다. 그러나 얼마 뒤부터 그 방법은 통하지 않았다. 어디서부터 잘못된 것인지 그는 알 수 없었다. 분명히 주사위가 없어야 할 밥그릇에서 번번이 주사위가 나왔다. 거기에 자신이 생각했던 것보다 훨씬 더 복잡한 트릭이 숨어 있다는 사실을 어렴풋이 깨달았을 때에는 이미 수중에 가지고 있었던 돈을 반 정도 털렸을 때였다. 속았다는 생각에 그가 미련을 버리고 자리에서 일어나려고 하자, 야바위꾼은 타지 사람이라 좀 미안한 생각도 드니 게임의 규칙을 바꾸겠다고 말했다. 이번에는 주사위가 없는 밥그릇이 아니라 주사위가 들어 있는 밥그릇을 찾아보라고 말했다. 셋 중 하나를 찾는 것보다 셋 중 둘을 찾는 게 훨씬 더 쉬워 보였다. 다시 자리에 앉은 그는 다시 돈을 따는가 싶었지만, 결국 나머지 돈까지 다 털리고 말았다. 수중에 돈이 한푼도 없었으므로 하루 장사를 마친 야바위꾼들이 자리를 접고 돌아갈 때까지 그는 그 옆에 서서 현란하게 움직이는 밥그릇들을 바라볼 수밖에 없었다.

끈질기게 야바위꾼을 기다린 끝에 차비를 챙긴 그는 광주역으로 다시 나왔다. 물어물어 일용직 노동자들이 자주 드나든다는 막걸릿집을 찾아갔다. 당장이라도 일자리를 구하지 않으면 굶어 죽을 판국이었다. 그렇게 찾아간 곳에서 그는 한기복을 알게 됐다. 그때 한기복의 나이는 스물일곱 살이었고, 그는 열아홉 살이었다. 인사를 하고 나서 그는 다짜고짜 한기복에게 무등산 관광개발 건에 대해 물었다. 우락부락한 외모에 힘이 장사였던 한기복은 그 말을 듣자마자 눈을 부라리며 막걸릿집이 쩌렁쩌렁 울리도록 소리를 질렀다. 무등산 파헤쳐서 돈 벌려고 광주에 왔다면 당장 떠나거라! 한기복의 얘기에 따르면, 그 무등산 관광개발 계획은 원래 5·18 위로 국고지원사업이라는 이름으로 극비리에 진행된 것으로, 광주항쟁 때 숨진 호국 영령들의 정기가 서린 무등산을 파헤쳐 광주의 기운을 영원히 꺾어놓으려는 데 그 목적이 있었다. 그때까지도 광주항쟁에 대해서라면 언론에 보도된 것, 그러니까 북한 간첩의 사주를 받은 폭도들의 무장난동 정도로만 알고 있었던 그로서는 무슨 소리인지 알 수 없었다. 한기복은 눈만 껌뻑거리는 그의 머리통을 후려치면서 "눈을 뜨라! 잠에서 깨어나라!"고 소리쳤다. 어떤 뜻에서 한기복이 그런 말을 하는지 영문을 알 수 없었지만, 그 순간 그는 한기복에게 넙죽 절하면서 형님으로 모시겠다고 했다. 어쩔 수 없었다. 돈도 없었고 일자리도 없었다. 하지만 다행히 한기복에게는 방도 있고 일자리도 있는 것처럼 보였다.

시늉이나마 그가 눈을 뜨는 눈치를 보이자, 한기복은 그를 받아들였다. 한기복은 자신이 비밀조직 들불단의 단원이라고 말했다. 자신이 다닌 야학의 이름에서 따온 그 비밀조직의 구성원은 한기복뿐이었는데, 야바위에 돈을 다 털려 그만 눈을 뜰 수밖에 없었던 그가 자청해서 들어왔으므로 한기복으로서는 기쁘지 않을 수 없었다. 한기복이 나지막한 목소리로 "나는 들불단이다"라고 털어놓기

전부터 그는 한기복이 범상치 않은 사람이라고 생각하고 있었다. 한기복의 방 벽에는 김구 선생의 사진과 함께 태극기가 걸려 있었다. 처음 그 방으로 들어갔을 때, 두 사람은 태극기를 향해 나란히 서서 오른손을 왼쪽 가슴에 올려놓고 애국가를 합창했다. 한기복은 늘 "장부가 세상에 처함이여, 그 뜻이 크도다. 때가 영웅을 지음이여, 영웅이 때를 지으리로다"라는 안중근 의사의 「장부가」를 읊조리고 다녔다. 고아로 태어나 초등학교 중퇴가 학력의 전부였던 한기복을 세상에 둘도 없는 애국자로 만든 건 야학 선생이었다. 한기복에게서 살아온 내력을 들은 야학 선생은 세상의 진실에 대해 눈을 뜨라고 말했다. 증오는 하나로 모여야 하고 사랑은 넓게 퍼져야 한다. 야학 선생은 그게 바로 못사는 사람들이 이 세상을 바꾸는 기본원리라고 말했다. 한기복은 새로 들어온 단원인 그에게 1980년 도청에서 야학 선생이 어떻게 죽어갔는지 설명하는 것으로 기초적인 정신교육을 시켰다. 전날 아침에 흩뿌린 빗줄기는 죽음을 기꺼이 받아들인 시민군들의 가슴속에 들어 있는 한줄기 붉은 마음의 상징이었다. 시민군들은 그런 마음으로 탱크를 앞세운 계엄군들이 진격하던 5월 27일 새벽 네시까지 도청에서 떠나지 않고 죽음을 받아들였다. 물론 그건 몸은 죽어 없어지되 정신으로 다시 살아나는 일이었다. 그 죽음은 민주주의의 꽃으로 피어나기 위해 땅에 떨어진 한 알의 씨앗이었으며, 미몽 속에 잠든 백성들을 깨우기 위해 온몸이 부서져라 두들겨대는 종소리였으며, 다시는, 다시는 맨손으로 학살자들에게 맞서지 말라는 처절한 격문이었다. 수사로 점철된 한기복의 격정적인 목소리에 그는 점점 더 도취되기 시작했다.

그가 한기복의 생각에 점점 더 동화되면서 자취방의 어둠 속에 누워 나누는 대화는 국가보안법 제3조 반국가단체 구성에 관한 조항, 제4조 목적수행에 관한 조항, 제5조 자진지원과 금품수수에 관한 조항, 제8조 회합통신에 관한 조항 등에 해당하는 것으로 바뀌었다. 국가보안법에 따르면 들불단의 수괴로 간주될 한기복은 사형 또는 무기징역에, 간부 기타 지도적 임무에 종사한 것으로 간주될 그는 사형, 무기 또는 오 년 이상의 징역에 처할 운명이었다. 아무려나 일을 마치고 돌아온 뒤 어둠 속에 나란히 누워 낄낄거리며 논의한 계획에는 무기고를 습격하는 일도, 바리케이드를 치고 도청을 다시 점령하는 일도, 또 금남로를 학살자들의 피로 물들이는 일도 다 들어 있었으니, 법조항에 사형이나 무기징역이 나온다고 해서 놀랄 일만은 아니었다. 그가 한기복의 그 과격한 말들에 모두 동의한 것은 아니었다. 처음에는 돈 때문에 억지로라도 눈을 뜨는 시늉을 했지만, 그다음에는 정이 붙어서 한기복의 말에 맞장구를 쳤다. 그는 난생처음으로 가족이라는 단어의 뜻을 이해했다. 그건 하루 일이 끝난 뒤 어둠 속에 나란히 누워 낄낄거리는 일과 크게 다르지 않을 것 같았다.

아마도 교황이 광주를 찾아오지 않았다면 그 행복은 조금 더 오래갔을 것이다. 1984년 4월 초, 막걸릿집에서 술을 마시던 한기복은 불쑥 돌아오는 일요일부터 함께 성당에 나가자고 말했다.

"안중근 의사처럼 세례라도 받을 계획인가요?"

그가 물었다.

"다음달에 교황이 광주에 온다고 하네. 그 사람을 좀 만나야겠어."

"그 일하고 성당에 나가는 일하고 무슨 관계가 있어요?"

"먼저 가톨릭 신자가 되어야지 교황이 만나줄 게 아닌가."

그는 중학교 중퇴였기 때문에 한기복보다는 고학력이었다. 그가 다닌 중학교가 가톨릭 재단에서 운영한 미션스쿨이었던지라 성당에 나간다고 곧바로 신자가 될 수 있는 게 아니라는 사실을 그는 알고 있었다. 그 말을 들은 한기복은 꽤나 절망스러워했다.

"교황님에게 광주 민주화운동의 진실을 알릴 생각인 거죠? 그렇죠? 그럼 꼭 신자가 될 필요는 없잖아요."

그는 벌써 한기복이 교황을 만나 광주의 진실을 들려주는 장면을 떠올리고 있었다. 한기복의 옆에는 그가 서 있을 게 분명했다. 그의 상상 속에서 두 사람은 교황의 초대를 받아 바티칸까지 가서 전 세계의 양심적인 사람들에게 쿠데타를 일으킨 군인들이 어떻게 광주 시민들을 학살했는지 똑똑하게 말해주고 있었다. 잠에서 깨어나십시오, 여러분. 진실에 눈을 뜨십시오.

하지만 한기복이 탁자를 내리치는 바람에 백일몽에서 깨어난 사람은 바로 그였다.

"진실은 알릴 만큼 알렸어. 이제는 행동이 필요해!"

"행동이라면……"

그는 말을 잇지 못했다.

"도살자를 축복하러 오는 교황을 처단해야만 해. 그게 무등산의
뜻이야."

한기복이 오른손으로 목을 베는 시늉을 하면서 나지막하게 말
했다. 상상력이 아직 거기까지는 미치지 못했기 때문에 그는 다리
가 덜덜덜 떨렸다.

그해 5월 4일에 교황 바오로2세는 광주비행장에 도착했다. 방
탄차에 올라탄 교황은 이날 대건신학대, 유동3거리, 금남로, 도청,
공영터미널, 광주역을 거쳐 성인 입교미사가 열린 무등경기장으
로 향했다. 한기복은 상징적인 의미가 깊은 도청 앞을 거사장소로
정했다. 전날 밤 두 사람은 동네 목욕탕에서 몸을 깨끗하게 씻은
뒤, 집 근처의 쓰레기장으로 나가 필요 없는 물건들을 모두 불태웠
다. 주인을 찾아가 밀린 월세도 한꺼번에 갚았다. 두 사람은 소주
한 병을 나눠 마시고 잠들었다. 여느 밤과 달리 두 사람은 말이 없
었다. 잠도 잘 오지 않았다. 늦도록 두 사람은 아무런 말 없이 어두
운 천장만 바라보고 있었다. 그 탓에 둘 다 늦잠을 자게 됐고, 모든
게 엉망이 되어버렸다. 여덟시에 일어나 부랴부랴 하얀색 와이셔
츠 안에다 두 번 곱게 접은 태극기를 넣고 양말 속에 단도를 한 자

루씩 찬 채 도청 앞까지 갔을 때는 이미 환영인파로 발 디딜 틈조차 없었다. 두 사람은 사람들을 밀치며 도로 쪽으로 나가려고 했지만, 아침 일찍부터 기다렸던 사람들은 좀체 틈을 주지 않았다. 가슴에 넣어둔 태극기는 바스락거렸고 양말 속의 단도는 자꾸만 삐져나왔다. 그렇게 뒷줄에서 미적거리는 동안 교황을 태운 방탄차는 속절없이 지나갔다. 두 사람은 교황의 얼굴은커녕 차 꽁무니도 보지 못했다. 하긴 그 차가 시속 사십 킬로미터의 속도로 달리는 바람에 앞줄에 섰던 사람들도 얼굴을 제대로 못 봤다 하니 그들이 앞에 있었다고 해도 언제 바지를 걷어붙이고 단도를 꺼내 던졌겠는가. 참으로 허망한 일이었다.

다시 자취방으로 돌아오는 길에 그는 교황이 무슨 잘못이 있겠느냐며 한기복을 위로했다. 하지만 한기복의 기분은 좀체 나아지지 않았다. 그 다음날 신문에는 '용서는 위대하다 무등벌 뜨거운 화합' '불행했던 과거 극복 너그럽게 살자' 따위의 제목을 단, 교황의 광주 방문 기사가 실렸다. 하느님의 대리인이라면서, 기껏 머나먼 광주까지 찾아와, 그것도 버젓이 권좌에 앉아 있는 학살자를 대신해, 불쌍한 광주 사람들을 앞에 놓고 불과 사 년 전에 일어났던 학살을 너그럽게 용서하자는 교황의 말에, 용서도 제대로 할 줄 모르고 너그럽지도 못하며 더더군다나 불행한 과거를 극복할 엄두조차 내보지 못한 한기복은 마음도 다치고 몸도 다쳤다. 그때부터 한기복은 일도 나가지 않고 술만 들이켰다. 누군가는 돈을 벌어야만 했으므로 그는 계속 일을 나갔다. 저녁에 방으로 돌아오면 술이 취한 한기복은 게슴츠레하게 눈을 뜨고 그날 그가 늦잠을 자는 바람에 모든 일이 수포로 돌아갔다며 그의 지친 몸을 마구 때렸다. 소주만 끼고 산 지 오래됐다고 하지만 오랜 기간 노동으로 단련된 한기복의 주먹은 매서웠다. 매일 밤 그는 그 매를 견뎠다. 힘이 모자라서 그 매를 고스란히 다 맞은 건 아니었다. 자신이 잘못했다고 생각했기 때문에 맞았다. 그는 한기복만한 사람을 만나본 적이 없었다. 광주에서뿐만 아니라 살아오는 내내. 한기복은 진짜 애국자였고 참된 사람이었다. 늘 장담하는 대로 그가 언젠가 큰일을 해낼 사람이라는 것을 그는 믿었다. 그래서 때리는 대로 다 맞았다. 분이 풀릴 만큼 때리고 나면 한기복은 제풀에 곯아떨어졌다. 그때까지도 방 한쪽 구석에 몸을 웅크리고 있다가 아무런 기척이 들려오지 않으면 그는 맞은 부위를 어루만지며 일어섰다. 그는 코를 골며 잠에 빠진 한기복의 얼굴 위로 오른손을 흔들며 "잠에서 깨어나라! 눈을 뜨고 진실을 바라보라!"라고 나지막하게 외치곤 했다. 사실은 한기복이 잠에서 깨어날까봐 두려워하면서. 그리고 그는 한기복에게 아픈 몸을 붙이고 눈을 감았다. 살아오는 동안, 그를 위해 슬퍼해준 사람은 아무도 없었다. 그때까지 그는 그 누구의 슬픔도 아닌 사람이었다. 그를 위해 눈물을 흘린 사람은 한기복이 처음이었다.

그리고 해가 바뀌자, 한기복은 술을 끊었다. 한기복은 다시 예전 들불단 수괴의 자리로 돌아갔다. 그는 다시 사형, 무기징역을 구형받을 운명이었다. 하지만 일이 끝난 뒤 불을 끄고 누우면 두 사람의 입에서는 웃음이 삐져나왔다. 두 사람은 알고 있는 모든 지식을 다 동원해 전두환 정권을 전복시킬 방법을 구상했다. 8월이 되자, 한기복은 은행으로 가서 적금을 깨뜨려 그 돈을 신안군 비금도에 사는 가족에게 송금했다. 한기복에게 아내와 딸이 있다는 사실을 그는 그때 처음 알았다. 송금하고 남은 돈으로 두 사람은 새 옷을 사들고 시내 고깃집으로 향했다. 안창살을 뒤집으며 한기복은 그에게 반드시 행복을 꼭 찾기를 바란다고 말했다. 그는 알겠노라고 고개를 끄덕였다. 방으로 돌아온 한기복은 옷을 다 벗고 팬티만 입은 채 그의 앞에 무릎을 꿇고 앉아 지난해에 교황 때문에 매일 밤 그를 때린 것을 용서해달라고 말했다. 그가 잡아일으키려고 하자, 한기복은 그 손을 뿌리치고는 말했다. 용서란 말로 하는 것이 아니니까 지금부터 맞은 만큼 나를 때리도록 해라. 그가 머뭇거리자, 이번에는 최소 사형, 또는 무기징역의 운명인 들불단 수괴의 신분으로 그에게 명령했다. 그때 맞았던 만큼 나를 때리지 않는다면 나는 너와 다시는 만나지 않겠다. 그 말에 그가 슬쩍 한기복의 뺨을 때렸다. 한기복이 큰 소리를 내질렀다. 더 세게 때리란 말이야! 네가 맞은 만큼. 부르르 떨고 있다가 그는 한기복의 얼굴을 후려갈겼다. 그제야 한기복이 자신을 떠나려 한다는 사실을 눈치챘던 것이다. 그는 사신을 버리려는 한기복이 미워 마구 때렸다. 한기복의 코에서 피가 흘렀다. 한참을 때리던 그는 눈물을 흘리며 바닥에 쓰러졌다. 세상은 항상 그에게서 떠나기만 했다. 피투성이가 된 한기복은 그를 안고 오랫동안 머리를 어루만졌다.

다음날, 한기복은 성묘를 가야 한다며 새로 산 옷을 차려입고 길을 나섰다. 소주 세 병을 큰 병으로 준비해 나눠들었다. 햇살이 뜨거운 날이었다. 당연히 망월동으로 가리라고 생각했는데, 한기복은 도청 앞에서 내렸다. 교황을 암살하겠다고 나섰던 날처럼 모든 게 엉거주춤했다. 한기복은 날씨가 무척 덥다고 말하더니 목이 마르다며 자신이 들고 있던 소주병의 마개를 따서 들이켜기 시작했다. 목이 마르면 물을 마실 것이지, 백주대낮부터 웬 소주 병나발이냐는 생각이 그의 머리를 스쳤다. 내리쬐는 햇살 때문인지 그의 머리가 어질거렸다. 입도 떼지 않은 채 몇 번에 나누어 소주를 모두 마신 한기복은 그래도 더위가 가시지 않는다고 말했다. 길을 걸어가던 사람 하나가 뭔가 이상하다는 듯이 멈춰 서서 두 사람을 바라봤다. 당연했다. 마침 광복절이라 휴일이긴 했지만 대낮부터 길에 서서 소주 큰 병을 들이마신다는 건 좀 이상했다. 한기복은 와이셔츠를 조금 풀더니 그 안에서 종이뭉치를 꺼내 그에게 내밀고는 그가 들고 있던 소주를 달라고 했다. 얼떨결에 종이뭉치를 받아든 그의 눈앞에서 한기복은 두 병의 소주를 천천히 머리 위로 들어올려 자기 몸에 붓기 시작했다. 역한 냄새가 훅 끼쳤다. 두 사람을 지켜보던 사람이 소리를 질렀다. 이 새끼야, 그거 소주가 아니고 시너잖아. 뭐하는 짓이야! 누가 뭐라건 아무런 신경도 쓰지 않고 한기복은 조금 있다가 종이뭉치를 사람들에게 나눠주라고 말했다. 그리고 한기복은 그를 향해 마지막으로 웃어 보이고는 자동차들이 내달리는 도로를 향해 걸어갔다. 사람들은 어쩌지 못하고 한기복을 바라보기만 했다. 이윽고 맥주병 따는 소리 같은 게 들리더니 한기복이 소리쳤다. 잠에서 깨어야 합니다. 여러분. 눈을 뜨고 진실을 바라보십시오. 이제 잠에서 깨어나야 합니다. 그는 "8·15 사십 주년을 맞는 지금까지 자유가 없는 현실 때문에 무등산을 바라보기가 부끄럽다"는 문장으로 시작하는 유인물을 뿌릴 생각도 못한 채 그저 불타오르는 한기복을 쳐다보고만 있었을 뿐이었다.

24

이 이야기에는 몇 가지 특징이 있었다. 우선 63빌딩이 지어진 해와 교황이 한국을 방문한 해는 서로 달랐다. 교황은 1984년 5월에 한국을 찾아왔고 63빌딩은 1985년 5월에 완공됐다. 당시 성당에 다니던 중학생이었던 나는 이 두 가지 사건을 정확하게 기억하고 있었으므로, 그가 이야기를 시작할 때부터 나는 뭔가 문제가 있다고 생각했다. 두번째로 그는 그저 카메라만 바라보면서도 국가보안법의 조항을 모두 암기할 수 있는 능력을 지니고 있었다. 국가보안법이라는 게 일반적인 한국인에게는 접할 기회가 많지 않은 법률이라 그 사실이 특이한 점으로 느껴졌다. 세번째 특징은 내가 방금 이야기하지 않은 부분에서 나온다. 나는 의도적으로 한 가지 이야기를 빼먹었는데, 그건 한기복이 언제, 왜, 그를 위해 눈물을 흘렸느냐는 것이었다. 이런 점들을 제외하자면 이야기는 대체로 사실과 부합했다. 서울의 대학생들이 '미 제국주의 물러가라'라는 구호를 외치며 서울의 미국대사관을 점거하려다 미수에 그친 사건이 벌어졌던 1985년 8월 15일, 광주도청 앞에서 분신자살한 한기복에 대해서는 독일의 한국인 운동가들도 쉽게 기억하고 있었다. 그건 광주항쟁 이후 사실상 첫번째 분신이었다. 그 사건 이후 분신자살은 정권에 맞선 반체제 학생들과 노동자들의, 가장 강력하지만 또한 가장 끔찍한 저항수단으로 자리잡았다. 그러나 광주에서 교황을 살해하려는 시도가 있었는지는 의문으로 남는다. 그들도 그 시도가 허망하게 끝이 났다고 말했거니와, 교황 방한을 앞두고 전두환 정권은 UDT 대원들에게 한강 바닥까지 뒤지도록 명령을 내리고 위험인물 천여 명의 리스트를 작성해 일대일 감시체제를 구성했으므로, 당시 한국에서는 그런 마음을 먹는 것 자체가 불가능했다. 물론 정권과 언론이 교황의 강론을 정치적으로 해석했기 때문에 이에 대한 반감은 상당했지만 대다수의 한국인들은 교황을 따뜻하게 맞이했다. 한국에서 교황이 직면한 가장 큰 위험은 중앙극장 앞에서 심신상실 상태의 대학생이 쏜 두 발의 장난감

총알이었다.

그 테이프는 편집된 것이었다. 그러니까 어떤 목적을 가지고 처음부터 끝까지 촬영한 원본 테이프가 따로 있다는 뜻이었다. 중간쯤에 가면 카메라를 늘 들고 다니는 이유를 설명하는 그의 말을 통해서 그 테이프를 일제 팔 밀리미터 무비카메라로 찍었다는 증거를 찾을 수 있었다. 삼각대 위에 무비카메라를 세워놓고 회색 소파에 앉아 다리를 꼰 그의 얼굴을 클로즈업한 게 분명히 시간상으로는 제일 처음에 놓였다. 이야기는 63빌딩 건설현장에서 무등산 관광개발계획을 전해듣고 광주로 내려가기로 결심했다는 데까지 이어지다가 시간을 건너뛰어 한기복이 교황 암살에 실패하고 술만 마셨다는 부분으로 연결되었는데, 이 부분에서는 이야기뿐만 아니라 이야기를 들려주는 공간 자체도 바뀌었다. 그러니까, 술만 마시며 자신을 때리던 한기복에 대해서 말하는 곳은 자동차 안이었다. 나는 이 테이프의 편집방식을 도무지 이해할 수 없었다. 이야기를 들려주는 그가 순서를 무시하고 중구난방으로 말하는 게 아니라, 일부러 그렇게 이야기가 뒤섞이도록 편집한 것이었다. 필요없는 부분을 잘라낸다고 하더라도 그냥 순서대로 편집하면 시간도 절약되고 간편했을 텐데, 왜 구태여 이야기의 순서를 뒤바꿔가면서 힘들게 편집했는지 그 의도를 알 수 없었다. 자동차 안에서 그의 시선은 옆사람의 무릎을 향하고 있었다. 그래서 화면의 오른쪽 상단 모서리 부근에 옆사람의 얼굴 천쪽이 왜곡된 채 들어가 있었다. 들리는 목소리로 미루어 그 차에는 적어도 세 명이 타고 있었는데, 그게 카메라에 나온 사람, 말하는 그, 그리고 운전자로 구성되는지, 아니면 조수석에 제4의 인물이 앉아 있었는지는 확실치 않았다. 그가 무덤덤한 목소리로 한기복이야말로 진짜 애국자이고 참된 사람이라고 말하는 동안, 나머지 두 목소리는 그다지 이야기에 열중하지 않은 듯 건성으로 "그래서?"라거나 "저런" 따위의 추임새를 넣었다. 화면 오른쪽에 잡힌 사람은 지도를 들여다보고 있었고, 배경으로 튜닝이 제대로 되지 않은 AM라디오 소리 같은 게 깔려 있었다. AM라디오도 잘 잡히지 않은 시골길을 달리고 있는 듯했다.

다시 이야기는 처음으로 돌아가 광주에서 우연히 만난 한기복을 형님으로 모시게 되었다는 장면부터 시작됐다. 처음에는 그 이야기를 하는 곳이 어디인지가 분명하지 않았다. 그가 앉아 있는 철제의자의 뒤편으로는 아무 장식이 없는 하얀 벽이 있을 뿐이었다. 조명은 형광등이었다. 그는 그 의자에 앉아서 한기복과의 인연이 어떻게 시작됐는지 설명하기 시작했다. 그의 상체를 잡고 있는 무비카메라의 오른쪽, 그러니까 책상 너머 그의 맞은편에는 적어도 한 사람 이상이 앉아 있었다. 첫눈에 취조실이라는 느낌이 들었으나, 그의 말이나 행동에는 초조함이 전혀 없었기 때문에 쉽사리 단정할 수 없었지만, 내 생각이 틀렸다는 사실이 이내 밝혀졌다. 한기복의 방에 걸린 태극기를 설명하던 그가 무심코 오른손 검지를 들어 앞쪽을 가리키면서 "마치 저렇게요. 하지만 저것보다는 훨씬 컸어요"라고 말했기 때문이었다. 또한 나는 한 번에 쭉 찍은 듯한 이 부분이 실은 교묘하게 이어붙인 거라는 사실을 발견했다. "눈을 뜨라! 잠에서 깨어나라!"고 말한 뒤 자신이 비밀조직 들불단 단원이라고 한기복이 털어놓았다고 말하는 장면에서 얼굴의 각도가 순간적으로 바뀌었다. 나는 비디오테이프를 뒤로 돌려 그 부분을 여러 번 다시 봤다. 마치 이야기의 진실성을 거부하는 것처럼 그의 고개는 도리질을 쳤다. 누군가 이 이야기를 말하는 그의 모습을 두 번 이상 촬영했으며 그 흔적이 남지 않도록 공을 들여 편집했다는 뜻이었다. 이 비디오가 한기복의 집에 찾아간 과정을 두 번 이상 진술하는 그를 취조실에서 촬영한 것이라고 추측하는 게 가장 간단했다. 그렇다면 그의 맞은편에 앉은 심문관은 끊임없이 그에게 질문을 던졌으리라 짐작되지만, 그 목소리는 의도적으로 지워져 있었다. 심문관의 목소리는 딱 한 군데 남아 있었다. 그러니까 그건 그에게 "그게 뭐냐"고 물을 때였는데, 내가 앞에서 말하지 않은 부분, 그러니까 한기복의 눈물도 바로 거기서부터 시작됐다.

방에 따라온 그에게 한기복은 왜 어린 나이에 세상을 떠돌아다니며 살아가느냐고 물었다. 그는 행복을 찾기 위해서라고 대답했다. 말귀를 못 알아들은 한기복이 재차 물었다. 행, 복, 이라고 그가 천천히 말했다. 그 말에 한기복이 웃음을 터뜨렸다. 행복이라는 놈이 무등신 골짜기에 숨어 지낸다더냐? 그게 쫓아다닌다고 찾을 수 있는 것도 아닌데 무슨 헛소리를 하는 거야. 기분좋게 술이 취한 한기복이 뒤로 벌러덩 누웠다. 그러자 그가 말했다. 나는 행복이 어떻게 생겼는지 알아요. 한기복이 두 눈을 감고 말했다. 행복이라는 건 다 자기 마음먹기에 달려 있는 거야. 열심히 일해서 그걸로 먹고살 수 있으면 그게 바로 행복이다. 조금만 기다려라. 여러 날들이 있다. 곧 우리처럼 가난한 사람들도 행복하게 살 수 있는 세상이 찾아올 거야. 나는 행복이 어떻게 생겼는지 알아요. 그가 다시 말하자, 잠이 밀려오는지 아니면 흥미를 잃었는지 한기복이 중얼거렸다. 그래, 잘생겼더냐, 그 행복이라는 놈이? 나는 행복이 어떻게 생겼는지 알아요. 그가 세번째로 말하면서 한기복의 눈앞에 뭔가를 들이밀었다. 눈앞으로 뭔가가 다가오는 듯하자, 한기복이 두 눈을 번쩍 뜨고 그의 손을 잡았다. 바로 그 부분을 얘기할 때, 화면 속에 숨어 있던 사람이 그게 뭐냐고 물었다. 그는 옆에 놓아둔 가방을 뒤적거리더니 뭔가를 꺼냈다. 나는 탄식이 터져나오는 입을 얼른 오른손으로 막았다. 그가 꺼낸 것은 내가 암스테르담의 기념품가게에서 본 그 사진, 더이상 보면 안 되는 것이라며 정민이 빼앗아갔던 그 사진, 그러니까 할아버지의 두 장짜리 입체 누드사진이었다.

지옥불 속에서도 붐붐할 수 있는

25

그 비디오의 두번째 이야기는 쇼스타코비치의 왈츠 선율로 시작됐다. "라알랄랄라 라라라랄랄라랄랄랄라아"라고, 화면 속의 그는 흥얼거렸다. 그리고 왈츠의 선율을 들으며 그가 우연히 보게 된 사진 한 장에 대한 이야기가 시작됐다. 집회와 시위에 관한 법률 위반으로 구속됐다가 십 개월의 형기를 마치고 1986년 광주교도소에서 나왔을 때, 그의 나이는 스물한 살이었다. 스무 살은 밤과 낮이 구별되지 않는, 자궁 속과도 같은 어둠 속에서 참으로 느리게 지나갔다. 그 끔찍했던 열 달을 보내고 출소했을 때, 그는 실제로 자신이 다시 태어난 것이라고 생각했다. 광주도청 앞에서 한기복이 건넨 유인불을 나눠줄 생각은 미처 하지 못한 채 얼어붙은 듯 그 자리에 서 있다가 경찰에게 붙잡힐 때부터 이십삼 일 뒤 치안본부 대공분실에서 나올 때까지, 그사이의 어느 순간에 그는 죽음을 맞이했다. 이 세상에서 스무 살이었던 그가 어떻게 죽어갔는지를 아는 사람은 정교수뿐일 것이다. 정교수 역시 몇십 년 전 중앙정보부의 취조실에서 자신과 마찬가지로 죽음을 경험했다는 사실을 알게 된 그는 오직 정교수에게만 자신이 대공분실에서 겪은 일들을 털어놓았으니까. 옥중의 정교수가 〈나비의 해탈〉의 선율을 떠올리며 인생을 한낱 꿈으로 돌렸듯, 그 역시 그게 자신이 진술한 삶이든 자신의 몸안에서 나온 체액이든 이십일 일간 대공분실에서 토해낸 모든 것들을 비현실적인 것으로 여길 수밖에 없었다. 트라벤이 그랬던 것처럼, 살아남기 위해서 그는 본명이 아니라 가명 속으로 도피해야만 했다. 따라서 교도소의 철문을 나설 때, 그는 다른 이름을 상상했다. 그건 곧 다른 삶을, 혹은 다른 정체성을 상상했다는 뜻이기도 했다.

고문실에서 가장 두려운 공포는 죽는다는 사실이 아니었다. 거기서 그는 죽을 수도 있었고 죽지 않을 수도 있었다. 수사관들에게 실제적으로 살의가 있었는지 없었는지는 중요하지 않았다. 그 전근대적인 고문실에서 그는 얼마든지 실수로 죽을 수도 있었으니까. 이런 불확실성, 즉 매번 고문에 임하는 수사관들의 의지와 달리 언제라도 죽을 수 있다는 예감 속에서 다가올 고통을 기다리는 일은 그의 인간성을 서서히 파괴해버렸다. 하지만 그의 영혼에 돌이킬 수 없는 상처를 남긴 건 따로 있었다. 수사관들은 실수에 의해서건 살의에 의해서건 그가 죽더라도 이 세상 누구 하나 그의 죽음을 아는 사람은 없을 것이니, 죽고 나면 마치 쓰레기를 치우듯이 한강에 던져버리면 그만이라고 말하곤 했다. 본격적으로 고문을 시작하기 전에 수사관들은 늘, 때로는 진지한 표정으로, 때로는 웃으면서 주문처럼 그 말을 되뇌었다. 그의 어린 영혼은 결국 그 주문에 견디지 못하고 완전히 굴복했다. 수사관들은 그 굴복을 통해 되려 한기복의 분신이 지극히 개인적인 차원에서 벌어진 일이라는 사실을 알게 됐으면서도, 어떤 필요에 의해 그가 써야 할 진술서를 천천히 불러줬고, 그는 초등학교 학생처럼 그 말을 종이에 받아적었다. 진술서에 한기복과 그는 반국가단체의 조직원으로 등장하고 있었는데도 그는 아무런 관심이 없었다. 한기복과 마찬가지로 그 시절의 자신 역시 죽어버린 것이나 마찬가지라고 그는 생각했다. 진술서를 다 받아적고 지장을 찍는 자신의 존재를 아는 사람은 이 세상에 아무도 없을 것이었다.

하지만 뜻밖에도 교도소 문을 나서자, 재판과정 내내 무료로 그를 변호한 광주 지역의 재야변호사가 느티나무회란 모임의 회원들과 함께 그를 기다리고 있었다. 그 변호사는 치안본부 대공분실에서 광주지검으로 이첩되고 나서 그가 처음으로 만난 민간인 중하나였다. 당시 그는 자포자기 상태였기 때문에 재판에 대해서는 아무런 관심도 없었고 그들이 왜 자신처럼 보잘것없는 인간을 도와주려고 하는지도 이해할 수 없었다. 그 이유가 대공분실에서 작성된 그의 진술서 때문이라는 게 재판과정에서 드러났다. 그 내용대로라면 야학 출신으로 광주항쟁 당시 마지막까지 도청에 남아 있었던 한기복의 전력前歷으로 미뤄 지역의 운동 역량에 타격을 가할 조직사건으로 둔갑할 우려가 많았으므로, 변호인단은 필사적으로 그 진술서에 아무런 증거능력이 없음을 밝히려고 했다. 결국 대법원까지 올라간 뒤에야 그 진술서의 증거능력은 부정됐고, 사건은 광주 고등법원으로 환송됐다. 1986년 김근태 고문 폭로, 권인숙 성고문사건 등으로 경찰의 고문수사가 사회적 물의를 빚는 가운데 지역의 운동세력이 공안당국을 상대로 거둔 작은 승리였다. 이 과정에서 그는 원하든 원하지 않든 사건의 중심인물로 지역사회에 널리 알려졌다.

그간 고생이 많았다며 양손으로 그의 손을 움켜잡은 그 변호사는 다른 사람들에게 그를 '우리와 같은 길을 가는 동지'라고 소개했다. 그는 어리둥절한 표정으로 자신을 바라보는 사람들의 시선을 피했다. 느티나무회는 표면상 교수, 변호사, 의사, 문인, 자영업자 등으로 이뤄진 친목모임이었으나, 실제적으로는 이후 민주정권이 들어설 경우를 대비해 광주항쟁의 진실을 증언할 자료를 정리하고 십시일반으로 유가족들의 생계를 돕는 등의 일을 하고 있었다. 그를 스물한 살의 재야운동가로 인정한 느티나무회는 오갈 데 없는 그를 위해 사글셋방을 구해주고 대학 구내서점에 취직을 주선하는 등 재활을 도왔다. 교도소에서는 상상하지도 못했던 그런 일들에 그는 최대한 적응하려고 노력했다. 그들과 같은 길을 걸어야만 살아남을 수 있다면 그는 당장이라도 젊은 재야운동가가 될 수 있었다. 그때까지도 그의 영혼은 백지상태였으므로 그건 그다지 어렵지 않았다. 그는 자신도 모르는 사이에 광주의 유명인사가 되어 있었으므로, 구내서점에 취직하고 얼마 지나지 않아 대학 내 운동권 학생들을 만날 수 있었다. 학생들은 1985년 8월 15일, 도청 앞에서 분신자살한 한기복에 대해서도, 또 한기복의 옆에서 유인물을 들고 있었던 스무 살의 청년 이길용에 대해서도 잘 알고 있었다. 그야말로 진정한 기층민중이었으므로 그는 학생들에게 열사에 버금가는 대우를 받을 수 있었다. 창백한 낯빛에 섬세한 턱선을 지닌 그가 서로 마주보고 누운 두 개의 일자 눈썹을 움직이며 한기복이 분신하기까지의 일들을 털어놓을 때면 다들 어쩔 수 없이 그의 이야기에 빠져들었다. 그 얘길 할 때면 그의 양쪽 눈썹이 이마를 향해 일어서다가 이내 우울한 일직선을 그리며 아래로 내려앉았다.

서점에서 사회과학서적을 접하면서, 또 학생들에게 자신의 이야기를 들려주면서, 그의 일생은 여러 차례 재구성되기 시작했다. 처음에 그의 할아버지는 군산의 일본인 간척지에서 일하던 소작농이었다가, 역사에 대한 그의 지식이 늘어나면서 1927년 11월 옥구 이엽사농장 소작쟁의의 주동자로 바뀌었으며, 마찬가지로 소작농의 자식이었던 그의 아버지는 해방 이후 좌익사상을 받아들인 선진적인 농민이었다가 결국에는 김제 진봉면의 진봉 모스크바를 이끈 사람으로 변신했다. 백지상태의 그에게 책에 실린 문장은 그대로 주입됐다. 오래지 않아 그는 대학의 다른 어떤 운동권 학생보다도 더 명확하게 한국 민중사에 대해 말할 수 있게 됐다. 어느 사이 이제 그의 가계 자체가 전라북도 지역의 사상운동과 떼려야 뗄 수 없는 것이 되어버렸으므로, 그는 그저 자신의 할아버지와 아버지의 삶에 대해서만 얘기하면 충분했다. 할아버지 대의 소작쟁의, 아버지 대의 좌익운동, 그리고 마침내 그의 대에 일어난 한기복의 분신자살로 완성되는 그의 이야기는 그 대학의 학생들에게 어떤 사회과학서적보다도 더 많은 영향을 끼쳤다.

하지만 한편으로 그는 시시때때로 한기복의 육신이 불타오르는 것을 옆에서 지켜보는 꿈을 꾸고 있었으며, 자신이 죽는다고 하더라도 그 죽음을 아는 사람은 이 세상에 단 한 명도 없으리라는 두려움의 손아귀에서 놓여나지 못했다. 악몽과 두려움은 늘 격렬한 심장박동과 호흡곤란을 동반하고 느닷없이 찾아왔고, 매번 그는 이제 죽는 게 틀림없다고 확신했다. 그 확신이 빗나갈 때마다 그는 다음에 찾아올 악몽과 두려움 때문에 견딜 수 없었다. 미쳐버릴 것만 같은 그 상태를 이기기 위해 그는 학생들과 어울려 술을 마시고 취해 잠드는 방법을 택했다. 그는 웬만큼 취했다 싶으면 거기가 어디든 그냥 잠들었다. 동아리방이든, 학생회 사무실이든, 학교 잔디

밭이든. 학생들 사이에서 잠들면 악몽을 꾸거나 두려움의 습격을 받는 일이 상대적으로 적었다. 그래서 나중에는 아예 학교에서 생활하는 일이 잦아졌다.

그렇게 잠이 들었던 어느 밤이었다. 어김없이 꿈속에 등장한 한기복은 그를 향해 마지막으로 웃어 보이고는 자동차들이 내달리는 도로를 향해 걸어가고 있었다. 그 광경에 비명도 지르지 못하고 공포에 사로잡혀 두 눈을 번쩍 뜨고 어둠 속을 바라보던 그는 바로 옆에서 풍겨나는 꽃향기에 서서히 현실감을 되찾았다. 거기는 도청 앞 도로가 아니라 여러 학생들이 누워 잠자던, 동아리방이었다. 그의 옆에는 여러 번 본 적이 있는 2학년 여학생이 잠들어 있었다. 그를 악몽에서 현실로 눈뜨게 해준 그 꽃향기의 정체는 그녀의 머리칼에서 풍기던 샴푸 냄새였다. 한기복이 자살한 이래 처음으로, 나도 이제 곧 죽을 것이라는 공포가 아니라 죽는 한이 있어도 반드시 하고야 말겠다는 식의 성욕이 그를 급습했다. 그는 아무도 눈치채지 못할 정도로 천천히 여학생 쪽으로 몸을 돌렸다. 티셔츠에 감싸인 그녀의 가슴이 호흡에 따라 천천히 오르내렸다. 지금 그녀의 가슴을 움켜잡지 않으면 안 된다는 생각으로 오른손을 뻗었다가, 그는 생각했다. 이 여학생의 몸에 손을 대는 순간, 나는 느티나무회에서도, 학생들에게서도 버림받게 될 것이다. 나는 다시 혼자 남게 될 것이다. 그는 침을 한번 꿀꺽 삼킨 뒤에 손을 거두고 다시 바로 누웠다. 그렇게 동이 터올 때까지 잠들지도 몸을 움직이

지도 못하고, 그는 가만히 누워 있었다. 여학생의 샴푸 냄새는 후
각을 압도하면서 그를, 이번에는 전혀 다른 차원의 고통 속으로 밀
어넣었다. 온몸이 터질 것만 같았다. 몸을 뒤척이던 그 여학생이
갑자기 왼팔을 그의 배에 올리고, 그 바람에 그가 마침내 사정하
지 않았더라면 실제로 무슨 일이 일어났을지 장담할 수 없었다. 그
는 손으로 입을 틀어막고 발작하듯이 몇 번 사타구니를 움직였다.
다행히도 여학생은 깨어나지 않았다. 한숨을 길게 내쉰 그는 여학
생의 팔을 치울 생각은 하지도 못한 채, 팬티가 축축하게 식어가는
걸 느끼며 다시 잠들었다.

26

그 며칠 뒤, 한 여자가 책을 사면서 그에게 아는 체를 했다.

"잘 지내고 있니? 자주 찾아와봐야 하는데 나도 바빠서."

서른다섯 살의 이상희는 손이 가늘고 길었다. 웨이브 진 단발머
리에서는 좋은 냄새가 났고 이마에서 코로 이어지는 선은 존경스
러울 정도로 섬세했다. 입술은 작았으나 도톰했으며 눈동자는 검
었다. 또한 작은 키에 살결은 투명할 정도로 하얬다. 상희는 느티
나무회의 후원자 중의 한 사람으로 그 대학의 심리학과 교수였다.
그날 저녁에 그는 교수식당에서 상희와 저녁을 먹은 뒤, 함께 교정
을 거닐었다. 잔뜩 우쭐해진 그는 학생들에게 늘 하던 이야기를 상

희에게 들려줬지만, 상희는 고개만 끄덕일 뿐 건성으로 들었다. 대신에 그녀는 붉은 저녁 하늘과 그 반대편에 떠 있는 초승달을 가리켰다. 그 세련되고 지적인 분위기에 그는 무작정 빠져들었다. 그는 상희에게서 풍기는 삼십대 중반의 성적 매력과 자신을 향한 모성애적인 감정을 구분하지 못했고, 구분할 수도 없었다. 상희의 연구실은 창을 열면 뒷산의 울창한 숲의 기운이 그대로 들어오는, 캠퍼스 뒤쪽 건물의 4층이었다. 연구실의 문을 열면 바로 책장이 나와 시야를 가렸다. 그 책장을 돌아가면 역시 좌우에 서가가 들어차 있고, 창문 쪽으로 책상이 놓여 있었다. 책상 뒤에는 하루종일 클래식 방송이 흘러나오는 검은색 오디오가 있었다. 처음 상희를 따라 그 연구실에 가서 녹차를 마시고 난 뒤, 그는 가끔씩 책을 빌리러 와도 되느냐고 상희에게 물었다. 그 말에 상희는 깔깔거리고 웃음을 터뜨렸다. 다시 걸어서 내려올 때까지도 도대체 왜 그녀가 웃는지 몰랐던 그는, 그날 밤 자려고 누워서야 서점에서 일하는 점원이면서 책을 빌리러 와도 되느냐고 물었던 일이 좀 부끄러웠다. 하지만 웃음을 그친 상희가 언제든지 찾아와도 좋다고 말했으니 그건 아무래도 상관없는 일이었다.

그뒤로 그가 틈만 나면 상희의 연구실로 찾아간 것은 당연한 일이었다. 대화중에 상희가 언급한 책들은 이해를 하든 못하든 거의 다 찾아 읽었다. 상희가 시집을 좋아한다는 사실을 알고는 일주일에 걸쳐서 시집에 있는 창작과비평사와 문학과지성사와 민음사의 시집들을 다 읽은 일도 있었다. 그게 상희의 연구실에 좀더 오랫동안 머무를 수 있는 유일한 방법이었다. 그리고 마침내, 드미트리 쇼스타코비치의 재즈 모음곡 제2번 왈츠의 우아한 선율이 울려퍼지던 어느 비 내리는 오후였다. 주전자를 붙들고 서로 찻물을 담아오겠다며 실랑이를 벌이다가 그는 더이상 참지 못하고 상희를 안았다. 그가 밤마다 잠자리에 누워서 예상한 대로 상희의 몸은 부드러웠다. 상희는 주전자를 든 채 가만히 그의 품에 안겨 있었다. 안기는 안았으되, 그다음에는 어떻게 해야 할지 그로서는 도무지 알 수 없었다. 상희의 가슴에 얼굴을 묻고 있다가 겸연쩍은 표정으로 고개를 들었을 때, 상희는 두 눈을 동그랗게 뜨고 그를 바라보고 있었다. 그는 상희의 입술에 거칠게 키스했고, 상희는 그대로 키스를 받는가 싶더니 고개를 왼쪽으로 돌리며 그를 밀쳤다. 그런 상희의 행동이 더욱 그를 자극했기 때문에 그는 그녀의 얼굴을 두 손으로 감싸쥐고 목마른 사람처럼 허겁지겁 상희의 입술을 빨았다. 하지만 순식간에 타오른 그의 열정은 또 그만큼이나 빨리 잦아들었다.

"무슨 짓이니?"

그의 손아귀에서 풀려난 상희가 물었다.

"교수님은 왜 결혼을 하셨나요?"

상희는 화가 난 표정으로 그를 쳐다봤다. 그는 다시 고개를 숙여서 절했다.

"정말 잘못했습니다. 용서해주세요. 교수님을 사랑합니다. 하지만 다시는 사랑하지 않겠습니다."

그 말에 상희는 소리내어 웃음을 터뜨렸다.

"너한테는 앞으로도 많은 일들이 생길 거야. 수많은 여자들을 만나서 사랑하게 될 거야. 지금 네가 이러는 건 사랑이 아니야. 이건 사랑이 아니야."

물론 그가 겪은 일들로만 따지자면 스물한 살이라는 그의 나이는 생물학적인 숫자에 불과했지만, 여자의 마음이나 몸의 움직임에 대해서 그가 숙맥인 것만은 틀림없었다. 상희의 말을 질책으로 알아들은 그는 죄송하다며 그녀에게 사과했다. 상희는 다시는 이런 짓 하지 말라며 따끔하게 말한 뒤, 물을 받으러 밖으로 나갔다.

상희가 다시 연구실로 들어왔을 때, 그는 놀란 듯이 가족사진 옆에 놓인 니콘 카메라를 집어들었다.

"이거 교수님 거예요?"

"응, 미국에 유학 갔을 때 산 거야. 그거 하나 남았어, 그 시절의 물건들은."

이윽고 엉거주춤하게 카메라를 들고 있던 그가 말했다.

"이거 저 좀 빌려주시면 안 돼요?"

"뭐하게? 어디 놀러가기로 했니?"

끓인 물을 다관에 따르며 상희가 물었다.

"예, 이번 주말에 친구들과 무등산에 놀러가려고요."

"그리럼. 그 안에 는 사진도 같이 찾아서 내게 주면 되겠네."

그는 캡을 열고 카메라 렌즈를 통해 이리저리 방안을 둘러봤다. 그는 태어나서 단 한 번도 사진기를 다뤄본 일이 없었다.

"그런데요……", 한참 사진기를 만지작거리던 그가 말했다. "부탁이 있어요."

"뭔데?"

"저 좀 보세요."

소파에 앉아 있던 상희가 고개를 들자, 그가 셔터를 눌렀다. 깜짝 놀랄 정도로 셔터 소리가 컸다.

"찍지 마."

"교수님은 이마가 제일 예쁘다는 거 아세요?"

"몰라, 이마만 예쁘냐?"

"아니요. 손가락도 예쁘고, 귓불도 예쁘고, 어깨도 예뻐요. 암튼 다 예뻐요."

상희가 찻물을 따른다고 몸을 숙일 때마다 언뜻언뜻 보였던 가슴께도 예쁘다는 말이 자꾸만 머릿속을 맴돌아 더듬더듬 그가 말했다.

27

비디오 화면 속에서 그는 일생 동안 자신이 사랑한 여자는 단한 명뿐이었다고 말했다. 이어 계속되는 그의 회상을 통해 상희에게서 빌린 니콘 카메라를 들고 다니며 그가 한 일이 무엇이었는가를 알고 나자, 내게 그 말은 참으로 인상적으로 들렸다. 상희의 연구실에 드나들면서 그는 서점 일에도, 학생들과 어울리는 일에도 점점 흥미를 잃었다. 그건 한 장의 사진 때문이었다. 그날 그가 상희의 연구실에서 빼앗아오고 싶었던 것은 어쩌면 즉흥적으로 집어든 니콘 카메라가 아니라, 그 옆에 있던 가족사진이었을 것이다. 허겁지겁 상희의 입술을 빨던 그의 열정이 바늘에 터진 풍선처럼 갑자기 식어버린 건 그의 눈에 그 가족사진이 보였기 때문이었다. 그 사진 속에는 교도소에서 출소한 그에게 방을 구해줬을 뿐만 아니라, 아내에게 부탁해 그 학교 구내서점에서 일할 수 있도록 주선한 변호사의 모습이 들어 있었다. 두 사람 사이에는 아들과 딸이 있었다. 그게 바로 그가 찾아야 할 행복의 모습이었을 것이다. 입체 누드사진 속의 나신이 아니라.

그 행복한 모습에 비하면 그의 삶은 얼마나 우연적이고 즉흥적인가! 이는 실제로 그가 주말에 그 카메라를 들고 무등산을 찾아간 사실에서도 잘 알 수 있다. 그건 전적으로 상희에게만은 거짓말을 하기 싫어서였다. 그는 친하게 지내던 여학생이 서점을 찾아오자, 카메라를 보여주며 주말에 무등산에 사진이나 찍으러 가자고 말했다. 그녀가 예전에 동아리방에서 그의 옆에서 잤던 여학생이라 왠지 알 수 없는 친근감이 들었고, 그 순간 자기 옆에 카메라가 있었기 때문에 나온 제안이었다. 그렇게 찾아간 무등산 입구에서부터 그는 목을 빼고 두리번거렸지만, 야바위꾼은 단 한 명도 보이지 않았다. 신이 그에게 야바위를 친 게 아닐까? 만약 처음 무등산을 찾아갔던 날에도 야바위꾼들이 없었다면 그의 삶은 어떻게 됐을까? 만약 그래서 그가 수중에 있던 돈을 다 털리지 않고 다시 서울로 돌아가는 기차에 올라탔다면? 그런 가정은 상희의 연구실 서가 위에서 발견한 가족사진과 겹쳐지면서 한동안 잊고 지냈던 두려움으로 바뀌었다. 그는 자신이 시시때때로 변해가는 괴물 같은 존재라고 생각했다. 다시 자신의 삶은 고통뿐일 것 같았다. 그때의 공포는 여학생을 찍은 사진이 죄다 흔들렸다는 사실에서도 짐작할 수 있었다.

그날 저녁, 학교 앞 민속주점의 칸막이 자리 안에서 그는 그 누구의 슬픔도 될 수 없었던 자신의 삶을 털어놓았다. 그 이야기의 최초 버전은 아마도 치안본부 대공분실에서 처음 취조를 받을 때 수사관들에게 들려줬던 이야기일 것이다. 시간이 흐를수록, 그러니까 다른 사람에게 털어놓으면 털어놓을수록 그의 회고담은 더욱더 정교해졌고, 그 이야기를 듣는 사람이라면 그 누구라도 마음속에 연민과 죄책감이 들지 않을 수 없었다. 그는 지극히 사실적으로 자신에게 시시때때로 찾아오는 공포에 대해 설명했다. 시너를 끼얹은 한기복의 몸에 불이 붙을 때 들렸던 소리라든가, 코로 들어온 물이 곧장 폐로 들어갈 때의 그 서늘한 느낌, 혹은 강한 전류에 손가락 끝이 타들어가는 사이 눈알이 소켓에서 빠져나오는 전

구처럼 튀어나올 때 얼마나 많은 눈물이 말 그대로 쏟아져나오는지에 대해서 설명하자, 그 여학생은 어찌할 바를 모르고 그를 안았다. 여학생에게 안긴 채로 그는 그중에서도 가장 큰 고통은 수사관들이 전극을 자신의 성기 끝에 갖다댔을 때라고 말했다. 그 시점부터 그는 여학생에게 키스를 퍼부으며 가슴을 더듬었다. 여학생은 무척 놀랐으나 그의 손을 뿌리치지는 못했다. 결국 그는 자신이 겪은 고통에 대한 세밀한 묘사를 통한 연민과, 세상이 공정해지려면 단 한 사람만은 자신을 위해 슬퍼해야만 한다는 식의 죄책감을 불어넣어 그 여학생과 동침하는 데 성공했다.

그 여학생이, 출소한 뒤에 그가 처음으로 함께 잔 여자는 아니었다. 새벽에 동아리방에서 혼자 사정한 이후로 그는 사흘이 멀다 하고 대인동 사창가를 들락거렸으니까. 그러나 비난받아 마땅한, 또 결국엔 그렇게 되어버린 그의 난잡한 성생활이 그 여학생과 동침하면서부터 시작된 것만은 사실이었다. 그는 주말마다 다른 여학생을 데리고 무등산을 찾아갔다. 물론 그때마다 버스에서 내리자마자 야바위꾼이 없는지부터 둘러봤다. 그러면 반드시 함께 간 여학생은 뭘 찾느냐고 물었고, 그때부터 그는 몇 번이나 되풀이해서 들려준, 그러면서 점점 더 정교해지는 자기 인생의 이야기를 늘어놓았고, 그날 저녁에는 무슨 수를 써서라도 그 여학생과 섹스를 해야 했다. 하지만 그런 시도가 매번 성공하는 것은 아니어서, 여자의 저항이 매우 완강하다는 느낌이 들면 바로 정색한 얼굴로 정말 미안하다고, 자신을 용서해달라고 말했다. 모든 건 스스로 얼마나 믿느냐에 달려 있었다. 한기복이 죽은 이후로 그는 다시 그 누구의 슬픔도 아닌, 어디에서 죽더라도 아무도 기억하지 못할 그런 사람이 됐다. 그러므로 그는 앞에 앉아 있는 여학생이 바로 자기를 기억할 단 한 사람이 될 수 있다고 실제로 생각했다. 그건 자기도 모르게 실수를 저질렀다며 용서를 구할 때도 마찬가지였다. 그는 눈앞에 있는 모든 사람에게 진지하고 솔직했으며, 여학생들과 헤어지고 나면 그 순간부터 그녀들에 대해서 깡그리 잊어버렸다. 어차피 그녀들도 자신을 잊어버릴 것이었으므로.

하지만 그가 아무리 진지하고 솔직하게 대해도 통하지 않는 단 한 사람이 바로 상희였다. 어린 여학생들과의 장난 같은 섹스는 두 번 이상을 넘기지 못했다. 그 정도면 대개 그는 싫증을 느꼈고, 그 순간 안면을 바꿨다. 몇몇 여학생들은 울면서 친구에게 고민을 털어놓기도 했지만, 그는 그들과는 다른 세계에서 온 다른 종류의 인간이었으므로 그 고민은 해결될 수 없었다. 학교 내에 그를 둘러싼 소문이 솔솔 피어나는 동안에도 그는 꼬박꼬박 상희의 연구실로 찾아가 빌려간 책의 내용을 놓고 그녀와 대화를 나눴다. 이 세상에 두 번 다시 태어났다는 그의 말은 사실이었다. 생모를 제외하자면, 그의 어머니는 두 사람이었다. 하나는 한기복이었고, 하나는 상희였다. 지금의 그를 낳은 건 바로 상희였다. 그러므로 한기복을 위해 교황을 암살하겠답시고 양말 속에 단도를 넣고 도청 앞으로 나갔던 것처럼, 이번에는 상희를 위해 시를 쓰기 시작했다. 그뒤로도 왈츠 속의 키스와 같은 짜릿한 순간들이 몇 번 더 있었지만, 언제나 "넌 너무 어려"라는 상희의 말로 마무리됐다. 그 말을 들을 때면 그는 도저히 흥분을 참을 수 없었다. 때로 그는 상희를 따라 느티나무회의 모임에 참석하기도 했고, 상희의 집에 가서 그녀의 가족과 저녁을 먹기도 했다. 그녀의 남편은 그의 근황을 묻고, 공부를 좀 해보라고 권하는 등 변함없이 따뜻한 관심을 보였다. 하지만 그게 다였다. 변호사와 그의 세계는 완전히 달랐다. 한기복의 분신만 아니었더라면 두 사람은 만날 일도 없었을 것이다.

변호사에게 그가 시를 쓴다는 사실을 알려준 사람도 상희였다. 놀랐다기보다는 그것 참 신기하다는 듯이 변호사는 그에게 시를 한번 읊어보라고 말했다. 그는 부끄러움을 참지 못해 벌겋게 달아오른 얼굴로 어눌하게 자신의 시를 읊었다. 변호사는 대단히 건조한 목소리로 "그것 참 재미난 시구나. 그런 것도 시가 될 수 있느냐?"라고 논평했다. 그건 누구라도 할 수 있는 말이었으므로, 사실 변호사는 아무런 의견도 밝히지 않은 셈이었다. 그게 계기가 되어 느티나무회의 주관으로 열린 5·18 위령탑 건립기금 모금을 위한 일일찻집 행사에서 그는 자신의 시를 낭송하게 됐다. 그는 부끄러워서 쥐구멍에라도 들어가고 싶은 심정이었지만, 변호사의 말을 도저히 거부할 수 없었다. 사람들에게 그의 이력과 함께, 그의 재판을 둘러싸고 거둔 성과를 들려준 변호사는 그를 '광주의 랭

보'라고 소개했다. '광주의 엘리엇'이라거나 '광주의 바이런'이라
고 할 수는 없었으니까.

그가 지하 카페 한쪽에 있는 무대에 올라 시를 읊었다.

　인간이 개가 되는 열한 가지 방법에 대해서

　첫번째, 당신의 고추에 가시나무 전신주를 연결해
　몸에 불을 밝혀라.

　두번째, 눈알이 든 소켓에 제방을 설치하고
　푸른 바닷물을 받아들여라.
　(……)

　그의 낭송이 끝나기도 전에 누군가 "이런 시국에 시를 그런 식
으로 쓰면 안 되는 것이지"라고 소리쳤다. 그는 황급히 낭송을 끝
맺고 무대에서 내려와 변호사의 옆자리에 앉았다. 검정색 뿔테안
경을 쓴 변호사는 이미 한번 들은 바 있는 시였음에도 불구하고 그
의 손을 잡으며 언제 썼는지 몰라도 참 재미있는 시라고 얘기했
다. 그의 뒤를 이어서 무대에 오른 시인은 섬뜩한 어조로 혁명에
관한 시를 읊었다. 그 시를 듣고 있으려니, 그는 더욱 부끄러워졌
다. 자기가 쓴 건 시도 아니었으니까. 그건 무등산에 따라온 여학

208

생들과 동침하기 위해 써먹던 얘기를 늘어놓은 것에 불과했다. 시간이 흐르면서 조금씩 일일찻집의 분위기는 누그러들었고 술에 취한 사람들도 한두 명씩 나오기 시작했다. 몇몇 사람들이 그에게 말을 걸었다가는 다시 어디론가 사라졌다. 적당히 상황을 봐가면서 그는 변호사에게 인사하고 자리를 떠날 생각이었다. 변호사는 다른 사람들과 어울리느라 더이상 그에 대해 신경쓰지 않고 있었다. 그때 술에 취한 상희가 그에게 다가오더니 같이 갈 곳이 있다고 했다. 누군가에게 또 자신을 소개하려는 모양이라고 생각하는데, 상희가 그의 귀에다 대고 속삭였다.

"아까 그 시 좋았어. 네가 나를 위해 쓴 시 중에서 제일 좋은 시야. 결국 우린 모두 개거든. 그래서 우린 이제 붐붐하러 가는 거야."

상희는 그의 손을 잡고 사람들로 북적대는 테이블 사이를 지나 계단이 있는 입구로 걸어갔다. 어딘가에서 변호사가 자신과 상희를 지켜보고 있을지 몰라 그는 고개를 푹 숙였다. 손을 들어 상희를 부르는 사람이 있었는데도 그녀는 아랑곳하지 않고 계속 걸었다. 지하 카페의 문을 열고 밖으로 나온 상희는 그를 잡아끌면서 서둘러 계단을 뛰어올랐다. 밖으로 나가려는가 싶었던 상희는 계단참에 있는 화장실로 들어갔다. 영문도 모른 채 그가 따라들어가자, 상희는 문을 걸어잠그고 돌아서서 그의 목을 감싸안았다. 뒤로 물러서면서 그는 바닥에 놓인 대야를 발로 찼다. 세면대가 있는 벽까지 그를 밀어붙인 상희는 장난을 시작하려는 계집아이처럼 그를 바라보다가 입을 맞췄다. 바로 그때 누군가 밖에서 문을 두들기기 시작했다. 자신들이 손을 잡고 카페 밖으로 나가는 것을 보고 변호사가 뒤따라온 것이라고 상상하자, 그의 몸이 떨리기 시작했다. 하지만 그는 입을 뗄 수 없었다. 놀랍게도 상희에게는 그 소리가 들리지도 않는 것 같았다. 문을 두들기는 소리는 계속되었다. 이제 모든 게 끝났다고 생각할 즈음, 상희가 키스를 멈췄다. 그리고 그녀는 천천히 무릎을 꿇고 앉아서 그의 바지를 벗기기 시작했다. 그는 두려움으로 숨이 멎을 것만 같았다. 지금 당장이라도 상희를 일으켜 화장실 밖으로 나가야 한다고 생각했지만, 그들이 열고 나가야 할 문은 누군가 두들기고 있는 바로 그 문이었다. 그는 두 손으로 그녀의 머리칼을 잡고 자신의 몸 쪽으로 끌어당겼다. 지옥에라도 들어온 것처럼 당장이라도 숨통을 끊어버릴 것만 같았던 공포는 어느 순간 도저히 거부하기 어려운 강렬한 쾌락으로 바뀌었다. 그의 온몸은 이제 죽음도 어찌할 도리가 없는, 환한 빛으로 차오르기 시작했다.

건포도 폭격기와 낙타의 역설

28

그날, 베르크 씨의 집으로 돌아온 나는 푹 젖은 옷을 다 벗어던지고 곧장 침대로 들어갔다. 빗소리가 열어놓은 창문을 넘어 방안으로 몰려왔다. 나는 이불을 뒤집어쓰고 누워 이 세상의 모든 것들이 아무런 의미도 없다고 생각했다. 그러자 내가 원했던 여러 소망들이 기묘한 형태로 꿈속에 등장했다. 꿈속에서 나는 열어놓은 문틈으로 투쟁국장과 강철수를 비롯한 여러 학생들이 떠들썩하게 파티를 벌이는 소리를 들으며 벌거벗은 정민을 쓰다듬고 만지고 핥고 껴안았다. 정민의 몸에 입술을 부비며 나는 중얼거렸다. 나는 행복이 어떻게 생겼는지 알아. 행복을 찾기 위해 나는 온 세상을 떠돌아다녔으니까. 거기가 환하다는 이유만으로 마당에서 잃어버린 바늘을 찾는 물라 나스루딘처럼. 찾아내는 순간, 그간의 모든 노력이 무가치했다는 사실을 알려주는 그 보물을. 찾아내는 순간, 나의 인생이 더없이 짧다는 사실만을 가르쳐줄 뿐인 그 보물을. 그리하여 내가 찾는 진정한 보물이란 이 세상에 없다는 사실만을 가르쳐줄 뿐인 그 보물을. 어떻게 된 일인지 내 소망이 녹아들었음에도 그 꿈이 내게는 슬펐다. 그래서 요란스레 울리는 벨소리에 깨어났을 때는 우울함으로 머리가 지끈거릴 정도였다.

서둘러 옷을 챙겨입고 오른손으로 머리를 두들기며 현관으로 나갔더니 뜻밖에도 푸른색 비옷을 입은 동양 여자가 현관문 옆의 창문으로 집안을 들여다보고 있었다. 후드를 뒤집어쓰고 있었지만, 빗물로 반짝이는 이마와 또렷한 두 눈썹 사이의 오똑한 콧대만으로도 한눈에 미인임을 짐작할 수 있었다. 내가 문을 열자, 그녀는 후드를 벗고 두 손으로 얼굴과 머리칼의 빗물을 털어내더니 내게 일본어로 뭐라고 말했다. 일본 사람이냐고 묻는 말인 것 같았다.

"저, 한국 사람입니다."

일본어를 하지 못해서 그렇게 말하고 나서 얼른 영어로 다시 말했다.

"한국 사람? 한국 사람? 당신, 한국 사람?"

그녀가 연거푸 세 번이나 반복해서 내게 물었다.

"어, 한국말 할 줄 아세요?"

"조금."

그녀는 목까지 잠긴 비옷의 단추를 몇 개 풀더니 한숨을 길게 내쉬었다. 검고 매끄러운 살갗 위로 불빛을 받은 쇄골이 하얗게 반짝였다. 그녀는 비옷만 입고 있었다. 그러니까 티셔츠도, 브래지어도 입지 않았다는 뜻이다. 나는 쇄골과 비옷 사이의 어두운 공간과 비옷 위로 도드라진 가슴을 번갈아 쳐다봤다. 그러다가 그녀와 눈이 마주쳤다.

"잘됐다. 제발 우리를 도와줘. 안 그러면 그 사람, 죽어. 헬무트, 어디 있어?"

"지금쯤 시내 클럽에서 피아노 연주하고 있을 텐데요. 오늘은 수요일이니까. 베르크 씨는 수요일 저녁마다 클럽에서 연주하거든요. 콰지모도란 곳이에요."

"거기가 어디지?"

"아마 브란덴부르크 문 근처일 텐데. 그런데 한국 사람이에요?"

"그게 뭐가 중요해, 지금. 그럼 헬무트 언제 오지?"

그녀는 마치 헬무트 씨가 안에 있는데도 내가 거짓말이라도 한다는 듯이 내 어깨 뒤쪽을 힐끔거렸다.

"열한시는 되어야 할 텐데……"

내 말에 그녀는 현관 한쪽 벽에 등을 기대고 손목시계와 내 얼굴을 번갈아 보면서 말했다.

"그럼, 어떻게 하지? 죽을 텐데, 어떻게 하지?"

"도대체 누가 죽는다는 소리인지."

"당신, 이번에 베를린에 온 예비대표지, 맞지? 세 명 중의 한 명. 그렇다면 정교수도 알겠지? 지금 당장 정교수에게 연락해줘. 그 사람이 죽어가고 있다고."

그녀의 말에 나는 깜짝 놀랐다.

"그쪽도 그럼, 이번에 베를린에 파견된……"

"아니, 아니야."

그녀는 세차게 고개를 저었다.

"나는 일본 사람이야. 레이코, 사토 레이코. 그냥 레이라고 부르면 돼. 나 말고 그 사람은 한국 사람이야."

"그 사람? 누구? 죽는다는 사람?"

"그래, 그 사람. 제발 우리를 도와줘. 정교수에게 전화해줘."

나는 그녀에게 안으로 들어오라고 말한 뒤, 거실 한쪽에 있는 전화기를 향해 걸어갔다. 정교수의 집 전화번호를 누르고 돌아보니 그녀는 비옷의 양쪽 소매를 걷고 양탄자 옆에 있는 일인용 소파에 앉아서 다탁에 놓인 담배를 집어물었다. 벨이 여러 번 울린 뒤에야 정교수는 전화를 받았다. 그녀가 다시 일어나 화단으로 향한 창문을 열었고, 물기를 머금은 바람이 실내로 불어왔다. 창밖을 바라보는 그녀의 푸른 실루엣 주위로 하얀 담배연기가 흩어졌다. 정교수는 레이코라는 여자가 찾아와 누군가 죽어가고 있으니 살려달라고 한다는 내 말을 듣더니 그녀를 바꿔달라고 했다.

전화를 받은 그녀는 독일어로 뭐라고 얘기했다. 그러다가 다시 일본어로 대답하더니 결국 마지막에는 한국어로 "선생님만은 저희를 신용해주세요"라고 몇 번이나 말했다. 나는 그녀의 옆모습을 한참이나 바라봤다. 그녀는 잠자코 수화기 저편에서 들려오는 정교수의 말을 들었다. 잠시 뒤, 그녀가 내게 수화기를 넘겼다. 정교수는 자신이 하는 말을 잘 들으라며 내게 말했다.

"지금 그 일본 여자를 내보내고 문을 걸어잠가. 무슨 소리를 하든 자네가 들을 필요는 없네. 그 한국 사람은 정체가 매우 불확실한 사람이고, 그 여자도 마찬가지야. 아마도 마약을 심하게 해서 호흡곤란이 온 것 같은데, 죽든지 말든지 자네가 신경쓸 문제가 아니니 신경쓰지 말고 여자를 내보내게. 헬무트가 오기 전에. 그 사람이 오면 또 도와주겠답시고 따라갈지 모르니까. 명심하게나. 외국에서 제일 무서운 사람은 한국말을 할 줄 아는 낯선 이들이야."

잠시 그 말을 듣고 있다가 내가 말했다.

"낯선 사람들, 아닌 것 같은데요. 저에 대해서 알고 있어요."

"그 사람들이 너에 대해서 뭘 알고 있다는 거지?"

정교수의 물음에 나는 말문이 막혔다. 정교수의 매정함을 나는 이해할 수 있었다. 이십사 년 전, 폭스바겐을 타고 정교수를 찾아온 세 명의 중앙정보부 요원들도 한국어로 말을 걸었을 테니까. 박정희 대통령이 그를 광복절 행사에 초청했으니 같이 가자고. 한국말을 할 줄 알던 그들은 베를린에서 정교수가 한 일을 다 알고 있다고도 말했다.

나는 수화기를 내려놓고 그녀에게 당장 집에서 나가달라고 말
했다. 내 말에 그녀는 금방 울상이 되었다. 그녀는 두 손을 가슴께
로 모으고 애원하듯이 나를 쳐다봤다. 상황에 어울리지 않게 꽤 아
름다운 얼굴이라는 생각이 들었다.

"제발 그러지 마. 그러면 안 되는 거야. 당신들이 그 사람에게
그러면 안 되는 거야."

그녀의 두 눈에서 눈물이 주르르 흘러내렸다.

29

1945년 4월, 소련의 주코프와 코네프가 이끄는 전선군이 베를
린을 공격하기 시작했다. 두 사람은 극동에서 전투경력을 인정받
은 뒤, 독소전쟁에 투입돼 야전사령관으로 성장한 공통점을 지녔
다. 주코프는 노몬한 전투에서 일본 관동군을 무찔러 '소비에트
연합의 영웅'이라는 칭호를 받았으며, 코네프는 러시아 내전중 시
베리아에서 반혁명군과 일본군을 상대로 전투를 벌여 이름을 세
상에 알렸다. 4월 24일, 소련군은 오빌 라이트가 시험비행을 선보
인 들판이자, 루프트한자가 만들어진 터인 동시에 나치 건축물의
상징으로 모든 공항의 어머니로 일컬어졌던 템펠호프 공항을 점
령했다. 하지만 점령하기 나흘 전에 생일을 맞은 히틀러가 이 공항
을 통해 빠져나갈 것을 우려한 소련군의 무자비한 폭격으로 공항

은 이미 완전히 파괴된 상태였다. 템펠호프 공항이 베를린 분할통치 원칙에 따라 미군에게 인계된 것은 그해 7월이었다. 퇴각하는 독일군을 따라 동부전선에서 베를린으로 돌아와 독일의 패전을 목도한 베르크 씨는 다른 베를린 사람들과 마찬가지로 레오 보르하르트의 죽음으로 그 혼란의 시기를 기억했다. 보르하르트는 전쟁이 끝나자마자 연주자들을 불러모아 리허설을 가진 뒤, 5월 26일 베를린 필하모닉 오케스트라를 지휘했다. 자전거를 타고 그 연주회를 보러 간 베르크 씨는 죽음의 공포도, 인간의 잔인함도, 살아남은 자의 부끄러움도 다 잊어버렸다. 그 순간, 오직 중요한 것은 차이코프스키의 교향곡 제4번의 선율뿐이었다.

차이코프스키 교향곡 제4번의 세계란? 패배하는 것은 언제나 인간일 뿐, 운명은 결코 패배하지 않으니 꿈처럼 지나가는 비극의 삶에서 살아남겠다면 먼저 웃으라는, 쓸쓸한 목관과 유머러스한 현악의 전언. 그 순간 베르크 씨는 차이코프스키가 그 교향곡을 작곡한 이래, 인류가 그 곡을 어떤 식으로 들었건 이제 그것으로 충분하다고, 그러므로 다음에 올 인류는 자신만의 방식으로 그 곡을 새롭게 들어야만 한다는 사실을 깨달았다. 모든 것은 폐허가 됐고 베를린에는 물도, 가스도, 전기도 없었다. 그런데도 삶은 계속되어야 했다. 그러므로 음악은 본질적으로 역설이었다. 왜냐하면 삶이 본질적으로 역설이니까. 그해 8월, 연주회가 끝난 뒤 영국 장교의 차를 타고 집으로 돌아가던 보르하르트는 정차신호에 응답하지 않았다는 이유로 미군 병사에게 사살되면서 역설의 연주를 완성했다. 또다른 역설은 그 몇 년 뒤, 템펠호프 공항의 하늘을 가득 메운 건포도 폭격기로 등장했다. 1948년 화폐개혁에 맞선다는 명분하에 소련이 서베를린을 봉쇄하자, 연합국측은 비행기를 이용해 식량에서 석탄에 이르기까지 생필품을 삼 분 간격으로 공수하기 시작했다. 거기에는 유머가 있을 수 없었다. 오직 공수가 끊어질지도 모른다는 불안감뿐이었다. 하지만 역설의 삶은 두 가지 형태의 유머로 나타났다. 하나는 공항 근처에 모인 서베를린의 아이들을 위해 미군 비행사들이 던진 낙하산들이었다. 베르크 씨는 이 동화적인 장면 속에 담긴 의미가 얼마나 동화적이지 않은지 깨달았다. 소련과 연합국의 정치적 야망이 서로 부딪치지 않았다면 떨어지지 않았을 사탕과 건포도 들. 그러나 3악장에 등장하는 따뜻한 목관악기의 선율처럼 가장 유쾌했던 유머는 어느 날 수송기에서 낙타가 걸어나온 일이었다. 봉쇄된 서베를린으로 공수된 낙타의 운명이라니.

"우리도 공수된 낙타 꼴이나 마찬가지였지. 내 얘기를 들어봐. 보르하르트 다음이 카라얀이었나?"

베르크 씨의 이야기가 끝나자마자, 안젤라 아줌마가 손으로 입을 가리고 웃으며 말했다. 레이와 내가 실랑이를 벌이는 동안, 집으로 돌아온 베르크 씨는 정교수의 예상대로 레이를 따라나섰다. 두 사람은 밤이 늦어서야 입원수속을 주선한 안젤라 아줌마와 함께 집으로 돌아왔다. 베르크 씨와 안젤라 아줌마는 쿠담 거리의 한 갤러리에서 처음 만났다. 베르크 씨는 이혼한 안젤라 아줌마가 처음으로 호감을 느낀 이성이었지만, 그때까지도 친구 관계로 지내고 있었다.

"아니지. 그다음은 첼리비다케였고, 그뒤에 푸르트벵글러가 다시 돌아왔었지. 푸르트벵글러가 바덴바덴에서 죽고 난 뒤에야 바이로이트에 있던 카라얀이 종신 지휘자가 됐고."

"그놈의 카라얀만 아니었어도 나도 한국에서 손자 손녀 들 두고 호강하면서 살았을 거야. 내가 여기까지 온 게 다 카라얀 때문이라니까. 나보다 먼저 독일에 간호사로 온 친구가 있었는데, 제 엄마한테 편지를 보내서는 온갖 허풍을 다 떠는 거야. 그중에 카라얀이 지휘하는 베를린 필하모닉 오케스트라의 연주를 마음껏 들으며 산다는 구절이 있었지. 그때가 언제야? 한국 사람들은 밥도 제대로 못 먹던 시절이었지. 그런데 베를린 필하모닉 오케스트라의 연주를 직접 듣는다니, 그게 꿈같은 소리가 아니고 뭐겠어? 카라얀이 지휘하는 오케스트라의 연주를 듣는 게 소원이었던 내게 말이야."

"그래서 독일에 와서 그 소원을 이뤘는가?"

베르크 씨가 안젤라 아줌마에게 물었다. 안젤라 아줌마는 다시 입을 손으로 가리고 호호거렸다. 안젤라 아줌마의 두 뺨이 발그스레해졌다.

"당신이 말한 낙타처럼 어리둥절한 표정으로 템펠호프 공항에 내렸더니 독일 간호사들이 우리를 차에 태워서는 어디론가 가더라고. 얼마쯤 가니 어둠 속에 보이던 집들도 사라지고, 그다음에는 검은 숲 사이 외로운 길 하나만 놓여 있었는데, 그 길의 끝에 결핵 요양병원이 나오더군. 거기 도착한 다음날부터 나는 화장실을 청소하고 환자들 침대 닦아서 시트 갈고 독일 간호사들 아침밥 차리는 일을 했지. 한국에서는 나도 간호사였는데, 그런 잡일을 했단 말이야. 그래서 사흘째 되던 날, 독일 간호사들에게 한국으로 돌아가겠다고 소리치고는 병원을 뛰쳐나와 그 외로운 길을 따라 한참 걸었어. 아니, 그때는 독일어도 몰랐으니까 한국어로 말했지. 나무들이 얼마나 울창했던지 낮이었는데도 길이 어두웠어. 그 길을 반이나 갔을까, 마치 꿈결 속을 걸어가는 것처럼 주위가 아련해지더니 갑자기 이렇게 그 키 큰 나무들이 휘기 시작하는 거야. 그러더니 심장이 고장난 것처럼 마구 뛰기 시작했어. 나무들은 계속 나를 향해 둥글게 휘어졌어. 마치 나를 향해 절하듯이 말이야."

안젤라 아줌마가 말했다. 안젤라 아줌마는 우리와 베르크 씨를 번갈아 보면서 한국어와 독일어를 섞어서 말했는데, "마치 절하듯이 말이야"라고 하고서는 그걸 독일어로 어떻게 말해야 할지 몰라 베르크 씨를 향해 고개를 숙이는 제스처를 취했다. 나는 가볍게 탄성을 내질렀다.

"공황장애군."

"맞아. 갑자기 욕지기가 치밀어서 나뭇등걸을 붙잡고 게워내려고 했는데 그때까지 어디 제대로 먹은 게 있어야 다시 나오기나 하지. 나중에는 위액 같은 것이 나오는가 싶더니 이루 말할 수 없는 어떤 감정이 파도처럼 나를 덮치기 시작했어. 그 순간의 감정에 비하면 그때까지 내가 살아오면서 느낀 슬픔이며 두려움, 외로움 따위는 정말 사치스러운 감정이더군. 그것들은 차라리 삶을 살아가면서 느끼는 행복 같은 거였어. 그렇게 나무를 붙들고 얼마나 울었는지 몰라. 내 몸의 모든 구멍에서 눈물이 쏟아져나오는 것 같았어. 그리고 서서히 뭔가가 내게서 빠져나가기 시작했어. 그제야 나는 이제 다시는 한국으로 돌아갈 수 없다는 것을 깨닫게 된 거야."

"허영의 대가치고는 너무 가혹했군."

"젊은 여자에게 허영이란 거울과 같은 것이라 늘 들고 다니면서 살펴봐야 하는 거니까, 그걸 탓할 수는 없지."

베르크 씨의 말에 대꾸하면서 안젤라 아줌마는 그녀, 그러니까 비옷만 입고 이 집을 찾아온 레이를 바라봤다. 레이는 무표정하게 앉아 있었다.

"하지만 그게 다 허영 때문이라고는 말할 수 없어. 전쟁에서 지고 난 뒤에는 독일도 마찬가지였겠지만, 우리도 정말 살기 어려웠잖아. 그런 판국에 그저 베를린 필의 연주나 듣고 괴테의 책만 읽겠다고 독일행 비행기에 오를 수는 없는 거야. 파독 간호사를 모집한다는 신문광고가 간호사들 사이에 큰 화제가 된 뒤로 나만 보면 젊은 사람이 패기도 없냐고, 사기 같으면 뒤도 안 돌아보고 미련

없이 독일로 떠나겠다며 괴롭히던 간호사 언니가 있었거든. 두 아이의 엄마라 자기는 가고 싶어도 갈 수 없다면서, 어쩌나 나를 닦달하던지 내가 덜렁대며 일을 잘 못하니까 병원에서 쫓아내려고 하는 게 아닐까는 의심까지 들더라구. 호호호. 그런데 어느 날 출근해보니, 사람들이 쑥덕대고들 있는 거야. 뭔가 해서 알아봤더니 글쎄 그 전날 저녁에 그 언니가 음독해서 응급실까지 실려왔지만 결국 죽었다는 거야. 왜 죽어야만 했는지, 그렇게 죽을 거면 차라리 독일을 가든지. 그 언니 죽고 나서 며칠 뒤에 서울로 올라가 독일에 가겠다고 신청했지. 수영장과 정원이 딸린 2층집에서 헤세의 책을 읽고, 주말이면 카라얀이 지휘하는 베를린 필의 연주를 들으며 산다는 그 편지가 다 허풍이라는 걸 나라고 왜 눈치채지 못했겠어? 그냥 한국만 아니라면 어디라도 좋겠다고 생각했던 거지."

우리가 처한 상황은 전혀 그렇지 않았는데, 안젤라 아줌마는 다시 웃음을 터뜨렸다. 베르크 씨의 말대로라면 차이코프스키 교향곡 제4번의 1악장에서 운명을 상징하는 주제부의 호른과 파곳에 맞서 외롭게 투쟁하는 클라리넷 같은 웃음이었다고나 할까. 안젤라 아줌마는 양경자라는 본명을 지닌, 내 어머니 또래의 부인이었다. 독일에 온 지 사흘 만에 그 외로운 숲길에서 이 세상에 존재하는 것은 오직 자신뿐이라며 절망했지만, 시간이 흐르면서 아줌마는 간호사로 독일 사회에 적응했고, 또 마찬가지로 광부로 독일에 온 한국 남자와 결혼해 두 아이도 낳았다. 이제는 더이상 혼자가 아니라는 생각 때문에 가슴이 벅차오를 정도였다고 한다. 하지만 전쟁으로 남자들이 많이 죽는 바람에 여성의 사회적 지위가 높아질 수밖에 없었던 독일 사회에서 식민지 시대에 태어난 가부장적인 한국 남자와 살아가는 일은 고통의 연속이었다. 결국 결혼생활 이십일 년 만에 안젤라 아줌마는 다시 그 외로운 숲길을 찾아갔다고 한다. 이번에는 공황장애 같은 것은 없었다. 다만 따뜻한 눈물만이 흐르고 있었다. 처음으로 이 세상에는 오직 자신뿐이라는 생각을 들게 했던, 요양원으로 향한 그 숲길에서 안젤라 아줌마는 이혼을 결심했다. 그리고 수많은 고독과 번민을 지불하고 그림을 발견했다. 미대에 등록한 안젤라 아줌마는 미친듯이 그림을 그렸다. 그림을 그리는 동안 안젤라 아줌마는 자신이 이 세상의 모든 것인 동시에 유일한 존재라는 사실을 깨달을 수 있었다. 그림이 그녀를 구원했다.

안젤라 아줌마는 웃음을 그치고 다시 레이에게 눈길을 돌렸다. 그녀에게 뭔가 할말이 있지만, 망설이는 사람처럼 보였다. 한쪽 구석에 앉아 있던 레이는 이슬비가 내리는 창밖만을 바라보면서 이따금씩 담배를 피웠다. 푸른 담배연기가 흩어지지 않고 천장을 향해 길게 이어졌다. 비는 내리건만 바람은 불어오지 않는 밤이었다. 피차 마음을 좀 가라앉히자고 베르크 씨가 꺼내놓은 백포도주병도 거의 바닥을 드러내고 있었다.

"당시 베를린 사람늘 중에는 밤이면 수없이 많은 불빛들로 반짝이는 템펠호프의 활주로를 바라보며 그보다 아름다운 풍경은 없으리라고 말하던 자들이 있었지. 그들에게 고요한 밤하늘에 울려 퍼지던 비행기 엔진 소리는 베토벤의 피아노 소나타보다도 아름다운 음률이었어. 하지만 그러는 중에도 어김없이 침묵은 찾아왔어. 폭설처럼 침묵은 지붕 위로, 골목으로, 창틀로 내려앉았지. 더이상 식량과 석탄이 공급되지 않는다는 걸 의미했으므로 그 침묵은 공포를 불러왔어. 그것만큼 위선적이며 그것만큼 압도적인 침묵을 나는 들어본 적이 없었어. 나는 그 침묵 따위에 나약하게 떨어대는 독일인들에게 침을 뱉고 싶었지만, 그건 불가능했지. 나는 수용소의 클럽에서 독일인 장교들을 위해 피아노를 연주했던 사람이니까. 바그너의 마이스터징어 서곡이 끝난 뒤, 가스실을 채운 침묵을 나 역시 외면했으니까. 음악은 본질적으로 역설이지. 침묵을 이겨내기 위해 태어나지만, 결국 또다른 침묵으로 끝날 뿐이니까. 삶이 그런 것처럼."

그 말을 마지막으로 베르크 씨는 2층으로 올라가기 위해 자리에서 일어섰다. 이슬비 내리는 소리에 밤은 깊어가고 있었다. 베르크 씨가 자리를 비우자, 안젤라 아줌마가 굳은 표정으로 레이에게 말했다.

"자, 이제 너희들 얘기를 좀 해봐."

창밖을 바라보던 레이가 마침내 입을 열었다.

비둘기도 바다 건너 산을 건너서

30

1904년 2월, 중립항이었던 제물포 내항에는 영국의 탈보트, 미국의 빅스버그, 프랑스의 파스칼, 이탈리아의 엘바, 독일의 한사, 일본의 치요다, 러시아의 바랴크와 카레이츠 등 "동학교도들이 일본군을 몰아내기 위해 다시 봉기할 것"이라는 소문을 듣고 몰려든 각국의 함정들로 빼곡했다. 만주와 조선에서의 이권을 두고 러시아와 힘겨루기를 하던 일본은, 곧 완성될 시베리아 횡단철도가 유럽에 주둔하던 팔십만 러시아군을 극동으로 토해내는 배수관과 같은 역할을 하게 될 것이라는 사실을 예상, 2월 6일 사세보에 정박중이던 함대를 뤼순과 제물포로 총출동시켰고 이틀 뒤 러일전쟁이 벌어졌다. 러일전쟁의 서막을 알린 제물포 해전에서 각국의 함정들이 지켜보는 가운데 두 척의 러시아 함대는 수적 열세에 밀려 제물포항으로 퇴각했다. 배를 일본군에게 넘겨주지 않기 위해 러시아 해군은, 바랴크호는 침몰을 시켰고 카레이츠호는 폭파시켜버렸다. 순양함 치요다의 정찰을 통해 이 사실을 알게 된 일본 함대의 우라우 제독은 곧 승전 소식을 사령부에 보고했고, "짐은 제4전투함대의 작전을 높이 평가해 마지않는다"는 천황의 축전을 받았다.

지금 생각하면 십사대 이로 불리하게 싸웠던 두 척의 러시아 함대가 기적적으로 일본 함대를 물리치고 공해상으로 빠져나가는 데 성공해 개전 초기에 일본군의 사기를 저하시켰더라면 내가 독일까지 가게 되는 일도 없었던 게 아닌가는 생각도 든다. 왜냐하면 일본열도를 환호작약하게 만든 이 소식으로 당시 이십팔 세였던 후지이 간타로의 삶이 완전히 바뀌었기 때문이다. 도쿠시마 현 출신의 후지이는 끓어넘치는 격정을 참지 못하고 자신도 전쟁에 뛰어들고자 그해 봄 조선으로 들어갔다. 하지만 애국의 길은 순탄치 않았다. 후지이와 같은 일본인이 많았던지, 일본군은 일본인 민간인이 경성 이북으로 넘어갈 수 없도록 통제하고 있었다. 이에 굴하지 않은 후지이는, 그렇다면 다른 방법으로 애국하겠다고 결심하고 전북 군산에 자리를 잡게 된다. 후지이가 알아낸 애국의 방법은 바로 식량의 증산이었다. 이는 일본의 식민지 정책과도 부합했고, 재산을 모으려는 자신의 의도와도 어울렸다. 하지만 후지이

가 토지를 매입한 만경강 유역은 가뭄이 심한 곳이었다. 이 때문에 1900년대 후반부터 후지이를 비롯한 일본인 지주들은 수리조합을 설립하기 시작했다. 후지이는 임익수리조합과 임옥수리조합을 합병해 조합장으로 취임한 뒤, 1920년부터 삼 년에 걸쳐 이백삼십만 엔을 투자해 조선 최초의 콘크리트 아치댐이었던 대아댐을 건설했다. 이렇게 관개용수가 확보되자, 후지이는 군산 서쪽에 방조제 길이 십사 킬로미터, 매립면적 이천오백 헥타르를 간척했다. 이 간척사업은 1910년대 기간지를 중심으로 한 동양척식회사의 일본인 농업이민정책을 비판하는 과정에서 이뤄졌다. 이렇게 해서 간척지를 만들어낸 후지이는 불이흥업주식회사를 설립했다. 일본어로 말할 때, 불이不二의 '후지ふじ'는 그의 성인 후지이藤井, ふじい와 발음이 비슷했다.

불이흥업주식회사가 일군 간척지인 불이농촌에서 농사를 지을 일본인 농업 이민자들을 모집하기 위해 만든 안내도에는 바둑판 모양으로 정리된 넉넉한 간척지, 한 마을에 열 가구씩 들어갈 수 있도록 건축한 조립식 주택, 학교와 목욕탕과 신사 같은 편의시설, 생활비 내역과 저렴한 대출상환 조건 등이 상세히 소개돼 있었다. 불이농촌을 신천지이자 이상향, 또는 모범적 농촌으로 소개한 이 안내도를 보고 조선 이민을 결심한 야마가타 현의 농민들 중에 레이의 할아버지가 있었다. 그는 해외 이주 농민들을 위한 교육기관인 지치깅습소에서 농업교육을 비롯한 군사훈련과 검도, 유도

등을 배운 뒤, 대망의 꿈을 안고 1926년 군산을 향해 출발했다. 거기서 레이의 할아버지는 셋째 아들을 낳았는데, 그가 바로 레이의 아버지인 사토 사부로다. 패전 뒤, 일본에 돌아와서도 사토 사부로의 호적에는 고향이 군산의 불이농촌으로 돼 있었다. 열일곱 살까지 살았던 고향과 금강 하구의 노을을 잊지 못했던 그는 결국 서른일곱 살이 되어 일본인 처와 이혼한 뒤, 술집에서 일하던 재일조선인 처녀와 재혼했다. 그렇게 해서 태어난 첫딸이 바로 사토 레이코, 즉 레이였다.

어린 시절부터 레이의 아버지는 그녀에게 군산과 불이농촌에 대한 이야기를 자주 했다.

"지나사변이 터지고 난 뒤에는 불이농촌에서도 하루가 멀다 하고 소집영장이 나왔지. 그러면 마을에서는 장행회 壯行會를 열고 불이신사에 모두 모여 무운장구를 빌었어. 그다음에는 소집영장을 받은 어른들을 따라서 군산역까지 행진하는 거야. 소학교 3학년 이상이면 모두 히노마루를 손에 들고 출정가나 군가를 부르면서 군산역까지 걸어갔어. 불이농촌 아이들은 다들 조리를 신고 다녔으니까, 행진하게 되면 흙먼지가 잔뜩 일어서 얼굴이고 팔다리고 온통 흙투성이가 됐단다. 그렇게 군산역까지 가보면, 군산의 일본인 소학교, 조선인 쇼와학교, 하치바 소학교 등에서 나온 브라스밴드가 아주 멋들어지게 음악을 연주하느라 떠들썩하기 그지없었어. 군산 시내 애들에 비하면 우리는 촌놈들이었지. 그래도 하나도 꿀리지 않았던 건, 불이농촌이 그만큼 살기가 좋았기 때문이었어."

그런 회상 끝에는 늘 "군산 금강을 따라가면 새롭게 펼쳐지는 일천 정보의 불이농촌"으로 시작하는 〈불이농촌가〉가 레이 아버지의 입에서 흘러나오곤 했다. 과연 불이농촌이라는 곳은 어떤 곳일까는 궁금증은 어린 레이의 머리에 늘 남아 있었다. 그 궁금증의 결과, 대학생이 된 레이는 1987년 국제학생교류회의 단기 교류프로그램을 통해 교환학생으로 한국을 찾게 됐다. 그토록 고향을 찬탄하던 사토 씨이건만, 그때까지 한 번도 한국을 방문하지 않을 정도로 당시 일본 내에서 한국의 이미지는 상당히 좋지 않았다. 한국의 식기가 금속인 까닭에는 잦은 전쟁에 도망다니더라도 부서지지 않게 하려는 속셈이 있으며, 여자들이 한쪽 다리를 세우고 앉는 까닭은 그래야 언제라도 뛰어갈 수 있기 때문이라는 둥, 옆나라의 일이라고 믿기에는 괴상한 이야기들이 너무 많았다.

그래서 레이로서는 단단히 마음먹고 결정한 일이었는데, 떠날 때의 그 비장한 각오에 비하면 한국에서의 생활은 그렇게까지 힘들지는 않았다. 물론 일본에서 여러 차례 들었던 이야기들, 즉 입국심사장에서부터 맞닥뜨리는 관료들의 횡포라든가 대로상에서 일상적으로 이뤄지는 검문검색과 폭력행위, 혹은 이름만 들어도 무시무시한 KCIA의 존재 같은 것을 피부로 실감하는 것은 그렇게 어렵지 않았다. 이런 이야기를 꺼내면 한국 학생들은, 코웃음을 치면서 못된 관료들은 극히 일부분이고 검문검색과 폭력행위는 전혀 일상적이지 않으며 KCIA라는 건 이제 존재하지 않는다고 반박했지만, 그건 남한에서 태어나 그 땅을 한 번도 떠나지 않고 살아온 사람들의 느낌이었을 뿐이었다. 그럼에도 레이가 운이 좋았던 건 역시 한국말을 어느 정도 할 줄 알아서였다. 만약 레이의 국적이 재일조선인이었다면 그건 재앙이었을 것이다. 한국인들은 한국말을 조금 못하는 재일조선인보다는 한국말을 조금 할 줄 아는 일본인을 더 좋아했기 때문이었다. 덕분에 레이는 교환학생 프로그램이 끝나고 일본으로 돌아갔다가 1990년 국제교류재단의 장학생으로 선발돼 다시 한국으로 들어오게 됐다.

레이가 두번째로 한국에 들어오고 얼마 지나지 않았을 때였다. 신촌 뒷골목의 한 카페에 앉아서 한국인 여자 친구와 맥주를 마시는데, 카페로 들어오는 한 무리의 사람들 중에 아는 얼굴이 보였다. 그 순간, 레이는 숨이 멎을 것만 같았다. 하지만 실망스럽게도 그 남자는 레이를 기억해내지 못했다. 그래도 좋았다. 레이는 이렇게 그를 다시 만나게 해줘서 고맙다고 신에게 기도를 올리고 싶었다.

"왜, 거 있잖아요, 절. 망해사. 예전에 함께 갔었잖아요."

"망해사가 제 고향에 있는 절이긴 한데……"

"아, 뭐라고 해야 하나…… 군산의 불이농촌과 김제의 동진농장. 아, 그러니까 하토모 우미코에 야마코에테."

레이가 노래를 불렀다. 그제야 남자는 레이를 알아봤다. 그 남자는 아주 오랜만에 일본인 친구를 만났으니 먼저들 마시라고 일행에게 말하고는 레이의 옆자리에 앉았다.

"레이, 이게 얼마 만이야? 잘 지냈어? 그때 이 주 있다가 일본으로 돌아간다고 했잖아. 어떻게 된 거야?"

"기억하네요. 그때 일본으로 돌아갔다가 얼마 전에 다시 들어왔어요. 이번에는 오래 있을 거예요. 일본에 있는 동안, 한국어도 많이 배웠어요. 일본에서 몇 번 편지 보냈는데, 답장이 없었어요."

그 말에 그의 표정이 약간 어두워졌다.

"레이 일본 돌아가고 나서 좀 아팠어."

"왜?"

"그럴 일이 좀 있었어. 지금 다 말하기는 좀 어렵고…… 그래도 레이가 보낸 편지는 읽었어. 답장할 수는 없었지만……"

"역시 많이 아팠던 것이군요. 그때 내게 보여준 그 사진, 일본에서 요미우리에 실린 걸 봤어요. 그 사진 보고 너무 반가워서 편지를 서너 통 계속해서 보냈을 거예요. 성가시게 했다면 죄송했습니다. 요즘도 사진을 계속 찍으시나요?"

"아니, 요즘에는 다큐멘터리영화를 제작하고 있어. 노동운동에 관한. 반갑다, 레이. 많이 보고 싶었어. 고향에 갈 때마다 레이 생각 많이 했어. 우리 인연이 보통이 아니니 또 만날 거라고 믿고 있었지. 이게 정말 몇 년 만이야?"

그는 레이의 손을 한번 쥐었다가 놓았다. 그의 손은 여전히 따뜻했다.

"이 년 정도 지났죠. 그래도 하나도 안 변했네요."

"레이는 많이 변했는걸. 피부야 여전히 건강한 갈색이지만, 훨씬 더 예뻐졌어."

그러고선 둘이 마주보고 웃었다. 서로 다시 만나자며 연락처를 교환한 뒤, 그가 일행에게 돌아가자 한국인 친구가 물었다.

"누구니? 영화배우 아니냐? 어디서 본 것 같은데."

그의 뒷모습을 한참 바라보던 레이가 웃음이 가득한 얼굴로 대답했다.

"강시우라는 사람이야. 지난번에 한국에 왔을 때, 길에서 우연히 만났고, 함께 여행을 다녀왔고, 다시는 못 만났는데, 오늘 만나게 된 거야. 저 사람이 찍은 사진 중에 굉장히 유명한 게 있어. 너도 봤을지도 몰라. 분신한 채로 굴다리에서 뛰어내리는 학생을 찍은 사진인데, AP통신을 거쳐서 전 세계에 송신됐지. 아마 웬만한 신문에는 다 실렸을 거야. 그때, 나도 근처에 있었는데. 마찬가지로 사진기를 들고."

"그럼 너도 찍지 그랬니? 그랬으면 너도 유명해졌겠다."

레이는 고개를 절레절레 흔들었다.

"그런 사진 아무나 못 찍어. 얼마나 끔찍한지 알아? 며칠 동안 속이 울렁거려서 밥도 제대로 못 먹었어. 암튼 오늘 너무 기분좋아. 역시 한국에 오길 잘 했어."

31

두 사람이 처음 만난 건 1987년이었다. 신촌 부근에서 하숙하던 레이는 마치 성난 파도처럼 로터리로 밀려오는 학생들의 물결 앞에서 뭐라 형언할 수 없을 정도로 감동했다. 경찰들은 최루탄을 쏘며 그 물결을 저지하려고 했지만, 당시 서울 하늘에서 하얗게 터져나던 최루탄은 축제의 폭죽 같은 느낌마저 들 정도였다. 레이는 아버지에게 보낸 편지에다가 "자유란 관념이 아니라 욕망이라는 것을 다시 한번 확인했습니다. 인간의 욕망보다 강한 권력은 이 세상에 없는 모양입니다"라고 쓰기까지 했다. 사토 씨는 남의 나라 일에 너무 깊이 관여해서는 안 되는 일이니 조용히 공부나 하다가 돌아오라고 답장을 보냈지만, 누구도 레이를 말릴 수는 없었다. 레이는 카메라를 들고 거리로 나섰다. 6월의 거리에는 곧 계엄령이 선포되고 군대가 투입되리라는 소문이 파다했다. 만약 그렇게 된다면 그건 광주에 이은 두번째 학살극이 될 가능성이 농후했다. 과연 서울에서 그런 일이 가능할까? 누구도, 심지어는 군부 자신들도 그 질문에는 대답할 수 없었다. 레이가 찍은 사진들에는 이 질문을 두고 고민하는 사람들의 모습이 담겨 있었다. 거기에는 어떤 냉소도, 환멸도, 절망도 없었다. 거리의 사람들은 미래를 스스로 선택한다는 것을 잘 알고 있었기 때문에 진지하고 헌신적이고 이타적이었다. 그게 바로 그 시대의 분위기였다.

그 학생도 그래서 몸에 불을 붙이고 굴다리 아래로 뛰어내렸을 것이다. 그때, 레이는 어깨에 카메라를 메고 시위대의 왼쪽에서 걸어가고 있었는데, 시위행렬이 교문을 빠져나오자마자 학생들이 일제히 자신을 향해 고개를 돌렸다. 그래서 레이도 따라서 몸을 틀었다가 그 불타오르는 사람을 보게 됐다. 그때는 그저 놀라서 오른손으로 입을 틀어막고 서 있었을 뿐, 카메라가 있다는 생각조차 하지 못했다. 그러는 동안, 그 사람은 머리를 아래로 향한 채 불길을 휘날리며 떨어져내렸다. 레이는 그가 떨어지는 것을 보지 못했다. 중간에 눈을 감기도 했지만, 설사 눈을 뜨고 있었더라도 갑자기 남학생들이 레이를 밀치며 투신의 현장으로 달려갔기 때문에 볼 수가 없었을 것이다. 그 서슬에 앞으로 넘어지고 나서야 레이는 자기에게 카메라가 있다는 걸 깨달았다. 허겁지겁 카메라를 챙기다보니 이미 렌즈는 본체에서 떨어져나가 박살이 나버린 뒤였다. 시위 도중에 분신이나 투신 같은 일이 일어나면 학생들이 너무나 격앙돼 그날의 시위는 끝날 줄을 몰랐다. 흥분한 학생들의 기세를 누르기 위해 경찰이 얼마나 많은 최루탄을 쏘아댔는지 대열 앞쪽은 바로 눈앞이 안 보일 정도였다. 바지는 찢어지고 무릎은 까진 채로, 눈물 콧물을 쏟아내며 레이는 박살이 난 렌즈를 들고 절룩절룩 시위대 뒤로 빠져나왔다.

얼굴이 눈물과 콧물로 범벅이 되고 나자, 기왕 이렇게 된 거 나도 모르겠다는 심사로 레이는 엉엉 울기 시작했다. 최루탄이 터지는 상황만 아니었어도 영락없이 실연당한 여자 꼴이었지만, 알 게 뭐냐는 마음이었다. 태어나서 처음으로 사람이 불타는 장면을 봤는데, 아무 일도 없었다는 듯이 걸어가는 게 더 이상한 일이 아니겠는가! 절룩절룩, 깨진 렌즈를 들고 엉엉 울면서 걸어가는데, 서로 마주보고 누운 두 개의 일자 눈썹 아래 양쪽 눈 밑까지 빨간 스카프를 복면처럼 두른 남자가 레이의 손에 있는 렌즈를 가리키며 말했다.

"그거 깨진 거야?"

"엉엉엉, 예."

레이가 울면서 말했다.

"그것도 니콘이네. 내 것하고 똑같네. 카메라 땜에 우는 거야?"

"엉엉엉, 아니요."

레이는 고개를 흔들었다. 얼굴로 흘러내리던 눈물이 후드득 떨어졌다. 당시만 해도 레이는 한국말을 잘 못했기 때문에 그 정도로밖에 설명할 수가 없었다. 그 남자는 레이의 어깨를 툭툭 치더니 말했다.

"내가 남는 렌즈 줄 테니까 그렇게 울지 마. 예쁜 얼굴, 다 망가지겠다."

"엉엉엉, 아니요. 그 학생, 많이 아프겠어요. 땅으로 떨어져서. 엉엉엉."

레이는 그만 울고 싶어도 최루탄 때문에 울음을 그칠 수가 없었다.

32

마침내 레이가 아버지의 고향인 불이농촌에 가게 된 것은 예쁜 얼굴을 걱정해준 그 남자 덕분이었다. 레이가 일본인이라는 사실을 알게 된 그는 그녀에게 한국에 오게 된 이유를 물었고, 레이는 제물포 해전의 승리까지 거슬러올라가지는 않았으나 어쨌든 후지이 간타로의 간척사업으로부터 자신의 아버지가 태어나기까지의 이야기를 그에게 들려줬다. "이건 정말 보통 인연이 아닌걸"이라고 말한 뒤, 그는 불이흥업을 알고 있다고 얘기했다. 사물을 분간할 즈음부터 레이는 불이농촌에 대한 이야기를 들었다. 바다 건너 저 멀리에 있다는, 끝없이 펼쳐진 논과 석양이 아름다운 금강. 그때의 모습을 찍은 사진들이 꽂힌 가족사진첩을 보면서 어린 레이는 마음대로 상상의 나래를 펼쳤다. 아버지가 흥얼대던 노래를 따라 부르며. 하토모 우미코에 야마코에테…… 그럴 때면 레이도 비둘기가 된 것처럼 바다 건너 석양이 그토록 아름답다던 불이농촌으로 날아가곤 했다.

그처럼 소녀의 상상이 마음대로 펼쳐지던 공간이었기에 레이에게는 오히려 불이농촌이 현실적으로 다가오지 않았다. 분명히 아버지의 호적을 들춰보면 거기에는 한국 전라북도 옥구군 미면 산북리 불이농촌이라고 원적지가 적혀 있는데도 말이다. 레이가 한국에 온 지 반년이 지나도록 군산을 찾아가지 않은 까닭도 그 때문이었다. 서울의 모습은 어릴 적부터 상상하던 아름다운 이국의 풍경과는 너무나 달랐으므로 레이는 군산에 찾아갔다가 어린 시절의 애틋했던 기억을 영영 잃어버릴까 겁이 났던 것이다. 그런데 서울 시내 한복판에서 불이흥업을 아는 남자를 만날 줄은 레이는 꿈에도 생각하지 못했다!

하지만 레이가 귀를 쫑긋 세우고 들어보니, 그는 주사파에나 어울릴 만한 어투로 불이농장은 김일성 주석이 이끄는 'ㅌ.ㄷ' 계열의 새 세대 청년 공산주의자들과 농민이 연계해 소작쟁의를 일으킨 곳으로 유명하다고 대답했다. 레이로서는 실망, 대실망이었다. 그녀가 찾아가고 싶었던 곳은 소작쟁의로 유명한 불이농장이 아니라 석양이 아름다운 불이농촌이었으니까. 게다가 그가 말로만 듣던 운동권일지도 모른다고 느껴지자, 더욱더 그 자리가 불편했다. 한국의 운동권에게 일본인이란 그다지 반가운 존재가 아닐 것이라고 레이는 생각했다. 아니나 다를까, 그는 가만히, 조금은 적대적으로 레이의 얼굴을 쳐다봤다.

"저는 다만 아버지의 고향에 한번 가보고 싶었던 거예요. 한번쯤은 가봐야 하지 않을까, 그렇게 생각했던 거죠. 물론 일본 사람들이 한국에 와서 나쁜 짓을 많이 했다는 건 저도 잘 알고 있어요."

자신이 일본인이라는 사실과 아버지의 고향이 한국이라는 사실을 아는 순간, 한국 사람들이 그런 식으로, 그러니까 무섭다고 느낄 정도로 자신을 쳐다보는 걸 여러 차례 경험했으므로 레이는 다

부지게 선을 그었다. 뭐, 아버지가 조선 총독은 아니었으니까.

"김주석이 말한 불이농장은 용천에 있었던 거야. 거긴 가고 싶어도 갈 수가 없어. 조선인 소작농들이 일하던 불이농장은 거기뿐만 아니라 옥구와 철원에도 있었어. 하지만 너희 아버지를 비롯한 일본인 이주민들이 살던 불이농촌은 군산에만 있었지. 거기는 우리 아버지의 고향이기도 해."

그 말에 레이는 깜짝 놀랐다. 그렇다면 그의 아버지도 소학생이던 사토 씨와 함께 조리를 신고 군산역까지 행진했을 수도 있을 테니까. 갑자기 시무룩하던 레이의 눈가에 호기심이 차올랐다.

"소년 시절에 두 아버지가 만났을 수도 있었겠군요. 아니, 서로 아는 사이였을지도 몰라. 친구라든가……"

"글쎄, 여기 앉아서 그런 것까지 알 수는 없겠지. 시간을 좀 내면 어떨까. 내려가보면 더 많은 것을 알게 될 테니까. 내가 안내해주지."

그렇게 해서 레이는 아버지가 고향을 떠난 지 삼십이 년 만에 불이농촌을 찾아가게 됐다. 그는 자신의 이름은 강시우이며 서울대학교 법과대학에 다니다가 노동운동을 하기 위해 중퇴한 뒤, 지금은 혁명적 문화운동을 목적으로 조직된 단체에서 일한다고 자신을 소개했다. 기차를 타고 군산까지 내려가는 동안, 그는 자신이 찍은 사진을 레이에게 보여줬는데, 그중에는 일 년 뒤 레이가 요미우리신문에서 보게 되는 그 사진, 그러니까 굴다리에서 온몸에 불이 붙은 채 떨어지는 학생을 찍은 사진도 있었다. 그 사진을 처음 봤을 때, 레이는 그런 상황에서도 침착하게 사진기를 들이댈 수 있는 그가 어쩐지 무섭게 느껴졌다. 그가 군사독재하의 한국인들은 이보다 더 끔찍한 장면을 많이 목격했기 때문이라고 대답했을 때는 더욱 섬뜩한 느낌이 들었다. 하지만 그런 정치적인 문제를 떠나면 그의 이야기는 듣는 사람의 귀를 솔깃하게 만드는 매력이 있었다.

그 여행을 통해 레이는, 사토 씨가 거주하던 불이농촌은 영구 소작권, 개간비 지불, 삼 년간 소작료 면제라는 조건에 끌린 조선인들이 삼 년에 걸쳐 바닷물과 사투를 벌여 간척한 땅 위에 있었다는 것, 불이농촌과 불이농장 사이에는 거대한 저수지가 있었다는 것, 조선인들은 불이흥업에 수확량의 칠십 퍼센트를 소작료로 지불했다는 것, 그 땅에서 생산된 쌀은 거의 대부분 군산항을 통해 일본으로 수출됐다는 것, 하지만 그런 슬픈 과거에도 불구하고 아버지가 잊지 못하는 낙조는 여전히 아름답다는 것, 그리고 마지막으로 강시우와 자신에게 한 가지 공통점이 있다는 것 등을 알게 됐다. 공통점이란 두 사람이 같은 노래를 기억하고 있다는 점이었다. 대충 둘러보고 바다가 보이는 어느 절을 찾았을 때였다. 키 큰 느티나무 아래에 앉아서 해가 저무는 바다 쪽을 바라보던 그가 어린 시절에 아버지에게서 배웠다며 "하토모 우미코에 야마코에 테"라고 노래를 부르기 시작했다. 그 노래를 듣고 레이는 깜짝 놀랐다. 사도 씨도 그 노래를 많이 불렀기 때문이었다. 하지만 그는

"데가라오 다테니 이사마시쿠"까지만 기억하고 있었다. 나머지 부분은 레이가 불렀다. "이쿠사노 쓰카이니 이키마시타." 그 노래는 전쟁 전에 불리던 동요였다. '비둘기도 바다 건너 산을 건너서, 공을 세우러 용감하게, 전쟁의 심부름꾼으로 갔습니다'라는 가사를 지닌.

노래의 성격이나 가사의 내용이야 어떻든 일본으로 돌아간 뒤에도 오랫동안 어린 시절에 들었던 노래를 함께 부르던 장면은 레이에게 소중한 추억으로 남았다. 아마도 그때부터였을 것이다. 그 남자의 눈빛에 매력을 느끼기 시작한 것은. 그날 레이와 그는 바닷가에 앉아서 오랫동안 이야기를 나눴다. 마치 그날 저녁, 그에게 이야기를 들려주기 위해 그때까지 살아온 것처럼 레이는 자기 인생의 이런저런 일들을 더듬더듬 한국어로 얘기했다. 어린 시절, 집에 걸려 있던 한국의 탈 모형을 바라보며 바다 건너에 사는 사람들의 얼굴을 상상한 일이며, 처음 생리가 터진 날 조퇴하고 집에 돌아와 방문을 걸어잠그고 '밀려온다'라는 제목의 시를 쓴 일이며, 첫번째 애인과 헤어지고 나서도 몇 달이 흐른 뒤 가족들과 떠난 휴가 때 바다에서 걸어나오다가 문득 울어버리고는 '햇볕에 등이 따가워서'라고 변명한 일 같은 이야기들. 언어의 장벽 때문에 두 사람은 서로의 이야기를 반쯤만 이해할 수 있었다.

해변으로 바투 밀려왔던 바닷물이 모두 빠져나가고 어둠이 내리자, 그는 "지금까지 혼자 가슴에 묻어뒀을 뿐, 누구에게도 해본 일이 없는 이야기지만 레이는 곧 일본으로 돌아갈 테니까"라고 단서를 붙이더니 자신의 연애담을 들려주기 시작했다. 그 이야기만은 레이도 거의 알아들을 수 있었다. 무슨 뜻인지 모르겠는 부분에서는 자신의 기억들을 떠올렸다. 사랑은 누구에게나 하나씩 있는 것이므로 관심만 기울이면 서로 이해하지 못할 바가 없었다. 듣는 내내 레이는 이야기 속에 등장하는 두 사람의 은밀한 사랑이 세상에 알려질까봐 가슴을 졸여야만 했다. 그 놀랍고도 가슴 아픈 이야기가 모두 끝났을 때, 레이는 그 이야기에 나오는 여자가 말한 것처럼 두 눈을 감았다. 바닷바람이 얼굴로 와 부딪혔다. 파도소리가 귀에 가득했다. 우주 저편에서 별빛들이 해변으로 쏟아져내렸다. 모든 게 처음인 것처럼 이 세상을 느끼려고 하는 것이 얼마나 슬픈 일인지 레이도 알 것 같았다. 오랫동안 레이는 두 눈을 감고 있었다.

門 열어라 꽃아, 門 열어라 꽃아

33

그날 밤, 레이의 이야기를 듣는 내내 나는 강시우가 1987년 몸
에 불을 붙인 채 떨어지는 학생의 모습을 찍을 때 사용했다는 카메
라가 마음에 걸렸다. 어쩐지 이길용이 이상희의 방에서 들고 나온
카메라와 같은 것일 거라는 생각이 들었기 때문이었다. 그러다가
레이가 두 눈을 감고 처음인 양 세상 모든 것을 느껴보려고 했다고
이야기하는 부분에 이르러서야 모든 게 분명해졌다. 서울대 법대
를 중퇴한 문화운동가 강시우는 '광주의 랭보' 이길용이었던 것이
다. '그 누구의 슬픔도 아닌'의 마지막 부분에 이르러 이길용은 바
로 그 얘기를 했다. "그녀는 제게 두 눈을 감으라고 한 뒤, 마치 처
음인 양 세상의 모든 것을 느껴보라고 했죠."

그러니까 5·18 위령탑 건립기금 모금을 위한 일일찻집 행사가 열린 다음날이었다. 아침에 상희가 학교로 나갔더니 연구실 앞에 그가 서 있었다. 아침부터 무슨 일이냐는 상희의 질문에 그는 또 붐붐하고 싶어서 여섯시부터 그녀를 기다렸다고 대답했다. 그 말에 상희는 깔깔거리고 웃었고, 두 사람은 연구실 문이 채 닫히기도 전에 서로 엉겨붙었다. 그 누구도 두 사람의 사랑을 상상할 수 없었다. 상희의 애인이 되기에 그는 너무나 초라했다. 그가 내세울 것이라고는 하루에도 몇 번씩 사정할 수 있는 건강한 젊음뿐이었다. 하지만 상희에게는 그거면 되었다. 그의 성욕은 속물적이지 않았다. 그의 성욕에는 그 어떤 의도도 없었다. 그저 성욕 그 자체가 목적이었다. 그게 상희에게는 제일 중요했다. 상희에게는 그의 성욕이 자신을 둘러싼 속물적인 삶의 피난처였던 셈이다.

"언젠가 네가 나에게 왜 남편과 결혼했느냐고 물은 적이 있었는데, 기억나? 그때 좀 당황스러웠어. 그런 질문을 한 사람은 네가 처음이었으니까. 알다시피 남편은 똑똑하고 정의롭고 부유하지. 모든 것을 갖춘 사람이야. 그러니 아무도 그런 질문을 하지 않는 거야. 나조차도 말이야."

어느 날, 그가 돌려준 책을 서가에 꽂으며 상희가 말했다.

"그래서 처음으로 생각해봤어. 나는 도대체 왜 남편과 결혼했을까? 한참을 생각해본 뒤 간신히 찾아낸 게 전태일의 삶과 죽음에 대해 적어놓은 등사판 책이었어. 미국에서 막 돌아왔을 때였으니까 아직 결혼하기 전이었는데, 남편이 한번 읽어보라고 내게 준 거야. 그걸 읽고 나니 내 삶이 정말 누추해지더라. 그때까지 나는 나의 문제에서 단 한 발짝도 벗어나지 못한 상태였거든. 미국에 있을 때, 광주에 대한 뉴스를 보면서도 한국인인 게 부끄럽다는 생각도 했고 잔인한 군인들에 대해 분노도 느꼈지만, 그게 다였어. 그건 내 인생과 직접적으로 연결되는 문제가 아니라고 생각한 거지. 그런데 그 책을 읽고 나니 인생을 헛살았다 싶더라. 아동심리학 전공이라니, 참 한가한 학문이라는 생각이 들잖아. 지금이라도 늦지 않았으니 봉제공장이라도 취직하자, 생각할 정도였어. 하지만 유복한 가정의 첫째딸로 태어나 미국에서 박사학위를 받고 돌아온 나 같은 여자가 봉제공장에 취직할 방법은 없는 거야. 그래서 나는 남편과 결혼했어. 내 말이 이해가 가?"

그는 이해가 간다는 듯이 고개를 끄덕였다.

"교수님 같은 분은 봉제공장에서 단 하루도 버티지 못할 거예요."

"일해야 한다면, 나라고 못할 게 또 뭐가 있겠니? 그렇게 해야만 살 수 있다면 봉제공장에서라도 일해야지. 그게 아니라 이제 더이상 다른 삶을 살 수 없다는 게 문제였던 거야. 앞으로 내게 그런 일이 일어날 것 같진 않았거든."

"교수님에게 어울리는 곳은 최변호사님 옆이죠."

"그래, 바로 그거야. 남편이 내게 청혼한 이유도 그 때문이었어.

나처럼 젊은 나이에 미국에서 박사학위를 따고 돌아온 여자에게 는 자기 같은 사람이 어울린다는 거지. 나는 한 번도 봉제공장 같 은 데는 가본 일이 없고 앞으로도 가볼 일이 없을 게 분명한 내 삶 이 하도 누추해서 그 청혼을 받아들였고. 내가 부러운 건 이런 거 야. 전태일의 유서에 보면, 죽고 난 뒤에도 친구들 사이에 앉을 테 니 자리를 마련해달라고 말하는 부분이 나와. 나는 그 자리가 참 부러웠어. 넌 상상도 못할 거야."

"알 것 같아요. 나도 때론 느티나무회에 내 자리가 있었으면 좋 겠다고 생각하니까요."

아마도 당신 옆에. 그는 생각했다.

"전태일의 친구들 사이에 내 자리가 없듯이 느티나무회에도 너 를 위한 자리는 없는 거지. 그게 우리가 사는 세상이야. 어쨌든 결 혼하고 난 뒤, 남편이 활동하는 광주에 내려와 열심히 일을 도왔 어. 이런저런 책들을 읽고 느티나무회의 세미나 모임에도 참석하 고 봉사활동도 나갔지. 그 일들이 나를 구원했어. 나는 충분히 백 화점에나 들락거리고 골프나 치고 다니는 부르주아가 될 수 있었 거든. 그 점에 대해서는 지금도 남편에게 고맙게 생각해. 남편은 존경받아 마땅한 사람이야. 남편도 그렇게 힘들게 살지 않을 수도 있었거든. 다른 변호사들처럼 거액의 수임료를 받으며 거들먹거 릴 수 있었던 사람이지."

그 순간, 그는 그녀의 남편에 대해 살의에 가까울 정도로 강렬한 질투심을 느꼈다. 하지만 그는 절대로 내색하지 않았다.

"하지만 그렇다고 해서 전태일의 친구들 사이에 내 자리가 생기는 건 아니야. 그렇지 않아? 어떤 일 때문에 양동시장에 간 적이 있었어. 다리가 아파서 좀 쉬었다 가려고 시장통에 있는 다방의 문을 살짝 열었더니 자욱한 담배연기 속에서 시장 아저씨들이 나를 일제히 쳐다보더라. 그래서 에라, 모르겠다 문을 열고 들어갔지. 마음 같아서는 쌍화차라도 주문하려고 했는데, 내 입에서 나온 말은 '뜨거운 것 좀 마실 수 있을까요?'였어. 그 사람들의 공간을 침해해서 미안하다는 생각마저 들더라. 거기 아저씨들은 참으로 피곤해 보였어. 와자지껄 떠들지도 않고, 레지를 무릎에 앉혀두고 젊은 시절의 무용담을 늘어놓지도 않았어. 그저 병든 닭들처럼 창가에 앉아서 햇볕을 쪼이며 오후를 보내고 있더군. 내가 지금 여기서 뭘 하나 싶은 생각도 들었지만, 그 한가한 분위기가 마음에 들어서 나도 최대한 장사를 하다가 고단해서 잠깐 쉬려고 들어온 시장 아줌마처럼 보이려고 애를 썼어. 그때 그 다방에서 학교 서점에서 일한다는 너를 떠올렸지. 나는 너에 대한 이야기를 다 알고 있었어. 네가 얼떨결에 분신하는 사람 옆에 있다가 그만 열렬한 투사로 알려지게 됐다는 사실도 알고 있었고, 두 사람이 실제로는 동성애에 가까운 관계였다는 사실도 알고 있었어. 그래서 너를 찾아가보기로 결심했지. 내가 이렇게까지 널 사랑하게 될 줄은 전혀 몰랐어."

상희가 그를 사랑하게 된 것은 사실이었다. 하지만 그는 사정이 좀 달랐다. 일일찻집 행사장에서 그와 상희가 붐붐하기 시작한 뒤에도 그는 주말의 일정, 그러니까 사진기로 여학생을 유혹해 무등산으로 놀러가는 일을 멈추지 않았다. 그건 그가 욕정에 들끓는 젊은이였기 때문도 아니었고, 주말이면 가족과 함께 지내야 하는 상희를 만날 수 없었기 때문도 아니었다. 그 역시 시간이 흐를수록 상희에 대한 사랑의 감정이 변하고 있었다. 처음 얼마간은 그저 육체적인 쾌락이 그 사랑의 전부였지만, 이내 다른 감정들이 생겨나기 시작했다. 예컨대 점심시간을 이용해 학교에서 멀리 떨어진 여관에서 두 번이나 섹스한 날, 상희의 집에 가서 변호사와 함께 저녁을 먹은 일이 있었다. 변호사는 여전히 그가 시를 쓰고 있는지 궁금해했고, 그는 그즈음에는 시를 쓰는 대신 사진을 찍는다고 대답했다. "카메라는 괜찮은 게 있는 모양이지?"라고 변호사가 물었을 때, 그는 "예, 니콘이라서 잘 찍힙니다"라고 답하고 나서 바로 자신의 부주의함을 깨달았다. 하지만 변호사도, 상희도 아무런 표정의 변화가 없었다. 그때 벌겋게 상기된 얼굴로 그가 변호사에게 한 말은 "선생님은 제 목숨을 구한 생명의 은인이니 평생 받들어 모시겠습니다"였다. 스스로도 가증스럽다고 느낄 정도로 마음에 없는 말이었다. 그에게는 그런 식으로 위악적인 측면이 있었다. 치명적인 사랑에 빠진 사람들이 대개 그렇듯, 그 역시 사랑에 사로잡혀 있으면서도 동시에 그 사랑에서 도피하고자 했다. 더 깊이 사랑할 수도, 그렇다고 사랑하지 않을 수도 없는 이 진퇴양난의 상황

속에서 그는 순전히 살아남기 위해서 위악을 선택했다.

끝을 모르고 질주하기만 했던 그 사랑이 끝난 것도 바로 그 위악 때문이었다. 위악적인 사랑은 이제 그의 통제를 벗어나기 시작했다. 그의 정체를 의심하는 학생들도 늘어나기 시작했다. 그즈음, 상희는 남편에게 학술회의에 참석한다고 거짓말한 뒤, 그와 함께 경주로 여행을 떠났다. 단지 광주에서 가장 먼 곳이라는 생각으로 선택한 곳이었다. 그가 경주를 생각하며 쓴 시라며 "노래가 낫기는 그중 나아도/구름까지 갔다간 되돌아오고,/네 발굽을 쳐 달려간 말은 바닷가에 가 멎어버렸다"라고 읊었으나 두 사람은 석굴암도, 천마총도, 포석정도, 첨성대도 보지 못했다. 어쩌면 그가 말하고 싶었던 얘기는 "나는 네 닫힌 문에 기대섰을 뿐이다./문 열어라 꽃아. 문 열어라 꽃아./벼락과 해일만이 길일지라도/문 열어라 꽃아. 문 열어라 꽃아"라는, 그 시의 마지막 구절에 있었을 것이다. 그들은 이박 삼일 동안 보문단지의 호텔방에서 나오지 않고 최소한의 음식만 먹으며 오로지 섹스만 했으니까. 섹스를 계속하는 동안에는 서로 감정을 사용할 필요가 없었다. 오직 몸만 움직이면 됐다. 서로에게 미안한 점도, 아쉬운 점도 없었다. 미래를 기약할 필요도, 옛일을 생각할 까닭도 없었다. 그저 벼락과 해일처럼 밀려오는 쾌감에 몸을 맡기면 그만이었다. 그 쾌락을 위해 두 사람은 연인들이 할 수 있는 모든 일을 다 했다. 그 이틀 동안.

그리고 마지막 날 밤, 상희가 그를 흔들어 깨웠다. 벌거벗은 채 잠들어 있던 그가 게슴츠레 눈을 뜨자, 침대에 앉은 상희가 밤바다를 보러 가야 한다고 아우성이었다. 그는 파랗게 멍이 든 상희의 허벅지에다 입을 맞추고 일어났다. 바다까지 가는 동안, 그의 입에서는 연신 하품이 쏟아졌다. 새벽 세시가 지나고 있었다. 하현을 넘긴 달이 떠 있는 밤하늘은 어두웠다. 겨울이 머지않은 무렵이어서 담배를 피우느라 창문을 열라치면 차가운 밤공기들이 서로 다투며 차 안으로 들어왔다. 언덕을 넘어가자, 이윽고 들판이 나왔다. 오가는 차들은 한 대도 보이지 않았다. 상향등 불빛이 길게 뻗은 길 저편까지 뻗어나갔다. 풍경은 그 둥근 불빛 안에서만 모습을 드러냈다. 모든 게 꿈결처럼 쏜살같이 흘러갔다. 그게 자기 인생의 가장 행복한 순간이 되리라는 걸 그는 알아차렸다. 젖떼는 법을 배우는 강아지처럼, 이제 거기서 나오게 되면 다시는 그 순간으로 되돌아갈 수 없을 것이라는 걸.

비수기 새벽 네시 무렵의 해수욕장에는 어둠과 파도소리와 바람뿐이었다. 해변에 앉아서 몸을 떨면서 상희가 그에게 시를 다시 읊어보라고 말했다. 그는 최대한 분위기를 잡아가면서 시를 읊었다.

"노래가 낫기는 그중 나아도 구름까지 갔다간 되돌아오고, 네 발굽을 쳐 달려간 말은 바닷가에 가 멎어버렸다. 참 좋은 시다. 그런데 그 시와 아주 비슷한 시가 이미 발표된 적이 있다는 거 아니?"

상희가 말했다. 물론 그는 알고 있었다. 그건 자신이 쓴 시가 아니었으니까.

"나는 네가 나를 즐겁게 해주기 위해서 다른 사람들의 시를 베껴온다는 걸 오래전부터 알고 있었어. 오로지 내가 주는 돈과 섹스에만 관심이 있는 순 엉터리 가짜 랭보에 날건달이라는 것도. 하지만 그것뿐이었다면, 내가 이렇게까지 널 사랑하지는 않았을 거야. 물론 내가 너 같은 남자에게 너무나 취약하다는 사실은 잘 알고 있었지만."

"그럼 왜 저를 사랑하기 시작했나요?"

"너는 딱 한 번 너만의 시를 쓴 적이 있었잖아.「인간이 개가 되는 열한 가지 방법에 대해서」. 너는 너 자신에게 욕설을 퍼붓는 방식으로 그날 그 자리에 모인 사람들을 개로 만들어버렸지. 너무나 우스워서 네가 시를 읽는 동안, 나는 웃음을 참을 수가 없었어."

"누가 웃고 있을 줄은 몰랐네요."

"들어봐. 나는 두려움 때문에 그날 너와 붐붐한 거야. 네 시를 듣는 순간, 남편과 아이들과 사회적 지위와 재산과 생활의 여유 등 내가 가진 모든 것이 아무 의미도 없을지 모른다는 생각에 겁이 덜컥 났거든. 그 순간, 사실상 나는 네게 굴복한 거야. 네게도 그런 두려움이 있겠지. 이제 너의 두려움을 내게 말해봐."

그는 아무 말 없이 가만히 있었다.

"자, 눈을 감아봐. 그리고 가만히 느껴봐. 그 막막한 어둠이며, 계속해서 들려오는 파도소리며, 얼굴로 불어오는 바람을. 마치 지금 막 태어나 처음으로 그것들을 느끼듯이."

그는 시키는 대로 눈을 감았다. 눈을 감자, 자신이 심하게 몸을 떨고 있다는 사실을 알 수 있었다. 그리고 멀리서 파도소리가 들렸다. 상희가 말한 대로 얼굴로 불어오는 바람도 느껴졌다. 정말 마치 처음인 것처럼. 막 태어나 바다를 마주한 갓난아이처럼.

"지금 네가 느끼는 그 세상이 바로 너만의 세상이야. 그게 설사 두려움이라고 하더라도 네 것이라면 온전히 다 받아들이란 말이야. 더이상 다른 사람을 흉내내면서 살아가지 말고."

파도소리는 점차 상희의 연구실에서 들었던 쇼스타코비치의 왈츠를 떠올리게 했다. 그는 혼자서 흥얼거렸다. 라랄랄라 라라라랄 랄라랄랄라. 눈앞의 어둠 속으로 한기복과 나란히 누워 서로 낄낄대던 많은 밤들과 코끝으로 밀려오던 시너 냄새와 대공분실 취조실에서 느꼈던 외로움이 한꺼번에 찾아왔다. 행복과 분노와 고통과 절망의 순간들이 꿈결인 양 눈앞을 스쳤다. 그게 그만의 세상이었다. 그도 이제는 자신의 두려움이 무엇이었는지 알 수 있었다. 그는 언제나 혼자일 뿐이었다. 거기 희망은 없었다. 한기복을 만나기 전에도 혼자였고 만난 뒤에도 혼자였듯이, 상희를 사랑하기 전에도 혼자였고 사랑한 뒤에도 혼자였듯이. 희망 없이 그는 자신의 두려움을 바라봤다.

"이제 돌아가면 나는 남편과 이혼할 거야. 너 때문은 아니니까 책임질 필요는 없어. 나도 이제 더이상 누군가를 따라 하면서 살아가기 싫어졌을 뿐이니까. 너를 사랑하면서 알게 된 게 바로 그거니까. 하지만 네가 원한다면 나는 너와 살 거야. 너보다 더 나를 사랑하는 사람은 이 세상에 없으니까."

그는 눈을 뜨고 여전히 눈감고 있는 상희를 오랫동안 바라봤다.

그리고 그 다음날 저녁 광주의 자취방으로 돌아왔을 때, 방에서 그를 기다리고 있었던 것은 검은 얼굴들이었다. 언젠가 그의 아버지가 죽던 그 밤에 그의 집으로 찾아왔던 얼굴과 흡사한. 그는 본능적으로 최변호사를 떠올렸지만, 그 희망은 떠오르자마자 사라졌다. 늘 우려했던 대로 자신에게 반강제적으로 당했던 여학생 중하나가 경찰에 신고한 게 틀림없었으니까. 자신은 이제 성폭행범이 될 테니까. 그는 모든 것이 끝났다고 생각했다. 하지만 그건 이제 시작에 불과했다.

그리고 그의 이름은 헬무트 베르크

34

모든 죄수들은 한 달에 두 번 가족들과 편지 혹은 엽서를 주고 받을 수 있다고 편지지에 인쇄된 캠프 규칙은 말하고 있었지만, 칼 하프너의 경우에는 한 달에 한 번만 편지를 보낼 수 있었으며 단어의 숫자도 스물다섯 개로 제한됐다. 캠프, 전쟁, 총통, SS, 고통, 슬픔, 분노, 절망, 죽음 등의 단어는 사용할 수 없었다. 대신에 좋다, 건강하다, 바란다, 행복하다, 고맙다, 소포를 보내라, 돈을 보내라, 기대한다, 사랑한다 등의 표현은 사용할 수 있었다. 사실상 죄수들이 가족들에게 보내는 편지에 쓸 수 있는 단어는 그 정도면 족했다. 칼이 보내는 편지들도 크게 다르지 않았다. "나는 건강하게 잘 지내고 있어"로 시작해서 "사랑해"로 끝나는. 그럼에도 편지에 쓸 수 있는 단어가 스물다섯 개로 제한돼 있다는 사실 때문에 그는 한 달 내내 머릿속으로 다음에 보낼 편지의 문구에 대해 생각해야만 했다. 그는 스물다섯 개의 단어를 사용해 가능한 한 많은 내용을 담으려고 안간힘을 썼으므로 매일 그의 머릿속에서 조금씩 문장은 고쳐졌다.

안나의 편지는 이따금 잘려지거나 삭제된 채로 배달되어왔다. 죄수들과 가족들은 오직 가정사에 대해서만 쓸 수 있었기 때문이었다. 편지가 검열된다는 사실을 눈치챈 안나는 자신이 치는 피아노곡을 편지에 써서 심정을 전했다. 십대 시절에 같은 선생에게서 피아노를 배운 두 사람에게는 아름다운 추억을 떠올리게 하는 피아노곡들이 많았다. 안나의 편지에서는 늘 아름다운 선율이 흘러나왔다. 그 당시 그는 악기를 다룰 줄 아는 다른 죄수들과 함께 장교들을 위한 바에서 세기말의 유행곡들을 연주하고 있었다. 제일 많이 연주한 곡은 〈라 팔로마〉였다. 〈라 팔로마〉는 페르시아 전쟁 당시 난파된 마르도니우스의 배에서 날아오르던 하얀 비둘기, 바다에서 죽어가는 선원들이 고향의 연인에게 보내는 마지막 전언을 뜻하는 하얀 비둘기에 대한 노래였으므로 그가 장교들을 위해 그 곡을 연주하는 장면은 희극적이었다. 하지만 동시에 그 선율이 수용소의 벽을 타고 넘어가 죄수들의 마음을 한껏 슬프게 만든 것은 비극적이랄 수 있었다.

안나가 편지에서 언급한 곡들을 연주할 기회는 많지 않았다. 장교들은 그가 그런 피아노곡을 연주하도록 내버려두지 않았다. 그런 사정을 안 기타리스트가 이따금 연주 도중에 안나가 편지에서 언급한 곡들을 몇 소절씩 연주했고, 그럴 때면 불협화음 때문에 당황한 빛으로 자신을 바라보는 그를 향해 기타리스트는 한쪽 눈을 껌뻑거리곤 했다. ("라흐마니노프처럼 아름다운 곡을 들으며 자살을 떠올렸던 소녀에게 할 수 있는 유일한 처방은 '사랑한다'는 말뿐이야.") 1936년 베를린에서 개최된 올림픽으로 규제가 느슨해진 틈을 타 '흑인음악'인 재즈를 접하게 된 그 기타리스트는 캠프에서도 항상 스윙에 대해서만 이야기했다. 덕분에 그는 경찰들의 감시를 피해가며 베를린의 지하 바에서 재즈를 연주하던 사람들에 대한 이야기를 많이 들을 수 있었다. 재즈가 아니었다면 그 기타리스트는 경찰에게 붙잡히지 않았을지도 몰랐다.

그들이 헤어진 지 일 년 정도가 지났을 때 안나는 이제 더이상 피아노를 칠 수 없게 됐다고 편지를 보내왔다. 생활비가 다 떨어지자, 안나는 두 사람이 목숨처럼 소중하게 여기던 피아노를 팔아야만 했다. 피아노를 판 돈에서 얼마를 떼어내 안나는 캠프에 있는 그에게 보냈다. 마늘과 양파와 설탕 등과 함께 도착한 편지에서 안나는 추운 날씨에 대해서 썼다. 얼어붙은 등화관제의 밤. 바람의 방향과 세기에 대해. 달빛을 받은 창에 그림자를 드리운 나뭇가지의 앙상함에 대해. 무거운 코트를 뒤집어쓰고 유령처럼 한방향으로 걸어가는 창백한 얼굴의 보행자들에 대해. 비를 잔뜩 머금은 채 며칠째 하늘을 가득 메운 검은 구름들에 대해. 안나의 편지는 "지금 나는 겨울의 집에서 살고 있는 거야"라는 문장으로 끝났다. 그건 이상한 문장이었다. 겨울이 찾아오려면 아직 두 달 정도는 더 남아 있었으니까. 그는 안나가 절망하고 있다는 사실을 알아차렸다.

그는 피아노가 사라진 자신의 집을 떠올렸고, 그 집에서 "지금 나는 겨울의 집에서 살고 있는 거야"라고 편지를 쓰는 안나를 생각했다. 안나가 보낸 마늘과 양파와 설탕을 땅에 묻은 날에도 그는 흘러간 유행가를 연주했다. 피아노를 두들기는 양손의 손톱 끝에는 흙이 묻어 있었다. 한 달 내내 머릿속으로 생각해낸 스물다섯 개의 단어들 역시 그토록 간절하게 기다리던 마늘과 양파와 설탕과 마찬가지 신세였다. 모든 단어들은 사라지고 그저 나, 그리고 너만 남았다. 어쨌든 편지를 써서 보내야만 한다고 생각했지만, 그 외의 다른 단어는 떠오르지 않았다. 간신히 쓴 그 편지는 '나'로 시작해서 '너'로 끝났다. "나는 건강하게 잘 지내고 있어…… 사랑해." 그건 이제 홀로코스트 관련 문서보관소의 편지함에서 흔히 찾아볼 수 있는 내용이기도 했다. '나'와 '너'는 스물세 단어만큼 떨어져 있었는데, 그건 그 편지 안에서는 최대한 멀리 떨어져 있다는 뜻이었다. 한 달 뒤, 안나의 편지가 배달됐다. 편지에는 피아노의 곡명만 적혀 있었다. 이제 안나도 그 곡들을 상상하고 있었다. 그도 그 곡들을 상상했다.

모차르트의 피아노협주곡 제21번 제2악장. 넌 언제나 최고였어.

내가 너를 처음 봤을 때부터. 암소 소피, 절대 잊지 못하겠지?(얼룩
무늬 소피. 열일곱이던 그들이 처음으로 키스했다는 사실을 알고
있었던 유일한 피조물) 맹세. 맹세. 맹세. 너 그 맹세를 지켜야 돼.
하늘과 땅에다가 맹세해. 하늘과 땅이 모두 사라질 때까지 사랑한
다고 맹세해. 베토벤의 피아노소나타 제17번 제3악장. 오늘은 하
루종일 거울만 들여다보면서 혼자 소리쳤어. 보고 싶어, 칼. 보고
싶어, 칼. 도합 이백열일곱 번이나 네 이름을 불렀어. 그래도 보고
싶은 마음은 사라지지 않았어. 마침 F.K.가 감자와 치즈를 들고 찾
아왔기에 그 사람을 꼭 안고 읊조렸어. 보고 싶어. 그래도 그 마음
만은 사라지지 않았어. 어떻게 해도 그 마음은 그대로야. F.K.가 이
상하다는 듯이 나를 쳐다봤어. F.K.는 네 일을 무척 안타까워하고
있어. (F.K. 안나에게서 결혼 약속을 받기 전까지는 그도 그랬듯이,
한 번도 안나를 사랑한다는 사실을 표내지 않았고, 그와 안나가 결
혼한 뒤에는 더구나 그런 마음을 숨기고 있었던, 두 사람의 가장 좋
은 친구이자, 기발한 작곡가. F.K.가 안나와 함께 있다는 건 다행이
었다.) 쇼팽의 피아노소나타 제2번 제3악장. 오랫동안 감기로 시
달렸는데, 담요 세 장으로 살아남을 수 있었어. 내 몸은 아픈 몸이
었고 담요는 아프지 않은 담요였어. 그런 것일까? 내 몸은 이다지
도 아픈 몸인데…… 낙엽은 아프지 않은 낙엽이고, 기러기는 아프
지 않은 기러기. 이 세계는 아프지 않은 세계. 이다지도 내 몸은 아
픈 몸인데…… 어제부터 집 앞의 가로등에 불이 들어왔다가 안 들

어왔다가, 그 불빛이 깜빡거리는데, 그 가로등이 있어서 정말 다행이야. (안나가 아프다면 그도 아팠지만, 그 어떤 경우에도 그는 편지에 아프다고 쓸 수 없었다.) 그리고 라흐마니노프, 피아노협주곡 제2번 제2악장.

그는 곧바로 답장을 썼다. 그 편지는 캠프의 모든 우편 규정을 준수했다. 단어의 숫자는 모두 스물다섯 개였고, 가정사에 대해서만 썼으며, 금지된 단어는 하나도 없었다. 역시, 편지는 '나'로 시작해 '너'로 끝났다. 하지만 검열관은 편지에다 "등기우편은 금지됐음. 편지는 한 달에 한 번 작성됨. 통과"라는 붉은색 스탬프를 찍어주는 대신에 사무실로 그를 불렀다. 검열관은 그를 책상 앞에 세워놓고 이런 편지는 외부로 보낼 수 없다고 통고했다. 캠프로 온 뒤 처음으로 그는 그들에게 맞섰다. 그는 자신이 캠프의 우편 규칙을 준수했음을 검열관에게 주지시켰다. 검열관은 그의 편지를 천천히 소리내어 읽었다. 검열관은 '나'와 '너', 그리고 그 사이에 있는 '사랑해', 이 세 단어를 또박또박 끊어서 말했는데, 그게 오히려 더 우스꽝스럽게 들렸다. 그는 모멸감을 느꼈다. 그는 '나'와 '너', 그리고 '사랑해'를 여덟 번이나 반복한 까닭에 대해 설명을 요구받았다. 그는 스물다섯 단어 규칙 때문이었다고 대답했다. 만약 백 단어 규칙이었다면? 물론 서른세 번의 '너'와 '사랑해', 그리고 서른네 번의 '나'. 히틀러의 생일을 빌려 사백이십 단어 규칙이었다면, 모두 백사십 번의 '나'와 '너'와 '사랑해'.

하지만 검열관은 그의 설명을 납득하지 못했다. 멀리 떨어져 만나지 못하게 된 '나'와 '너', 그 사이를 이어줄 동사는 오직 '사랑해'뿐이라는 사실을. 검열관은 이틀 동안 그를 부동자세로 세워놓았다. 이틀 동안, 물도 음식도 먹지 않고 부동자세로 서 있으면서 그는 사랑이 아니라 증오에 대해 생각했다. 모두에게 사랑은 하나씩이다. 그 검열관도 자신의 사랑은 깊이 이해했다. 하지만 검열관은 그의 사랑에 대해서는 이해하지 못했다. 그 점에서 20세기의 사랑은 인류에게 돌이킬 수 없는 죄악을 저질렀다. 검열관이 그의 사랑을 이해하지 못하는 것처럼 그 역시 검열관에게도 사랑하는 사람들이 있을 것이라는 사실을 이해할 수 없었다. 그런 의미에서 '나'와 '너'가 '사랑해'라는 동사로 연결된다는 것은 틀린 말이었다. 대부분의 경우 '나'와 '너'는 증오를 통해 서로를 이해했다. 사랑은 수없이 많으나, 증오는 하나일 뿐이었으므로. 그는 사랑이 아니라 증오를 통해 그들이 캠프에 있는 죄수들을 모두 죽이고야 말 것이라는 사실을 확실히 알게 됐다. 사랑이 아니라 증오를 통해 그는 자신이 죽을 운명이라는 걸 받아들이게 됐다. 그리고 그는 바닥에 쓰러져 정신을 잃었다.

35

며칠 뒤, 그에게는 안나의 편지 대신 서류 한 통이 배달됐다. 그 서류에는 그의 법적인 아내인 안나 하프너가 유대계 남편인 칼 하프너에게 이혼소송을 제기했으며, 이에 지방법원은 피고의 특수한 조건을 검토한 결과 이혼의 절대적인 조건이 충족된다고 판단해 두 사람의 혼인을 무효화한다는 내용이 적혀 있었다. 그들은 그렇게 쉽게 헤어질 수 있는 사이가 아니었다. 그들이 결혼할 때만 해도 아리안계 여성이 유색인종과 섹스하면 사출된 정액이 자궁을 통해 혈관으로 흘러들어 피를 더럽히게 된다는 소문이 광범위하게 떠돌고 있었다. 그런 소문을 퍼뜨리던 사람들의 분류에 따르면 유대인은 유색인종에 속했다. 비록 칼 하프너가 유대인의 피를 반만 물려받기는 했으나, 결국 그 말은 이미 그의 어머니의 피가 더럽혀졌다는 소리에 불과했다. 그런 세상에 맞서 안나는 칼과 결혼하겠다고 마음먹었던 것이다. 그러므로 원래의 그였다면 '이혼의 절대적인 조건이 충족된다'는 지방법원의 판단에 절대로 동의하지 않았을 것이다.

하지만 그럼에도 그는 유대인의 방식대로 이혼장인 기트를 작성했다. 그는 깨끗한 종이를 준비한 뒤, 덜덜덜 떨면서 "이 문서에 따라 이제 당신은 모든 남자들에게 허락된다"고 썼다. 유대인의 이혼장은 남편만이 작성할 수 있었고, 문구는 지정돼 있었다. 이혼장의 내용은 누구라도 알아볼 수 있게 작성해야 했으므로 그는 다시 다른 종이를 구했다. 그 모습을 지켜보던 검열관에게는 얼마든지 깨끗한 종이를 제공할 의향이 있었다. 그날 저녁에도 그는 장교들을 위한 바를 찾아갔다. 기타리스트는 캠프에서 새로 사귄 친구의 영혼이 완전히 망가졌다는 사실을 발견했다. 이혼장을 작성한 날, 저녁의 연주는 아무래도 형편없었다. 두 곡쯤 피아노를 두들기다가 그는 의자에서 일어났다. 연주가 멈췄다. 다른 악기들도 소리를 그쳤다. 우리가 연주하지 않는다면 그다음에 우리가 갈 곳이라곤 가스실뿐이겠지. 기타리스트가 그렇게 말했을 때, 그는 숨이 찬 듯 차가운 하늘을 향해 두 팔을 펼쳤다. 이제 그는 아내에게 써준 것과 마찬가지로 자신에게도 이 세상의 모든 것을 허락했다. 그게 죽음이든, 기쁨이든, 행복이든, 분노든, 사랑이든. 캠프는 막 태어난 아기를 산모와 함께 가스실로 던져넣는 곳이었다. 두려움이란 무엇인가? 웃음이란 무엇인가? 절망이란 무엇인가? 죽음이란 무엇인가?

자신에게 죽음마저도 허락했기 때문에 오히려 그가 살아남을 수 있었다는 건 아이러니가 아닐 수 없다. 그는 독일 장교들을 위해 바에서 연주하는 것을 거부했다. 대신에 그는 죄수들이 가스실로 향하는 동안 춤곡을 연주하는 집시밴드에서 아코디언을 연주하겠다고 자청했다. 다행히도 아코디언을 연주하던 헝가리 노인은 하루종일 서서 연주할 수 있을 만큼 기력이 남아 있지 않았다. 끝까지 연주할 수 있다고 버티던 그는 결국 쓰러졌다. 캠프에서 쓰러진다는 것은 곧 죽음을 뜻했다. 그동안 마지못해 연주하던 집시들과 달리, 그의 연주는 힘이 넘쳤다. 그 활달한 기운은 곧 다른 악기들로 전염됐다. 처음에는 바이올린이 힘을 받았고, 그다음에는 덜시머였다. 그렇다면 나팔들은 어떤가? 더블베이스는? 북들은? 결국 그들은 역사상 가장 위대한, 죽음의 브라스밴드가 되었다. 그들의 연주를 듣고 있노라면 마치 시원한 저녁바람을 맞으며 아내와 함께 커피를 마시러 동네 카페에 가기 위해 불빛들이 반짝이는 좁은 골목을 지나가는 듯한 느낌이 들었다. 연주가 끝난 뒤에도 아름다운 환상은 오래도록 남았다.

어느 날, 막사 앞에서 그는 기타리스트와 마주쳤다.

"난 너를 이해해. 넌 미친 거야. 그렇지 않고서야 그런 짓을 할 수는 없는 거지. 너는 미친 거야. 나는 너를 이해해."

"난 미치지 않았어. 다만 궁금했을 뿐이야. 절망이 뭔지, 웃음이 뭔지."

"나치에게 아내를 빼앗긴 사람은 너뿐만이 아니야. 하지만 누구도 너처럼 행동하지 않아. 나는 고통스러워하는 너를 위해 네 피아노 연주가 그친 뒤에도 기타를 연주했어. 하지만 너는 너 자신을 위해 죽어가는 죄수들 앞에서 춤곡을 연주하는 거야. 동족의 목숨을 팔아서 연명해보려는 비열한 짓이야."

"아니야, 그렇지 않아. 나는 다만 묻고 있을 뿐이야. 나만의 방식으로 모두에게 묻는 거야. 우리의 삶은 과연 다른 인류에게 기억될 만한 값어치가 있었는가……"

"그게 그 얘기야. 살아남기 위해 늘어놓는 그 음악소리를 철학자의 목소리인 양 말할 필요는 없어. 그냥 미친 짓이라고 말하면 되는 거야."

"집시들과 나는 죄수들이 인생에서 가장 아름다웠던 시절을 떠올린 채 죽어갈 수 있게 할 거야. 그래야만 우리는 우리가 존재한 까닭에 대해 납득할 수 있을 거야. 물론 죽고 나면 우리가 왜 이런 세상에 존재해야 했는지 이해할 수 있는 다른 길이 열리겠지. 하지만 지금 이 순간 중요한 건 지금 이 순간의 문제야. 모든 죄수들은 자신의 존재에 대해 이해하면서 죽어야만 해."

"애당초 존재가 없었다면 고통도 없었던 거야. 너는 죽어가는 그 순간까지도 죄수들의 영혼을 노예로 삼고 있는, 죽음의 나팔수일 뿐이야."

"존재가 없다면 다만 고통만 사라질 뿐인가? 그들의 부모는? 아내는? 아이들은? 그렇다면 캠프에서도 웃음소리가 그치지 않는 까닭은 무엇인가? 이런 상황에서도 우리가 웃을 수 있는 까닭은 무엇인가?"

"그건 우리가 쓰레기이기 때문이지."

"그건 우리가 인간이기 때문이야."

쓰레기 같은 인간들의 운명처럼 만들어지는 그 순간, 덧없이 사라지고 마는 선율들. 그 선율들을 위해 그는 땀에 푹 젖을 정도로 열성적으로 흘러간 집시 노래를 연주했다. 수많은 사람들이 그와 집시들의 연주를 들으며 가스실로 들어갔다. 밤에 보름달이 뜨면 그건 아이가 잘 있다는 소식이지. 하지만 아이가 울면 달은 초승달이 될 거야. 아이가 울지 않게 이 세계를 요람으로 만들자. 하지만 아이가 울면 달은 초승달이 될 거야. 아이가 울지 않게 이 세계를 요람으로 만들자. 그 아름다운 선율의 가사는 그와 같았다.

동부전선의 전황이 급박하게 돌아가기 시작할 무렵, 칼 하프너는 죽음의 행렬에 그 기타리스트가 서 있는 모습을 봤다. 그는 아코디언의 건반을 누를 수가 없었다. 존재가 없다면 과연 고통도 없는 것일까? 집시밴드는 여느 때와 같이 게토에서 유대인들이 춤을 출 때 흘러나왔던 곡을 연주했다. '헛된 사랑'이라는 제목과 달리 그 흥겨운 폴카 리듬을 들으면서 옛 생각에 잠기지 않는 죄수들은 없었다.

장미들은 피었건만 이제 이를 어떻게 해야만 하나?
오늘 이제 너를 도와줄 이, 아무도 없는데.
장미는 피었다가 지고, 그 작은 잎들도 떨어지네.
차가운 풀밭으로 떨어지는 네 눈물처럼.

헛된 사랑을 나는 네게 줬다네.
오늘 나는 펑펑 눈물을 흘린다네.
꿈결처럼 청춘은 달아나버렸고,
내 마음속에 남은 것은
그저 그 모든 기억만이.

하지만 이 신나는 곡에 아코디언이 따라오지 않으니 연주는 침울하기만 했다. 마침내 그가 아코디언을 연주하기 시작했으나, 연주는 더욱 이상해졌다. 연주자들이 그를 힐끔거리는 동안, 그는 아코디언으로 모차르트의 피아노협주곡과 베토벤의 피아노소나타와 쇼팽의 피아노소나타의 소절들을, 매우 우스꽝스러운 톤으로 연주했다. 죄수들은 힐끔힐끔 그를 쳐다봤다. 그의 다리는 지상의 다른 모든 것들과 마찬가지로 땅바닥을 디디고 서 있었지만, 그 순간 그의 머리칼은 구름 속에 있었다. 수많은 구름들이 그 머리칼을 스쳐지나가 다시는 돌아오지 않았다. 그 구름이 모두 사라지고 나면 그때는 우리가 더이상 고통받지 않을 것이라는 뜻이니, 복되도다. 애당초 사랑이 없었다면 우리는 존재하지 않았을 것이다. 그리고 사랑이 없었다면 이토록 고통스럽지는 않았을 것이다. 멀리 시체를 태우는 검은 연기가 눈부시게 푸른 하늘로 유유히 올라가는 모습을 보면서 그는 마지막으로 라흐마니노프의 피아노협주곡의 소절들을 연주했다. 그리고 누구보다도 스윙을 좋아했던 그 기타리스트는 가스실로 들어갔다.

36

얼마 뒤, 그들은 캠프를 방문했다가 죽음마저도 두렵지 않다는 듯 힘차게 뻗어나가던 그 선율에 감동한 사령관의 명령으로 패퇴를 거듭하고 있던 동부전선으로 파견됐다. 캠프의 독일군이 유대인 죄수들을 죽이는 데 별도의 감정을 사용하지 않았듯이 독일군을 모조리 죽이고야 말겠다는 복수심 하나만으로 똘똘 뭉친 소련군 이백이십오 개 보병사단과 이십이 개 기갑군단은 발트 해와 카르파티아 산맥 사이의 전선에 집결하고 있었다. 상황은 비관적이었다. 보급이 끊어진 동유럽의 벌판 위로 겨울이 찾아왔다. 눈 내리는 벌판 도처에 산더미처럼 시체들이 쌓여갔다. 총에 맞아서 죽기도 하고, 굶어서 죽기도 하고, 얼어 죽기도 했다. 때로는 눈을 떠 허공을 바라보며, 때로는 두 눈을 꼭 감고 잠든 것처럼, 때로는 웃는 얼굴로 병사들은 죽어갔다. 집시밴드의 연주자들도 하나둘 죽어가기 시작했다. 동부전선의 통신망이 완전히 붕괴되기 전, 그는 안나에게 마지막 편지를 보낼 수 있었다.

내가 한때나마 존재했었다면 그건 오직 당신 때문이었어. 얼룩무늬 소피에게 맹세했다시피. 존재가 없었다면 고통도 없었을까. 그렇다면 당신에게 사랑한다고 말하는 그 순간이 내게는 가장 고통스러운 시간이었어. 나는 그 고통을 매순간 맛보고 있어. 너무나 달콤한 고통이야. 나는 지금 하얀 숲속에 있고, 모든 것은 끝나가고 있어. 지금으로서는 그 고통을 이제 더이상 맛볼 수 없다는 게 가장 힘들 뿐이야. 사랑해. 사랑해. 사랑해. 사랑해. 사랑해……

사랑해. 사랑해. 사랑해. 그렇게 내리는 눈처럼 모든 인간들에게 죽음은 공평하게 찾아왔다. 이제 죽어서 누워 있는 자들의 얼굴에서 고통이 사라졌다. 1944년 겨울, 동부전선에서 인간들에게 복된 일은 오직 죽음뿐이었다. 참호 속에서 겁에 질린 채 죽기만을 기다리던 젊은 병사들에게 그의 아코디언은 그런 말을 전하고 있었다. 다른 연주자들이 하나둘 죽어가는 동안에도 그는 눈을 맞으며 서서 아코디언을 연주했다.

　그리고 소련군이 베를린으로 진격했을 때, 그는 베를린 시내에 있었다. 패전국의 여인들은 얼굴에 숯을 칠하고 지푸라기를 머리에 뒤집어썼다. 베를린은 공포로 침묵했다. 종전 당시 베를린에는 천이백 명 정도의 유대인이 있었다. 그들은 검거를 피해 숨어 있었던 사람들이었고, 캠프까지 갔다가 살아 돌아온 유대계 독일인은 아마도 그가 유일했을 것이다. 그는 가슴에 총을 겨눈 소련군에게 토라의 첫 구절인 '쉬마 이스로엘'을 외운 뒤 풀려났다. 도시를 장악한 소련군은 베를린에 있는 유대인들에게 신분증명서를 발급했다. 물론 그도 신분증명서를 신청했다. 그의 신분증명서에는 사진과 함께 이 신분증명서를 지닌 사람은 국가사회주의의 희생자이니 모든 편의를 제공하라고 적혀 있었다. 그리고 신분증명서에 적힌 그의 이름은 헬무트 베르크, 자신을 대신해 죽었다고 그가 생각한 그 기타리스트의 이름이었다.

인간이란 백팔십 번 웃은 뒤에야 겨우 한 번

37

레이가 다녀가고 며칠이 지난 뒤, 독일 유학생 한 명이 베르크 씨의 집으로 찾아왔다. 강시우가 찍은 것으로 보이는 비디오를 봤다는 내 말을 심각하게 받아들인 정교수의 부탁으로 '그 누구의 슬픔도 아닌'을 조사하러 온 사람이었다. 이름은 서진수였고, 앞머리가 조금 벗어진 탓에 언뜻 보기에는 사십대로 보였으나, 실제로는 나보다 여덟 살밖에 많지 않은 늦깎이 학생이었다. 그는 나를 보자마자 친한 후배를 대하듯 생활하는 데 불편한 점은 없는지, 밥은 잘 먹고 있는지, 돈은 모자라지 않는지 따위를 무람없이 물었다. '그 누구의 슬픔도 아닌'이라고 적힌 비디오테이프를 신기하다는 듯이 이리저리 돌려보더니 서진수는 내게 그 비디오를 봤다는 게 사실이냐고 물었다. 한국의 비디오 전송방식은 NTSC인 반면 독일은 PAL이기 때문에 한국에서 찍은 비디오테이프를 독일에서 시청하려면 변환을 시켜야 하는데 내가 '그 누구의 슬픔도 아닌'이라고 한글로 적어놓은 비디오테이프를 별다른 변환과정 없이 베르크 씨의 데크에 넣어서 봤다는 건 좀 이상했다는 것이었다.

"이게 무슨 의미라고 생각해?"

서진수가 비디오테이프를 내게 건네며 말했다.

"그 사람이 PAL 방식으로 비디오를 찍었거나, 그렇지 않으면 변환했겠죠."

"너, 열심히 공부하면 훌륭한 사람 되겠다. 그렇지, 그런 뜻이지."

그 때문에 서울에 있는 친구에게 전화를 걸었다가 그는 좀 충격적인 이야기를 전해듣게 됐다. 그는 만약 베를린장벽이 무너지지 않았다면 자신도 그 '천재적인' 강시우와 함께 영화운동을 하고 있었을지도 모른다며 익살스럽게 얘기했다. 1989년 11월, 그는 가리봉동에 있는 한 만화방에서 박봉성의 만화를 보다가 느닷없이 뉴스에서 흘러나오는 베를린장벽 붕괴 소식을 듣게 됐다. TV 화면에서는 수많은 동베를린 사람들이 장벽을 넘어 서베를린으로 이동하고 있었다. 처음에 그는 그게 영화 속의 한 장면이라고 생각했다. 하지만 조금 더 살펴보니, 그건 영화가 아니었다. 그는 만화책을 옆에 내려놓고 벌떡 일어나 TV 앞으로 다가갔다. 베를린에 있다는, 베를린을 동서로 나누던, 장벽이, 무너진 것이다! 베를린 장벽이 그렇게 쉽게 무너질 줄 누가 알았겠는가! 그 순간 서진수는 지구라는 행성이 약간 변했다는 사실을 깨달았다.

그는 모든 일들의 의미를 상당히 중요하게 여기는 사람인 모양인지, 이번에는 내게 베를린장벽 붕괴의 의미가 무엇이라고 생각하는지 물었다.

"글쎄요, 우리에게 부서진 벽돌도 돈이 될 수 있다는 교훈을 줬다고나 할까."

"얘기 들으니까 너 총학 선전부에서 일했다고 하던데, 너희 학교는 돈이 좀 없었나보다. 인류사회의 발달과정에 비춰보면 어떨까?"

"추운 나라에서 돌아올 스파이는 이제 더이상 없을 것이다."

그는 나를 빤히 쳐다봤다.

"그게 사회주의의 몰락이라거나 냉전체제의 해체를 뜻한다고 생각해본 적은 없니?"

"그냥 멋지다고 생각했을 뿐이죠. 뉴스 볼 때마다 이로써 사회주의가 몰락했구나, 그렇다면 냉전체제가 해체되는 것이구나, 라고 생각하는 사람이 어디 있겠어요?"

"넌 정말 똑똑한 학생이구나. 딩동댕. 내가 하려는 말이 바로 그거야. 그 장면 보는데, 소름이 쫙 돋더라구. 정말 장관이라고나 할까, 가관이라고나 할까. 1984년에는 백남준이 전 세계를 위성으로 연결해서 〈굿모닝 미스터 오웰〉이라는 비디오아트를 선보였고, 1986년에는 사람들이 챌린저호 폭파장면을 지켜봤지. 내가 텔레비전을 통해서 본 장벽의 붕괴라는 것도 그것들과 마찬가지였어. 그리고 차우셰스쿠 재판 및 처형장면과 미사일 섬광으로 번뜩이는, 바그다드의 밤하늘이 그뒤를 이었지. 나는 베를린장벽이 붕괴되던 그날부터 역사는 실시간 중계되기 시작했다고 생각해. 그렇게 되기 시작하면 우리는 눈을 떼지 못하고 시청할 수밖에 없는 거잖아. 그게 자본주의의 미디어가 하는 일이야. 우리를 역사의 시청자로 만드는 것. 그래서 나는 영화를 공부하기로 결심하고 '노동자의 목소리'라는 단체에 들어가게 된 거지."

노동자의 목소리는 혁명적 영화운동을 하기 위해 조직된 단체였다. 거기서 그는 오십칠 일간 파업을 벌이던 한 노동조합의 투쟁기록을 다큐멘터리에 담았는데, 나중에 편집하려고 보니까 베를린장벽이 붕괴될 때 느꼈던 고민이 다시 되살아났다. 그 다큐멘터리 역시 어디에서 상영되든 역사를 풍경으로 만드는 동시에 관객들을 소외시킬 게 분명했다. 중요한 것은 파업을 하는 것이지, 파업을 지켜보는 일이 아니었으니까. 결국 그는 편집을 포기하고 영화가 과연 혁명의 도구가 될 수 있는지 따져보기 위해서 독일로 유학을 떠났다. 그가 한국을 떠난 뒤에 노동자의 목소리는 노동문예운동연합이라는 전국적 조직의 영화분과로 흡수됐고, 새로운 사람들이 후반작업을 진행했다. 후에 그의 다큐멘터리는 '불멸의 영웅들—57일간의 기록'이라는, 다소 유치한 제목으로 대학가와 노동현장에서 상영됐다. 그는 그 다큐멘터리를 절대로 받아들일 수 없었는데, 그 까닭은 〈불멸의 영웅들〉이 주사파적인 시각에서 편집됐기 때문이었다. 당시 기 드보르식의 상황주의자로 변신하고 있었던 그에게 이는 절대로 용납할 수 없는 일이었고, 따라서 그는 이제 얼굴도 알지 못하는 한국의 낯선 동지들과 영구적으로 절교하리라 마음먹었다. 그런 그에게 서울의 친구는 "강시우? 너는 모르나? 〈불멸의 영웅들〉 후반부 작업할 때 참여한 사람인데"라고 말한 것이다. "나중에 편집한 것 보고, 다들 대단하다고들 그랬지. 천재적이라고. 지금은 DMZ에서 페스티벌하겠다고 동분서주하는 모양이던데." 친구가 덧붙인 그 말에 서진수는 더 큰 충격을 받았다. 왜냐하면 그가 아는 한, 그는 주사파였고, 또 그가 아는 한, 주사파는 천재적일 수 없었으니까. 그에게 주체사상이란 CNN의 화면보다 더 장엄한 스펙터클이었다.

"그래서 자기 영화를 PAL 방식으로 바꿔서 들고 온 모양이야. 북한도 PAL이니까."

"그건 무슨 의미인가요?"

내가 서진수에게 물었다.

"글쎄, 나도 확실한 건 아니야. 하지만 아무래도 그 테이프를 들고 북한에 들어가려고 하는 것 아닐까? 그 사람, 다짜고짜 정교수 집에 찾아가서 북한 사람과 연결해달라고 졸랐던 모양인데."

"혹시 그 사람이 찍은 사진을 AP통신이 샀다는 사실도 알고 있나요?"

"서울에 있는 사람들이 그를 천재적이라고 말하는 게 다 그 때문이지. 서울법대를 중퇴한 사람이고, AP통신에 사진도 팔았다, 뭐 그렇게 돌아가는 이야기 말이야. 그 사람이 찍었다던 그 사진은 여기 신문에도 실렸어. 불탄 채로 투신하는 학생. 끔찍했지. 사진 자체가 대단히 선동적이었고, 또 상업적이었어. 그러니까 AP가 샀겠지만. 아무리 그래도 그런 걸 천재적이라고 부를 수는 없는 거야."

나는 한숨을 길게 내쉬었다. 서진수는 내가 왜 한숨을 내쉬는지 알지 못했으므로 나를 가만히 쳐다보기만 했다.

"그럼, 그 사람을 만나본 적은 있나요?"

"그 사람이 누구인지 몰랐을 때, 우연히 자리를 함께한 적이 있었어."

"그럼, 레이도 봤겠군요?"

"그 일본 여자? 봤지. 상당히 이상한 커플이라고 생각했어. 돈 많은 유학생이라고만 생각했지. 그 사람이 〈불멸의 영웅들〉 후반 작업을 한 사람이라고는 전혀 생각하지 못했던 거야. 하긴 내가 갔을 때는 이미 다 취해버린 뒤였으니까 그 사람이 천재적인 주사파인지 아닌지 알 방법도 없었지만."

"어쨌든 강시우의 얼굴을 본 적은 있다는 뜻이군요?"

"그렇지."

"지금 내 마음속에는 기필코 알아내지 않으면 견딜 수 없는 궁금증 하나가 있는데요, 답은 어느 정도 알고 있어요. 만약 그 답이 맞다면, '천재적'이라는 말 때문에 상했던 자존심이 회복될 수도 있을 거예요. 그게 아니라면 베를린장벽의 붕괴만큼이나 충격적일 수도 있겠구요. 만약 내 추측이 틀리다면, 그 사람은 역시 천재적인 영화감독임에 틀림없어요. 이런 실험적인 비디오테이프를 세 번이나 보게 만들었으니까."

"그래? 그렇다면 어디 한번 볼까. 만약 강시우란 작자가 천재적인 감독이 아니라는 게 밝혀진다면, 나도 너에게 새로운 소식 하나를 알려주지."

나는 비디오테이프를 데크 속으로 밀어넣었다. 이윽고 화면에 등장한 일자눈썹은 "나는 이 세상에 두 번 다시 태어났습니다"라고 말하기 시작했다. 서진수는 그의 얼굴을 무표정하게 쳐다봤다.

38

할아버지가 집에 계셨을 때 말이야, 그러니까 돌아가시기 얼마 전의 일이야. 하루는 방에 들어갔더니 할아버지가 내 과학만화책을 정신없이 읽고 있더라구. '출동! 인체탐험대'인가 하는 제목이었어. 그 만화책의 주인공들은 손톱보다도 작은, 알약 정도 크기의, 꼭 우주선처럼 생긴 걸 타고서 사람의 몸속으로 들어가 이런저런 장기들을 관찰하고 있었지. 입으로 들어가서 목구멍을 거쳐서 폐도 둘러보고, 위장도 지나가다가, 마지막에 항문으로 나오는 거였어. 그러는 동안에 인체박사가 나와서 가이드를 하는 거지. 지금 우리 눈앞으로 보이는 것이 바로 허파꽈리들의 모습입니다. 우리 몸에는 허파꽈리가 모두 삼억 개 정도가 있는데, 이를 쫙 펼치면 테니스 코트 반 정도의 넓이가 됩니다. 허파꽈리를 거치면서 혈액은 이산화탄소를 버리고 산소를 얻어서 심장으로 돌아갑니다. 허파꽈리는 직접 공기와 접촉한다는 점에서 여타 장기와 다른 특징을 지닙니다. 뭐 이런 식이었는데, 거기에는 다른 이야기들도 잔뜩 적혀 있었어. 인간의 몸에는 백조 개의 세포조직과 이십오조 개의 적혈구와 이백오십억 개의 백혈구가 있으며, 혈관을 한 줄로 쭉 이으면 십이만 킬로미터로, 지구를 세 바퀴 감을 수 있습니다, 등등.

그 책을 진지하게 읽던 할아버지는 나를 보자마자 앉아보라고 말했어. 할아버지를 무서워하던 시절이라 군말 없이 그 앞에 앉았더니 뜬금없이 "네가 올해 몇 살이더냐?"라고 내게 묻더라. "아홉 살입니다"라고 내가 대답했어. 그러자 할아버지는 "장래희망은 무엇이냐?"라고 또 물었어. 나는 잠깐 생각했지. 누가 언제 어떤 상황에서 내게 물어봐도 그 시절 나의 장래희망은 과학자였어. 언제나. "그렇구나. 그럼 어떤 분야를 연구할 계획이냐?"라고 물어보는 어른은 단 한 명도 없었어. 무슨 소리인지 알 거야. 원래 이른들은 우리의 장래희망에 대해 큰 관심이 없는 거야. 도둑이라거나 사기꾼 같은 말만 안 나오면 되는 거지. 하지만 그 순간만은 왠지 과학자라고 말하기 싫었어. 그래서 "유명한 작가가 되고 싶습니다"라고 대답했어. 작가면 작가지, 왜 유명한 작가였을까? 아무튼 그때까지 내가 아는 작가들은 다 유명한 작가들이었으니까. 그런데 할아버지가 "그럼 어떤 내용의 글을 쓸 거냐?"라고 묻는 거야. 장래희망 문답과 관련한, 명백한 규칙 위반이지. 잠시 난감했어. 대충 생각해본 뒤에 나는 대답했어.

"크면 저한테 많은 일들이 생기겠죠. 그런 일들에 대해 쓸 생각이에요."

그러니까 할아버지가 이렇게 말하더라.

"내 그럴 줄 알았다."

도대체 뭘 그럴 줄 알았다는 것인지 영문도 모르고 자신을 쳐다보는 내게 할아버지는 작가가 되었을 때 큰 도움이 될 내용이 만화책에 있다며 내게 종이와 연필을 가져오라고 그러더라. 내가 받아적을 준비를 하자 할아버지는 "이제부터 산수문제를 내겠다"고 말하더니 이렇게 말했어.

"이 책에 보면 한 사람의 몸속에는 모두 삼억 개의 허파꽈리가 있다고 한다. 그리고 지구 위에는 모두 육십억 명의 사람들이 살고 있다고 한다. 그럼 이 지구에 있는 허파꽈리는 모두 몇 개냐?"

나는 배를 깔고 누워 열심히 그 문제를 풀었어.

$$300000000 \times 6000000000 = 1800000000000000000$$

18 뒤로 0이 열일곱 개가 붙는 어마어마한 숫자였어. 내가 그 숫자를 적어놓고 몸을 일으키자, 할아버지는 그 숫자를 손가락으로 하나하나 짚어가더니 "백팔십경 곱하기 이천삼백사십은?"이라고 말했어. 나는 다시 몸을 엎드리고 그 문제를 풀었어.

$$1800000000000000000 \times 2340 = 4212000000000000000000$$

그 숫자 역시 나는 읽을 수 없었기 때문에 그대로 할아버지에게 보여줬어. 할아버지는 다시 손가락으로 더듬고 나서 "사십이해일천이백만경"이라고 그 숫자를 읽었어. 상상이 가니? 할아버지는 따라서 읽어보라고 했어.

"사십이해일천이백만경."

나는 그대로 따라 했어.

"사십이해일천이백만경."

"사람은 하루 동안 이천삼백사십 번 숨을 쉰다고 이 책에는 나와 있다. 그러니까 이 지구상에 있는 모든 허파꽈리는 오늘 하루에만 사십이해일천이백만경 번 이산화탄소를 배출하는 셈이다. 일 년이면 그 숫자가 얼마나 될지 또 곱해볼까?"

곱해볼 필요도 없이, 그게 어마어마한 숫자라는 걸 알 수 있었지.

"이렇게 생각하면 인간이 살아 있는 한, 지구는 살아가기가 힘든 행성임에 틀림없지. 하지만 인간들은 오늘도 계속 태어나고 있어. 이유가 뭔지 아니? 그 이유는 너무나 많다. 이 만화책에서도 답을 찾을 수가 있지."

할아버지가 가리키는 부분에는 '인간의 수명이 70살이라고 할 때, 우리는'이라는 제목의 짤막한 글이 있었어. 거기에는 이렇게 적혀 있었지.

인간의 수명이 70살이라고 할 때, 우리는

1. 38300리터의 소변을 본다.
2. 127500번 꿈을 꾼다.
3. 2700000000번 심장이 뛴다.
4. 3000번 운다.
5. 400개의 난자를 생산한다.
6. 400000000000개의 정자를 생산한다.
7. 540000번 웃는다.
8. 50톤의 음식을 먹는다.
9. 333000000번 눈을 깜빡인다.
10. 49200리터의 물을 마신다.
11. 563킬로미터의 머리카락이 자란다.

12. 37미터의 손톱이 자란다.

13. 331000000리터의 피를 심장에서 뿜어낸다.

할아버지는 4번과 7번을 손가락으로 가리키고는 손수 종이에다 계산을 했어. 이번에는 곱하기 문제가 아니라 나누기 문제였어.

540000 ÷ 3000 = 180

"하루에 사십이해일천이백만경 번 이산화탄소를 배출해내는 인간들로 가득찬 이 지구에서도 우리가 살아갈 수 있는 까닭은 이 180이라는 숫자 때문이다. 인간만이 같은 종을 죽이는 유일한 동물이라는 걸 알아야 한다. 하지만 그럼에도 인간만이 웃을 줄 아는 유일한 동물이라는 것도 알아야 한다. 180이라는 이 숫자는 이런 뜻이다. 앞으로 네게도 수많은 일들이 일어날 테고, 그중에는 죽고 싶을 만큼 힘든 일이 일어나기도 할 텐데, 그럼에도 너라는 종種은 백팔십 번 웃은 뒤에야 한 번 울 수 있도록 만들어졌다는 얘기다. 이 사실을 절대로 잊어버리면 안 된다."

그렇게 말하고 잠시 말을 멈추더니 할아버지가 말했어.

"그러니 네가 유명한 작가가 된다면 우리 인간이란 백팔십 번 웃은 뒤에야 겨우 한 번 울 수 있게 만들어진 동물이라는 사실에 대해 써야만 하는 거야."

헬무트 베르크가 된 칼 하프너의 이야기를 들었을 때, 또 너희 삼촌의 이야기를 들었을 때, 그리고 이길용의 이야기를 들었을 때, 할아버지의 그 말씀이 생각났어. 이제 돌아가면 내가 본 것들을 글로 쓸 거야. 언제 돌아가냐고? 곧. 오늘 베르크 씨의 집으로 찾아온 사람이 내게 알려줬어. 방북했던 대표들이 베를린으로 돌아올 거야. 나의 임무는 모두 끝났어. 나는 이제 서울로 돌아갈 거야. 너를 만나러 갈 거야.

베를린, 레이, 십 그램의 마리화나

39

처음에 레이는 그에게 연민의 감정만 느끼고 있었다. 특히 그가 "나를 사랑하는 사람들은 모두 다 죽어"라고 말했을 때는 웃음이 나올 정도였다. "그렇다면 나도 당신을 사랑하게 해봐"라는 게 그 때 레이의 대답이었다. 결국 레이의 호언대로 두 사람이 사랑에 빠지게 됐을 때, 레이는 끊임없이 질문을 던져 그를 괴롭혔다. "상희는 얼마나 당신을 사랑한 거야?" "한기복과도 서로 사랑했던 거야?" 운운. 그럴 때마다 그는 레이에게 그들과의 일에 대해서는 아무 기억도 나지 않는다고 대답했다.

"알잖아. 몇년도에 내가 뭘 했는지 나는 기억하지 못해. 레이의 미모가 아니었더라면, 그날 카페에서도 레이를 기억하지 못했을 거야."

"뭐라고! 이 사기꾼, 거짓말쟁이! 내 미모가 어떻다구?"

레이가 씩씩거리다가 웃음을 터뜨렸다. 어느 날, 그가 밤늦게 아파트로 돌아왔더니 레이가 자신을 외면한 채, 멍하니 거울만 바라보고 앉아 있었다.

"레이, 왜 그래? 안 좋은 일이라도 있는 거야?"

하지만 레이는 좀체 입을 열지 않았다. 그는 조금 더 다그쳤다.

"말해봐. 무슨 일인지."

"나, 당신을 많이 사랑하긴 하는 걸까? 그렇게 많이 사랑하는데도 나는 왜 이렇게 건강하기만 할까? 살은 붙기만 하고."

"건강한 것하고 사랑하고 무슨 상관이야?"

"당신이 그랬잖아. 당신을 사랑하는 사람들은 다 죽는다고. 그런데 나는 왜 이렇게 멀쩡하기만 할까?"

사실 그랬다. 사랑 때문에 죽기에 레이는 너무나 튼튼하고 건강했다. 아마도 레이가 아니었더라면 베를린에서 음독자살을 시도하기도 전에 벌써 죽었을 것이다. 어느 날 아침, 술이 취한 그를 밤새도록 안고 있던 레이는, 그렇다면 베를린으로 떠나자고 그에게 말했고, "좋아, 그래. 베를린으로 가자"라고 술이 취한 그는 대답했다. 레이가 자기를 사랑할 줄은 꿈에도 생각하지 못했듯이, 자신이 정말 베를린으로 갈 수 있다는 사실도 그는 짐작하지 못했다. 그들은 한 달 만에 모든 것을 정리하고 도망치듯 베를린으로 떠났다. 레이는 고향의 집에다 편지를 썼다. "유럽에 다녀오겠습니다. 인류를 구할 방법을 찾아서 돌아오겠습니다." 출국심사대에서 여권을 조회하는 동안 그는 숨이 멎을 것만 같았지만 여권에는 아무런 이상도 없었다. 프랑크푸르트로 향하는 비행기에서 그는 강시우에 대해서 생각했다. 강시우는 지금 어디서 무엇을 하고 있는 것일까? 그는 궁금했다.

그들이 각자 여행가방을 하나씩 들고 베를린 동물원역에 도착했을 때는 이미 밤이 깊은 시각이었다. 프랑크푸르트 공항에서 곧바로 기차를 타고 베를린으로 출발했기 때문에 피로도 피로거니와 시차에 제대로 적응하지 못했음에도 불구하고 그들은 잔뜩 들떠 있었다. 그들에게 베를린은 누구나 지나갈 수 있는 도시처럼 보였다. 기차가 그들을 내려놓은 뒤, 그냥 지나갔듯이. 사람들이 붉은 신호등을 무시하고 그냥 지나갔듯이. 베를린은 종착지가 아니었다. 그 거리에서 그는 정교수에게 전화를 걸었다. 정교수가 전화를 받자마자 그는 다짜고짜 "저는 선생님을 민족의 영웅으로 생각하는 사람입니다"라고 말했는데, 이때 이미 정교수는 그를 의심하기 시작했다. 그는 횡설수설 자신은 다큐멘터리 영화감독이며 통일운동을 하는 사람인데, 이번 가을에 열리는 라이프치히 다큐멘터리 페스티벌에 작품을 출품하러 왔다는 둥 초점이 불분명한 이야기를 늘어놓았다.

그의 첫마디를 듣자마자 그에 대한 의심이 들었으므로 정교수는 그의 위치를 파악할 필요가 있었다. 정교수는 숙소도 예약하지 않고 자신을 만나러 왔다는 그들을 위해 호텔을 구해주라고, 베를린에 사는 유학생에게 부탁했다. 그날 밤, 그 학생은 빈방을 찾기 위해 꽤나 고생해야 했는데, 그 까닭은 그들이 오직 크로이츠베르크만을 고집했기 때문이었다. 하지만 마리화나를 구해달라는 그의 완강한 부탁을 거절하는 게 더 힘들었다. 그는 여러 번에 걸쳐서 자신에게 왜 지금 당장 마리화나가 필요한지에 대해 설명했다. 그 소리가 지긋지긋해진 유학생은 그를 끌고 크로이츠베르크의 공원에 나가 만나는 사람들에게 "방금 한국에서 베를린에 도착한 이 사람이 마리화나를 사려고 하는데, 혹시 있느냐?"라고 묻고 다녔다. 그들은 공원 한쪽에 둘러앉아서 이야기를 나누고 있던 십대들에게서 터무니없이 비싼 가격에 마리화나 십 그램을 샀다. 호텔로 돌아와서 그가 마리화나를 종이에 마는 모습을 보고서야 유학생은 그가 한두 번 피워본 게 아니라는 사실을 알 수 있었다. 베를린. 레이. 십 그램의 마리화나. 바로 시차에 적응할 수 있는, 매우 행복한 밤이었을 것이다.

40

이튿날 그들은 전철을 타고 베를린 교외에 있는 정교수의 집으로 찾아갔다. 정교수는 이미 그들이 매우 행복한 밤을 보냈을 거라는 사실을 유학생에게 전해들었기 때문에 그들을 집으로 부를 생각은 전혀 없었다. 그즈음, 정교수는 뒤뜰 연못에 사는 물고기들의 먹이를 구하는 데 온 신경을 다 쓰고 있었다. 그는 큰 통 두 개를 구한 뒤, 빗물을 받아놓았다. 고인 빗물은 금방 이상해졌고 이내 모기들이 거기에다가 알을 까기 시작했다. 정교수는 아침마다 뜰채로 그 알을 건져서 연못 속의 물고기들에게 먹이로 줬다. 모기 알을 구하기가 어려운 동네였다. 정교수가 뜰채를 들고 모기 알을 건지고 있을 때, 그들이 도착했다. 통유리창 너머로 탄넨바움 숲이 한눈에 들어오는 거실에 함께 앉자마자, 그는 주머니에서 잡지 기사 하나를 꺼냈다. 거기에는 1984년 크로이츠베르크에 살던 프랑스 청년 티리 누아르와 크리스토프 부셰가 베를린장벽에 그린 그래피티에 관한 사연과 함께 그들이 그린 스핑크스의 사진이 실려 있었다. 장벽의 스핑크스는 지나가는 모든 사람들에게 다음과 같은 질문을 던졌다고 그 기사에는 씌어 있었다.

왜 지금 여기에 이런 장벽이 서 있는가?
왜 우리는 서로 미워하는가?
왜 우리는 지금 당장 이 어리석은 짓을 멈추지 않는가?

확실히 장벽의 스핑크스가 낸 수수께끼는 이집트에 있는 스핑크스의 것보다 훨씬 어려웠다. 고양이를 연상시키는(사실 그 스핑크스의 이름은 '젖은 고양이wet pussy'이기도 했는데, 그건 '젖은 고양이'만을 뜻하지는 않았다), 그 귀여운 형상의 스핑크스를 가리키며, 백열등처럼 빨갛게 달아오른 얼굴로, 강시우는 "이제 오직 우리만이 질문을 던질 수 있는 권리가 남았습니다"라고 말했다. 그는 곧 '우리'란 분단상황을 경험한 남북한, 그리고 재외예술가들이라고 설명했다. 정교수는 이 말을 공작의 차원에서 받아들였지만, 나는 그렇게 생각하지 않는다. 이 말을 할 당시에 그는 분명히 다큐멘터리 영화감독 강시우였다고 생각한다. 곧이어 그는 휴전선 양쪽 지역에서 동시에 펼치는 예술축제를 계획하고 있다고 정교수에게 말했다. 그는 그 축제를 통해 왜 분단이 이데올로기나 징치의 문제가 아니라 폭력의 문제인지 질문을 던지겠다고 했다. 나중에 정교수는 국내 잡지에 기고한 글에서 그의 말은 모두 허황되기 짝이 없었음에도 상당히 설득력이 넘쳤다고 회고하며, 자신은 그 설득력이야말로 공작의 가장 확실한 증거라는 걸 알게 됐다고 썼다. 정교수의 예상대로 그는 그 일로 북한에 들어가야 하니, 사람을 만날 수 있게 다리를 놓아달라고 부탁했다. 차라리 모기 알이나 더 잡는 게 생산적이었다. 정교수는 자신이 알던 사람들은 베를린장벽이 무너진 이후 모두 북한으로 돌아갔기 때문에 도와주려야 도와줄 수가 없다고 대답했다.

그는 집요했다. 그는 정교수도 아는, 일본에서 통일사업을 펼치고 있던 몇몇 사람들의 이름을 거론하면서 현재로는 베를린만이 북한에 들어갈 수 있는 유일한 경로인데, 그렇다면 유감이라고 말했다. 그는 또한 베를린에 거주하는 몇몇 친북인사들의 이름도 알고 있었다. 그들마저도 자신의 부탁을 들어주지 않는다면 자신은 직접 북한대사관으로 찾아갈 수밖에 없다고 그는 말했고, 그 말을 들은 정교수는 그가 위험한 인물임을 확신하게 됐다. 그가 어느 쪽이든, 그러니까 안기부가 공작 차원에서 베를린에 던진 미끼든, 아니면 진짜 순수한 마음에서 분단을 극복하겠다고 나선 몽상가든, 그가 북한대사관의 문턱을 넘어가는 순간, 베를린 교민사회는 다시 격랑에 휩쓸릴 것이 분명했다. 미끼든 몽상가든, 어느 쪽이든 도움이 되지 않았으므로 정교수는 그렇다면 방법을 알아보겠다고 말한 뒤, 사람을 시켜 베를린에 상주하는 안기부 요원들에게 그에 관한 정보를 흘리도록 했다. 만약 그가 미끼라면 정체가 드러났다는 게 밝혀질 테니 본국으로 송환될 것이고, 만약 그가 몽상가라면 안기부 요원들이 그를 처리할 것이었으므로 정교수에게는 그게 가장 좋은 선택이었다.

그런데 결과는 그의 음독 시도로 나타났다. 전혀 예상하지 못했던 결과였기 때문에 정교수로서는 당황할 수밖에 없었다. 정교수는 그때 내게 "지금 그 일본 여자를 내보내고 문을 걸어잠가. 무슨 소리를 하든 자네가 들을 필요는 없네"라고 말했었다. 정교수는 '그 누구의 슬픔도 아닌'을 면밀하게 검토한 서진수의 이야기를 진해듣고 나서야 그의 음독 시도를 어느 정도 이해할 수 있게 됐다. 그의 음독은 안기부가 그를 버렸다는 뜻이었다. 서진수에 따르면, 강시우는 망원網員, 즉 프락치였고, 정체가 드러나거나 효용가치가 끝났을 때는 스스로 음독하도록 프로그래밍됐으리라는 것이었다. 서진수는 강시우가 일찍이 안기부 차원에서 육성한 프락치일 것이라고 주장하며 "나는 이 세상에 두 번 다시 태어났습니다"라는 강시우의 말을 그 근거로 들었다.

"이건 브레인워싱, 즉 세뇌洗腦를 은유하는 표현이지. 누군가를 브레인워싱할 때는 제일 먼저 그 대상을 고립된 상황에 몰아넣고 몇 번이고 반복해서 자신이 알고 있던 모든 것들을 털어놓게 만들어야 하는 거야. 잠을 안 재우면서, 사람을 바꿔가면서 심문하고, 수십 번에 걸쳐서 진술서를 쓰게 하고, 다시 그 진술의 내용에 대해서 더 깊이 따져묻는 일을 반복하다보면 결국에는 비밀이라고는 하나도 없어지는, 말 그대로 벌거벗은 상태가 되지. 그때부터 세뇌작업이 시작되는 거야. 이 테이프는 브레인워싱의 초기단계에 촬영한 필름을 이리저리 편집한 거야. 한 다섯 번 정도 각기 다른 시간, 다른 공간에서 진술한 내용을 서로 뒤섞어놓은 것 같아. 그렇게 해놓으니까 느낌이 참 묘하네. 라이프치히 다큐멘터리 페스티벌에 출품해도 되겠다. 이건 대상감이야."

서진수는 한기복의 분신현장에서 검거된 직후부터 그가 안기부에 의해 망원교육을 받은 것으로 해석했다.

"아무런 혈육도 없겠다, 게다가 느티나무회는 그 사람을 마치 대단한 인물인 양 대하겠다. 그러니까 좋은 망원 대상이라고 생각했던 게 틀림없어. '광주의 랭보' 시절에 그가 한 일이 바로 느티나무회에 들어가서 프락치 짓을 한 거잖아. 보면 모르겠어?"

"하지만 자기가 프락치 짓을 했다고 진술하지는 않잖아요."

"피, 안기부 요원들 앞에서 그런 이야기 해서 뭐해? 그거 빼고 요원들이 모르는 이야기를 하고 있는 거지. 상희하고 연애한 일 같은 거 말이야. 아마도 그게 좀 심각한 연애였으니까, 다시 불러들인 게 아니겠어?"

"그럼 성폭행 혐의로 체포됐다는 것도 사실이 아니란 말씀인가요?"

"그렇지 않겠어? 더구나 일 년 뒤에 서울법대를 중퇴한 강시우로 다시 태어나려면 말이야. 암튼 끔찍한 일이다, 이거. 어떻게 하면 좋을까?"

음독하도록 프로그래밍됐다니, 서진수의 말대로 끔찍한 일은 끔찍한 일이었다.

뒷산에서 놀러 내려왔던 원숭이 바쿠도

41

그날 밤, 나는 강시우와 함께 크로이츠베르크의 인도식당에 앉아 있었다. 그는 이제 몸과 마음이 완전히 정상으로 돌아온 것 같았다. 그를 설득하고 회유하고, 때로는 협박까지 한 서진수의 공이 큰 셈이었다. 자세히 살펴보면 서쪽 하늘로 희미한 빛을 찾을 수 있었다고는 하나, 이미 늦은 시간이었으므로 그 식당에 손님들이라고는 우리 외에 한쪽 구석에 앉은 찬드리카와 미리엄뿐이었다. 우리가 찾아갔을 때부터 그들은 그 자리에 앉아 있었는데, 강시우는 그들과 안면이 있는 듯 반갑게 손을 내밀었고 찬드리카는 머리를 약간 좌우로 흔들면서 그 손을 잡았다. 찬드리카는 스리랑카 출신이었고, 루마니아에서 온 미리엄은 그의 연인처럼 보였다. 나도 찬드리카와 악수를 나눴는데, 손아귀의 힘이 여간 아니었다. 스리 랑카를 떠난 뒤로 파키스탄 국적을 취득했다고 하더니 그 손에서 고향을 떠나 떠돌아다니는 사람의 신산한 삶이 느껴졌다.

자리에 앉은 후, 그가 메뉴판을 들춰보면서 말했다.

"찬드리카는 스리랑카에서 왔지만, 원래는 타밀족입니다. 며칠 전에 찬드리카에게서 재미있는 이야기를 들었어요. 찬드리카는 베를린 자유대학에서 남아시아사에 대해 강의하고 있는데, 비자 관계로 학교 사무처에 가서 직원을 기다리다가 깜빡 잠이 들었던 모양입니다. 그러다가 친구가 자기를 부르는 것 같아서 눈을 떴는 데, 거기에 있는 텔레비전 화면에 옛 친구의 얼굴이 나온 것을 봤 다고 합니다. 독일 텔레비전에 스리랑카에 있는 친구의 얼굴이 나 오니까 꽤 반가웠던 모양이죠. 그래서 찬드리카는 외쳤답니다. 저 사람 내 친구인데, 하리바부. 그런데 왜 텔레비전에 나왔지? 그래 서 텔레비전을 좀더 보다가 슬그머니 사무처를 빠져나왔다고 해 요. 찬드리카의 두 눈에서는 눈물이 주르르 흘러내렸지만, 그 순간 에도 친구가 자랑스러웠다고 합니다."

그때, 인도인 종업원이 주문을 받으러 왔다. 그는 푸리, 시크 케 밥, 치킨 탄두리 등과 맥주를 주문했다. 그러고는 찬드리카에게 손 을 들어 "이 친구에게 애국자 하리바부에 대해 말해주고 있어"라 고 말했다. 그러자 찬드리카는 "잘하고 있어"라고 대답했다. 그 때까지만 해도 두 사람은 영어를 사용했다.

"아마 학형도 네루의 『세계사 편력』이란 책을 읽어보셨겠죠?"

"예, 읽었습니다. 그 책으로 세미나를 한 적도 있지요."

"그 네루의 딸이 인디라 간디이고, 인디라 간디의 아들이 라지브 간디입니다. 이 세 사람은 모두 인도의 총리를 역임했습니다. 대단한 가문이지요. 그런데 소식 들으셨겠죠? 그 라지브 간디가 지난 5월, 선거유세에 나섰다가 자살폭탄테러로 숨졌습니다. 범행을 저지른 단체는 스리랑카의 반군인 타밀엘람해방호랑이였습니다. 우리에게는 잘 알려져 있지 않지만, 자살테러라면 타밀호랑이를 떠올릴 정도로 무시무시한 무장단체입니다. 사십여 년에 걸친 인종차별과 무차별학살이 그들을 그렇게 만들었습니다. 지금 이 순간에도 지구 어느 곳에선가는 그런 일들이 벌어지고 있는 셈이죠."

그가 '지난 5월'이라고 말했을 때, 참으로 많은 일들이 내 머리를 스쳐지나갔다. 그 순간, 지난 5월은 내게 오백억 광년 정도 떨어져 있는 듯했다. 지난 5월, 서울 시내를 가득 메웠던 학생들은 대부분 『세계사 편력』을 읽었을 것이다. 대학교 신입생 때 우리는 그런 책을 선물로 주고받았다. 세계는 기묘한 방식으로 서로 연결돼 있었다.

"인디라 간디가 시크 교도에게 피살됐을 때, 뉴델리의 한 영자신문에는 이런 독자 기고문이 실렸습니다. '간디 총리의 부음을 듣고 우리 식구들은 각기 제자리에서 그 자세 그대로 눈물을 흘렸다. 어른들이 우니까 철모르는 아이들도 따라 울었다. 뒷산에서 놀

러 내려왔던 원숭이 바쿠도 두 손을 눈에 대고 우는 시늉을 했다.'
그런 인도인들에게 2대에 걸친 비극은 말 그대로 충격적이었습니다. 몸에 폭탄을 두르고 라지브 간디의 발에 죽음의 키스를 한 사람은 열일곱 살 소녀 다누입니다. 폭발 직후에 인도 경찰은 다누가 범인이라는 걸 금방 알 수 있었습니다. 그 폭발로, 자기 발에 입맞추려는 다누를 일으켜세우려던 라지브 간디를 포함해서 모두 열여덟 명이 죽었는데, 몸이 산산이 찢겨나간 사체는 다누뿐이었으니까요. 조사 결과, 다누는 일 킬로그램에 달하는 폭탄조끼를 입고 있었습니다. 타밀호랑이는 TNT 내부에 팔십 그램의 C4 RDX를 채워넣은 폭탄을 제작했습니다. 이 폭탄 하나에서 이 밀리미터 크기의 파편 이천팔백 개가 튀어나왔습니다. 다누는 그런 폭탄을 모두 여섯 개나 매달고 있었지요. 그 결과, 다누의 한 손은 북쪽으로 백여덟 걸음 떨어진 곳에서, 다른 손은 남쪽으로 일흔다섯 걸음 떨어진 곳에서, 머리는 서쪽으로 서른다섯 걸음 떨어진 곳에서 발견됐다고 합니다. 다누의 얼굴은 원형 그대로 발견됐습니다. 그런데 다누의 얼굴은 또다른 곳에서 발견됩니다. 테러가 일어난 직후, 타밀호랑이는 현장에 있던 카메라 한 대를 회수하기 위해 갖은 노력을 다했지만, 결국 그 카메라는 인도 경찰의 손에 들어갑니다. 카메라 속에 든 필름을 현상해보니, 거기에서는 모두 열 장의 사진이 들어 있었습니다. 제일 먼저 인도 경찰은 화환을 들고 서서 리지브 산디를 기다리는 다누의 얼굴을 확인할 수 있었죠. 다른 사진에는 사건에 가담한 또다른 테러범들의 얼굴도 찍혀 있었습니다. 마지막 사진에는 폭발 직전의 모습, 그러니까 라지브 간디의 발에 입을 맞추려고 몸을 웅크린 다누가 똑딱이 스위치를 누르는 사진이 담겨 있었습니다."

'역사를 읽는 것은 즐거운 일이지만, 더 매력적인 것은 함께 역사를 만들어가는 일이다'라고, 옥중의 네루는 어린 딸 인디라에게 썼다. 네루는 또한 '사상의 종점은 행동이다'라고도 썼다. 생일선물로 받은 책을 읽으며 우리는 그런 구절에 줄을 그었다. 다누 역시 그런 마음가짐으로 폭탄조끼를 입었을 것이다. 네루가 인디라에게 한 말은 모두 진실이지만, 어쩌면 그런 진실 때문에 그의 외손자는 죽었을지도 모른다.

"그 사진을 찍은 사람이 바로 찬드리카의 친구 하리바부였습니다. 그래서 라지브 간디 폭탄테러의 용의자로 독일 텔레비전에 그 사진이 나온 거구요. 아마도 타밀호랑이의 자살테러범을 아는 사람이 대학에 있다는 걸 안다면 대학측은 가만히 있지 않을 겁니다."

"그럼 저 사람도 타밀호랑이의 대원이란 뜻인가요?"

"글쎄요, 어쨌든 지금 찬드리카는 타밀호랑이를 지원하는 수많은 타밀족 중의 하나죠. 찬드리카도 타밀호랑이에게 돈을 송금할 겁니다. 찬드리카뿐만 아니라 전 세계에 흩어져 사는 스리랑카 타밀족들이 모두 타밀호랑이를 지원합니다. 어쩌면 언젠가는 찬드리카 역시 폭탄조끼를 입게 될지도 모릅니다. 교수가 될 가능성이 더 많기는 하지만 말입니다. 폭력이란 양심의 문제도, 신념의 문제도 아니니까요. 폭력은 결국 체제의 문제인데, 스리랑카의 현 체제하에서는 타밀족이든 싱할리족이든 폭력에 무한정 노출될 수밖에 없습니다. 폭력적 체제에서 비폭력은 멸시의 대상입니다. 오직 폭력만이 찬양받을 수 있습니다. 찬드리카는 타밀호랑이에게 자살폭탄테러는 불가피하다고 주장합니다. 다른 타밀족들도 마찬가지입니다. 그건 타밀호랑이에게 자살폭탄테러를 전수한 헤즈볼라 같은, 다른 이슬람 무장단체들도 마찬가지입니다. 한편으로는 우리도 그와 크게 다르지 않지요. 지난 5월에 그렇게 많은 사람들이 자신을 살해한 것은 분단체제와 무관하지 않습니다."

"죽음으로 내몰린 상황이었지, 스스로 살해했다고 볼 수는 없지 않습니까?"

"어쨌든 그게 자신에 대한 살인이라는 걸 알지 못했던 겁니다. 그게 라지브 간디뿐만 아니라, 자신을 살해하는 일이라는 걸 다누도 몰랐겠지요. 폭력적 체제가 개인의 문제라고 제가 말하는 까닭은 이 때문입니다. 그건 하리바부도 마찬가지예요. 그런데 이상한 일이 아니겠습니까? 하리바부는 폭탄조끼를 입지도 않았는데, 죽었단 말이에요. 그 사람은 테러의 기록을 남기기 위해 따라간 사람이거든요. 사진만 찍고 빠져나와도 상관없었어요. 그런데 왜 죽었을까요? 다누가 라지브 간디의 발에 입을 맞추기 위해 몸을 수그리면 폭탄이 터진다는 사실을 알고 있었는데, 왜 도망가지 않았을까요?"

그때 인도인 종업원이 맥주를 가져왔다.

"학형은 배낭여행을 왔다고 했는데, 그게 아니지요? 그렇죠?"

나는 그의 얼굴을 쳐다봤다.

"아니에요. 견문을 넓히려고 유럽에 배낭여행을 왔다가 여비가 떨어져서 베르크 씨의 집에 묵은 거예요. 그러다가 우연히 그 비디오를 보게 된 거구요."

"그럼, 여행을 떠나기 전에 강철수란 사람을 만났겠지요?"

그가 내게 물었다. 나는 대답하지 않았다.

"이번에 조통위에서는 모두 세 명의 예비대표를 파견했습니다. 제가 강철수에게 직접 들은 이야기입니다. 한 명은 마음이 바뀌어 출국을 포기했고, 또다른 사람은 김포공항에서 검거됐고, 나머지 한 명은 성공적으로 베를린까지 도착했습니다. 그 나머지 한 명이 바로 학형입니다. 맞지요?"

"……맞습니다."

"서진수씨를 비롯해서 여러 사람들이 다녀갔습니다. 제가 베를린에 있는 바람에 한국에서는 많은 사람들이 구속됐다고 하더군요. 그래서 서진수씨는 제가 뭔가 해주기를 바라고 있어요. 그래서 내일 기자회견을 하기로 했습니다."

"다들 당신이 안기부를 위해서 일한 것이라고 믿고 있습니다. 그건 아시겠죠?"

"학형도 그렇게 생각하나요?"

그가 건배를 청하며 맥주잔을 내게 내밀었다. 나와 레이도 잔을 들었다.

"그렇게 믿지 않을 도리가 없지 않겠습니까?"

그의 표정에 실망의 빛이 서렸다. 그는 길게 맥주를 들이켰다.

"괜찮습니다. 어쨌든 상황이 좀 꼬이게 되긴 했지만, 원래 저 역시 양심선언을 할 의사는 있습니다. 분단을 종식시키고 외세의 강점 없이 참평화의 세상을 만드는 일이라면 무엇이든 할 수 있습니다. 하지만 사람들은 저에 대해서 오해하는 부분이 아직 많습니다. 그들도 차차 제가 누군지 이해할 겁니다. 이렇게 일부러 저를 찾아오셨으니까 학형께서 저를 도와주시면 고맙겠습니다. 그러면 저도 학형께서 궁금해하시는 일들에 대해 모두 말씀드리겠습니다."

"제가 무슨 도움을 드릴 수가 있겠습니까? 저는 그냥 평범한 학생에 불과합니다."

"어려운 일은 아닙니다. 저와 레이는 곧 베를린을 떠납니다. 저와 레이가 베를린을 떠날 때까지 저와 함께 지내시면서 제가 하는 일을 지켜봐주시기만 하면 됩니다. 그리고 저희가 떠난 뒤에 어떤 식으로든 그 기록을 남겨주시면 됩니다."

마치 하리바부처럼. 그 말이 생략돼 있다는 사실을 나는 알고 있었고, 아마 그도 알고 있었을 것이다. 나는 일 킬로그램에 달하는 폭단조끼를 입고 있었다는 열일곱 소녀 다누를 상상했다. 내 앞에는 한때 광주의 랭보 이길용이었던, 천재적인 영화감독 강시우가 앉아서 물끄러미 나를 바라보고 있었다. 찬드리카가 스리랑카 말인지, 파키스탄 말인지, 루마니아 말인지, 어디 말인지 알 수 없는 언어로 미리엄에게 말하고 있었다. 스피커에서는 천천히 반복되는 테크노 반주에 맞춰서 중동풍의 멜로디가 흘러나오고 있었다.

"알겠습니다. 그렇게 하지요. 이제 제게 그 사진에 대해 말해주세요."

마침내 내가 말했다.

42

1980년대 초반만 해도 심야 FM방송의 디제이들이 잔잔한 음악을 틀어놓고 김춘수의 「꽃」이라든가, 박인환의 「목마와 숙녀」 같은 시를 읊조리는 일이 많았다. 몇몇 인기 디제이들은 그런 시 낭송을 녹음해 음반으로 내놓기도 했다. 그런 까닭에 그때는 시라고 하면 마음을 가라앉히는 잔잔한 음악이 깔려야 한다는 게 사람들의 일반적인 생각이었다. 그래서 학생들이 여는 시화전이나 전시회에 가면 반드시 한쪽 구석에서 녹음기를 발견할 수 있었다. 우연히 우리가 그런 녹음테이프 하나를 발견했다고 하자. 보나마나 거기에는 리처드 클레이더만이 아니면, 폴 모리아 악단이 아니면, 프랜시스 레이의 음악이 녹음되어 있을 것이다. 그러니까 제4공화국에서 제5공화국으로 넘어갈 무렵의 배경음악들. 그런 음악 중 하나가 바로 프랜시스 레이의 영화음악 〈빌리티스〉였다.

〈남과 여〉〈러브스토리〉 등, 프랜시스 레이가 만든 다른 영화 주제곡들의 선율이 영화의 한 장면과 함께 떠오르는 것과 달리 〈빌리티스〉는 막연하게 1980년대의 일들만을 떠올리게 하는 경우가 많았다. 그 이유는 이 곡의 경우, 영화보다 주제곡이 먼저 들어왔기 때문이었다. 데이비드 해밀턴이 〈빌리티스〉를 제작한 것은 1977년의 일이었지만, 제5공화국 내내 그 영화는 수입이 금지돼 있었다. 금지의 사유는 이 영화가 여자들 사이의 육체적인 사랑을, 즉 동성애를 다룬다는 이유에서였다. 하지만 1987년의 6월항쟁과 노동자 대투쟁을 거쳐 1988년 민주주의의 열기가 사회의 전반으로 퍼져간 덕분에 이 영화도 국내에 개봉될 수 있었다. 그는 당시의 영화 포스터를 오랫동안 기억하고 있었다. 에로틱하고, 감미롭고, 황홀한 영상의 극치! 영화사상 이처럼 성을 충격적으로 묘사한 적이 있었는가 운운.

프랜시스 레이가 만든 주제곡의 명성과 달리 〈빌리티스〉는 너무 늦게 국내에 개봉된데다 수입사측에서 동성애 코드를 감추기 위해 야한 영화라는 사실만 너무 강조했기 때문에 오히려 국내 관객들의 외면을 받았다. 〈빌리티스〉가 야한 영화라고 한다면, 그 영화는 1980년대에 개봉된 수많은 에로영화들 중에서 가장 난해하고도 몽환적인 에로영화라 할 수 있을 것이다. 수입사와 마찬가지로 동성애에 관한 한 한없이 예민하기만 했던 검열당국이 무차별적으로 가위질을 했기 때문에 '에로틱하고 감미롭고 황홀한 영상'을 기대하고 온 남자 관객들은 도무지 그 내용을 이해할 수 없었다. 곧 〈빌리티스〉는 개봉관에서 간판이 내려졌고, 결국 아직도 〈빌리티스〉를 말로만 듣던 그 전설적인 에로영화라고 생각하는 남자들이 더이상 존재하지 않을 때까지 변두리와 지방의 동시상영관을 전전했다. 덕분에 그는 그토록 기다리던 〈빌리티스〉를 신림동의 한 동시상영관에서 겨우 볼 수 있었다.

"그러니까 1987년 1월, 박종철 고문치사사건이 터진 직후에 나는 서울에 다시 올라왔어요. 삼 년 만에 돌아온 서울이었는데도 모든 게 낯설더군요. 사회가 얼마나 불안했던지 누군가 손을 대기만 하면 펑 하고 터질 것만 같았습니다. 전두환이 대통령을 그만두게 되면 무슨 일이 나지 않을까 해서 다들 걱정이 많았죠. 한 치 앞을 내다볼 수 없었던 시절이었어요. 서울역에서 내린 나는 미리 약속돼 있었던 사람을 만나기 위해 신림동으로 가는 버스를 타려고 서울역 광장을 가로질렀죠. 버스정류장으로 가는 길에 늘어선 포장마차에서는 하얀 김이 무럭무럭 피어나고 있었습니다. 그리고 포장마차가 끝나는 길에 중고책이나 해적출판물을 펼쳐놓은 좌판이 있었죠. 저자가 불분명한 『삼국지』, 붓글씨로 '丹'이라는 글자를 비슷하게 써놓은, 하지만 정식출판된 『단』은 아닌 비결서, 바둑과 낚시와 당구에 관한 안내서 같은 것들이 늘어져 있었죠. 버스가 오지 않아 그 책들을 살펴보다가 이 이름을 보게 된 겁니다. 피에르 루이스."

그는 내게 그 사진을 내밀었다. 나는 그 사진을 받아서 골똘하게 쳐다봤다. 사진 속의 벌거벗은 여자는 방석을 깔아놓은 일인용 소파 위에 다리를 벌리고 앉아서 두 손으로 질구를 열어젖히고 있었다. 처음 볼 때는 거의 똑같은 두 장의 사진처럼 보였지만, 의자 뒤쪽에 있는 벽지의 나무무늬를 잘 살펴보면 미세하게 차이가 난다는 사실을 알 수 있었다. 그 사진 아래쪽에는 'Pierre Louÿs(vers 1895)'라고 적혀 있었다.

"정식으로 출판된 게 아니라 해적출판된, 아주 조잡한 인쇄본이었습니다. 제목은 '빌리티스의 노래'. 겉표지에는 소녀들의 동성애를 암시하는 삽화가 그려져 있었죠. 일본어 중역본. 일본에서 나온 『빌리티스의 노래』를 가져다가 길어봐야 일주일 만에 마구잡이로 번역해서 출판한 책이었겠죠. 내가 그 책을 들춰본 까닭은 지은이인 피에르 루이스 때문이었습니다. 거기 사진 밑에 있는 이름 말입니다. 다행히도 그 번역본에는 Pierre Louÿs라는 이름이 인쇄돼 있었거든요. Y 위에 찍힌 점 두 개. 그것 때문에 나는 그 사람이 이 사진을 찍은 사람과 동일인물이라는 걸 알게 됐습니다. 그런데 뭔가 이상한 겁니다."

『빌리티스의 노래』의 서문에는 책에 수록된 시들이 사이프러스의 한 무덤에서 발견됐으며 시를 지은 사람의 이름은 고대 그리스의 여인 빌리티스라고 적혀 있었다. 빌리티스가 누군지에 대해서는 그녀의 무덤에서 이 사본을 발견한 고고학자인 G. 하임이 쓴 '빌리티스의 생애'를 읽으면 알 수 있었다. 빌리티스는 사포와 동시대를 살았던 여인이라고 하임은 써놓았다. 도대체 뭐가 뭔지 혼란스러워진 그는 무작정 새로 입학한 대학의 불문학과 사무실로 찾아갔다. 사무실에는 학생들 몇몇이 앉아서 잡담을 늘어놓고 있었다. 그는 그들에게 서울역 앞 노점에서 산 『빌리티스의 노래』를 보여주며 그 책과 피에르 루이스에 대해 알고 싶다고 말했다. 그들 중 한 명이 그 책에 대해서 들어본 적이 있다고 말했다. "그건 피에르 루이스의 작품이 맞습니다." 하지만 그 학생도 그렇다면 왜 이 작품이 사이프러스의 무덤에서 발견됐다는 것인지에 대해서는 알지 못했다. 그는 학생들의 말을 듣고 박서원이라는 교수를 찾아갔다. 박서원은 프랑스에서 상징주의 시를 전공하고 막 한국으로 돌아온 교수였다. 그는 교수연구실까지 찾아가서 문을 두들겼다. "이렇게 무작정 찾아와서 죄송합니다만, 교수님께 꼭 묻고 싶은 게 있습니다"라고 그는 말했다.

"교수는 책을 보더니 혀를 차더군요. 『빌리티스의 노래』가 근대적인 성애문학을 대표하는 작품이기는 하지만, 이런 식으로 한국에서 출판됐을 줄은 몰랐다고 했습니다. 그의 설명에 따르면, 『빌리티스의 노래』는 피에르 루이스가 쓴 산문시집입니다. 옛날 그리스식 표현을 사용했기 때문에 출판 당시에는 많은 사람들이, 심지어는 학자까지도 그 시집이 새로 지은 게 아니라 사이프러스의 무덤에서 발굴된 것이라고 생각했다고 하더군요. 그러니까 '빌리티스의 생애'라는 글을 쓴 고고학자 G. 하임이라는 사람도 실존인물이 아닌, 피에르 루이스의 창작이었던 것이죠. 교수는 이 책이 20세기 내내 레즈비언들 사이에서 반드시 읽어야만 하는 텍스트로 전해졌다고 말했습니다. 1970년대에 미국에서 복사판이 나왔을 때, 서문에는 이렇게 적혀 있었답니다. '존경의 마음을 담아 고대로부터 전해오는 사랑을 다루는 이 작은 책을 미래의 젊은 여인들에게 바칩니다.' 파리에서 잡지 『엘르』와 일한 적이 있었던 사진작가 데이비드 해밀턴이 『빌리티스의 노래』를 영화로 만들겠다고 결심한 것은 그런 맥락에서 이해되는 거죠. 십대 소녀들의 나체를 찍는 데 일가견이 있었던 사람이라 『빌리티스의 노래』를 영화로 만들어보자는 생각이 들었을 겁니다. 그 사람이 만든 영화 중에 〈슬픈 로라〉라는 것도 있지 않습니까. 〈빌리티스〉의 주제곡을 안다면, 이 곡도 모를 리가 없겠죠. 옛날 애인의 딸을 사랑하게 되는 조각가의 이야기. 그러다가 눈이 멀게 되자, 손으로 더듬어가며 로라의 조각상을 완성한다는 내용의……"

나는 그의 이야기를 들으며 그 사진을 들여다봤다. 두 개의 영상이 흐릿해지는가 싶더니 서로 겹쳐졌다. 그러다가 두 개의 사진은 세 개로 보이기 시작했고, 그중 가운데 사진만이 또렷해지면서 서서히 심도가 생겨나기 시작했다. 소년처럼 깡마른 여자였다. 음모가 없는 것으로 봐서 아직 덜 자란 몸이 분명했다. 하여 몸집에 비해서 가슴은 작았고, 젖꼭지는 서로 다른 방향을 바라보고 있었다. 대신에 다리는 무척 길어 그 길이가 상반신의 두 배는 될 것 같았다. 그 몸은 아직 더 자라야 했다. 그런데도 여자의 표정에는 그 어떤 부끄러움이나 수치심이 없었다. 세상을 향해 다리를 벌리고 있는데도 여자는 자랑스러워하고 있었다. 그건 분명히 피에르 루이스가 찍은 사진이었는데도, 그의 말을 듣다보니 마치 데이비드 해밀턴이 찍은 사진처럼 보이기도 했다. 그의 이야기는 계속됐다.

"'피에르 루이스는 이런 싸구려 작가가 아닙니다.' 교수는 그렇게 얘기하더군요. 마치 『빌리티스의 노래』가 해적판으로 출판된 것이 나의 잘못이라도 되는 것처럼. 그는 앙드레 지드와 오스카 와일드의 친구였으며, 폴 발레리를 데뷔시킨 사람이라더군요. 그래서 내가 그 사진을 꺼내서 교수에게 보여줬습니다. 저는 프랑스 문학에 대해서는 알지 못합니다. 다만 여기 이 사진의 아래쪽에 'Pierre Louÿs(vers 1895)'라는 게 적혀 있어서 선생님을 찾아온 겁니다. 1895년에 피에르 루이스는 어떤 사람이었는지, 여기에 나오는 이 여자는 누구인지 혹시 알 수 있을까 해서 말입니다. 교수는 지금 학형처럼 그 사진을 자세히 들여다보더니 책꽂이로 가서 책 한 권 찾아냈습니다. 그것은 피에르 루이스에 대한 전기였습니다."

1895년. 스페인의 세빌리아에서 머물던 피에르 루이스는 그 전해 12월에 크게 다퉜던 앙드레 지드를 만나기 위해 알제로 떠났다. 하지만 사흘 정도 평화롭게 지내던 두 사람은 다시 크게 싸운 뒤, 헤어진다. 변덕이 심했던 피에르 루이스는 앙드레 지드의 어머니가 돌아가신 것을 계기로 화해의 편지를 보내지만, 어린 시절부터 친구로 지내왔던 앙드레 지드에게서는 영원한 절교의 편지가 돌아온다. 1895년. 피에르 루이스가 그녀와 결혼하는 일만이 그 모든 고통을 없애줄 수 있는 방법이라고 믿었던 마리 드 에레디아, 쿠바 태생의 스페인계 프랑스인 시인이었던 호세 마리아 드 에레디아의 둘째딸, 키가 크고 말랐으며 나긋나긋하고 생기가 넘치는데다가 웃기도 잘해서 주변에 레온 블룸, 앙리 드 레니에, 마르셀 프루스트 등 파리의 젊은 문인들을 위성처럼 거느렸던 그 소녀가 시인 앙리 드 레니에와 약혼을 발표한다. 나중에 마리는 전기작가와의 인터뷰에서 사실 피에르 루이스를 더 좋아했지만, 그가 스페인으로 떠나버린 뒤 아무런 소식이 없기에 자신에게 마음이 없는 것으로 오해했다고 말했다. 피에르 루이스가 파리로 돌아왔을 때, 마리는 진심을 알았지만 이미 때는 늦어 있었다. 피에르 루이스는 매우 낙담했다. 그건 사실 마리가 자신과 결혼하는 것보다는 앙리 드 레니에와 결혼하는 게 훨씬 더 행복하리라는 판단 때문이었다.

"전기에는 1898년 무렵, 피에르 루이스가 찍은 마리 드 에레디아의 누드사진이 몇 장 실려 있었습니다. 마리 드 에레디아와 앙리 느 레니에가 결혼한 뒤, 피에르 루이스는 조라라는 무어인 미망인을 사랑해서 파리까지 데려오게 됐는데, 이 때문에 마리는 매우 격노했죠. 그렇지만 이 일이 계기가 되어서 두 사람은 파리의 한 아파트에서 밀회를 가지게 됩니다. 이런 관계는 이후 사 년 동안 계속되는데 피에르 루이스의 전 생애를 통틀어 가장 아름다운 시절이었습니다. 피에르 루이스가 찍은 마리의 누드사진들은 그 시절의 산물들이었죠. 교수와 나는 그 전기에 나오는 마리 드 에레디아의 사진과 내가 가지고 있던 입체 누드사진을 서로 비교해가며 관찰했습니다. 같은 사람이라고는 보기 어렵겠군요, 라고 교수가 말했습니다. 눈썹이 다르죠. 게다가 마리의 사진에는 음모가 있지만, 이 여자의 사진에는 없습니다. 아마도 이 여자는 마리도, 무어인 조라도 아닌 것 같습니다. 나중에 피에르 루이스는 마리의 동생인 루이제와 결혼하게 되지만, 비교해보면 루이제도 아닌 것 같습니다. 지금으로서는 우리가 알 수 없는 여자입니다. 그래서 내가 말했죠. 선생님은 아까 마리의 약혼 소식을 듣고 피에르 루이스가 자기는 불운의 별을 타고난 것이라며 괴로워했다고 말하지 않았습니까? 그런데 이건 뭡니까? 그러면서 이런 누드사진을 찍는다는 건. 그거야 저도 모르지요. 전기를 아무리 뒤져봐도 피에르 루이스가 이런 여자의 사진을 찍었다는 얘기는 찾아볼 수가 없군요. 피에르 루이스가 평생 사랑한 단 한 명의 여자는 마리 드 에레디아뿐이었습니다. 이 사진이 정말 『빌리티스의 노래』를 쓴 피에르 루이스가 찍은 사진이 맞기는 맞습니까? 라고 그 사람이 묻더군요.

이 사진에 이렇게 적혀 있지 않습니까? Pierre Louÿs(vers 1895) 라고. 내가 말했습니다. 그러자 그 교수가 고개를 갸우뚱거리며 말했습니다. 정말이지 알 수 없는 일이군요. 도대체 어디서 이런 사진을 구했습니까?"

나는 그의 입을 쳐다봤다. 그건 내가 묻고 싶은 질문이기도 했으므로.

모두인 동시에 하나인

43

이야기는 모두 끝났다. 그새 밤이 깊어졌다. 우리는 입을 다물
었다. 차파티까지 남김없이 다 먹고 난 뒤, 두 손을 털며 강시우는
레이더러 산책하자고 말했다. 레이는 깍지를 낀 두 손을 머리 위로
들어올리며 길게 기지개를 켰다. 나는 그런 레이를 힐끔거렸다. 의
심의 여지없이 레이는 작지만 아름다운 여자였다. 거스름돈과 계
산서가 테이블로 돌아오자, 그는 팁을 올려놓은 뒤 내게도 같이 가
자고 권했다. 독일에 체류하게 되면서 산책이라면 내게도 중요한
일과가 됐다. 밤이면 베를린의 창문들은 오렌지빛으로 반짝였고,
그 하나하나의 빛들은 "여기 평화가 있습니다"라거나 "여기 가족
의 기쁨이 머뭅니다"라고 내게 말했다. 어슴푸레한 저녁의 산책에

중독되면서부터 내 마음은 조금씩 병들어갔지만, 산책을 통해 그런 내 마음의 상태를 확인하지 않고서는 견딜 수 없는 밤들이 나를 기다리고 있었다. 저녁의 산책은 그런 밤의 공허를 견디게 해주는 좋은 예방주사였다. 그때까지도 밥을 먹고 있던 찬드리카와 미리엄에게 곧 돌아오겠다고 말한 뒤, 우리는 밖으로 나왔다.

오감을 적절하게 자극하는 상쾌한 저녁이었다. 호텔과 음식점과 카페 들이 단정하게 들어찬 거리는 적당히 밝았고, 차들은 이따금 주차하거나 빠져나가기 위해서만 천천히 움직였다. 작은 호텔 앞 화단에 심어놓은 보리수나무는 한창 열매를 붉게 물들이고 있었고 소박하게 꾸민 파키스탄 음식점에서는 노동자들이 일제히 고개를 들어 천장에 매단 텔레비전에서 중계되는 축구경기를 바라보고 있었다. 길 건너편 창문을 활짝 열어놓은 카페에서는 재즈 선율이 흘러나오고 있었으므로 나는 자연스레 캠프에서 헬무트 베르크를 통해 처음 재즈의 선율을 듣던 칼 하프너를 떠올렸다. 나는 가스실로 가는 죄수들에게 그들의 삶이 헛된 것이 아니었다는 사실을 알려주기 위해 행복한 시절을 떠올리게 하는 밝은 선율을 연주했다던 베르크 씨의 말을 이해할 수 있었다. 강시우에게서 상상할 수도 없이 고통으로 가득찬 이야기를 들은 뒤에 걸어가는 산책길은 그 어느 때보다 생생했다. 그 순간, 나는 살아 있어서 행복했다. 강시우와 레이도 마찬가지였을 것이다. 말하면서 걷는 동안, 우리는 자주 웃었고, 자주 서로 몸을 부딪쳤다.

건물 사이 좁은 밤하늘로 별들이 빽빽하게 떠올랐다. 우리는 큰 길이 있는 곳까지 걸어나갔다. 건물 위 네온사인, 쇼윈도, 카페와 음식점에서 흘러나오는 불빛들로 거리는 휘황했다. 노천카페에 앉아 있는 관광객들과 시민들은 평화로운 표정으로 저녁을 만끽하고 있었다. 우리는 옷가게와 중국식당과 기념품가게와 성인용품점으로 이어지는 보도를 따라 걸었다. 이따금 바람이 불어올 때면 내놓은 팔뚝을 따라 싸늘한 느낌이 올라왔다. 그럼에도 두 사람과 함께 베를린의 거리를 산책하는 일은 즐거웠다. 하마터면 나는 베를린에 와서 조국의 통일을 위해서라면 목숨이라도 바칠 것처럼 구는 이 사람, 강시우를 오해할 뻔했다. 그의 삶은 세차게 밀려오는 새로운 시대의 파도에 본의 아니게 휩쓸린 조개껍질 같은 것이었다. 거기에 무슨 의지가 있었겠으며, 만약 아무런 의지가 없었다고 한다면, 어떻게 프락치 활동을 했다고 해서 그를 비난할 수 있겠는가. 물론 이런 논리로 그를 사랑해야 한다고 말하는 것은 1980년대식의 죄의식일 것이었다. 나는 생각했다. 그런 유의 사랑이란 누구에게든, 어떤 식으로든 연민을 배설해야만 견딜 수 있는 시대의 소산에 불과한 것이라고.

1980년대식 사랑. 그건 바로 대학교수인 상희가 이길용에 대해 품었던 감정 같은 것이겠다. 선천적으로 타고난 우울증, 강한 상대에게 품게 되는 열등감, 선한 사람이 마땅히 가지는 죄책감 등이 압도적인 폭력의 시기를 만나게 되면 때로 쉽게 납득할 수 없는 사

310

랑의 감정으로 바뀌게 되는 것이다. 그때의 나로서는 어디서 어디까지를 일컬어 사랑이라고 말해야 할지 짐작조차 하기 어려웠지만, 1980년대에 많은 사람들이 다른 감정들, 예를 들어 증오심이나 복수심, 혹은 공명심 등을 사랑으로 오인한 것만은 분명했다. 그러므로 이 아무런 의지도 지니지 못하는, 폭력적 시대의 도구에 불과한 인간을 향해 우리가 지니는 연민의 감정은 절대로 사랑이랄 수 없었다. 그건 증오심과 복수심에 딸려나오는 여분의 감정일 뿐이었다. 아무리 베르크 씨가 증오는 하나이고 사랑은 모든 것이라고 말한다고 해도 이 사람만은 달랐다.

하지만 그날의 산책길에서 나는 그가 얼마나 매력적이고 유쾌한 사람인지를 알게 됐다. 다시 말하자면 연민의 대상이 되기에는 너무나 아까운 존재였다. 그의 삶은 믿을 수 없을 정도로 놀라운 불행으로 가득했고, 그 대부분의 불행은 폭력적인 체제에서 비롯했다. 하지만 그런 과정을 거쳐 그가 그 무엇에도 훼손되지 않는 행복을 발견하게 된 것은 놀라운 반전이었다. 그것은 정민의 삼촌이, 어쩌면 나의 할아버지가 한평생 꿈꿨던 것이었는지도 모른다. 그 행복은 결코 환각이 아니었다. 실낱같기는 해도 그건 단 하나의 확실한 무엇이었다. 그 다음날 그의 양심선언을 지켜본 대부분의 사람들은 그 불행과 행복의 변증법을 전혀 이해하지 못한 채, 그것이야말로 국가권력에 일방적으로 희생된 한 인간의 분열된 지아로 여겼다. 어떤 사람들은 살아가는 동안 결코 행복에 대해 말할 수 없었는데, 그들은 강시우도 그런 부류라고 생각했던 것이다. 하지만 그건 그들만의 생각이었을 뿐이다. 그날 저녁의 산책에서 그는 "여름이 시들기 전에 다시 한번/우린 정원을 돌보련다,/꽃에 물을 주련다. 꽃들이 벌써 지쳐,/내일이면 완전히 시들어버리리라"라고 시작하는 헤르만 헤세의 시를 읊조렸는데, 우리의 행복은 그처럼 순간적인 동시에 기억 속에서 영원했다.

"알겠어요. 이제 알 것 같아요. 왜 그 입체 누드사진을 보여주며 행복이 어떻게 생겼는지 안다고 말했는지. 한기복씨를 처음 만났을 때, 행복을 찾기 위해서 세상을 떠돌아다닌다고 말했죠? '그 누구의 슬픔도 아닌'에서 말한 대로. 그러니까 이젠 행복을 찾았단 뜻이겠죠?"

"행복이라는 놈이 무등산 골짜기에 숨어 지낸다더냐? 그게 쫓아다닌다고 찾을 수 있는 게 아닌데 무슨 헛소리야?"

한기복의 목소리를 흉내내어 그가 말했다. 이제 그는 웃으면서 그런 이야기를 할 수 있었다. 그게 그의 삶이 됐다.

"그런데 진짜로 행복이라는 놈은 숨어 있었던 겁니다. 내가 왜 베를린에 도착하자마자 크로이츠베르크에 가야 한다고 말했는지 압니까?"

"장벽의 스핑크스 때문이겠죠."

"그 옆에다가 레이와 나도 그림을 그렸습니다. 우리의 소원은 죽을 때까지 사랑하는 것이라고. 김일성과 노태우가 섹스하는 그림을 그렸는데 누가 위에 가느냐는 문제로 좀 싸웠죠. 여기 사람들은 그 두 사람이 섹스한다고 해도 눈 하나 깜짝하지 않더군요."

레이가 끼어들었다.

"전혀 섹시한 몸매들이 아니니까 그랬겠지."

강시우가 말을 이었다.

"그건 마리화나에 취해서 장난친 거구, 사실 크로이츠베르크에 온 건 이 우주의 모든 것들이 서로 연결돼 있다는 가정이 여기서 증명됐기 때문입니다."

"그러기에 우리가 그런 그림을 그린 거지."

레이가 다시 장난을 쳤지만, 강시우는 무시하고 내게 물었다.

"섭동이라는 거 압니까?"

나는 고개를 저었다. 간간이 내 쪽을 쳐다보는 그의 얼굴 위로 불빛이 쏟아졌다. 그가 인상을 찌푸렸다. 가로등 불빛이었다. 주택가가 끝나고 작은 개울을 따라 공원길이 나타났다. 우리는 그 길로 들어섰다. 우리가 성큼성큼 걸어가면서 계속 얘기하자, 이야기가 재미없었던지 레이는 조금 뒤처져서 처음 듣는 노래를 흥얼거렸다. 나중에야 나는 그게 '비둘기도 산을 건너 바다 건너서'의 음률이라는 걸 알게 됐다. 그 모든 상황이 처음 겪는 일이 분명했는데도 벌써 오래전에, 그것도 여러 번 겪었던 일처럼 친근하게 느껴졌다. 그는 가로등 불빛에서 벗어나 어두운 그늘 속으로 들어갔다. 따라가보니 그는 두 손으로 눈 주위를 감싸고 밤하늘을 올려다보고 있었다. 뒤에서 레이가 "거기, 들립니까?"라고 소리쳤다. 돌아보니 레이 역시 하늘을 올려다보고 있었다. 레이는 마리화나에 취해 있었다. 그는 두 손을 내리며 내게 말했다.

"원래 크로이츠베르크, 여기에는 베를린 천문대가 있었어요. 베를린 시가지가 확장되고 인근에 이렇게 주택이 들어서는 바람에 나중에는 포츠담 근처의 바벨스베르크로 옮겨갔지만. 여기에 있던 베를린 천문대에서 갈레라는 사람이 새로운 행성을 발견하지요. 그 행성의 발견은 뉴턴의 우주가 이뤄낸 가장 멋진 성과라고 할 수 있습니다. 이 우주가 작용과 반작용의 실로 짜인 천과 같은 것이라는 사실이 다시 한번 확인된 셈이었으니까. 18세기 말에 발견된 천왕성의 궤도가 이론과는 다르다는 사실은 널리 알려져 있었습니다. 말하자면 천왕성은 계산과 달리 좀 이상하게 움직였던 거예요. 우리 같으면 좀 이상하게 움직이는구나, 라고 생각하고 넘어갈 텐데 천문학자에게 그건 어떤 비밀이 숨어 있다는 뜻이죠. 뉴턴의 법칙과 달리 천왕성이 이상하게 움직인다면 그건 주변에 우리가 모르는 행성이 있다는 얘기였던 겁니다. 그래서 프랑스의 천문학자 르베리에는 천왕성의 불규칙한 움직임을 토대로 거꾸로 계산해내면 숨은 행성의 위치와 질량을 알 수 있다고 생각했습니다. 르베리에는 베를린 천문대에 있는 갈레에게 그 위치를 가르쳐 주며 망원경으로 찾아달라고 했어요. 물병자리 근처였지요."

그리고 갈레는 바로 그 자리에서 해왕성을 발견해냈다. 그는 손을 들어 물병자리 근처를 가리켰다. 뒤에서 연신 "거기, 들립니까?"라고 소리치던 레이는 제풀에 지쳤는지 이제 잠잠해졌다. 나는 뒤를 힐끔 돌아봤다. 어디로 갔는지 레이는 보이지 않았다.

"서로 그렇게 영향을 끼치는 별들로 가득한 하늘치고는 꽤 과묵한 편이군요. 레이가 저렇게 간절하게 부르는데도 대답 한번 하지 않고."

"하지만 레이도 여기 있고, 학형도 여기 있지 않습니까. 과묵한게 아니라 시끌벅적한 거죠. 제 발로 다들 몰려들었으니까. 그렇지 않습니까?"

"그게 무슨 소리인가요?"

"레이와 나는 오래전부터 강하게 연결돼 있다는 뜻이죠. 그건 학형도 마찬가지고. 우리가 별이라고 생각하면 이렇게 세 사람이 지금 이 순간 함께 모이는 일은 오래전부터 예정됐다고 말할 수밖에 없는 겁니다."

"그러니까 두 분의 아버지가 출정군인을 따라 불이농촌에서 군산역까지 행진했을 수도 있다는 얘기겠군요. 그때부터 이미 두 사람은 사랑에 빠질 운명이었다. 뉴턴이 바라본 우주의 움직임으로 미루어 짐작하자면……"

"모든 게 연결된 우주에서는 그런 일들이 가끔씩 일어납니다."

"우린 모두 형제자매, 단군의 자손들."

"학형은 왜 나를 만나러 호텔방까지 찾아왔을까?"

"난 단지 그 입체 누드사진의 출처에 대해서 알고 싶어서 찾아간 거예요. 당신한테서 그런 끔찍한 이야기를 들을 줄은 상상도 못 했어요."

"그렇게 끔찍했나요?"

우리는 다시 해왕성과 천왕성이 사이좋게 서로를 끌어주는 밤하늘 아래를 걸어가기 시작했다.

"아니요. 처음에는 끔찍했는데, 그러다가 깜짝 놀라게 됐어요. 내가 왜 당신을 찾아가야 했는지 나도 잘 모르고 있었다고나 할까요. 그런데 그 이야기를 다 듣고 나니, 이제는 알 것 같아요. 짐작가는 게 생겼어요."

"그게 뭔가요? 얘기해보세요. 식당까지 돌아가려면 아직 시간이 조금 남았으니까."

"잘 설명할 수 있을지 모르겠지만……"

나는 이야기를 시작했다.

44

그건 환상과 현실, 혹은 죄와 구원에 관한 이야기라고 할 수 있었다. 어쩌면 지옥과 같은 어둠 속에서 한줄기 빛이 비쳐들었다는 식의 신앙고백이라고 해도, 그렇지 않으면 전혀 말도 되지 않는 허무맹랑한 거짓말이라고 해도 좋았다. 그러니까 인도식당에서 음식을 먹으며 그가 내게 들려준 이야기 말이다. 전체적으로 봐서 그 이야기는 환각 속에서도 단 하나의 실낱같지만 확실한 무엇이 존재한다고 주장한다는 점에서 할아버지가 내게 남긴 산문 형식의 글과 일맥상통하는 부분이 있었다. 내 이야기를 들려주기 전에 우선 그가 내게 해준 이야기부터 시작해야 할 것 같다.

1944년 핼지 제독이 이끄는 제3함대 소속의 고속항모기동부대가 필리핀제도, 타이완 등지에 대한 공세를 늦추지 않자, 일본군은 서서히 저항능력을 상실해가고 있었다. 이를 감지한 맥아더 장군은 당초의 작전계획을 변경해 레이테를 목표지점으로 한 필리핀 상륙작전을 앞당기게 되고, 이로써 그해 10월 23일부터 26일까지 사흘에 걸친 레이테 해전이 시작됐다. 전세가 불리해진 것을 감지한 일본군 연합함대 사령관 도요다 제독이 필리핀제도의 방어, 타이완 류큐제도 및 남부 일본의 방어, 큐슈, 시코쿠, 혼슈를 포함한 일본 본토 방어, 일본 본토 북단과 북해도의 방어 등의 단계로 구성된 '쇼捷' 작전계획을 이미 수립한 상태였으므로, 미군이 레이테 만에 상륙하자 자동적으로 필리핀제도의 방어계획을 뜻하는 쇼1호 작전이 발동됐다. 이 쇼1호 작전이 개시되기 직전, 필리핀에 기지를 둔 제1항공함대 사령관 오니시 다키지로 해군중장은 패색이 짙어가는 국면을 타개하기 위해 특공작전을 구상했는데, 그게 바로 우리가 아는 가미카제 자살공격이었다.

오니시 중장은 패전 이 개월 전, 죽음을 앞두고 "오늘 피어 내

네가 누구든 얼마나 외롭든 317

일 지는 벚꽃이 이내 몸이런가/어떻게 그 향기를 깨끗이 지키려 뇨"라는 시를 지은 바 있다. 그는 가미카제 공격을 앞둔 젊은 군 인들에게도 이런 미감을 심어주기 위해 노력했다. 하지만 죽음은, 그 어떤 자의 죽음이든, 한 생명의 종말일 뿐이므로 아무리 료칸 의 시구를 들먹이며 "지는 벚꽃, 남아 있는 벚꽃도 지는 벚꽃"이 라고 해도 그 압도적인 최후를 견딜 수 있는 재간이 없었다. 그래 서 출격을 앞둔 특공대원들은 그 무엇에든 취해야만 했다. 대부분 은 술에 취했다. 데우지도 않은 술을 단숨에 들이켜거나 입안으로 쏟아부었다. 어떤 자들은 소리를 지르며 눈에 보이는 모든 것을 부 쉈다. 아이처럼 엉엉 소리내어 우는 자들도 있다. 하지만 아무리 취하려고 해도, 취해서 모든 것을, 부모와 형제자매를, 애인과 아 내를, 하룻밤만으로는 다 되돌아볼 수도 없는 짧은 인생을 잊어보 려고 해도 상념은 사라지지 않았다. 이에 그들을 죽음으로 내몬 군 부가 베풀 수 있는 최선의 선물은 결국 난장판으로 끝이 나는 술자 리, 고도 이만 피트를 최고시속 삼백칠십이 마일로 비행할 수 있 는 성능을 지닌, 하지만 이백오십 킬로그램의 폭탄을 적재한 탓에 결국 한번 급강하하게 되면 다시는 기체를 일으켜세울 수 없는 단 발엔진 탑재 함상전투기 제로센零戰, 그리고 죽어가는 순간까지도 자신의 삶이 덧없지 않다는 사실을 상기시켜줄 마약, 즉 히로뽕이 었다.

히로뽕은 필로폰Philopon, 즉 '일을 사랑한다'라는 희랍어에서 유래한 상표명을 붙이고 대일본제약이 1940년부터 시판한 각성제로, 약물로서의 이름은 메스암페타민이다. 이 합성약물의 역사는 1892년 일본 도쿄대 의학부에 있던 나가이 나가요시 교수가 오래전부터 한방에서 천식약으로 사용되던 마황麻黄에서 에페드린이라는 물질을 분리해내면서 시작된다. 이듬해 나가이 교수는 이 에페드린을 환원해서 메스암페타민을 만들어낸다. 각성제라는 사실에서 알 수 있다시피 메스암페타민은 중추신경을 흥분시켜 잠이 오는 것을 억제하고 피로를 느끼지 못하게 하는 약물이다. 일본군은 태평양전쟁 당시 이 히로뽕을 대량생산해 군인들과 군수공장 노동자들에게 제공했다. 특공임무를 맡은 군인들에게 공포를 없애주고 밤근무를 해야만 하는 노동자들에게 졸음을 쫓기 위해서였다. 그러나 군수공장에서 만들어낸 히로뽕을 채 사용하기도 전에 일본은 너무나 빨리 전쟁에 패했고, 그 결과 일본에는 군부가 생산해낸 방대한 양의 히로뽕과 수많은 중독자들만 남게 됐다. 그러다가 군부에서 흘러나온 히로뽕이 모두 동이 나자, 이번에는 전쟁 당시 군수공장에서 제조법을 익힌 기술자들이 직접 나서서 히로뽕을 만들기 시작했다. 이렇게 해서 히로뽕 중독이 사회문제가 되자, 1951년 일본 정부는 마침내 각성제취체법을 제정해 단속에 나섰고, 이후 히로뽕 관련 범죄는 서서히 줄기 시작했다. 1960년대 들어 헤로인이 각광을 받으면서 히로뽕은 전쟁의 기억과 함께 일본인들의 머릿속에서 사라지기 시작했다.

바로 이즈음인 1966년 옥구군에 있던 이길용의 집으로 일본에
서 손님들이 찾아왔다. 그때 이길용은 아직 걸음마를 떼느라 신문
지 바른 벽을 잡고 낯선 글자들을 짚어가고 있을 때였다. 한국어를
할 줄 아는 재일동포를 길잡이로 앞세운 그들은 이길용의 할아버
지인 이상수를 만나자마자 떠들썩하게 그를 끌어안았다. 영문도
모르고 그들에게 안겨 있던 이상수는 그들 중에 상관으로 모셨던
이시하라의 얼굴을 알아보고는 그만 울어버리고 말았다. 그건 팔
라우에서 미군의 포로가 된 뒤 함께 겪었던 고통이 떠올라 흘린 눈
물이기도 했고, 최종적으로 캘리포니아에서 헤어진 뒤로 자신이
겪었던 고난, 즉 한국전쟁과 뼈저린 궁핍에 대해서는 이 사람도 모
를 것이라는 생각에 흘린 눈물이기도 했다. 그럼에도 이시하라는
"안다, 다 안다"고 거듭 얘기했다. 도대체 뭘 안다는 것인지에 대
해서는 말하지 않은 채, 그저 "안다, 다 안다". 이상수는 그날, 재
일동포와 또다른 일본인 두 사람과 상관이었던 이시하라와 함께
집을 나간 뒤 사흘 동안 집으로 돌아오지 않았다. 그리고 사흘 뒤
집에 돌아오자마자 그는 아내의 지청구에도 아랑곳하지 않고 곧
장 이불 속으로 고꾸라져 정신을 잃고 잠들었다. 그날 밤, 통행금
지 사이렌이 울린 뒤 그는 자고 있던 가족들을 모두 깨워 한 달 뒤
에 부산으로 이사를 갈 것이라고 말했다. 자다 깬데다가 너무나 느
닷없는 소리였기 때문에 어안이 벙벙해진 가족들에게 그는 돈뭉
치를 꺼내놓았다. 소작을 붙여먹고 살아서는 몇 년을 일해도 만져

보지 못할 돈이었다. 그 돈이 갑자기 찾아온 일본인들과 관계가 있다는 사실은 다들 짐작할 수 있었지만, 무서워 차마 아무 말도 꺼내지 못하고 있는데, 이상수가 팔라우 바다에 가라앉은 일본의 화물선 후지마루에 대한 이야기를 꺼냈다.

전쟁중에 징발된 후지마루는 필리핀제도를 따라 군수물자를 실어나르던 선박이었는데, 미국의 팔라우 폭격이 시작되던 1944년 초에 팔라우 앞바다에서 침몰했다고 한다. 그때 그 침몰과정을 지켜본 사람들이 여럿 있었는데, 이시하라와 이상수도 그중 하나였다. 팔라우 앞바다에 후지마루가 침몰되는 광경을 목격한 사람들은 그들 외에도 수없이 많았지만, 그중에 살아남은 사람은 많지 않았다. 이시하라는 그 후지마루에 백여 톤의 금괴가 보관돼 있다는 사실을 최근에 확인하고, 금괴 인양을 위한 회사를 설립했으니 이제 자신을 도와달라고 했다고 이상수는 설명했다. 그러니까 그 돈은 선수금조로 이시하라가 내민 돈이라고 했다. 하지만 도와주면 도와주는 것이지, 부산으로는 왜 이사 가느냐고 가족들이 묻자, 이상수는 자신도 바다에 들어가 금괴를 꺼내와야 하기 때문에 잠수 기술을 익혀야 한다고만 얼버무렸다. 그때 이상수의 나이가 오십칠 세였는데, 잠수해서 백여 톤이 넘는 금괴를 인양한다니, 또 바다라면 군산 앞바다도 있는데 갑자기 부산으로 이사한다니 얼토당토않은 이야기가 분명했음에도 당장 눈앞의 돈뭉치에 눈이 민가족들은 그 말을 곧이곧대로 믿었고, 얼마 뒤 그들은 부산에서 양복점을 하는 재종 평계를 대고 고향을 떠났다.

영도다리 근처에 집을 구한 이상수는 잠수기술을 익힌다며 남해의 여러 섬들을 돌아다녔다. 남해에 잠수한다고 해서 매번 금괴를 건져오는 것은 아닐 텐데 한번 나갔다가 며칠 만에 다시 집으로 돌아올 때면 이상수의 주머니에는 늘 돈뭉치가 들어 있었다. 그제야 이상수가 잠수기술을 익히는 게 아니라 다른 일을 한다는 사실을 가족들도 눈치챘으나 몇 년 지나지 않아 민락동에 그럴듯한 2층 양옥집까지 사게 되자, 이제는 누구도 돈의 출처에 대해 묻지 않았다. 그즈음 이상수는 해운회사 상무에게 뇌물을 먹인 뒤, 별다른 일 없이 집에서 놀고 있던 이길용의 아버지 이민호를 선원으로 취직시켰다. 그렇게 해서 부산에서 요코하마, 고베 등지를 오가는 화물선 세븐스타호에 승선하게 된 뒤에야 이민호는 일본인들이 다녀간 뒤 아버지가 그 세계에서는 히로뽕 제조자를 뜻하는 '교수'가 됐다는 사실을 알게 됐다. 이시하라 루트를 통해서 일본에 히로뽕을 밀수출하게 되면 제조자가 얻을 수 있는 이익은 많지 않았으므로, 일본 쪽의 구매자와 논의한 뒤 이상수는 직접 밀수출에 뛰어들기로 결심했던 것이다. 과연 부자가 함께 제조와 운송을 겸하게 되니 그 이익은 상상을 초월할 정도였다. 하지만 한편으로는 바로 그 때문에 이길용의 삶은 돌이킬 수 없이 뒤틀렸다고도 볼 수 있었다.

히로뽕은 두 개의 공정을 거쳐서 만들었는데, 1차 공정은 다음과 같다. 염산 에페드린을 빙초산에 녹여 팔라듐, 황산바륨 등의 촉매제와 과염소산을 가해 섭씨 80~90도 사이에 접촉, 환원한 뒤 촉매를 여과하고 농축시킨다. 여기에서 찌꺼기를 소량의 물에 녹여 강알칼리성으로 만든 다음 에테르로 추출하면 1차 공정은 끝이 난다. 2차 공정은 이렇게 만든 반제품에다가 염산가스를 불어넣어 염산염으로 만든 뒤 침전시켰다가 초산 클로로포름으로 재결정시키면 된다. 그런데 1차 공정에서는 염산 냄새 때문에 은밀한 작업이 곤란하다. 이상수가 남해의 외딴섬으로 돌아다니면서 잠수훈련을 해야 했던 까닭은 바로 이 때문이었다. 아들과 함께 직접 히로뽕 밀수출에 뛰어든 뒤, 마침내 이상수는 자신의 배를 구입할 수 있게 되는데, 그때가 바로 1968년 겨울의 일이었다.

45

산책이 모두 끝날 때까지 나는 왜 그때 그를 찾아갔는가 설명하기 위해서 정민의 삼촌 이야기를 그에게 들려줬다. 일 년에 단 한 번만 다른 세상을 보여주는 벚꽃길에 대한 이야기에서 시작해 거꾸로 거슬러올라가 한 고등학생의 세계를 박살내버린, 어디서 날아온 것인지 지금까지도 알 수 없는 한 발의 수류탄 투척에 이르기까지. 그 이야기에 그가 흥미를 느끼는 것은 어떤 점에서 당연했다.

"비현실적으로 눈앞에서 터지는 수류탄을 본 일은 평생에 걸친 몽상의 시작이었어요. 전적으로 두려움에서 기인한 몽상이었죠."

"어떤 두려움을 말하는 겁니까?"

"취조실에서는 어땠나요? 그때까지의 삶이 모두 진짜였다고 믿은 건 아니었잖아요. 어떤가요? '그 누구의 슬픔도 아닌'에 나오는 이야기들은 사실인가요, 거짓인가요?"

"이 세상에서 학형만큼 그 비디오를 많이 본 사람이 또 있을까요. 아마 비디오를 찍은 요원들도 학형만큼 많이 보지는 않았을 겁니다. 학형이야말로 내 인생의 진정한 팬이죠. 그러니까 학형이 먼저 얘기해보세요. 어떤가요? 사실인 것 같나요?"

"솔직하게 말하자면 잘 모르겠어요. 사실이라고 말할 수 없는 부분이 분명히 존재하거든요. 그런데도 거짓이라고 말할 수도 없구요."

"맞습니다. 그게 내가 살아온 인생입니다. 정말입니다."

그가 나를 보며 천진난만하게 말했다. 그 표정이 하도 진지해서 나는 웃음을 터뜨리지 않을 수 없었다.

"그렇게 말하니까 더 거짓말 같아요. 나는 평범한 가정에서 태어나서 자란 사람이에요. 난 영웅도, 죄인도 아니에요. 원래 히로뽕이나 안기부, 프락치 같은 건 나와는 무관한 세상에서 일어나는 일이었어요. 그래서 그게 현실에서 일어날 수 있는 일이라고는 믿을 수 없는 거죠."

"믿을 수 없다고 해서 그런 일이 일어나지 않는다고 말할 수는 없죠."

"물론이죠. 그래서 두려움이라고 말하는 거예요. 믿을 수 없는 일들이 일어나니까. 정민의 삼촌이 품게 된 몽상도 거기서 비롯했죠. 간단한 몽상이었어요. 과연 이 세계뿐인가? 처음에 그 대상은 남한이었죠. 1970년대까지만 해도 남한은 고립된 섬이었잖아요. 평범한 사람들에게 그 세계를 벗어나는 길은 여권을 구하든지, 아니면 밀항하든지 둘 중 하나였죠. 그러면 대부분의 사람들은 '미국인이나 일본인으로 태어났으면 더 좋았을 텐데……'라고 생각하며 아쉬워하죠. 이번 생에는 글렀으니까 혹시 다음 생에라도? 그런 게 저녁 여섯시에 애국가가 흘러나오면 태극기가 있는 시청 쪽을 향해서 몸을 돌리고 왼쪽 가슴에 손을 올리던 평범한 사람들의 생각이에요. 그런데 정민의 삼촌은 '왜 이런 체제뿐일까?'라고 질문한 거죠. 바로 그 무렵에 중앙전신국에서 수류탄이 터지는 것을 직접 봤고, 청원경찰에게 폭행을 당하죠. 문제는 그게 우연한 폭행이었다는 점이었어요. 폭력에 관한 한 제비뽑기를 하는 사회인 거죠. 단군의 자손으로 태어난 한민족으로서 태극기를 향해서 애국가를 목청껏 부르던 사람도 그 다음 순간 아무 이유 없이 폭행을 당하거나 감옥에 갇히게 되고, 심지어는 사형까지 당해요. 놀라운 반전이죠. 그런 일을 당하면 한민족이니 대한민국이니 유신이니 하는 말들이 얼마나 허망한 것인지 깨닫게 되는 거예요. 그런 걸 깨닫고 나면 단 하루도 버틸 수가 없어요. 구역질이 나죠. 필연을 가장하는 그 모든 언사를, 그 모든 상징을, 그 모든 행위를 부정할 수밖에 없어요. 우연의 사회. 그런 사회에서는 만에 하나 제비를 뽑는다고 하더라도 '정말 재수없구나'라며, 그게 사주팔자나 손금에 계시된 불운이라고 생각하고 넘어가면 좋을 텐데, 정민의 삼촌은 자신이 그 제비를 뽑은 것은 다른 사람들이 그것을 뽑지 않았기 때문이라고 생각하게 된 거예요. 내가 가난한 이유는 부자들이 있기 때문이라는 식이 되니까 세상에 둘도 없는 사회 불만세력이 되는 거죠. 그건 필연을 가장한 체제에서 자발적으로 우연한 존재가 되겠다는 뜻이기도 해요. 이해가 되나요?"

"계속 얘기해보세요."

"자발적으로 우연한 존재가 되는 첫번째 방법. 계속 외국서적을 모으는 일이었죠. 다른 세계를 계속 꿈꾸기 위해서. 처음에는 『내셔널 지오그래픽』 같은 잡지를 모았어요. 명동이나 청계천에 가면 그런 잡지를 모아서 파는 데가 많았으니까. 그러다가 외국서적 자체에 관심을 가지게 됩니다. 미8군에서 흘러나온 페이퍼백이나 대학교재용으로 원서를 그대로 영인해 불법으로 다시 찍어낸 해적판들의 세계에 눈을 뜨게 되는 거죠. 검정고시로 남들보다 늦은 나이에 대학에 입학한 뒤, 한 이 년 정도는 그렇게 책만 모으고 다녔어요. 나중에는 미8군 서적을 취급하는 중간상인이나 대학가를 돌면서 외국서적 영인본을 파는 서적 외판원과도 사귀게 되고, 그들을 도와서 일을 배우기도 했죠. 아까 당시 부산 중앙동의 다방에

가면 대일 밀수꾼들만 앉아 있었다고 했잖아요. 마찬가지로 당시 교수연구실로 도서목록을 들고 찾아오는 사람들은 모두 해적 출판업자들이었어요. 정민의 삼촌은 사람이 참 견실하다고 해서 그런 해적 출판업자 중의 한 사람에게 귀염을 받아요. 해직 기자 출신으로 학계에 인맥이 많았던 사람이었죠. 서로 책 이야기를 하다가 친해져서는 아예 그 사람 밑에 들어가서 일하게 됐어요. 목록을 들고 연구실마다 찾아다니는 일이죠. 나중에 좀더 친해지게 되니까 그 사람은 원료창고가 있다며 고양군으로 정민의 삼촌을 데려갔어요. 불광동에서 버스를 탄 뒤, 여러 번 검문을 거쳐 도착한 곳은 군부대 주변의 마을이었어요. 탄약고가 멀지 않은 곳에 붙어 있는 집이었는데, 그 집 다락방에 그 사람이 말하는 원료창고가 있었어요. 다시 말하면 운동세력의 탄약창고였다고나 할까요. 다락방에는 유학에서 돌아온 교수들에게서 구한 사회과학서적, 일제시대 때 출간된 일본어판 사상서들, 월북 작가들의 책들, 각종 고잡지들이 가득했으니까요. 그 책들이 단계별로 한국사회에 유통된 것은 1980년대가 끝나갈 즈음이고, 그때까지는 아무리 해적 출판이라고 해도 자본주의 이행논쟁으로 유명한 폴 스위지나 모리스 도브, 헤겔의 『19세기 사회사상사』 정도, 조금 더 나간다고 해도 마르쿠제의 『이성과 혁명』까지, 암튼 그 정도가 한계였어요. 그런데 거기서 일본어로 된 마르크스나 레닌의 책들을 보게 되니 정민의 삼촌은 눈이 뒤집히는 거죠. 해적 출판업을 하려면 사회사상의 발달과정을 잘 주시해야만 한다는 게 그 해직 기자의 말이었는데, 그는 그 충고를 무시하고 이 년 뒤에 레닌의 『국가와 혁명』을 영인해서 대학가에, 말 그대로 뿌려버리죠."

"그 시절에 벌써 레닌이라니, 정말 대단하군요."

"더 대단한 건 정민의 삼촌이 대마초를 피우면서 영인작업을 했다는 점이었어요. 원료창고 주변에는 대마초가 널려 있었으니까. 레닌의 책을 영인해서 뿌리게 된 것도 어쩌면 대마초 기운 때문이었는지도 몰라요. 그래서 그를 체포한 당국은 순간적으로 어떤 법률을 적용해야 할까 고민하게 되었겠죠. 레닌이냐, 대마초냐. 사실은 그 때문에 더 큰 처벌을 받지 않게 되기도 했어요. 유신체제가 보기에는 레닌이든 대마초든 체제를 부정하는 요소이긴 마찬가지였지만, 대마초를 피우며 레닌의 책을 해적 출판하는 일을 떠올리기에는 상상력이 부족했으니까. 그게 정민의 삼촌이 꿈꿨던 몽상이었어요. 그렇게 긴급조치 위반혐의로 감옥에서 일 년 남짓 지내는 동안, 이번에는 감옥 속의 여행자가 되기로 결심을 해요. 바로 우연한 존재가 되는 두번째 방법이었죠. 할 일이 없었기 때문에 한 나라를 택해서 하루종일 머릿속으로 여행을 떠나는 거예요. 고등학교 때부터 읽었던 외국잡지와 서적 들이 큰 도움이 되었죠. 출국절차를 밟고 비행기에 탑승한 뒤, 그 나라로 입국해요. 어디든 상관없어요. 미국이든 프랑스든, 심지어는 소련이나 쿠바까지도. 감옥에 갇혀서 온 세상을 여행하는 거지요. 그렇게 해서 나중에 출감

한 뒤에는 세계여행기를 쓰기 시작해요."

"한 번도 외국으로 나가본 적이 없는데도?"

"딱 한 번 외국이라고 해서 나가본 일이 있어요. 물론 외국은 아니었지만."

"그게 무슨 소리입니까?"

"그게 무슨 소린지 지금 설명하는 중이에요. 제가 왜 여기에 있는지 저도 이제야 알 것 같으니까. 독일에 오기 전에 도서관에 가서 1968년도 신문을 읽은 적이 있었어요. 당신의 아버지가 요코하마와 고베 등을 오가는 밀수업자가 되고 당신의 할아버지가 부산에서 배를 구입할 무렵의 신문들이죠. 병원 영안실에서 총학 투쟁 국장에게 방북 예비대표 제안을 받고 나서 얼마 지나지 않았을 때였어요. 가겠다고 결정하는 순간은 순식간이었지만, 두려움은 오래 지속됐죠. 마찬가지의 두려움이에요. 우연한 존재가 되는 순간 느끼는 두려움. 그 두려움을 극복해야만 했죠. 그때 웬일인지 정민의 삼촌에게 일어난 일이 진짜였는지 확인하고 싶어졌어요. 평생 우연한 존재가 되기 위해서 노력한 사람의 삶에 혹시 그 어떤 필연의 흔적이 있는 건 아닐까? 도서관에서 제일 먼저 1968년 5월 신문을 찾아서 읽었어. 거기에는 중앙전신국에서 터진 수류탄 투척사건에 대한 기사가 실려 있었죠. 그리고 다시 신문을 뒤졌어요. 구석구석까지. 오후 늦게서야 나는 12월 14일자에 실린 기사를 봤어요. '성체불명의 새 합성마약, 제2의 메사돈 적발. 백색 분말 오 킬로그램 압수'. 기사에 따르면 경찰당국은 주한 WHO 극동 담당 마약 수사관에게 수사를 의뢰했고, 그 외국인 수사관은 일본으로 건너가 성분을 분석한 뒤 며칠 후 그 백색 분말이 히로뽕이라는 사실을 통보하죠. 그게 한국에서 처음 적발된 히로뽕이었어요. 부산항에서 그 히로뽕을 소지하고 있다가 검거된 사람은 일본으로 밀항을 꿈꾸던 한 고등학생이었고요."

"그게 아까 말했던 그 사람입니까?"

"왜 아니겠어요?"

"그렇다면 그 히로뽕이 우리 아버지나 할아버지에게서 나온 것이라는 얘긴가요?"

"그것까지 확인할 순 없지만, 서울지검 마약반이 히로뽕 밀조조직에 대한 수사에 나선 후 이 년 뒤 밀조 기술자 이상수를 검거하게 되는 건 모두 그 우연한 사건 때문이었으니까 아무래도 그렇다고 볼 수 있겠죠. 어쨌든 정민의 삼촌이 진술한 바에 따르면, 부산항 주변에서 일본으로 밀항할 배를 물색하던 그는 자신을 화물선 선원이라고 소개한 사람에게 사기를 당해 돈을 다 날리고 말아요. 다른 사람 같으면 돈을 빼앗기고도 벙어리 냉가슴 앓듯이 아무 말도 못하고 김제로 돌아갔을 텐데, 그는 선원이 일한다고 했던 해운회사까지 찾아가서 울며불며 돈 내놓으라고 소리를 질러댔죠. 그때만 해도 해운회사라는 곳은 구린 데가 많은 곳이었어요. 해운회사 직원들이 밀수에 관여하고 있다는 사실이 공공연한 비밀이긴 했지만, 회사까지 찾아와서 밀항을 시켜주기로 해놓곤 돈을 떼먹었다는 둥 소리를 질러대자, 해운회사로서는 좀 골치가 아팠던지 전무라는 사람이 정민의 삼촌이 보는 앞에서 직원들에게 '쟤, 일본까지 보내줘라'라고 명령했어요. 떼먹힌 돈이야 밀항에 쓰려고 집에서 훔쳐온 거니까 해운회사가 공짜로 일본까지 보내준다면 다시 돌려받지 않아도 상관없는 일이었어요. 다 잘된 거죠. 그렇게 해서 정민의 삼촌은 그날 밤에 배를 타고 일본으로 가요. 큰 화물선은 아니고 작은 배. 그 민첩한 배를 타고 얼마간 밤바다를 달리고 나니 여기서부터 일본 바다라고 하더니, 다시 얼마 지나지 않아 해안가에 배를 세웠어요. 일본에서 꼭 성공하라는 둥, 젊어서 고생은 사서도 한다는 둥, 일본인을 만나면 꼭 '오하이오 고자이마스'라고 밝게 인사하라는 둥, 충고를 뒤로하고 정민의 삼촌은 짐을 허리에 차고 차가운 바다를 향해 뛰어들었어요. 정민의 삼촌이 바다로 뛰어내리자, 배는 유유히 돌아서 다시 부산을 향해 떠났지요. 아랫도리가 물에 다 젖었으므로 모래사장까지 걸어갔을 때는 온몸이 얼어붙을 지경이었죠. 빨리 인가를 찾아야겠다는 생각에 송림을 지나 한 십 분 정도 안쪽으로 들어가다가 마침내 정민의 삼촌은 멀리서 은은하게 비치는 불빛을 발견했어요. 거기에는, 그게 일본식 주택인지는 몰라도, 가건물처럼 널빤지로 짜맞춘 단층 목조 건물이 있었어요. 아랫도리가 완전히 얼어붙는 통에 아무 이성적 판단도 할 수 없게 된 정민의 삼촌은 그 집의 문을 열어젖히며 '오

하이오'라고 소리쳤어요. 그다음에는 '고자이마스'라고 덧붙여야
할 텐데, 문을 열자 안에서 확 풍겨온 냄새 때문에 그 말은 하지도
못하고, 게다가 밝게 웃지도 못하고, 얼굴을 찡그린 채 정민의 삼
촌은 기침을 쏟아냈죠."

"안에서 확 풍겨온 냄새…… 그러니까 염산 냄새. 학형은 정민의
삼촌이 언젠가 나의 할아버지를 만난 적이 있었기 때문에 학형과
내가 다시 베를린에서 만나게 된 것이라고 생각하고 있는 거군요."

"그렇죠. 하지만 그건 시작에 불과해요. 더 중요한 건 그 입체
누드사진이에요. 당신의 아버지가 죽어가는 순간까지도 놓지 않
았던 그 입체 누드사진, 그리고 제 할아버지가 생의 마지막 순간에
불태우려고 했던 그 입체 누드사진 말이에요."

그러면 존재하는 현실은 무너지리라

46

그 다음날, 베를린 시의회 건물에서 열린 강시우의 기자회견장에서 벌어진 소동에 대해서 말하자면, "세상이 다시 미쳐버려 전쟁으로/시끄러워지기 전에 다시 한번/우린 몇몇 아름다운 것들을 즐기며/이것들을 위해 노래를 부르련다"라는 헤르만 헤세의 시구를 강시우가 마저 읊는 것으로 끝이 난 그 밤의 이야기로 돌아가야 한다. 그 아름다운 연인은 적당히 마리화나에 취해서 호텔로 돌아갔고, 창으로 비치는 창백한 달빛을 바라보며 또 한번의 행복한 밤을 보냈을 것이다. 세상이 다시 미쳐버려 전쟁으로 시끄러워지기 전에. 다시 한번. 한국을 떠난 이래 처음으로 나는 외롭지 않은 밤을 맞이했다. 나는 고개를 들어 별들로 가득한 밤하늘을 바라보며 밤거리를 걸었다. 그 순간, 나는 그때까지 이 세상에 살았던 그 누구보다도 행복했다. 그제야 나는 온 세상을 향해 다리를 벌린 채 자랑스러운 표정으로 웃고 있는, 입체 누드사진 속의 그 여자를 이해할 수 있었다. 그건 나 역시 마리화나에 취해 있었기 때문이 아니라, 거기 하늘 위에 달이 떠 있었기 때문이었다. 거기 떠 있는 달이 내가 존재하기 아주 오래전부터, 나의 아버지가, 또 나의 아버지의 아버지가 태어나기 아주 오래전부터 지금의 우리 모두를 꿈꾸고 있었다는 것이 한순간에 명백해졌기 때문이었다. 나는 저 달이 존재하는 한, 내 존재가 결코 사라질 수 없다는 사실을, 처음부터 우리가 모두 연결돼 있다는 사실을 깨닫게 됐다.

히로뽕 오 킬로그램을 들고 이번에는 자신을 진짜 일본으로 밀항시켜줄 사람을 만나기 위해 정민의 삼촌이 부산항에 서 있을 때도 아마 그런 달이 떠 있지 않았을까. 그저 고개를 들어 하늘을 바라보는 것만으로도 멀리 있거나 가까이 있거나 어두운 세상의 모든 것들을 서로 연결시켜주는 그런 달빛. 그런 식으로 김제가 고향이었던 정민의 삼촌은 불이농촌에서 온 이상수의 호의를 받을 수 있었을 것이다. 이야기는 서로 꼬리에 꼬리를 물고 이어진다. 인도 식당에서 그가 내게 들려준 이야기는 다음과 같이 계속된다. 정민의 삼촌이 부산항에서 체포된 지 이 년이 지나지 않아 강시우의 할아버지는 서울지검 마약반 김철규 검사팀에 의해 검거됐다. 밀조 공장이 있던 남해의 외딴섬에서 검거될 당시, 이상수 일당은 모두 여덟 명이었고 압수된 원료는 이십 킬로그램이었다. 아들 이민호는 세븐스타호에 승선중이어서 체포를 면했다. 이상수는 재판 도중 병보석으로 서울의 한 병원에 입원해 있다가 도주했다. 아버지가 잠적하고 난 뒤, 워낙 심약했던 이민호는 다시 배에 오르지 않았다. 대신에 그는 일가족을 모두 이끌고 제주도로 이사했고, 거기서 그간 모은 돈으로 서귀포의 한 여관을 인수했다. 여관은 한때화가 이중섭이 살았던 집에서 가까운 언덕배기에 자리잡고 있었다. 그 집에서 강시우는 열 살이 될 때까지 살았다. 다른 사람들처럼 살아갈 수 있었기 때문에 가족들은 모두 행복했다. 아마도 이때가 강시우의 일생을 통틀어 가장 행복했던 시기였을 것이다.

그리고 이 년 뒤인 1972년 2월, 청와대의 특명을 받은 서울지검 특별수사반이 부산항을 통해 이뤄진 대규모 금괴 및 시계 밀수 사건을 파헤쳐 세 개 밀수조직원 열아홉 명을 구속하고 다른 세 개파 스물여덟 명을 수배한 일이 생겨나 부산의 밀수루트가 완전히 붕괴됐다. 그 얼마 뒤, 부산에서 생활할 때 가깝게 알고 지내던 보사부 마약 단속원이 이민호를 찾아왔다. 객실에서 몇 병의 술을 마신 뒤, 그는 이민호에게 붕괴된 밀수루트를 재건해 일본에 히로뽕을 밀수출할 생각이니 같이 일하자고 제안했다. 아버지의 도주로 이미 당국의 주목을 받고 있는데다가 서귀포생활이 행복했으므로 이민호는 그 제안을 쉽게 거절할 수 있었다. 그러자 단속원은 ㄱ에게 말했다.

"너, 그거 아나? 히로뽕 밀수는 나라에서도 장려하는 거다. 엽전이라고 맨날 밀수입만 하란 법 있다 카더나? 하나라도 더 밀수출해서 무역역조를 시정할 수 있다 카만 그게 애국자다. 왜놈들 히로뽕에 싸그리 다 중독시킨다 카만 그게 안중근이고, 그게 이봉창만큼 애국하는 길 아이가?"

사실이 그랬다. 그때 부산에서는 금괴나 시계 밀수입이라면 모르겠으나 히로뽕 밀수출은 웬만해서는 단속하지 않는 분위기였다. 단속원의 말대로 수출해서 일본돈을 벌어들일 수 있는 건 히로뽕 같은 것밖에 없었다. 게다가 한국 사람은 히로뽕에 중독되지 않는다는 속설까지 나돌고 있어서 부산의 히로뽕 밀수출에 대해서 당국은 어느 정도 눈감아주고 있었다. 하지만 일제 말기 일본인 지주의 사음이 되겠답시고 그 집에 들어갔다가 어찌어찌하여 군대에 자원입대한 기간을 빼자면 평생 농사만 지었던 아버지가 결국에는 히로뽕 밀조혐의로 체포되고, 또 도주 뒤에 만났을 때는 이미 히로뽕에 중독돼 폐인 신세가 됐다는 것을 확인한 이민호로서는 그 제안을 받아들일 수 없었다. 그러자 단속원은 맥주병을 발로 걷어찬 뒤, 바닥에 놓인 과도를 들어 이민호의 목에 겨누면서 난동을 부렸다. 그날 이민호의 가족들은 시끄러운 노랫소리에 깜짝 놀라 객실로 달려갔다가 애국가를 부르는 이민호의 모습을 보게 됐다. 단속원의 위협에 못 이겨 이민호는 겁에 질린 얼굴로 "동해 물과 백두산이 마르고 닳도록 하느님이 보우하사 우리나라 만세", 덜덜

덜 떨면서 노래를 불렀다. 한국인은 히로뽕에 중독되지 않는다는 말은 거짓말이었다. 그 단속원도 히로뽕 중독자였다.

객실을 차지한 단속원은 여관 바깥으로는 한 발짝도 나가지 않고 히로뽕만 투약하면서 며칠을 보냈다. 아내는 그 단속원을 경찰에 신고하자고 했지만, 그렇게 하면 그동안의 커넥션이 다 드러나기 때문에 이민호로서는 쉽게 할 수 있는 일이 아니었다. 하지만 살아남기 위해서는 그것밖에는 방법이 없다는 생각이 들 즈음, 단속원의 연락을 받은 부산의 조직폭력배들이 여관으로 들이닥쳤다. 그제야 이민호는 이게 단속원과 자신만의 문제가 아니라, 아버지의 상관이었던 이시하라까지 포함한 일본과 한국의 조직폭력배 사이의 문제라는 걸 깨닫게 됐다. 그 커넥션에서 빠져나갈 수 있는 방법은 아무것도 없었으므로 여관과 가족은 손을 대지 않는다는 조건으로 이민호만 다시 부산으로 돌아갔다. 물론 그들이 원한 건 이민호뿐만이 아니었기 때문에 그는 고향 근처에서 은신중이던 아버지를 찾아가야만 했다. 1972년 무렵의 언젠가, 아마도 그 몇 년 뒤 내가 아버지를 따라 할아버지를 만나기 위해 찾아갔던 김제의 바닷가 근처로. 1972년에 거기서 이상수는 무슨 꿈을 꾸고 있었던 것일까? 혹시 내가 본 그 검은 뻘을 다 메워서 논으로 만들 꿈을 꾸고 있었던 것은 아닐까? 어쩌면 팔라우에서 함께 후지마루를 비롯한 수많은 일본 군함과 화물선이 침몰하는 광경을 함께 지켜본, 한때 법률가를 꿈꿨던 조선인 병사와 함께?

내가 그런 생각을 하게 된 것은 도피중이던 강시우의 할아버지가 검거될 당시 간첩혐의를 쓰고 있었기 때문이었다. 1975년 여름 경부고속도로 부산 톨게이트에서 영도경찰서 형사대는 차를 몰고 가던 이상수를 덮쳤는데, 이때 그는 권총까지 차고 있었다고 한다. 그는 형사들에게 삼천만원짜리 자기앞수표를 내놓으며 "한 번만 봐달라"고 사정했지만, 통하지 않았다. 검거되고 얼마 지나지 않아 간첩혐의는 슬그머니 사라졌다. 그때 이미 이상수는 히로뽕에 중독돼 폐인에 가까운 상태였고, 결국 병보석으로 병원에서 치료를 받다가 이듬해 숨졌다. 이민호의 불행은 그보다 좀더 늦게 찾아왔다. 발단은 한 척의 화물선 때문이었다. 1979년 12월 7일, 인천항으로는 파나마 선적의 만다린호가 들어왔다. 대만에서 대나무 삼만팔천 단을 싣고 홍콩을 경유해 한국으로 들어온 이 이천오백 톤급의 화물선에는 녹용 삼백오십 킬로그램, 염산 에페드린 이백오십 킬로그램, 라도 손목시계 오백 개, 밍크목도리 스물다섯 개, 불로바 손목시계 삼천 개 등 어마어마한 양의 밀수품이 감춰져 있었다. 인천항에 대나무 실은 배가 들어오니 주목하라는 정보를 미리 입수한 검경 합동수사반은 밀수품이 반출된 직후, 선원들을 모두 체포하고 만다린호를 수색해 십억원어치의 밀수품을 더 찾아냈다. 처음에는 전국 오십여 명의 한약상과 화교 들을 수사선상에 올려놓는 등 녹용 및 시계 밀수루트에 집중하던 수사는 해가 바뀌면서 히로뽕 루트로 쏠리기 시작했다. 이렇게 해서 1980년 전국 히로뽕 조직 일제 소탕작전이 전개됐다.

1980년 1월 14일 새벽 한시, 형사들이 민락동의 집으로 들이닥칠 당시 이민호는 이미 히로뽕에 만성중독된 상태였다. 아버지가 죽은 뒤 히로뽕의 질을 점검하기 위해 스스로 투약하다가 결국에는 중독된 것이었다. 히로뽕계에서 만성중독은 곧 은퇴를 뜻했다. 중독자들은 언제 사고를 칠지 모르기 때문에 조직에서 따돌렸다. 몇 년 전까지만 해도 히로뽕 조직에 맞서 이것만은 보호해달라며 사정하던 서귀포의 여관도 이미 남의 손에 넘어간 지 오래였다. 이민호는 약에 취하면 하염없이 입체 누드사진을 들여다본 뒤, 반드시 성교를 해야만 했다. 그 입체 누드사진은 죽은 아버지의 것이었다. 처음 히로뽕에 중독됐을 때, 무심코 그 입체 누드사진을 집어들었다가 이민호는 놀라운 환각을 경험했을 것이다. 히로뽕 중독자들은 투약하게 되면 처음 중독됐을 때 했던 일을 반복하게끔 되어 있었다. 약기운 때문에 밤낮을 가리지 않고 몇 시간이고 이어지는 그 성교를 견디지 못하고 아내가 집을 나간 뒤, 그는 호텔에서 돈을 주고 산 여자와 며칠이고 변태적인 섹스를 하곤 했다. 그래서 형사들이 집에 들이닥쳤을 때는 이미 히로뽕 루트에서는 완전히 배제된, 그의 아버지와 마찬가지로 폐인 신세가 된 몸이었다. 그럼에도 그의 집에 형사가 들이닥친 건 전적으로 그가 부산의 히로뽕 루트, 그중에서도 경찰과 검찰과 보사부 쪽의 인맥에 대해서 많은 것을 알고 있었기 때문이었다. 그를 체포하러 부평서에서 파견 나온 형사들은, 검거에 나서기 전에 '히로뽕 중독자들은 맞아도 고통을 모르고 짐승처럼 저항하니 기선을 제압해야 한다'는 조언을 들었다.

그래서 당시 열다섯 살이었던 강시우가 문을 열자, 네 명의 형사들은 역시 "홍콩에 돈을 대주는 간첩을 잡으러 왔다"고 소리치며 죽은듯이 자고 있던 이민호를 구둣발로 걷어차 깨운 뒤 몽둥이로 사정없이 내리쳤다. 두 사람이 이민호를 때리고 있는 동안, 한 사람은 방안과 지하실을 수색했고 다른 사람은 할머니와 강시우 등 가족들에게 권총을 겨누며 한쪽 방으로 밀어넣었다. 그 방안에서 가족들은 평생 잊지 못할 처절한 비명소리를 들었다. 비명은 십여 분간 이어지다가 사라지더니 형사들이 분주하게 움직이는 기척만 들렸다. 이윽고 모든 소리가 잠잠해졌을 때, 강시우와 할머니는 이민호가 있던 안방으로 들어갔다. 안방에는 홍건하게 물에 젖은 이부자리 위로 세숫대야가 뒤집어져 있었다. 세숫대야 옆에 뭔가 반짝이는 게 보였다. 바로 그 입체 누드사진이었다. 강시우는 얼른 이불 옆에 떨어져 있던 그 입체 누드사진을 주워들었다. 삼십분 정도가 흐른 뒤, 다시 돌아온 형사들은 신발도 벗지 않고 응접실 바닥에 주저앉아 할머니에게 마실 걸 가져오라고 했고, 할머니는 냉장고에 들어 있던 맥주를 내놓았다. 그는 검게 그을린 그들의 얼굴을 힐끔거렸다. 그 얼굴들은 땀으로 번질거렸으며, 그의 기억 속에서는 그 땀 역시 검은 땀이었다. 맥주를 마시면서 그들은 대검

찰청 수사요원들이라며 자신들의 신원을 밝혔다. 그렇게 얼마간 술을 마시고 나더니 그들 중 한 명이 자신들을 바라보며 지키고 선 가족들에게 이민호가 죽었다고 말했다.

그들에게 기선을 제압하는 게 중요하다고 말했던 부산 지역 마약담당 보사부 직원은 나중에 히로뽕 중독자들의 특이체질을 잘 모르는 타지 형사들이라 그런 일이 일어난 것 같다고 말을 바꿨다. 그 직원의 말에 따르면 히로뽕 중독자들은 뼈 속에서 칼슘 성분이 녹아나와 뼈가 수수깡처럼 비어 있기 때문에 작은 충격에도 쉽게 부러진다는 것이었다. 그날 밤의 검거작전으로 갈비뼈가 부러진 사람은 모두 다섯 명이었고, 그중 두 사람이 목숨을 잃었다. 그들이 죽지 않았더라면 부산 지역 경찰과 검찰과 보사부의 직원들 중 수십 명은 옷을 벗었을 것이라는 게 히로뽕계의 중평이었다. 이민호가 죽고 난 뒤, 가족에게 남은 건 근저당이 설정된 집 한 채와 형사들이 미처 챙겨가지 못한 하얀 분말 오 그램뿐이었다. 강시우의 여동생들은 어머니가 살고 있는 전주로 떠났고, 집에는 강시우와 하루종일 소주에 취해 눈물만 흘리는 할머니뿐이었다. 결국 집에 먹을 것이 다 떨어지게 되자, 강시우는 아버지가 남긴 그 하얀 분말 오 그램이라도 팔아보겠답시고 아버지의 친구들을 수소문하고 다니기 시작했다. 하지만 그 분말에 관심은커녕 그들의 처지를 동정하는 사람들도 없었다. 그들은 모두 지금이 이느 때인데, 그딴 것을 팔려고 드느냐고 호통을 쳤다. 히로뽕이라면 금가루

라도 되는 양 굴었던 사람들이 이제는 그게 자살폭탄이라도 되는
양 그를 멀리했다. 차라리 히로뽕이 쌀이라면 얼마나 좋을까고 생
각하면서 집으로 돌아가던 길에 그는 전파사의 텔레비전을 통해
불타는 광주MBC 사옥의 모습을 보게 되었다. 광주항쟁이 시작되
고 있었다.

47

광주항쟁은 모든 것을 바꿔버렸다. 광주항쟁은 남한에 있는 모
든 젊은이들을 우연한 존재로 만들어버렸다. 그들이 죽지 않고 대
학에 들어가 술을 마시고 담배를 피우고 미팅을 하고 섹스할 수 있
었던 까닭은 지극히 단순했다. 1980년 5월 광주에 있지 않았기 때
문이었다. 서울이나 부산, 평택이나 강릉쯤에 있었기 때문이었다.
광주에 있었더라면 그들도 죽을 수 있었다. 그가 어떤 사람이었
든. 북한군이 내려오면 당장이라도 학도호국병이 되어 전선으로
나갈 준비가 돼 있던 고등학생이었든, 홍수환의 권투중계를 보면
서 이겨야 한다고. 우리 민족은 고난이 많았으니 싸우면 반드시 이
겨야 한다고 믿었던 이십대 초반의 공원이었든, 영하 삼십 도까지
내려가는 추운 겨울 전선을 지키는 군인에게 "안녕하세요, 국군아
저씨"라고 시작하는 위문편지를 쓰던 여학생이었든 그날 광주에
있었더라면 죽을 수 있었다. 광주항쟁은 1980년대에 이십대를 보

낸 사람들을 거의 대부분 우연한 존재로 바꿔버렸다. 그걸 견딜 수
없었기 때문에 대학생들은 스스로 학습을 시작하고 조직을 만들
었다. 정민의 삼촌이 고양군의 원료창고에서 본 그 책들을 공부하
면서. 이제 마르크스가, 레닌이, 모택동이, 김일성이 닥치는 대로
읽히게 됐다. 누군가는 그들에게 이게 우연한 세계가 아니라는 걸
증명해야 했는데, 아무도 그 일을 하지 않았기 때문이었다. 대신에
이 세계가 어떤 곳인지, 이전까지 한 번도 보지 못했던 책들이 증
언하기 시작했다.

사람들은 지금까지 항상 자신들이 무엇이며 무엇이어야 하는가
에 대해 잘못된 관념을 가지고 있었다. 이제부터는 인간을 짓누르
는 멍에들, 즉 망상과 이성과 도그마와 비실재적 존재들로부터 인
간을 해방시키자. 이런 사상의 지배에 대해 반란을 일으키자. 어떤
사람은 이런 환상들을 인간의 본질에 상응하는 관념으로 바꾸도
록 가르치자고 말하고, 또 어떤 사람은 이것들에 대해 비판적인 태
도를 취하도록 가르치자고 말하며, 또 어떤 사람은 이런 환상들을
인간의 머릿속에서 지워버릴 수 있도록 가르치자고 말한다. 그러
면 존재하는 현실은 무너지리라. 칼 마르크스. 국가란 아득한 옛날
부터 존재해온 것이 아니다. 국가가 존재하지 않았던 사회도 있었
으며, 국가나 국가권력이란 개념 자체를 떠올리지 못했던 사회도
있었다. 계급은 생길 때와 마찬가지로 필연적으로 사멸한다. 계급
과 마찬가지로 국가도 필연적으로 사멸한다. 그때의 사회는 생산

자들 간의 자유롭고 평등한 상호결합에 기초해 생산관계를 재조직하게 될 것이며, 모든 국가기구들을 그것이 있어야 할 자리로, 즉 고대박물관으로 보내어 물레나 청동도끼 옆에 나란히 전시하게 될 것이다. 프리드리히 엥겔스. 준비 없는 싸움은 하지 말고, 자신 없는 싸움은 하지 않는다. 싸움마다 철저한 준비를 갖추도록 하며, 적과 아군의 조건의 대비하에서 승리할 자신이 있어야 한다. 용감하게 싸우며, 희생을 두려워하지 않으며, 피로를 염려하지 않으며, 연속작전을 전개하는 작풍을 발양한다. 최선을 다해 적을 섬멸하도록 한다. 동시에 진지 공격전술을 중요시하며, 적의 거점과 도시를 탈취한다. 모택동.

그 문장들에 줄을 그어가면서 학습함으로써, 그리하여 스스로 조직함으로써 1980년대 한국의 대학생들이 1980년 5월 광주에 있지 않았기 때문에 자신은 살아남은 것이라는 허무와 우연의 세계에서 벗어나 백주대낮에 시민을 살해하는 폭압적인 체제에 맞설 수 있는 존재, 서로 연대하였으므로 쉽게 죽지 않는 존재로 바뀌어나간 것처럼, 1986년 어두운 방에서 이 우주에 오직 자신뿐이라는 외로움에 떨어대던 이길용에게는 제일 먼저 섭동이라는 개념이 있었기 때문에 죽지 않을 수 있었다. 이길용이 섭동에 대한 문장을 왼 것은 상희와 함께 경주에 다녀온 지 몇 달 지나지 않아서였다. 바로 '그 누구의 슬픔도 아닌'에 나오는 그 방이었다. 그 방에서 그는 수없이 반복해서 그동안 있었던 일들에 대해서 진술했다. 시간

순으로 한 번 진술하고 나면, 비디오 화면을 본 요원들이 수십 가지 질문을 준비해와서 다시 물었다. 그 질문에 모두 대답한 뒤, 처음부터 다시 자신에게 일어난 일들에 대해 진술했다. 그런 과정이 몇 차례 반복됐다. 요원들은 모호하고 불완전하게 기억되는 부분들을 계속 찾아내어 진술을 강요했다. 현실에서는 아주 사소해서 아무 의미도 없는 부분들이었다. 교황을 암살하겠답시고 도청 앞에까지 나갔을 때, 가슴에 품었던 태극기는 몇 번이나 접었는가? 상희와 처음 만난 날 교수식당에서 먹었던 음식은 무엇이며 값은 얼마였는가? 일일찻집 행사에서 상희와 둘이서 화장실에 들어갔을 때 밖에 있던 사람은 문을 몇 번이나 두들겼는가? 그 질문에 대답하지 못하면 그들은 그를 고문했다. 고문하게 되면 그 무슨 이야기든 다 내뱉게 마련이었다. 태극기는 세 번 접었습니다. 교수식당에서는 돈가스를 먹었고 가격은 팔백원이었습니다. 그때 화장실 밖에서 누군가 문을 스물세 번 두들겼습니다. 눈물과 콧물과 땀과 오줌과 똥을 흘려가면서 이길용은 무덤까지 가져가야만 하는 기억들까지, 예컨대 상희의 성기가 어떻게 생겼는지, 절정에 올랐을 때는 그 몸이 어떻게 꿈틀거렸는지, 섹스가 끝난 뒤에는 다시 하고 싶은 마음에 상희가 축 늘어진 자신의 성기를 잡고 얼마나 애타게 매달렸는지까지 다 털어놓아야 했다.

고통 속에서 모든 진술이 끝나고 나면 이길용은 고문에서 벗어날 수 있었고, 얼마간 고문이 없는 평화로운 상태에서 자신이 누구인지 기억하려고 안간힘을 쓰게 마련이었는데, 그들이 이길용에게 자신들이 찍은 비디오 화면을 보여주는 건 바로 그때였다. 비디오를 바라보면서 눈을 감거나 귀를 틀어막을 때마다 그들은 사정없이 이길용을 때렸으므로 그는 미동도 하지 못하고 자신이라고는 도저히 믿을 수 없는 한 인간의 고백을 지켜봐야만 했다. 그건 구역질이 치밀어오를 정도로 더러운 고백이었다. 결국 의자에 묶여 있던 이길용은 그들이 말릴 틈도 없이 그대로 모니터를 향해 돌진해, 머리로 화면을 부숴버렸다. 찢긴 얼굴에서 피가 튀었다. 얼굴을 깨진 모니터 속에 집어넣은 채 이길용은 생각했다. 이런 일들이 실제로 내게 일어났는가? 이게 나의 삶인가? 이게 바로 나인가? 이길용인가? 아니면 이건 망상과도 같은 것인가? 과연 한기복이라는 사람이 광주도청 앞에서 온몸에 시너를 끼얹고 분신한 것은 사실이었는가? 상희라는 여자가 존재했던가? 나는 누군가? 나는 죽었는가? 그렇게 1986년 이길용은 모니터에 얼굴을 박은 채두번째로 죽었다. 그리고 이길용이 다시 깨어났을 때, 그는 강시우가 됐다. 이길용이었던 기억은 왼쪽 뺨 옆에 남은 긴 상처뿐이었다. 이로써 고문은 모두 끝났다. 그는 애타는 심정으로 자신을 고문하던 사람들의 손을 잡았다. 당시 그에게 손을 내민 사람들은 그들뿐이었다. 그때부터 프락치가 되어 학원가에 침투하기 위한 교육이 시작됐다. 아이로니컬하게도 이길용에게 학생운동과 공산주의에 대해 가르친 사람들은 안기부 요원들이었다. 그러던 어느 날의 일이었다. 같이 밥을 먹는데 누군가 생각났다는 듯이 말했다. 글쎄, 마누라가 자살해서 광주 최변호사가 사회활동을 완전히 끊었다던데. 골칫거리는 하나 줄었구먼. 나 같으면 덩실덩실 어깨춤을 출 텐데. 늙어서 홀아비 노릇 하는 것보다 힘든 게 어딨겠어? 우리 마누라님은 명줄이 보통 긴 게 아닌 것 같으니 언감생심 홀아비 노릇은 꿈도 못 꿀 일이지. 그게 다 이 녀석 때문이지. 안 그러냐? 중이 고기맛을 봤으니 절간에 붙어 있겠느냐고. 그 말을 듣는 순간, 그의 눈에서는 눈물이 마구 쏟아져 상 위로 후드득 떨어졌다. 그렇게 몸은 눈물을 흘리는데도 그는 아무 일도 없다는 듯이 소매로 줄줄 흐르는 눈물을 닦으며 계속 밥을 먹었다. 소름이 끼치는 식사자리였다. 요원들은 자기들이 괴물을 만들었다는 사실을 어렴풋하게나마 깨달을 수 있었다.

바로 그날 오후, 그는 감시가 소홀한 틈을 타서 상희의 사진기가 든 가방만 챙겨서 담장을 넘어 도망쳤다. 요원들은 그가 살인을 저지를까봐 걱정이 많았다. 공중전화부스에서 전화를 걸고 있는 사람을 벽돌로 내리쳐 죽인다거나 훔친 차를 몰고 여의도광장을 질주한다거나. 그렇지 않다면 적어도 자기 자신이라도 죽일까봐. 하지만 그 다음날 아침, 그는 제 발로 돌아왔다. 그로 인해 죽은 사람은 아무도 없었다. 어딜 갔었느냐고 다그쳐 묻는 요원들에게 그는 졸린 듯한 표정으로 밤새 서울 시내를 걸어다녔다고 대답했다. 요원들은 그에게 볼펜과 십육절지를 던져주며 걸어다닌 경로를 상세하게 적으라고 명령했지만, 그는 채 몇 글자 적지도 못하고 꾸벅꾸벅 졸기 시작했다. 그의 주머니에서는 서울 시내를 돌아다니는 동안, 그가 찍은 필름 한 롤이 나왔다. 요원들이 그 필름을 인화해보니 거기에는 경주에서 상희를 찍은 사진들이 담겨 있었다. 잠에서 깨어난 그는 간밤에 자신이 어디를 걸어다녔는지 기억하지 못했다. 그는 그저 걸었을 뿐이었다. 요원들은 더이상 그에게 어디를 걸어다녔는지 묻지 않았다. 그게 그 방에서 그가 요원들에게 털어놓지 않은 유일한 사실이었다. 그 얼마 뒤부터 본격적인 교육이 시작됐다. 처음에는 짧은 문장부터 외기 시작했다. 시간이 지날수록 문장은 길어졌다. 나중에는 책을 통째로 외우라고 던져줬다. 섭동에 대한 문장도 그때 외웠다. 별들의 집단 내에서 각 별들은 중심 주위를 돌게 되는데, 이런 운동을 일으키는 주된 힘은 집단 전체의 중력이다. 그러나 별들은 가까이 지나는 다른 별들로부터 계속 인력을 받는다. 이때 두 천체가 서로 정면으로 부딪치는 것을 충돌이라 하고, 진행경로를 바꾸면서 서로 비켜가는 경우를 조우라고 한다. 조우가 일어날 때는 섭동을 통해 서로간에 에너지의 주고받음이 일어나고, 이에 따라 진행경로와 속도가 변하게 된다. 그게 바로 섭동이다. 천왕성의 경로가 불규칙한 까닭은 그 근처에 있는 다른 행성의 영향을 받기 때문이다. 자신이 누구인지도 기억할 수 없는 절체절명의 고독 속에서 그는 살아남기 위해서 이런 문장들을 외웠다. 하루에 열여섯 시간씩, 그들이 던져주는 책만 외웠다. 암기를 위한 연습과정으로 그런 문장들을 외운 뒤에는, 『변증법적 유물론』 『역사적 유물론』 등과 『공산당 선언』 『독일 이데올로기』 등 원전을 외기 시작했고, 후에는 『민족 자주화 운동론』 『민족 해방 철학』 따위를 외웠다.

그는 이런 문장을 외웠다. "물질이란 인간의 감각에 주어져 있으며 인간의 감각에서 독립해 존재하면서 인간의 감각에 의해 복사되고 촬영되고 묘사되는 객관적 실재를 표시하기 위한 철학적 범주다." 그는 또 이런 문장을 외웠다. "세계에는 운동하는 물질 외에는 아무것도 없으며 또 운동하는 물질은 공간과 시간 밖에서는 운동할 수가 없다. 세계는 하나이며 물질적으로 통일되어 있다는 것, 이것이 '세계는 무엇인가?'에 대한 변증법적 유물론의 대답이다." 또 이런 문장을 외웠다. "물질세계는 발전하는 것일 뿐만 아니라 서로 연관된 통합적 전체이기도 하다. 물질세계의 모든 대상들과 현상들은 자력으로 또는 따로따로 발전하는 것이 아니라, 떼려야 뗄 수 없는 연관 속에서 또는 다른 대상들 및 현상들과의 통일 속에서 발전한다. 이들의 각각은 다른 대상들과 현상들에 작용을 가하며, 스스로도 이 상호작용의 영향을 받는다." 그리고 또 이런 문장을 외웠다. "사람만이, 오직 사람만이 모든 것의 주인이고 모든 것을 결정한다. 사람은 세계와 자기 운명의 주인으로서 자주적으로 살며 발전하려는 사회적 인간의 속성인 자주성을 지니고 자기 운명의 지배자로서의 지위를 규정한다." 그는 1980년대를 살왔던 다른 젊은이들과 마찬가지로, 하지만 그들과는 전혀 다른 경로를 통해 그 어떤 폭압적인 체제도 자신의 존재를 쉽게 없앨 수는 없는데, 그 까닭은 자신의 운명이 의식 바깥에 객관적으로 존재하는 저 거대한 세계와 얽혀 있기 때문이라는 사실을 깨닫게 됐다. 안기부 요원들에게 의식화 교육을 받으며 그는 유물론자가 됐다. 강시우는 그해 겨울에 학력고사를 치러 높은 성적을 얻었다. 물론 답안지에 적힌 이름은 분명히 강시우였다는 뜻이다. 누가 그 답안을 작성했는지는 알 수 없었다. 이듬해 강시우는 늦은 나이에 서울대 법학과에 입학한 뒤, 운동권 사이에서 큰 주목을 받게 된다.

48

기자회견장에서 강시우는 자신이 1985년 무렵부터 안기부와 연계를 가졌으며 1986년에 학원가에 침투시킬 목적으로 집중적으로 육성된 안기부의 프락치였다고 고백했다. 그 증거로 그는 '그 누구의 슬픔도 아닌'을 그 자리에 모인 특파원들과 한국에서 온 변호사들에게 공개했다. 비디오가 상영되는 동안, 그는 주먹을 꼭 쥐고 앉아 맞은편 벽만을 바라보고 있었다. 나는 당장이라도 그가 자리를 박차고 일어나 그 화면을 향해 돌진할까봐 걱정됐다. 비디오 테이프가 모두 돌아간 뒤, 그의 손아귀에서 힘이 빠져나갔다. 그 사실을 눈치챈 특파원이나 변호사는 없었다. 그는 다시 평온을 되찾았다. 이윽고 그는 화면에서 사라지고 이동하는 자동차에서 몰래 찍은 듯한 흑백의 풍경이 이어졌다. 흔들리는 자동차 뒷자리에서 차창을 향한 앵글이었으므로 화면은 끊임없이 노출을 잡아대느라 창밖의 풍경이 과소노출과 과다노출을 반복했다. 불빛에 펄럭이는 그림자처럼 흔들리는 그 풍경 속으로 사람들이, 집들이, 건물들이, 나무들이 지나갔다. 세상 모든 것들이 그 카메라로 들어왔다가 이내 사라졌다. 환해졌다가 다시 어두워졌다가. 그리고 화면은 흔들리면서 곧 꺼질 기세였다. 거기까지는 내가 베르크 씨의 집에서 몇 번이고 다시 봤던 비디오의 내용과 똑같았다. 하지만 그 다음부터는 달랐다. 화면에는 내가 한 번도 보지 못했던 사람들의 얼굴이 하나씩 나오기 시작했다. 그는 사람들의 얼굴이 바뀔 때마다 그들의 직책과 이름을 밝혔다.

강시우는 그들이 한 말을 다 기억하고 있었다. 예컨대 거기에는 "한기복의 방에 대해서 좀더 자세히 설명해봐라"라거나 "그래서 최변호사가 화장실까지 니들을 따라갔다는 말이냐, 아니냐" 같은 말도 있었지만, "아, 애 등록금 때문에 죽겠다, 아주"나 "회식은 어디서 한다 캅니까?"처럼 자기들끼리 하는 말도 있었다. 게다가 그는 안기부에서 프락치로 육성되는 동안, 자신이 알게 된 다양한 정보들도 모두 기억하고 있었다. 그 자신도 "제 머리는 제게 일어난 모든 일을 다 기억할 수 있게끔 프로그래밍됐습니다"라고 말할 정도로 강시우의 기억력은 대단했다. 안기부 요원들의, 생년

월일과 주소와 학력사항과 가족관계를 포함한 상세한 신상명세를 다 외고 난 뒤, 그는 특파원과 변호사 들 앞에서 프락치 교육을 받던 시절에 외운 문장들을 암송했다. 예의 그 "세계는 하나이며 물질적으로 통일되어 있다" 운운하는 문장들이었다. 그때까지는 모든 게 순조로웠으므로 모두들 이제 그가 이번 간첩사건에서 자신이 한 역할에 대해서 털어놓으면서 그 사건이 안기부에 의해 조작됐다고 증언할 것이라고 생각했다. 그래봐야 법원이나 언론에서는 그의 증언 자체를 인정하지 않겠지만, 적어도 변호사들에게 그의 증언은 간첩사건에 연루된 자들에게 선고를 내리는 법정 자체를 무효화시킬 수 있는 하나의 방편이었다. 하지만 그런 말을 하는 대신에 그는 방금 왼 문장들이 자신의 인생을 완전히 바꿔놓았다고 말했다.

그는 열다섯 살 때 아버지가 남겨놓은 히로뽕 오 그램으로 배고픔을 잊었던 사람이었다. 그때부터 살아남기 위해서 그는 망각하는 법을 배웠다. 자신과 할머니를 불쌍하게 여겨 쌀을 갖다주던 목사의 은혜를 잊어버리고 그의 집에 들어가 강도짓을 했으며, 매일 소주에 취해 불이농촌으로 돌아가자던 할머니의 성화에 못 이겨 껍데기만 남은 부산 집을 처분하고 경부선 열차에 오른 뒤에는 옆에 앉아서 꾸벅꾸벅 조는 그 늙은 여자가 자신의 할머니라는 사실을 망각한 채 가지고 있던 돈을 모두 챙겨 대구에서 혼자 내려버렸다. 그러나 망각의 삶은 오래가지 않았다. 한기복이 도청 앞에서 시녀를 끼었고 죽은 뒤, 그는 그동안 망각하면서 목숨을 부지했던 대가를 톡톡히 치렀다. 매일 밤, 꿈속에서 그는 온몸에 불이 붙은 한기복을 봐야만 했다. 그 전복의 효과는 대단했다. 망각과, 그리고 찾아온 고통 속에서, 그는 자신의 삶을 부인했다. 그에게 현실은 뒤집어져 있었다. 그는 세상 어디에도 없는 사람, 그 누구의 슬픔도 될 수 없는 사람이 됐다. 그런 그에게 변증법적 유물론의 문장들은 반석과도 같았다. 서울 시내를 배회하던 시절에 내가 우연히 읽었던 책에 나와 있었던 것과 같이. 반석 위에 집을 지어라. 인생은 자기 자신이 지배하는 것이다. 자기 자신이 되어라. 그에게는 "사람만이, 오직 사람만이 모든 것의 주인이고 모든 것을 결정한다"라는 문장이 있었다. 그는 한기복을 사랑했듯이, 이상희를 사랑했듯이 그 책들을 사랑했다. 그는 자신이 외운 책에 나와 있는 모든 문장을 신앙처럼 받아들였다. 그리하여 결국 그날 그가 "지금 가장 시급한 일은 민족해방이며 민족해방에 있어서 가장 중요한 것은 주체성입니다"라고 시작하며 양심선언을 하게 될 때까지. 마치 무덤 속에 누운 사람이 들려주는 전언처럼 들리던 그 문어체 문장들을 막힘없이 말하게 될 때까지.

"한국의 변혁은 다른 어느 누구도 아닌 한국 민중 스스로의 힘에 의해서만 이뤄질 수 있습니다. 대중 스스로만이 자신을 해방시킬 수 있기 때문입니다. 지도력도 역시 한국 민중 속에서만 단련, 성장할 수 있습니다. 활동 수준이 높아지려면 높은 수준의 조직을 실체로서 형성하고 실제로 조직적으로 단련돼야만 합니다. 그리하여 전략 및 전술을 스스로의 책임하에 자체적으로 세우고 조직 문제도 스스로의 책임하에 풀어나가려는 문제의식과 노력에 투철해야만 지도적 역량으로 성장해나갈 수 있습니다."

특파원과 변호사 들은 안기부의 프락치가 말하는 주체성이라는 게 무엇인지 몰라 어안이 벙벙한 채로 잠자코 이야기를 듣고 있었다. 하지만 나와 함께 뒤쪽에 서 있던 서진수는 그가 이야기를 시작하자마자 팔짱을 끼고 한숨을 내뱉었다. "저 자식, 지금 특파원하고 변호사 들 모셔놓고 안기부에서 배운 주체사상 강의하고 있다"라고 서진수가 내게 말했다. 대학교에 입학하자마자 운동권 사이에서 새로운 이론가로 떠올랐다고 하더니 눈을 부릅뜨고 열변을 토하는 그를 보고 있노라니 과연 그럴 만했겠다는 생각이 들었다. 그가 "변혁운동적 지도력은 어느 특정 부분, 집단, 개인들에 의해서만 독보적으로 형성되는 것이 아니라, 민족해방운동에서는 결국 통일전선체에서 모든 역량이 하나로 되어 강대한 식민지 지배체제에 맞서나가야 하므로 지도적 역량은 광범한 부분에서 나와야 하며 층이 두터울수록 운동의 미래가 밝아집니다"까지 말했을 때, 그제야 그가 이상한 얘기를 하고 있다는 사실을 깨닫게 된 사람들이 제동을 걸기 시작했다.

"그러니까 안기부에서 프락치 교육을 받으면서 그런 문장을 외웠다는 것은 알겠고, 우리한테까지 그딴 운동권 찌라시 같은 이야기를 할 필요는 없지. 흉내내봤자, 그렇다고 니가 진짜 서울대 법대생이 되는 것도 아니잖아. 분수를 알아야지, 어따 대고 그딴 소리야. 프락치 짓을 하면서 그다음에는 구체적으로 어떤 활동을 했는지에 대해서 말하라구. 여기 모인 사람들이 너한테 그런 얘기를 듣고 있을 만큼 한가한 분들이 아니야. 저 앞에 서울에서 오신 변호사 선생님들도 계시잖아. 언제 어디서 누구를 만나 무슨 일을 했는가, 그걸 자백하란 말이야."

한 특파원이 그렇게 말하며 강시우의 말을 끊었다. 그 말에 그는 뭐라 말할 수 없을 정도로 의미가 불분명한 미소를 지었다. 울고 있는 듯한 두 개의 일자 눈썹에 어쩐지 웃고 있는 얇은 입술.

"자백이라고 하셨습니까? 저는 지금 저의 양심에 따라 여러 선생님들에게 자백하고 있는 중입니다. 저는 서울대 법대생도 아니고, 선생님들처럼 좋은 집안에서 태어나 제대로 성장한 사람도 아닙니다. 저처럼 눈썹이 짙은 남자는 장남이 아니어도 맏아들 노릇을 하면서 부모를 모시고 산다고 하던데 저는 정작 맏아들이면서도 일찍 부모 곁을 떠나 세상을 떠돌며 살았습니다. 그러다가 저를 고문한 사람들이 던져준 책을 외며 세상의 이치를 깨달았습니다. 그뒤에 제가 무슨 활동을 했는지 말씀드리겠습니다. 지배세력과 민중은 근본적인 이해관계에서 대립하고 있습니다. 지배세력이 힘으로 자신의 이익을 유지하려는 상태에서 민중은 압도적 힘으로 민족해방통일전선으로 집결해야만 한다는 뜻입니다. 책들을 외면서 그 사실을 깨달았기 때문에 저는 서울로 올라온 1987년부터 책에 나와 있는 지침에 따라 활동을 시작했습니다. 1987년에는 주로 학내에서 활동하며 총학생회 강화사업과 서대협 건설에 매진했습니다. 하지만 6·29선언 이후 서대협이 우경화되면서⋯⋯"

거기까지 말했을 때, 다시 사전에 그를 면담했던 변호사가 그의 말을 잘랐다.

"강시우씨가 학원 내에서 어떤 활동을 했는지는 그렇게 중요하지 않아요. 이 자리에서는 안기부가 이 사건을 조작하려고 하는 과정에서 강시우씨가 안기부의 프락치로서 어떤 활동을 했는지에 대해서만 말하면 되는 겁니다. 지금 무고한 사람들이 간첩으로 몰려서 구속됐어요. 인간으로서 일말의 책임감이 있다면, 더구나 사회과학서를 읽고 인생이 바뀌었다고 말할 수 있다면 용기를 내주세요. 강시우씨가 말한 대로 사람만이, 오직 사람만이 모든 것의 주인이고 모든 것을 결정한다면 본래의 자신으로 돌아가서 모든 걸 솔직하게 말해주세요."

변호사의 말에 강시우는 멍한 눈초리로 앞쪽을 바라보며 한참 동안 말이 없다가 입을 열었다. 다들 그의 얼굴을 쳐다봤다. 다시 우는 일자 눈썹에 웃는 입술.

"하지만 6·29선언 이후 서대협이 우경화되면서 오히려 학생운동권 내에서는 이 투항주의적인 노선에 대한 비판이 광범위하게 제기됐습니다. 가장 우선하게는 6월항쟁에서 반미투쟁을 결합하지 못한 것, 운동 상층부가 선거혁명의 환상에 사로잡힌 것, 새로운 사상에 대한 이해가 불비했다는 점 등이었습니다."

거기까지 말했을 때, 사람들은 다시 소란스러워지기 시작했고 결국 양심선언을 주선한 서울의 변호사들과 베를린의 민주청년연합 회원들은 기자회견을 잠시 중단시켰다. 레이는 다들 기자고 변호사라면서 왜 그의 말을 들어주지 않느냐며 소리친 뒤, 씩씩거리며 사람들 사이를 비집고 강시우 쪽으로 들어갔다. 법정에 가도, 신문을 읽고 텔레비전을 들여다봐도 거기 한 사람의 인생이 왜 바뀌게 됐는지에 대해서 말하는 사람은 없었으니 레이의 항의도 당연했다. 1991년 5월에 나는 "아침에 학회에 간다고 서둘러 나갔는데, 다시는 집으로 못 돌아올 줄이야"라거나 "며칠 전에 술을 먹을 때까지만 해도 올해 꼭 결혼하겠다고 말하던 사람이……" 같은 말들을 많이 들었다. 그런 말들을 들을 때마다 나는 당혹스러웠다. 얼마 지나지 않아 법정과 신문과 텔레비전에서는 어둠의 세력이니 죽음의 리스트니 하는 말들이 나오기 시작했다. 그래도 나는 당혹스러웠다. 갑자기 누군가의 삶이 바뀐다면, 갑자기 누군가 죽는다면, 갑자기 누군가 자살한다면 우리는 다만 당혹스러울 뿐이다. 그때부터 나는 당혹스러운 일 앞에서 당혹스러워하지 않는 자들을 불신하게 됐다.

이십여 분이 지난 뒤, 기자회견은 다시 시작됐다. 변호사들에게 어떤 식으로 설득당했는지 그는 간첩사건과 관련해 자신의 행적

을 소상히 털어놓았다. 비상한 기억력으로 그는 안기부 내 국내 담
당부서는 물론 대북 담당부서의 조직체계와 구성원에 대해 설명
했고, 자신이 포함된 공작을 비롯해 그간 그들이 행했던 공작의 내
용과 방법에 대해서도 소상히 밝혔다. 자신의 행적과 관련해서는
노동문예운동연합 영화분과에서 일하면서 안기부가 대남공작원
이라고 발표한 인물을 자신이 알던 사람들에게 소개시켜준 과정
을 설명했다. 그 과정에서 그의 부탁으로 공작원을 만났던 사람들
몇몇이 공작금을 수령하고 북한의 지령을 받아 활동한 정황이 포
착됐다고 안기부는 발표했다. 증거자료 중에는 평소 그가 들고 다
니던 니콘 카메라로 찍은 사진들도 있었다. 그간 그 사진기의 렌
즈 안으로 많은 것들이 들어왔다. 그 사진기로 그가 제일 먼저 찍
은 사진은 소파에 앉아 두 눈을 동그랗게 뜨고 자신을 올려다보던
상희의, 초점이 맞지 않은 얼굴이었다. 그다음에는 1980년대 중반
의 지방 여대생들의 판에 박힌 듯한 포즈들이 이어졌다. 파마머리
이거나 생머리를 길게 기른 그녀들은 순진한 기대에 가득찬 눈빛
으로 벚나무나 라일락 옆에서 카메라 렌즈를 바라봤다. 거기로는
불이 붙은 채 굴다리에서 뛰어내리던 한 학생의 모습이 담겼고, 또
나중에 알게 되겠지만 결코 초점을 맞출 수 없는 저녁 하늘도 들어
왔다. 하지만 그런 사실들은 이제 그의 삶에서 전혀 중요하지 않
았다. 이제 그는 간첩사건을 조작하는 데 동원된 프락치에 불과했
으며, 그 사진기는 그 공작의 소도구였을 뿐이었다. 나는 그가 깊

은 절망 속으로 빠져들고 있다고 생각했다. "사람만이 모든 것의 주인이고 모든 것을 결정한다"는 문장을 읽고 인생이 바뀌었다면 본래의 자신으로 돌아가 모든 것을 사실대로 말하는 용기를 내달라던 변호사의 부탁 때문이었는지도 모른다. 강시우가 돌아갈 '자신'은 이제 없었으니까. 그래서 나는 한 기자의 질문에 그가 한 행동을 이해할 수 있었다.

그의 말이 모두 끝나자, 이번에는 한 특파원이 손을 들었다. 나도 얼굴을 아는, 한 신문의 파리 특파원이었다. 언젠가 정교수를 찾아와 방북이 성사되면 이와 관련된 사람들은 모두 사법처리의 대상이 될 것이라는 안기부의 말을 전한 사람이었다. 그의 전언대로 학생 대표들의 방북을 주선한 독일 교포들은 배후세력으로 낙인찍혀 다시는 고국으로 돌아갈 수 없는 신세가 됐다. 나도 그와는 악연이 있었다. 나중에 그는 파리에서 강시우에 대한 기사를 썼고, 그 기사로 인해 나는 한국으로 돌아갈 수 없는 처지가 됐으니까.

"한국에 알아본 결과, 안기부에서는 당신의 존재는 물론이고 당신을 담당했다는 직원들의 존재도 확인할 수 없다는 대답이 돌아왔어요. 지금 당신은 자신이 안기부의 프락치였다고 말하는데, 안기부 쪽에서는 오히려 당신 역시 대남공작원에게 포섭된 인물로 보고 있어요. 이번에 잡힌 사람들보다 훨씬 더 오래전에 포섭된 것으로 보고 있죠. 그렇게 보자면 당신은 지금 국가보안법을 이기고 해외로 도피한 범죄자의 입장이에요. 안기부에서는 당신도 조만

간 입북할 것으로 보고 있어요. 그렇다면 뭐, 안기부의 말이 맞다는 게 확인되는 거고, 그럼 우리가 지금 간첩한테 강의를 듣고 있다는 얘기니까 이 자리의 성격이 참 우스워지는 건데……"

특파원은 말을 멈췄다. 그의 말에 좌중이 조용해졌다.

"그런데 당신은 누굽니까? 프락치입니까? 간첩입니까? 프락치라면 프락치였다는 증거가 있어야 하지 않습니까? 간첩이라는 증거는 많고 프락치라는 증거는 저 난삽한 비디오 빼면 하나도 없는데 우리가 어떻게 당신이 남한을 위해 일했다는 사실을 알 수 있단 말입니까?"

그러자 강시우는 오랫동안 그 특파원을 노려봤다. 그리고 그는 천천히 가슴에 손을 얹더니 애국가를 부르기 시작했다. 동해 물과 백두산이 마르고 닳도록 하느님이 보우하사 우리나라 만세. 무궁화 삼천리 화려강산 대한 사람 대한으로 길이 보전하세. 어처구니없는, 분명 희극적인 광경에 틀림없었으나 나만은 웃을 수 없었다. 강시우가 기억하는 한, 그렇게 애국가를 불렀던 사람은 두 명이었다. 하나는 히로뽕에 취한 단속원에게 위협을 받아가면서 덜덜 떨면서 애국가를 불렀던 아버지. 그리고 다른 하나는 한쪽 벽에 걸린 태극기를 바라보며 애국가를 불렀던 한기복. 그가 노래를 부르는 동안, 그 자리에 모인 사람들은 당황한 듯한 표정이었다. 하지만 그가 다시 노래를 부르기 시작했을 때만큼 놀라지는 않았을 것이다. 강시우는 애국가를 한번 더 부르기 시작했다. 아침은

빛나라, 이 강산. 은금에 자원도 가득한 삼천리 아름다운 내 조국!
반만년 오랜 력사에 찬란한 문화로 자라난 슬기론 인민의 이 영
광! 몸과 맘 다 바쳐 이 조선 길이 받드세! 그 자리에 있었던 다른
사람들은 모르겠지만, 적어도 나는 죽기 전까지는 그가 부르던 그
두 개의 애국가를 기억할 것 같다.

커다랗고 하얗고 넓은 침대로

49

일주일쯤 지난 뒤, 강시우와 레이는 공동묘지 근처에 두 칸짜리 아파트를 구했다. 외국인들, 동성애자들, 망명자들, 불법체류자들, 히피들, 좌파들이 밀집해서 거주하는 가난한 동네였다. 말했다시피 나는 기자회견장에서 강시우가 절망했다고 느꼈으나, 그는 오히려 그렇게 익명의 존재가 되어 새로운 삶을 계획하는 일에 희망을 느끼는 듯 보였다. 아파트를 구한 뒤, 강시우는 독일 정부에 망명을 신청해 동베를린에 있던 임시관청에서 육 개월짜리 체류 연장허가를 받았다. 이로써 적어도 이듬해 여름이 시작될 때까지는, 후일 나도 가본 적이 있는 그 형편없는 시설의 건물에 갈 필요가 없었다. 그 아파트로 들어간 지 얼마 지나지 않아 강시우는 파티가 있으니 나와 베르크 씨도 집에 들러달라고 연락해왔다. 그때 나는 삼 개월짜리 여행비자의 만류시한이 가까웠으므로 한국으로 돌아갈 준비를 하고 있었다. 강철수와 미리 약속한 대로 나는 '독일 통일의 과정'이라는 제목의 보고서를 팩스로 넣었다. 이는 이제 한국으로 입국하겠다는 뜻이었지만, 저쪽에서는 아무런 답변도 보내오지 않았다. 얼마 지나지 않아 나는 방북사건의 결과, 학생운동 지도부가 검거와 수배 등으로 완전히 붕괴되고, 그보다 어린 학생들을 중심으로 새로운 지도부가 구성되고 있다는 사실을 알게 됐다. 새로 구성되던 지도부는 내 존재에 대해서 알지 못했다. 나는 그들의 무책임함에 분노했다. 그러자 단 하루도 더는 베를린에 머무를 수 있을 것 같지 않았다.

새로 구한 강시우의 아파트는 템펠호프 공항에 바로 붙어 있는 동네였으므로 베르크 씨와 나는 산책을 겸해서 거기까지 천천히 걸어가기로 하고 다섯시쯤 집을 나섰다. 이미 가을이 찾아오고 있었다. 구름이 몰려와 햇살을 보기 힘든 나날들이 이어지면서 거리는 금세 떨어진 낙엽에 점령당했다. 그러자 묘하게도 몸속에 잠복해 있던 감각이 되살아났다. 집에 돌아가느라 학교 앞 뒷골목을 걸어갈 때면 술집에서 풍기던 고갈비의 냄새며 도서관 매점 옆에서 갓 뽑아낸 자판기 커피의 단맛, 늙은 은행나무 두 그루의 하염없이 노란 잎들과 담배연기로 자욱한 카페에 놓인 노트에 적힌 학생들의 낙서 같은 것들이 생생하게 떠올랐다. 나의 감각들은 잘못된 신호를 계속 내 뇌에 보내고 있었다. 나는 이내 향수병에 걸렸다. 아침에 일어날 때면 본능적으로 빨리 이 도시를 떠나야 살아남겠다는 생각이 들 정도였다. 그때 이 지구 어딘가에 정민이 있어서 다행이라는 생각이 들었다. 이유 없이 외로움에 시달리는 것보다는 누군가가 그리워서 외로움에 시달리는 편이 훨씬 더 낫다는 걸 나는 그때 알았다. 그렇게 해서 나는 다른 사람들처럼 그 지긋지긋한 베를린의 날씨를 탓하는 대신에 정민의 몸을 그리워했다. 아침에 눈을 뜰 때면 어김없이 정민의 따뜻한 몸이 떠올랐기 때문에 나는 점차 아침을 싫어하게 됐다. 그해 가을, 나는 짐승처럼 한 인간의 체온이 그리웠다. 그리움의 본질은 온기의 결여였다.

강시우의 아파트까지 걸어가는 동안, 베르크 씨와 나는 베를린의 날씨에 대한 이야기를 주고받았다. 나는 물론 베를린이 한국만큼 추운 것은 아닌데도 불구하고 아침이면 몸이 떨려서 견딜 수가 없다고 말했다. 그러자 베르크 씨는 추우면 난방을 더 올리라고 해서, 나는 그게 난방시스템의 문제만은 아닌 것 같다고 대답했다.

"그렇다면 뭐가 문제인가?"

"아마도 체온의 문제인 것 같아요."

"체온?"

"다른 사람의 체온 말이죠. 그래서 베를린의 날씨가 견디기 어려운 것인지도 모르죠."

내 말에 베르크 씨는 생각에 잠겼다.

"음, 난방시스템의 문제라면 간단한데. 그건 내가 도와줄 수도 없는 문제고. 사실 그 문제는 20세기 초부터 제기됐지."

"무슨 문제 말인가요? 베를린의 난방시스템에 관한 문제 말인가요?"

"아니, 체온에 관한 문제. 1927년에 모스크바에서 돌아온 발터 벤야민은 「모스크바」라는 글을 쓰는데, 거기 보면 베를린의 가장 큰 문제는 사람이 없다는 것, 보도가 귀족적으로 넓고 귀족적으로 황량하다는 것이라고 적혀 있거든. 모스크바는 베를린보다는 훨씬 더 체온을 느낄 수 있는 곳이었는데, 그건 혹독한 추위 때문이었지. 벤야민은 추위 때문에 사람들이 떼를 지어 모여 있다는 사실을 관찰하거든. 일기에 보면 나오지."

"벤야민도 사랑하는 사람이 모스크바에 있었나봐요."

"맞아, 아샤란 라트비아 여자가 있었어. 연극운동을 하던 공산주의자로 감정과 느낌을 숨기지 않고 즉각적으로 표현하던 여자였지. 벤야민에게도 공산당에 가입하라고 달달달 볶아서 결국 그를 마르크스주의로 이끌게 돼."

"그럴 줄 알았어요. 그렇지 않고서는 베를린의 문제는 사람이 없다는 것이라는 문장은 쓸 수 없을 테니까요."

땅을 바라보며 걸으면서 나는 오랫동안 궁금했던 일에 대해 물어봐야겠다고 마음먹었다.

"캠프를 나온 뒤에 다시 안나를 만나셨겠죠?"

베르크 씨는 성큼성큼 걸으며 하던 말을 계속 이었다.

"베르톨트 브레히트를 벤야민에게 소개한 사람이 바로 아샤 라시스지. 1933년 2월 27일 제국의회가 불타게 되자 브레히트는 프라하로 탈출하고 그해 5월 10일에 그의 책들은 불태워져. 그즈음에 브레히트는 파리에 있었는데, 파리의 살롱에서 앉아 있으면 옷차림이 촌스러워서 금방 눈에 띈단 말이야. 그때 짓궂은 아가씨들이 그의 곁으로 다가와. 그중 한 아가씨가 브레히트의 무릎에 걸터앉아서는 한 여자와 자는 게 좋은지, 두 여자와 자는 게 좋은지 물어. 그때 브레히트가 뭐라고 했는지 알아?"

베르크 씨는 낄낄거리며 말했다.

"한참 그 아가씨를 바라보며 생각에 잠겨 있다가 말했지. 그 문제에 관해서라면 지금은 좀 대답하기 어렵습니다. 저는 지금 이 사람과 변증법적 유물론에 대해서 얘기하고 있으니까요."

우리는 한참 동안 웃었다. 그 순간, 나는 외로움을 극복했다. 그런 브레히트나 벤야민도 한때 내가 숨쉬는 이 공기를 마신 적이 있었다고 생각하니 위로가 됐다.

"그 사람이 스물세 살에 베를린을 처음 여행하고 난 뒤에 베를린을 배경으로 하는 희곡을 하나 쓰지. 「한밤의 북소리」라는 희곡으로, 스파르타쿠스단과 독일혁명이 시대적 배경으로 깔려 있어. 이때부터 브레히트는 현대 극작가로 인정받는데, 객석에다 이런 내용의 플래카드를 붙여놓았다고. '누구나 제 딴에는 자기가 최고

다.' '그렇게 낭만적으로 쳐다보지 마라.'"

베르크 씨가 내게 들려준 그 연극의 내용은 다음과 같았다. 발리케는 군수산업으로 돈을 번 무르크와 자신의 딸 안나를 결혼시키려고 애쓰던 중, 안나가 무르크의 아이를 임신했다는 사실을 알게 된다. 그 즉시 발리케는 두 사람의 약혼식을 준비하는데, 그즈음 스파르타쿠스단이 봉기했다는 소식이 전해진다. 이윽고 술집에서 열린 약혼식장에는 전쟁터에 나간 뒤로 사 년 동안 소식이 끊겨졌던 안나의 약혼자 크라글러가 알제리에서 돌아온다. 크라글러는 안나에게 결혼해달라고 요구하지만, 안나는 이제 자신은 결혼할 수 없는 몸이라며 거절한다. 그러면서도 안나는 뱃속에 든 아이를 떼려고 술에 후추를 타서 마신다. 거리에서는 스파르타쿠스단을 진압하기 위해 군인들이 지나가는 가운데, 로자 룩셈부르크의 군중연설과 혁명 상황에 대해 전해들은 크라글러는 사람들을 이끌고 대열의 선두에 선다. 크라글러를 찾아 헤매던 안나는 사람들을 이끌고 거리를 달려가는 크라글러를 만나게 되고, 자신의 뱃속에 불륜의 핏덩이가 들어 있다는 사실을 고백한다. 결국 안나를 이해하게 된 크라글러는 동지들의 욕설과 비난에도 아랑곳하지 않고 둘만의 행복을 찾아 떠난다. 커다랗고 하얗고 넓은 침대로.

"나는 그 마지막 장면을 무척 좋아해. '커다랗고 하얗고 넓은 침대로.' 캠프에서 나온 뒤로 다시는 커다랗고 하얗고 넓은 침대로 가본 일이 없었어. 왜냐하면 내게는 이해해줘야 할 안나가 더이상 이 세상에 존재하지 않았으니까."

"그랬군요. 물어봐서 미안해요."

"아니, 괜찮아. 그건 미안한 게 아니고 후회가 되는 일이지. 그때로 돌아갈 수 있다면 나는 안나와 더 많이 사랑할 거야. 더 많이 키스하고 더 많이 포옹하고 더 많이 섹스할 거야. 아직 우리가 사랑할 수 있을 때, 더 많이. 나이든 사람이 젊은이들에게 해줄 수 있는 금언은 이것뿐이야."

베르크 씨는 나를 바라보며 씽긋 웃었다.

"브레히트가 「한밤의 북소리」라는 희곡을 써서 다행이라는 생각이 들어요."

"그건 왜?"

"모르겠어요. 그냥 그런 생각이 들어요. 브레히트가 있어서 다행이에요. 벤야민도 마찬가지구요. 이런 세상에서 제게 필요한 것은 오직 커다랗고 하얗고 넓은 침대군요. 그렇군요."

내가 말했다. 베르크 씨는 다시 낄낄거리면서 말했다.

"그럼 브레히트가 바라본 세상에 대해서 하나 더 말해주지."

베르크 씨는 시를 암송하듯이 독일어로 그 문장을 읊었다. 그게 무슨 뜻인지도 모르고 나는 베르크 씨의 목소리에 귀를 기울였다.

50

강시우의 아파트로 가는 동안, 베르크 씨가 내게 암송해준 문장
은 다음과 같았다.

"인간이 환상의 희생자가 된다거나, 과거의 것이 새로운 것보다
더 강하다면, 혹은 '진실'이 자기 편이 아니라 자기와 대립하고 있
다면, 새로운 인간의 시대가 아직 오지 않았다는 사실을 인식하거
나 인식한다고 믿는다면, 그 실망이야 이루 말할 수 없다. 상황은
이전만큼, 아니 이전보다 훨씬 더 나쁘다. 과거는 꿈을 위해 온갖
것을 희생하고 과감하게 전진했던 사람들을 기습하고 복수한다.
유명하지는 않았으나 그렇다고 박해받지도 않았던 연구자가 자신
이 발견한 새로운 세상에 대해 공표했다는 그 이유만으로 반박당
하고 비방받는다. 그들은 사기꾼으로, 또 협잡꾼으로 몰린다. 봉기
가 진압되면, 그간 억압받고 착취당한 자들은 폭도로 몰려 더 심한
억압과 처벌을 받게 된다는 것을 모르는 사람은 아무도 없다. 최선
을 다했기에 허탈감이, 아마도 그들은 너무나 희망했기에 너무나
절망하게 된다. 늪에 빠지지 않은 자들은 더 나쁜 구렁으로 빠져든
다. 꿈을 위해 뛰어다녔던 사람들이 이제 그 꿈에 맞서서 뛰어다
닌다! 좌절당한 개혁자보다 더 무자비한 반동분자는 없다. 길들여
진 코끼리를 제외하자면 누가 야생 코끼리에 맞설 수 있겠는가. 그
러나 실망한 사람들도 새로운 시대, 거대한 변혁의 시대에 살고 있

다. 다만 그들은 새로운 시대에 대해 아무것도 알지 못할 뿐이다."

어둠 속에 머물다가 단 한 번뿐이었다고 하더라도 빛에 노출되어본 경험이 있는 사람이라면 한평생 그 빛을 잊지 못하리라. 그런 순간에 그들은 자기 자신이 아닌 다른 존재가 됐으므로, 그 기억만으로 그들은 빛을 향한, 평생에 걸친 여행을 시작한다. 과거는 끊임없이 다시 찾아오면서 그들을 습격하고 복수하지만, 그리하여 때로 그들은 사기꾼이나 협잡꾼으로 죽어가지만 그들이 죽어가는 세계는 전과는 다른 세계다. 우리가 빠른 걸음으로 길모퉁이를 돌아갈 때, 침대에서 연인과 사랑을 나눈 뒤 식어가는 몸으로 누웠을 때, 눈을 감고 먼저 죽은 사람들을 생각하다가 다시 눈을 떴을 때, 몇 개의 문장으로 자신의 일생을 요약한 글을 모두 다 썼을 때, 그럴 때마다 우리가 알고 있던 과거는 몇 번씩 그 모습을 바꾸었고, 그 결과 지금과 같은 모습의 세계가 탄생했다. 실망한 사람들은 새로운 시대, 거대한 변혁의 시대에 대해서는 아무것도 모르는 척 살아갈 뿐이다. 그들은 그렇게 살아가도록 내버려두자! 그들에게는 그들의 세계가 있고, 우리에게는 우리의 세계가 있다. 이 세계는 그렇게 여러 겹의 세계이며, 동시에 그 모든 세계는 단 하나뿐이라는 사실을 믿자! 설사 그 일이 온기를 한없이 그리워하게 만드는 사기꾼이자 협잡꾼으로 우리를 만든다고 하더라도. 그 세계가 바로 우리에게 남은 열망이므로.

사기꾼이자 협잡꾼, 광주의 랭보 이길용이자 안기부의 프락치 강시우였던 그 남자에 대해 이제 우리가 알 수 있는 것은 그가 아직 죽지 않았다는 사실뿐이지만, 어쩌면 그건 우리가 그에 대해 알아낼 수 있는 거의 모든 것이라고 할 수 있다. 죽지 않는 한, 그는 살아남기 위해서 시시각각으로 열망할 테고, 그 열망이 다시 그를 치욕스럽되 패배하지 않는 인간으로 살아남게 할 테니까 말이다. 그가 살아남기를 열망했듯이 우리가 살았던 그 시절 역시 살아남기를 열망했다. 그 열망은 그의 것이기도 했고, 서서히 무너진 뒤에도 오랫동안 잔영이 남아 있던 그 시절의 것이기도 했다. 그러므로 그날 공동묘지 옆에 있던 그 낡은 아파트에 모인 사람들에게 자신과 레이가 막 결혼했다는 사실을 통보하던 그의 얼굴에 비끼던 그 신비로운 붉은빛은 반사된 빛이었다고 말할 수 있으리라. 그건 뜻밖의 결혼 피로연이었다. 그 자리에 모인 사람들은 강시우의 말에 순간 당황했으나, 이내 앞다퉈 어색한 말투로 두 연인의 행복을 빌었다. 연거푸 세 잔의 축하주를 마셨으므로 그의 얼굴은 붉어지는 게 마땅했을 것이다. 그가 이제 자신이 할 일은 여러 차례 맹세한 대로 조국의 통일과 군부독재정권의 타도를 위해 목숨을 던지는 것이라고 말하는 동안, 그 붉은빛은 그의 볼과 목과 이마로 번졌다. 단지 취기의 문제로 돌리기에 그 붉은 얼굴은 너무나 불가사의했으므로 나는 와인잔을 들고 아주 오랫동안 그 붉은빛을 바라보다가 이따금 그의 얼굴 반대편을 바라봤다. 거기에는 다만 어두운 창이 있을 뿐이었다.

내가 그 붉은빛을 다시 보게 된 것은 그로부터 한 달이 채 지나지 않아서였다. 그 며칠 뒤, 베르크 씨의 집으로 찾아온 레이는 밤이면 강시우가 거의 잠을 자지 못한다며 내게 자신들과 함께 지내면 어떻겠느냐고 물었다. 양심선언을 한 뒤, 강시우는 안기부 요원들이 자신을 제거하기 위해서 베를린에 찾아올 것이라고 확신하고 있었다. 뜻하지 않은 제안이었던데다가 강시우의 주장처럼 안기부 요원들이 그 집으로 찾아와 그와 레이를 납치하기라도 한다면 나 역시 곤란한 처지에 빠질 게 분명했으므로 얼마간 망설였지만, 내게도 강시우와 해야 할 일이 남아 있었으므로 "한국으로 돌아갈 때까지만"이라는 한시적인 조건을 붙이고 나는 그 아파트로 들어갔다. 그들의 아파트로 들어가기 전날, 나는 정중하게 베르크 씨에게 라흐마니노프의 피아노협주곡 제2번 제2악장을 연주해달라고 부탁했다. 저녁이었으므로 베르크 씨는 이웃들 모두에게 허락을 받아오면 연주해주겠노라고 말했다. 내가 당장 허락을 받아오겠노라고 말한 뒤, 밖으로 나가려고 문고리를 잡았을 때 피아노 건반의 뚜껑이 열리는 소리가 들렸다. 미처 몸을 돌리기도 전에, 달빛을 받아 희미하게 반짝이는 밤의 사물들을 손끝으로 하나하나 매만지는 듯한 피아노 선율이 울리기 시작했다. 나는 나도 모르게 고개를 약간 젖히고 두 눈을 감았다. 선율은 내게 밀려왔다가 다시 멀어졌다. 몰아치다가 다시 느긋해졌다. 수많은 일들이 내게 일어났다. 기쁨과 환희와 침잠과 고요가 지나가고 다시 슬픔과 안타

까움을 거쳐 내 마음은 두려움, 순수한 두려움으로 변해갔다. 그리고 선율은 나의 그 두려움보다 조금 더 오래 지속됐다. 모든 것들이 지나가고 오직 선율만이 남아 있었다. 그뒤로 오랫동안 내게는 아무런 감정도 다녀가지 않았다. 바람처럼 내 얼굴을 간질이는 선율뿐이었다. 나는 입을 벌리고 숨을 깊게 들이마셨다. 지금의 내가 아닌 다른 사람이 될 수 있다면 좋겠다는 생각이 들었다. 베르크 씨의 연주가 모두 끝나고 나서도 나는 잠시 그 상태로 서 있었다.

"캠프에서 안나에게 받은 마지막 편지에 이 곡의 제목이 적혀 있었다고 했죠?"

눈을 뜨고 내가 베르크 씨에게 물었다. 베르크 씨는 조심스레 피아노 뚜껑을 닫았다.

"그건 무슨 뜻이었을까요?"

"너는 무엇을 느꼈지?"

"글쎄요."

나는 오른손 검지로 입술을 만지작거렸다.

"어둠이 서서히 내리는 저녁이에요. 동쪽 하늘은 파랗고 거기로 별이 떠올라요. 하지만 서쪽을 보면, 아직 빛이 남아 있는 거죠. 요즘 베를린의 밤처럼 말이에요. 밤이 깊었는데도 사라지지 않는 빛. 모든 게 끝이 난다고 해도 인생은 조금 더 계속되리라는, 그런 느낌."

"해진 티셔츠, 낡은 잡지, 손때 묻은 만년필, 칠이 벗겨진 담배케이스, 군데군데 사진이 뜯긴 흔적이 남은 사진첩, 이제는 누구도 꽃을 꽂지 않는 꽃병. 우리 인생의 이야기는 그런 사물들 속에 깃들지. 우리가 한번 손으로 만질 때마다 사물들은 예전과 다른 것으로 바뀌지. 우리가 없어져도 그 사물들은 남는 거야. 사라진 우리를 대신해서. 네가 방금 들은 피아노 선율은 그동안 안나를 포함해 수많은 사람들이 들었기 때문에 처음과는 완전히 다른 곡이 됐어. 그 선율이 무슨 의미인지 당시에는 몰라. 그건 결국 늦게 배달되는 편지와 같은 거지. 산 뒤에 표에 적힌 출발시간을 보고 나서야 그 기차가 이미 떠났다는 사실을 알게 되는 기차표처럼. 안나가 보내는 편지는 그런 뜻이었어. 우리는 지나간 뒤에야 삶에서 일어난 일들이 무슨 의미인지 분명하게 알게 되며, 그 의미를 알게 된 뒤에는 돌이키는 게 이미 늦었다는 사실을."

51

아파트로 들어가기 전에 나는 문방구에서 초록색 공책을 구해 맨 앞에 다음과 같이 썼다. "내가 살아낸 지난 몇십 년간의 生의 基源을 찾는다면 그건 거품과도 같은 幻覺의 時代에서 기인하는 것이 분명하리라. 그러나 시네마스코프처럼 펼쳐진 환각 속에서도 破片의 一生을 버틸 수 있었던 것은 무엇보다도 단 하나의 실낱같지만 확실한 무엇이 存在하고 있었기 때문이기도 한데, 이는 내 心中의 재산이니 그 누구에게도 理解받을 수 없는 眞實이라 여기에 그 일을 回顧하고자 하는 것이기도 하다." 그 아파트에서 보낸 저녁에 여러 번 우리는 세상을 향해 두 다리를 벌린 금발 여자의 사진을 들여다보며 그 사진이 어디서 온 것인지에 대해 저마다 얘기했다. 처음에 나는 그 사진이 남양군도에서 왔다고 생각했으나, 이제 그 사진은 그 어느 곳에서도 올 수 있었다. 태국이나 오키나와, 어쩌면 캘리포니아의 재패니즈 캠프나 샌프란시스코, 심지어는 암스테르담이나 우리가 머물던 베를린 크로이츠베르크에서 온 것일 수도 있었다. 그럴 때마다 나는 그 노트에다가 그런 얘기를 긁적였다. 하루는 그 노트에 제2차 세계대전 당시 일본군에 징집됐다가 팔라우에서 후지마루가 침몰하는 광경을 보게 되는 조선인 청년에 대한 이야기가 씌어졌다가, 또 하루는 소련군의 포로가 된 뒤 붉은 군대를 따라 독소전쟁에까지 투입돼 마침내 베를린에 도착하게 되는 조선인 청년에 대한 이야기가 씌어지는 식이었다.

우리가 함께 남쪽으로 여행을 떠날 때까지만 해도 그 노트에는 빈 페이지가 더 많았다. 어쩌면 허니문이라고도 할 수 있었던 그 여행은 강시우의 표현처럼 "더 많은 빛을 얻기 위한 순례"이기도 했다. 우리는 동물원역에서 뷔르츠부르크, 밤베르크, 뉘른베르크 등 바이에른 주의 고도古都를 거쳐 남쪽으로 향하는 기차에 올라탔다. 기차가 베를린을 빠져나가면서부터 강시우의 얼굴에서는 은은한 빛이 감돌기 시작했다. 그는 공동묘지 근처의 아파트에 있을 때보다 더 많이 웃었고, 더 많이 얘기했다. 뉘른베르크에 내렸을 때는 더 많이 걸었고, 또 더 많이 숨을 내쉬었다. 레이와 내가 편석이 깔린 오르막길을 따라 걸으며 화가 뒤러의 생가를 찾아갈 때, 멀찌감치 앞쪽에서 걸어가던 강시우는 걸음을 멈추고 돌아서더니 자신을 향해 다가오는 우리를 한참 노려봤다. 그렇게 선 채로 그는 우리에게 "나는 결국 살아남을 거야"라고 말했다. 우리가 어리둥절한 표정을 짓자, 그가 다시 "나는 죽지 않을 거야. 결국 살아남을 거야"라고 말했다. 이제 와 돌이켜보면 1991년 10월 하순, 매일 밤 죽음의 공포에 시달리던 강시우가 느닷없이 내뱉은 그 말은 그해에 내게 일어난 그 모든 일들에 대해 인간이 마땅히 보여야만 하는 반응처럼 느껴진다. 결국 강시우도 살아남았고, 나도 살아남았고, 제2차 세계대전과 한국전쟁을 거쳐온 할아버지도 살아남았다.

우리는 마치 일부러 시간을 때우려는 테러리스트들처럼 뉘른베르크와 뮌헨에서 빈둥거리며 카페와 술집과 골목을 전전한 뒤, 나흘 뒤 기차를 타고 남쪽의 도시 린다우로 들어갔다. 린다우는 보덴 호수에 있는 작은 섬이었고, 호수 건너편은 오스트리아와 스위스였다. 린다우 역은 보덴 호수 바로 옆에 있었으므로 거기서 기차는 더이상 앞으로 나갈 수 없었다. 우리가 타고 온 기차의 기관사는 기차에서 내려 맨 뒤쪽에 거꾸로 붙은 기관차까지 걸어가 다시 북쪽을 향해 기차를 운행했다. 그날 밤, 우리는 여행안내소 뒤편 구부러진 편석길 골목에 있는 이탈리아 식당에서 새우와 홍합과 오징어 요리를 시켜놓고 포도주를 마셨다. 그날 저녁에 그는 상희와 경주에 놀러갔을 때 어떻게 물회를 처음 먹어보게 됐는지에 대해서 장황하게 설명할 정도로 기분이 좋아 보였다. 이에 질세라 레이도 아버지의 생일이면 세 식구가 함께 식당에 가서 먹던 두부요리인 유도후 얘기를 꺼냈다. 유도후 국물 속의 두부는 의외로 강인하기 때문에 처음이나 끝이나 그 씹히는 맛이 변함없다는 게 레이의 설명이었다. 두 사람은 내게도 그런 음식이 있느냐고 물었다. 나는 잠시 생각해봤다. 내가 먹어본 가장 맛있었던 음식에 대해서. 나 역시 두부였다. 매주 토요일 저녁에 정민과 함께 먹던 짜고 매운 된장찌개 속의 두부. 후후 입김을 불어대는 서로의 얼굴을 바라보며 연신 맛있네, 정말 맛있네, 라고 말하며 먹었던, 그 왕후의 밥, 걸인의 찬이었다. 우리가 우리가 아닌 다른 사람이 된다면 모든 사람들은 우리를 잊겠지만, 아마도 감포의 물회와 생일의 유도후와 토요일 오후의 된장찌개는 여전히 우리를 기억할 것이었다.

식사를 마친 뒤, 그는 따라오겠다던 레이를 억지로 먼저 올려보냈다. 그리고 우리는 별들이 떠 있는 밤길을 걸어서 호수 바로 옆에 있는 한 카페의 야외 테이블에 앉아서 맥주를 마셨다. 투명한 밤이어서 대안의 마을 불빛이 아른거렸다. 호수 쪽에서 불어오는 밤바람이 차가워 나는 몸을 웅크리고 앉아서 맥주를 들이켜며 그 불빛들을 바라봤다. 나는 베르크 씨가 연주하던 피아노 선율을 흥얼거렸다. 그건 정민과 보내던 토요일 저녁에 우리가 즐겨 들었던 팝송의 멜로디이기도 했다. 〈All by myself〉. 그러고 보면 나를 보덴 호수까지 가게 한 문장도 'If all else fail, myself have power to die'였다. Myself. 나 자신. 마르코니가 대서양 너머로 보낸 거대한 'S'처럼 수신될 사람을 찾아서 나아가는 삶. 우주 먼 저편에 있을 칼 세이건에게 보내기 위해 지구의 칼 세이건이 보낸 우주선 보이저호처럼 태양계를 벗어난 뒤에도 항해를 계속하는 삶. 단 하나뿐인 동시에 여러 겹으로 겹쳐지는 삶. 우리 모두의 일생.

"그 비디오에서 한 진술들, 모두 사실인 것만은 아니라는 거 나는 알아요."

차가운 맥주 때문에 몸을 떨면서 내가 말했다.

"한 번도 고문당해본 경험이 없으니까 하는 소리겠죠. 거기서는 없는 사실도 기억해야만 합니다."

"그럼 말을 고칠게요. 당신이 들려준 이야기 속에는 없는 사실도 들어 있어요."

그는 자신에게 뭔가를 설득하려 드는 미치광이를 보듯이 나를 한참 쳐다보더니 내게 말했다.

"학형은 그 비디오를 몇 번 봤다고 했죠?"

"지난번 기자회견 때까지 합쳐서 모두 다섯 번이요. 누구도 나만큼 많이 보진 못했을걸요."

"그래서 내 삶에 대해서 비평을 하려는 것이군요. 그래, 뭐가 없는 사실이란 말입니까?"

그래서 나는 1985년 5월에 완공된 63빌딩 공사가 끝난 뒤에 일감을 찾으러 광주로 내려갔다가 한기복을 만나고 그 이듬해인 1984년 5월에 한국을 찾아온 교황을 암살하려고 시도하는 일은 있을 수 없다고 설명했다. 나의 설명을 듣는 동안, 그는 충격을 받은 듯 혼란스러운 표정이었다. 하지만 그것도 잠시, 그의 표정은 원래대로 돌아왔다.

"취조실에서는 그런 일들이 흔하게 일어납니다. 내가 살아온 인생을 전부 낱낱이 기억할 수는 없으니까 취조관들은 내 진술 중에서 잘못된 부분이 나오면 자기들이 원하는 대답이 나올 때까지 고문을 계속하죠. 그러면 나는 가능한 경우의 수를 모두 떠올린 뒤에 그들이 원하는 답에 가장 가까운 이야기를 들려줍니다. 그들이 더 이상 이의를 제기하지 않았기 때문에 지금까지 나는 63빌딩이 완공된 뒤에 광주로 내려갔다고 믿었던 것뿐입니다. 그렇다면 다른 건물 공사장에서 일했던 것이겠죠. 1983년에 완공된 건물들 중 하나였겠죠. 그건 사소한 문제입니다."

"그럼 어떤 건물이었을까요?"

"그게 중요한가요?"

"그럼요. 제가 당신의 하리바부가 되기를 원하잖아요. 그건 더없이 중요한 문제예요."

나는 테이블 위에 얹어놓은 초록색 노트를 가리키며 말했다. 그는 생각에 잠긴 듯 미간을 찌푸렸다. 조금 시간이 흐른 뒤, 그가 말했다.

"역시 기억이 안 납니다."

"그럼 이렇게 하죠. 그냥 서울 시내에서 1983년에 완공된 건물을 하나 찾아서 63빌딩 대신에 집어넣는 겁니다."

"가능하면 제일 높은 건물로 해주세요."

우리는 웃었다. 웃고 난 뒤에 그가 고개를 돌리며 허탈한 목소리로 중얼거렸다.

"그렇게 하면 그게 내가 살아온 삶이 되는 걸까요?"

지금은 그렇다고 말할 수밖에 없다. 우리는 인생을 두 번 사니까. 처음에는 실제로, 그다음에는 회고담으로. 처음에는 어설프게, 그다음에는 논리적으로. 우리가 아는 누군가의 삶이란 모두 이 두번째 회고담이다. 삶이란 우리가 살았던 게 아니라 기억하는 것이며 그 기억이란 다시 잘 설명하기 위한 기억이다. 남양군도에 있었다면서 1944년에 일본군이 싱가포르와 필리핀을 함락했다고 말한 할아버지의 글 역시 연도만 고치면 되는 문제일지도 모른다. 물론 연도를 바로잡는다고 해서 그게 올바른 할아버지의 삶이라고 말할 수는 없다. 그건 다만 그렇게 말할 수 있다는 것뿐이다. 왜냐하면 할아버지가 남양군도가 아니라 다른 곳에 있었기 때문에 태평양전쟁의 전세에 대해 둔감할 수도 있었으니까. 할아버지가 어떤 삶을 살았는지 정확하게 아는 건 우리가 아니라 그 입체 누드사진 같은 사물들일 뿐이다.

"사실 나도 내가 누군지 잘 모르겠어요. 하지만 지금의 내가 언제 태어났는지는 잘 압니다."

그가 나를 바라보며 말했다.

"맞아요. 비디오에서 세상에 두 번 태어났다고 말했죠."

"그래요. 1985년에 치안본부 대공분실에 끌려갔다가 복역을 마치고 나왔을 때 한 번. 그리고 다시 안기부에 끌려갔을 때, 또 한번. 학형이 본 대로 고통을 이기지 못해 없는 사실까지 지어내던 내 모습이 담긴 텔레비전에 머리를 처박았을 때, 그때 나는 죽었어야 했어요. 하지만 텔레비전에 머리를 처박고 있던 바로 그 순간, 그때까지의 수치심과 공포는 모두 사라지고 갑자기 마음에 평화가 찾아왔어요. 그들이 나의 몸과 영혼을 아무리 훼손해도 내가 훼손되지 않는 건 오직 상희가 살아 있기 때문이라는 생각이 들었거든요. 상희가 살아 있는 한, 그들은 절대로 나를 죽일 수 없는 거라고."

그는 잠시 말을 끊고 하늘을 바라봤다.

"나중에 밥을 먹다가 수사관들에게서 상희가 자살했다는 얘기를 들었을 때, 나는 전혀 슬프지 않았습니다. 몸은 그게 무슨 말인지 아는지 눈물을 주르르 흘리는데도 머리로는 도대체 그게 무슨 뜻인지 알 수 없었던 겁니다. 나는 내가 어떻게 안가에서 도망쳐나왔는지도 몰라요. 정신을 차려보니까 종로 거리를 걸어가고 있더군요. 잡상인이며·행인들이며 자동차며 버스가 지나가는데 시간이 정지되고 있는 것처럼 그 모습이 너무나 느려요. 온갖 망상과 착각으로 나는 정신을 차릴 수가 없었어요. 옆에서 멀쩡하게 걸어가던 사람들이 갑자기 내 얼굴을 바라보며 '그럴 리가 없을 텐데'라며 말을 걸기도 하고, 군인들이 탄 탱크가 갑자기 저멀리 길을 가로질러가기도 했습니다. 건물을 올려다보면 거기 창문마다 검은 양복을 입은 사람들이 나를 내려다보고 있어서 종로 골목길로 마구 달려가기도 했어요. 정신을 차리면 다시 거기는 종로 어딘가였습니다. 빠져나갈 방법도, 살아남을 길도 하나도 없는 거리였지요. 죽을 수밖에 없는 거리. 그렇게 얼마나 걸어다녔을까? 나는 죽을 장소만 찾고 있었습니다. 그렇게 두리번거리는데 갑자기 골목길 사이로 뭔가가 보였어요. 약간 경사진 오르막길이어서 나는 허겁지겁 시멘트 계단을 밟고 올라갔죠. 다 올라갔더니 붉은 하늘이 보이더군요. 골목길 지붕들 사이로 내가 본 건 커다란 뭉게구름을 붉게 물들이던 노을이었습니다. 그토록 아름다운 노을이라니. 이제 죽는 길밖에 남지 않은 내게 그토록 아름다운 노을이라니. 나는 상희와 경주에 갈 때 들고 갔던 가방에서 사진기를 꺼내서 그 노을을 찍었습니다. 사진을 찍으면서 다짐했습니다. 살아남으리라. 반드시 복수하리라. 상희를 죽인 놈들을 모조리 파멸시키리라. 그게 국가라면 나는 그 국가를 멸망시키리라."

그리고 그는 다시 요원들이 던져준 책에서 자신이 어떤 진리를 발견하게 됐는지, 대학가에 침투한 이후에는 그 목적과 달리 학생

조직 내부에서 어떤 식으로 활동했는지, 왜 베를린에 오게 됐는지에 대해서 장황하게 말을 늘어놓았다. 아마도 그는 자신이 하는 말을 내가 모두 기록하리라는 생각에 작심하고 그날 밤 내게 그런 이야기를 들려준 것이리라. 물론 나는 그가 한 말이 모두 사실일 것이라고 믿지는 않는다. 하지만 적어도 그 이야기들 덕분에 강시우가 살아갈 수 있다는 것만은 알 수 있었다. 그가 이야기를 모두 마쳤을 때는 이미 카페의 문은 닫히고 거리에는 걸어다니는 사람들이 하나도 보이지 않는 시각이었다. 나는 졸린 눈을 비비며 그에게 이제 그만 호텔로 돌아가자고 말했다. 오랫동안 이야기를 하느라 지쳤는지, 아니면 내게 할말을 모두 끝냈는지 그는 순순히 내 말에 동의했다.

다음날, 우리는 늦게 일어나 호수가 보이는 식당에서 점심을 먹었다. 그러고는 카페에 앉아서 그렇게 계속 세계를 방랑하는 일에 대해서 얘기했다. 우리는 여행경로를 짜느라 그날 오후를 다 보냈다. 해가 저물 무렵이 되자, 강시우는 "그럼 출발해볼까"라고 말하더니 린다우에서 오스트리아의 브레겐츠로 가는 배표를 끊었다. 배는 스위스와 독일의 국경에 걸친 도시인 콘스탄츠를 출발해 보덴 호숫가의 여러 마을들에 들른 뒤, 린다우로 들어왔다. 내가 그 배에 오르기 위해 줄지어 선 사람들 쪽으로 걸어가는 두 사람을 엉거주춤 따라가자, 그가 몸을 돌려 나를 바라보면서 내겐 미안하지만 배표를 두 장만 샀으니 이해해달라고 말했다.

"베를린의 아파트에는 이미 이 개월 치 집세를 지불한 상태니까 서울로 돌아갈 때까지는 그 아파트를 학형이 써도 좋습니다. 거기서 그 초록색 노트에다가 내가 어젯밤에 얘기한 내용을 글로 쓰면 제일 좋겠지만. 어쨌든 거기 있다가 학형은 서울로 돌아가세요."

나는 영문을 몰라 멍하니 서 있었다. 나와 마찬가지로 그냥 가만히 서서 우리 뒤에 줄지어 섰던 사람들 몇 명을 먼저 앞세우던 강시우는 느닷없이 나를 짧게 안았다. 며칠 동안 함께 지내며 밤마다 떠들썩하게 얘기했던 사람치고는 아무 표정도 없는 포옹이었다. 다만 기억나는 건 내 몸으로 느껴지던 그의 근육들이었다. 내게 그가 살아 있는 사람이라는 사실을 처음으로 일깨워준 근육들이었다. 레이는 그보다 조금 더 애틋했다. 강시우와 포옹할 때는 억제돼 있던 감정들이 레이의 몸을 안게 되자, 마구 분출하기 시작했다. 나는 황급히 레이에게 목적지라도, 그게 안 되면 달리 연락할 방법이라도 가르쳐달라고 말했다. 레이 대신에 강시우가 대답했다.

"시간이 지나면 다 알게 될 거예요. 우리가 누구였는지, 그때 왜 그랬는지. 결국 우리는 알게 될 겁니다. 자, 이제 우리는 가야 하니까 조심해서 올라가세요."

그러면서 그는 한 손에 들고 있던 걸 내게 건넨 뒤, 돌아서서 배를 향해 걸어가기 시작했다. 내가 받은 건 사진 한 장과 오백 마르크가 넘는 돈이었다. 레이는 나를 향해 손을 흔들고 난 뒤, 그를 따라갔다. 승객들이 모두 탑승하자, 배는 천천히 내항을 돌아 사자상이 서 있는 방파제 밖으로 나가기 시작했다. 얼마 뒤, 배는 완전히 내항에서 빠져나가고 내가 바라보던 쪽으로는 붉은 노을만이 보였다. 하얀 갈매기들이 그 붉은 기운 속으로 뛰어들었다. 나는 멍하니 점점 더 붉어지고, 점점 더 커져가는 그 빛을 바라보다가, 조금 전까지만 해도 말할 생각조차 하지 못했던 그 말을, 이제 막 말을 배우는 아이처럼, 더듬더듬 중얼거렸다. 잘 가. 안녕. 나는 손을 들어 흔들면서 또 한번 중얼거렸다. 안녕이라고. 지금도 나는 그렇게 믿고 있다. 1991년 10월 어느 날 해 질 무렵, 나는 한때 내가 살았던 어떤 뜨거운 시절에게 작별인사를 던진 것이라고. 그리고 그날의 그 붉은 기운은 강시우가 내게 건네준 한 장의 사진으로 영원히 남게 된 것이라고.

52

그로부터 얼마 뒤, 강시우와 레이는 오스트리아의 빈에서 중국행 비행기에 탑승한 뒤, 베이징을 경유해 평양으로 향했다. 앞에서도 말했던 대로 강시우가 입북하자, 한 신문사의 파리 특파원은 강시우의 입북에 대한 기사를 썼는데, 거기에는 강시우의 입북경로가 상세하게 나와 있었다. 그 기사에서 나는 린다우에서 대기하던 북한 공작원에게 강시우와 레이를 인계한 전대협 소속 대학생으로 나와 있었다. 덕분에 한국행을 포기할 수밖에 없었던 나는 공동묘지 옆의 그 아파트에 머물면서 내가 보고 겪은 일들에 대한 글을 여러 편 썼다. 나는 글들이 완성될 때마다 한국의 여러 잡지사에 투고했지만, 그 글들이 출판된 적은 한 번도 없었다. 그사이 이름을 밝힐 수 없는 몇몇 사람들이 아파트로 찾아와 내게 강시우의 정체와 행적에 대해 물었다. 그때마다 나는 그들에게 초록색 노트에 적은 것과 마찬가지의 이야기를 들려줬으나 그들은 내 말을 믿지 않았다. 내 말에 귀를 기울이는 사람이 아무도 없었으므로 나는 부쩍 외로운 신세가 됐다. 그러는 동안, 나를 만나기 위해 두 번이나 베를린을 다녀간 정민이 아니었더라면 나도 내가 어떤 사람으로 바뀌었을지 알 수 없었다. 왜냐하면 강시우를 북한 공작원에게 인계한 사람은 내가 아니라 크로이츠베르크에서 만난 찬드리카였다는 사실이 최근에야 밝혀졌기 때문이었다.

찬드리카에 대해서는 다시 쓸 기회가 있을 것이니 여기서는 짤막하게만 밝히겠다. 동남아시아사를 전공한 뒤, 찬드리카는 어느 대학교에 강사 자리를 얻어서 서울로 갔는데, 그 몇 년 뒤에 간첩 혐의로 안기부에 체포됐다. 안기부의 발표에 따르면 그는 연변 출신의 조선족으로 베이징에서 대학을 졸업한 뒤, 북한으로 들어가 혁명사업에 투신했다고 돼 있었다. 그는 스리랑카와 파키스탄 등 중동과 동남아시아의 몇몇 나라를 거치면서 국적을 세탁했다. 그 소식을 전해듣고 나는 진실이 밝혀졌다는 사실에 안도하기보다는 강시우와 함께 마리화나를 피우던 그 인도식당의 밤을 떠올렸다.

바로 그 밤에 찬드리카가 있었다. 어쩌면 우리가 나눴던 이야기들도 누군가가 지어낸 것일지도 모른다. 그럼에도 그 이야기들은 더없이 중요했다. 나는 어느 날 한국에 있던 정민에게 편지를 쓰다가 우연히 그 사실을 발견했다. 편지의 끝에 나는 서로 체온의 힘을 믿었던 모스크바에서 벤야민이 아샤 라시스에게 읽어준 주름살에 관한 문장을 옮겨적고 있었다.

"누군가를 사랑하는 이는 그가 사랑하는 여인의 '결점들', 한 여인의 변덕과 연약함에도 애착을 갖는다. 그녀의 얼굴에 있는 주름살과 기미, 오래 입어 해진 옷과 삐딱한 걸음걸이 등이 모든 아름다움보다 더 지속적이고 가차없이 그를 묶어놓는다. 사람들은 이미 오래전부터 이 사실을 알고 있었다. 왜 그런가? 감각들이 머릿속에 둥지를 틀고 있지 않다는, 다시 말해 창문과 구름, 나무가 우리 두뇌 속이 아니라 우리가 그것을 보고 감각하는 바로 그 장소에 깃들고 있는 것이라는 학설이 옳다면, 사랑하는 여인을 바라보는 순간 우린 우리 자신의 바깥에 있는 것이다. 그러나 여기서 우리는 고통스럽게 긴장되고 구속되어 있다. 우리 눈을 못 뜨게 하면서 감각은 한 무리의 새떼처럼 그 여인의 눈부심 속에서 펄럭이며 날아오른다. 잎이 무성한 나무에서 숨을 곳을 찾는 새들처럼. 그렇게 저 감각들은 안전하게 자신을 숨길 수 있는 그늘진 주름살 속으로, 매력 없는 행동과 사랑받는 육체의 드러나지 않는 흠들 속으로 달아나는 것이다. 그 곁을 지나가는 그 누구도 이 결점들, 이 흠들 속에 덧없는 사랑에의 동요가 둥지를 틀고 있다는 걸 알아채지 못한다."

그렇다. 학설이 옳다면, 우리는 가끔씩 우리 자신의 바깥에 존재한다. 사람들은 이미 오래전부터 이 사실을 알고 있었다. 강시우가 내게 건네주고 간 사진에서 우리가 여전히 볼 수 있는 바와 같이.

설화적 모더니즘
―라틴문학에 마술적 리얼리즘이 있다면

백지은(문학평론가)

1. 이 '많은' 이야기의 장르는

김연수의 『네가 누구든 얼마나 외롭든』은 장편소설이다. 한데 이 소설은 '긴' 이야기라기보다 '많은' 이야기라고 해야 더 맞다. '장편소설'이란 용어는 어의상 '긴 이야기'와 같은 말이겠지만 알다시피 그 용어의 번역어적 '개념'을 고려한다면 우리 근현대소설 중에서 몇 편쯤 떠올리다 말게 되는 것이 사실이다. 장편소설이라 불리는 소설들 다수가, 주인공이 근대의 복잡한 세계상에 맞서 현실을 인식해가는 유장한 서사, 즉 '노블Novel'(이라는 장르)에 합치한다고 생각하기는 어렵다는 말이다. 그러나 우리는 한국말 '소설'이 '노블'과 일치하지 않는다는 사실도 충분히 안다. 이야기의 분량과 분량에 따른 양식을 규정하지 않는다는 점에서 '소설'이라는 한국말 명칭은 산문 형태의 매우 광범위한 양식들을 두루 포괄하며, 말 그대로 편의상 '소설' 앞에 '단편' 또는 '장편'이란 말을 덧대어 이야기의 분량을 대략 가늠하게 해줄 뿐이다. 직감했던 사실이지만 몇몇 연구자와 비평가 들이 논증적으로 일러준 바에 의하면 한국소설에서 단편과 장편을 가르는 양식적 기준은, 없다. 그래서 실은 우리말 '소설'이 영어 '노블'과 일치하지 않을 뿐만 아니라 우리말 '장편소설'도 영어 '노블'과 일치하지는 않는다. 역은 다르다. 영어 '노블'은 우리말로는 '장편소설'밖에 없다.

수차례 들었던 얘긴데도 여전히 성가신 얘기다. 이같은 사실이 (한국 근대문학의 성립 이래) 오랫동안, 수시로, '장편소설'에 대한 어떤 어색함이나 위화감을 유발했기 때문일 것이다. 이른바 "근대문학의 총아"인 '장편소설'이 단지 '긴' 이야기인 것이 아니라 장르적, 양식적 개념이므로, 우리는 어떤 기준치에 도달하는 이야기를 써야 하고, 그 척도로 이야기들을 판단해야 한다는 억압에 시달려왔는지도 모른다. 또한, 그런 기준은 제도나 시장의 역사적인 요구일 뿐이므로 지각 방식과 감수성에 따라 가변적인 문학 양식의 모델을 서구의 '장편소설'로만 삼을 필요는 없다는 자각도 우리가 오랫동안, 수시로, 못했던 것이 아니다. 여기서, 최근에도 항간에 오간 '장편소설 대망론'이나 '장편 대망론 재고'의 담론들에 간섭하려는 뜻은 없다. 다만 김연수의 이 '많은 이야기들'을 읽은 이상, 양편의 말들이 조금쯤 공허하게 들릴 수도 있다는 생각은 미리 밝혀둔다.

김연수의 『네가 누구든 얼마나 외롭든』은 정말이지 밤하늘의 별만큼 많은 이야기들로 가득하다. 이 소설의 연재가 시작될 때 작가가 "이 소설 속의 등장인물들이 정말 많은 얘기를 들려주기를. 그리고 그 이야기를 읽은 사람들이 다시 내게 자신들의 이야기를 해주기를"이라고 바람을 말했던 적도 있거니와, 주인공-화자인 '나'가 풀어놓는 이야기들은 자기가 보고 듣고 상상했던 모든 것들로 뻗어 있을 뿐 아니라, 남에게 듣고 짐작하고 재배열한 것들까지 포괄하는 방대한 형태를 띠고 있다. 그리고 그 이야기들의 배치는 사건 발생의 순서나, 심리변화의 흐름, 또는 인과관계 등에 의거하지도 않는다. 이 책을 한 번 다 읽고 나서 이 수많은 이야기들이 어떻게 듣게 된 누구의 무슨 사연이었는지 모두 기억하기는 쉽지 않다. 어쩌면 이 소설은 '한 편'의 긴 소설이라기보다 많은 이야기들의 '집합'이라고 불려야 할지도 모른다.

그럼에도 우리는 『네가 누구든 얼마나 외롭든』을 장편소설이라 부르는 데 일말의 거리낌이 없다. "아무런 연관성 없는 별들을 연결시키고, 별자리에 형상성을 부여하고, 이름을 붙이는 행위"[1]와도 같다고 했던 이 서술방식, 말 그대로 "별자리 그리기"의 원리와 유사한 이런 방식의 '이야기하기'를 여전히 '장편소설'이라 부

1) 김형중, 「단 한 권의 책—김연수, 『네가 누구든 얼마나 외롭든』」, 『단 한 권의 책』, 문학과지성사, 2008, 99쪽.

를 때, 이 용어에 대해 우리가 할 수 있는 일, 해야 할 일은 무엇일까? 잠깐, 앞에서 언급했던 '장편소설'의 성가신 위상을 다시 상기해보자. 노블 장르에 비춘 양식 규준을 고려하는 경우든 일정 이상의 분량만을 표시하는 경우든, 양편 어느 쪽도 이를테면 괴테의 교양소설이나 19세기 리얼리즘소설 같은 '근대의 대표적 상징 형식'만을 '장편소설'의 교시로 삼아 지지하겠다거나 아니면 무시하겠다고 하는 신념 같은 것을 갖고 있을 리는 없다. 다시 말해, 장편 (분량의) 소설이 여전히 쓰이고 읽히는 한, 양자는 그것의 '체제format'—완고한 기율이 아닌 느슨한 양태로서의—를 살펴야 한다는 데는 동의할 것으로 짐작된다. 요컨대 양자의 쟁점은, 모든 '장편소설'이 일괄적인 표준을 전제한다는 게 아니라 무엇을 '장편소설'이라 부르든 그 소설이 어떻게 포맷되어 있는지를 숙고해보아야 한다는 대요大要에서 함께 무화된다.

김연수의 『네가 누구든 얼마나 외롭든』에서 우리가 '장편소설'에 대해 생각한 바가 그 지점에 있다. 19세기도 20세기도 아닌 21세기의 장편소설이라면, 근대의 상징 형식으로서가 아니라 근대의 상징과 싸우는 형식이어서 존중받을 수 있는 것이 아닐까. 이 소설이 취한 '이야기하기'의 형태를 음미하고 그 원리를 이해할 수 있다면 우리가 여전히 '장편소설'에 대해 느끼는 어떤 불편함도 한결 덜어질지 모른다. 최근의 몇몇 장편소설들에서 이 소설과 유사하게 "이야기의 무한증식, 이야기의 영원한 브리콜라주" 현상을 지적하고

"'무한소설' 혹은 '퀼트소설'이라는 새로운 장르 명칭으로 부르는 것이 합당해 보인다"[2]는 의견도 이미 있었지만, 이 소설의 매력에 잘 어울리는 이름을 고민해볼 필요도 있다. 그 이름을 궁리하는 과정은, 더 낙관적으로 전망해도 된다면, 다음의 질문들과 반드시 연결될 것이기 때문이다. 한국에서 쓰이는 '(긴) 이야기'의 양식에 대해 어떤 것을 말할 수 있는가, 한국적 '장편소설'의 특수한 형태는 있는가, 그것은 천변만화하는 매체와 까다로운 독자와 더 영악해지는 시장에 적응중인가, 그것은 지금 우리에게 바람직한 '장편소설'인가. 김연수의 장편소설 『네가 누구든 얼마나 외롭든』이 그 질문들에 가까이 가게 해줄지도 모른다.

2. 일생―生의 뮈토스

이 소설의 가장 큰 특징은 아주 많은 '이야기들'이 있다는 점이다. 손으로 꼽기 어려울 만큼 많은 수의 인물들과 숫자로 치면 그보다 어마어마하게 더 많은 사연들이 이 소설 안에 모여 있다. 세상이 온통 "읽혀지기를, 들려지기를, 보여지기를 기다리는 것들"로 가득하기 때문이고, 세상의 모든 사물들이 마치 "마녀의 오랜 저주에서 풀려난 것처럼 저마다 자신만의 입으로" 자기의 말들을

---

2) 김형중, 「장편소설의 적―최근 장편소설에 관한 단상들」, 『문학과사회』 2011년 봄호, 260쪽.

건네기 때문이며, 그것들이 자신의 이야기를 들어줄 누군가를 소망하듯이, 화자인 '나' 역시 그들의 이야기들을 반기고 수락하고 또 찾아가기 때문이다. 이 소설에 어떤 인물이 등장한다는 것은 그 사람의 '이야기'가 수록되어 있다는 뜻이다. 가장 많은 출연 분량을 가진 '강시우/이길용'이라는 인물은 "화면 속의 그 일자 눈썹은 이렇게 말했다"라는 문장과 함께 등장한다. '강시우'란 인물은, '나'가 총 네 번 본 비디오 〈그 누구의 슬픔도 아닌〉의 주인공 '이길용'이자, 그가 인도식당에서 '나'에게 들려준 "환상과 현실, 혹은 죄와 구원에 관한 이야기" 속의 주인공으로서 존재하는 것이다. '헬무트 베르크/칼 하프너'는 "베를린의 한 바에서 피아노를 연주하던 노인 헬무트 베르크의 이야기"이고, 베르크 씨의 이야기가 끝나고 "레이가 마침내 입을 열"자, 러일전쟁에서부터 시작되는 한 세기의 이야기 속 무수한 인물들이 쏟아져나오기도 한다.

한 개인을 대신하는 이 모든 이야기들에는 공통점이 있다. 이 소설은 애초에 한 장의 사진에서 비롯됐는데, 그 사진의 출처인 할아버지의 알려지지 않은 인생을 거칠게나마 복원하는 과정이 소설 전체에 가로놓여 있다. 할아버지는 "할아버지 또래의 다른 남자가 자신의 생애를 돌아본다 하더라도 그와 크게 다르지 않았을" "203행으로 자신의 일생을 요약한 대서사시"를 공식적으로 남겼으나, 저 우연히 남은 입체 누드사진과 함께 아궁이에 던져버렸던 것이 있었으니, "지극히 개인적인 체험을 담고 있었던 것"으로 보이는 또 한 편의 "산문 형식의 글"이 그것이었다. "世上萬事 一場春夢 돌아보매 無上ㅎ구나"와 같은 4·4조 운문에 대비되어 "시가 자신의 일생을 아무런 감정도 없이 담담하게 회고하고 있다면, 그 글은 고통과 절망과 환희로 가득차 있었으리라"고 추측되는 그 "산문 형식의 글"은 이렇게 시작된다. "내가 살아낸 지난 몇십 년간의 生의 基源을 찾는다면 그건 거품과도 같은 幻覺의 時代에서 기인하는 것이 분명하리라. 그러나 시네마스코프처럼 펼쳐진 환각 속에서도 破片의 一生을 버틸 수 있었던 것은 무엇보다도 단 하나의 실낱같지만 확실한 무엇이 存在하고 있었기 때문이기도 한데, 이는 내 心中의 재산이니 그 누구에게도 理解받을 수 없는 眞實이라 여기에 그 일을 回顧하고자 하는 것이기도 하다." 주요 단어들을 이어 종합적으로 짐작건대, "고통과 절망과 환희"의 체험들이고 "단 하나의 실낱같지만 확실한" 믿음이며 "누구에게도 이해받을 수 없"더라도 진실들인 이야기라는 것이다. '시'로는 표현될 수 없는 체험과 믿음과 진실의 '이야기'. 심지어 그 기록이 소실되었어도 할아버지의 사적인 삶은 나의 상상과 재구를 통해 부분적으로나마 복원되었으니, 체험과 믿음과 진실은 사라진다 해도 무상한 것이 아니라 '이야기'에 의해 하나의 인생으로 존재케 된다.『네가 누구든 얼마나 외롭든』에 모인 수많은 인물들을 대신하는 이야기늘이 바로 이런 이야기라는 밀이다.

이것은 말하자면 '인물character'이 '이야기narration'로 대체되는 작법이다. 인간을 묘사하는 방법에 관한 것이므로 여기에는 '나는 어떻게 존재하는가'라는 질문, 즉 주체의 문제가 포함되어 있다. 소설에 대해서라면 이 질문이 살짝 바뀌어야 할 텐데, "소설은 '나'라는 개인을 어떻게 드러낼 수 있는가" 정도면 될 것이다. 이에 대해 이 소설은 최소한 두 개의 답을 가지고 있는 듯하다. 하나, '나'라는 개인은 자기가 자기의 삶을 '이야기'로 만든 것 속에 존재한다는 것, 둘, 한 사람이 세상에 존재한다는 것은 하나의 '이야기'로서 세상에 속해 있음이라는 것. 다음과 같이 말할 때 이 소설은 앞의 답을 대고 있다. "우리는 인생을 두 번 사니까. 처음에는 실제로, 그다음에는 회고담으로. 처음에는 어설프게, 그다음에는 논리적으로. 우리가 아는 누군가의 삶이란 모두 이 두번째 회고담이다. 삶이란 우리가 살았던 게 아니라 기억하는 것이며 그 기억이란 다시 잘 설명하기 위한 기억이다." '이야기'는 개인의 기억이며 그 기억은 개인의 삶이고 '나'라는 정체성과도 같다. '나'가 없으면 이야기가 없는 것이 아니라 이야기가 없으면 '나'도 없다는 것이다. 또한, 다음과 같이 말할 때 이 소설은 뒤의 답을 말하는 중이다. "이 세상을 가득 메운 수많은 이야기Story, 또한 그러하므로 이 세상에 그만큼 많은 '나Self'가 존재한다는 애절한 신호Signal". 이야기는 모든 사람들이 세상에 속하는 방식이며, 그 고독한 '나'들이 서로 소통할 수 있는 유일한 루트이고 장이다. '나'들은 이야기로 존재함으로써 서로 듣고 들려줄 수 있다. 그렇게 해서 '나'는 '우리'가 되고 세계는 우리의 것이 된다. 세계는 이야기로 이루어져 있고 나는 그 일부이기도 하다. 앞의 답과 뒤의 답을 동시에 말할 때도 적지 않다. "그가 한 말이 모두 사실일 것이라고 믿지는 않는다. 하지만 적어도 그 이야기들 덕분에 강시우가 살아갈 수 있다는 것만은 알 수 있었다." "어쩌면 우리가 나눴던 이야기들도 누군가가 지어낸 것일지도 모른다. 그럼에도 그 이야기들은 더없이 중요했다." 이렇게 말할 때 누군가의 이야기는 세계에 대한 그의 해석이고 믿음이다. 삶과 죽음, 우연과 필연의 사이에서 인간의 운명을 해석하는 방법으로서의 이야기, 유한한 삶의 무상성에 대해 인간이 취할 수 있는 유일한 노력이 이것인지도 모른다. 그래야만, 그런 노력이 있어야만, 삶은 이야기가 될 수 있고 이야기는 삶이 될 수 있다.

이렇게 이야기는 개인의 정체성이자 소통방식이자 세계 해석으로 이 소설에 들어와 있다. 이 세상에 귀하지 않은 사람, 배울 것 없는 사람이 없듯 "이 세상의 그 어떤 사소한 이야기라도 중요하지 않은 게 없으며, 모든 이야기는 저마다 한 가지씩 교훈을" 지니고 있다고 말하는 것은 이 소설의 휴머니즘이기도 하다. 그리고 이때 이야기들은 하나씩의 '인간'이며 또한 하나씩의 '세계'가 된다. 바꿔 말하면, 이야기 자체이자 이야기의 주인공인 한 개인은 하나의 '통합된 서사'처럼 존재하는 것이다. 이 세계, 한 개인의 삶이자 정체성으로 통합된 '이야기'로서의 한 세계는, 물론 다양한 서사적 여정에 의해 분열되어 있고, 유일한 목표를 상정할 수 없으며 필연적 확신에 지배되지 않는 '불균질한' 세계일 것이다. 그러나 또한 그 세계는, 신의 승인을 얻지 못한 개인이 스스로 사명을 발견해야 하고 자기 존재의 의미를 규정해야 하는 세계다. 역경에 처한 자신의 운명을 스스로에게 납득시킬 수 있는 원리가 필요한 세계인 것이다. 때문에 어떤 의미에서 이들의 이야기는 '통합적' 원리를 지향할 수밖에 없다. 이들의 이야기는 서사적으로, 현대적 삶의 부조리와 무질서 속에서도 끝까지 부정해야 할 현실보다 마침내 긍정해야 할 현실을 통해 달성되기 마련이다. '창조적 통합운동'의 충동이자 결과라고 할 수 있는 이런 '이야기' 안에서, '이야기'를 통해서, 개인은 삶과 화해할 수 있는 숨통을 튼다. 개인이 이야기로 존재한다는 사실에는 일종의, 삶과 화해하는 정신이 스며 있다.

이때 한 개인, 즉 자기 '이야기' 속의 서사적 주체는, 어떤 강력한 타자와 마주하여 존재론적 혼란과 붕괴에 처한 후에라도, 완전히 분열되거나 해체되지 않는다. "무슨 일인가 일어나고, 그 순간 우리가 예전의 자신으로 되돌아갈 수 없게" 되어도, 이 이야기들 중에는 한 사람이 두 이름으로 살게 되는 운명도 둘이나 섞여 있지만, "그럼에도 우리의 삶은 일생, 즉 하나다". "우리의 삶이 하나의 이야기로 이어지지 못한다면 우리는 결국 미쳐버렸을 것이"기 때문이다. 그는 "아무리 다른 모습으로 바뀌어간다고 해도 결국 나는 나"고, "그게 바로 내가 가진 기적"이라고 말할 수 있는 자다. 그의 '이야기'가 바로 "단 하나의 실낱같지만 확실한 무엇"이기 때문이다. 이 '기적'과도 같은 '일생'의 '이야기'는, 현대의 어떤 서사, 가령 자기의 삶을 하나로 잇지 못하고 결국 미쳐버리고 마는 자들의 광태狂態나 그들이 끝끝내 문제삼을 수밖에 없는 현실의 본원적 소외성의 양태가 전면화되는 서사와는 아무래도 차별화될 것이다.

개인의 '창조적 통합'으로서의 이러한 서사 상황을 '뮈토스mythos'라 불러보면 어떨까. 물론 '신화神話'라는 의미가 아니라 '로고스logos'적 체계성에 반하는 이야기(양식)와 이야기하기(충동)를 합쳐 표현한다는 뜻에서 말이다. 뮈토스란 용어로써 '이야기'가 지닌 세계 해석과 자기 정립의 의지는 좀더 부각될 수 있고, 통합이 근원적으로 차단된 상황을 문제삼는 부류의 현대소설과의 차이점은 좀더 가시화될 수 있을 것 같다. 이제 이렇게 말해보자. 이 소설에서 개인은 뮈토스로 존재한다. 뮈토스는 개인의 삶이고 정체성이고 일생—生이다.

3. 역사의 산문散文화

이 소설의 또하나의 특징은 그토록 많은 이야기들이 '연결'되어 있다는 섬이나. 이곳에서 사람들이 민나는 일은 마치 니외 정민외 "기묘한 방식"의 연애와도 같아서 "다만 말할 수만 있다면, 그리고 들을 수만 있다면" 가능하다. 그러려면 바로 그 입과 귀의 일을 매개해주는 어떤 장 혹은 어떤 집단의지 같은 것이 있어야 한다. 어떤 이야기도 무시하지 않고, 더 중요한 이야기와 덜 중요한 이야기로 차별하지 않으며, 말해질 수 있는 이야기로 말해질 수 없는 이야기를 억압하지 않겠다는 듯 모여 있는 이 (이야기들의) 집합의 명목을, 그 공존의 의지를, '역사'라고 할 수 있지 않을까. '역사'라니, "개인적 삶은 모두 시대와 연결돼 있"어 "한 시대가 종말을 고할 때 그들도 함께 죽었고, 새로운 체제가 등장할 때마다 그들은 새로 태어났다"는 식의 압도적인 시대 상황을 가리키는 말은 물론 아니다. 당연한 것이 "개인의 희로애락은 민족의 감정과 밀접하게 연결돼" 모두 함께 웃고 함께 우는 "운명을 공유"하는 시대가 아니잖은가. 1990년대 초입 "학생들이 죽어갈 때마다 사람들은 그건 노태우 정권의 공안통치가 가져온 필연적인 결과라고 떠들어 댔"지만 그럴수록 "내 삶은 점점 더 우연에 가까워졌다"고 느꼈던 그 무렵 이후일 것이다, 정치 사회적 사건들이 "나와는 전적으로 무관하게 움직이는 유리창 저편의 세계처럼" 느껴지게 된 건. 이제 '역사'는 개인에게 무슨 구실이 되고, 개인은 역사의 어떤 요인인가. 단서는 이 책에 얼마든지 많다.

한국을 떠난 이래 처음으로 나는 외롭지 않은 밤을 맞이했다. 나는 고개를 들어 별들로 가득한 밤하늘을 바라보며 밤거리를 걸었다. 그 순간, 나는 그때까지 이 세상에 살았던 그 누구보다도 행복했다. (……) 거기 떠 있는 달이 내가 존재하기 아주 오래전부터, 나의 아버지가, 또 나의 아버지의 아버지가 태어나기 아주 오래전부터 지금의 우리 모두를 꿈꾸고 있었다는 것이 한순간에 명백해졌기 때문이었다. 나는 저 달이 존재하는 한, 내 존재가 결코 사라질 수 없다는 사실을, 처음부터 우리가 모두 연결돼 있다는 사실을 깨닫게 됐다.

히로뽕 오 킬로그램을 들고 이번에는 자신을 진짜 일본으로 밀항시켜줄 사람을 만나기 위해 정민의 삼촌이 부산항에 서 있을 때도 아마 그런 달이 떠 있지 않았을까. 그저 고개를 들어 하늘을 바라보는 것만으로도 멀리 있거나 가까이 있거나 어두운 세상의 모든 것들을 서로 연결시켜주는 그런 달빛. 그런 식으로 김제가 고향이었던 정민의 삼촌은 불이농촌에서 온 이상수의 호의를 받을 수 있었을 것이다. 이야기는 서로 꼬리에 꼬리를 물고 이어진다.(333~334쪽)

역사는, 그러니까 바로 이 달빛과 같은 것이다. 밤하늘에 가득한 별들이 개인들 저마다의 뮈토스를 은유한다면 내가 태어나기 오래전부터 지금의 우리 모두를 꿈꾸며 거기 있는 달은 역사의 은유다. 아주 오래선의 사람들과 지금의 우리를, 외로운 니의 이야기와 너의 이야기를, 즉 서로 다른 시공간에서 발생한 서로 다른 뮈토스들을, "멀리 있거나 가까이 있거나 어두운 세상의 모든 것들을 서로 연결시켜주는 그런 달빛". 달빛이 있어 "이야기는 서로 꼬리에 꼬리를 물고 이어진" 것이다. 이 달빛 아래서는 "정민의 삼촌이 부산항에서 체포된 지 이 년이 지나지 않아 강시우의 할아버지는 서울지검 마약반 김철규 검사팀에 의해 검거"된 것이 역사의 소관이 된다. 이길용의 아버지 이민호가 "1972년 무렵의 언젠가" 고향 근처에서 은신중이던 그의 아버지를 찾아가야 했던 "김제의 바닷가 근처"는 "그 몇 년 뒤 내가 아버지를 따라 할아버지를 만나기 위해 찾아갔던 김제의 바닷가 근처"가 맞다. 하늘에 달이 있고 우리가 달빛을 올려다보는 한에 말이다. 강시우의 연인인 레이의 할아버지가 군산의 불이농촌으로 이주한 건 격정 넘치는 일본인 후지이가 러일전쟁의 승전보에 환호작약하여 조선으로 건너갔기 때문인데, 그렇다면 "십사 대 이로 불리하게 싸웠던 두 척의 러시아 함대가 기적적으로 일본 함대를 물리치고 공해상으로 빠져나가는 데 성공해 개전 초기에 일본군의 사기를 저하시켰더라면 내가 독일까지 가게 되는 일도 없었던 게 아닌가는 생각"도 '역사적인' 생각이다.

이것은 말하자면 개인적인 것과 역사적인 것이 교호하는 방식을 바꾸어버린 서술narration이다. 세계를 상상하는 방식에 관한 것이므로 여기에는 '세계는 어떻게 파악될 수 있는가'라는 역사철학적 질문이 관여한다. 소설에 대해서라면 조금 다르게 물어져야 하는데, '소설은 인간과 역사의 관계를 어떻게 서술하는가' 정도가 좋겠다. 이에 대해 이 소설은 스스로 답변을 제시하는 듯하다. 역사란, 개인적 삶의 거대한 네트워크 혹은 개인의 뮈토스들의 은밀한 연결에 다름아니라는 것. 그러므로 단독적으로 존재하는 듯 보이는 개인의 뮈토스들이 서로 만나고 교차하는 세계를 서술함으로써 역사를 드러내는 것. 두 가지 방법이 필수적일 것이다. 먼저, 우연성의 원리. 세계 만상이 마주치고 연결되는 단 하나의 원리는, 오직 우연이다. 이는 역사의 어떤 의미, 목적, 개연성도 문제삼지 않는 우발적 연쇄의 법칙을 따른다. "모든 일들은 그 입체 누드사진 한 장에서 시작됐"다고 했던 그 사진, 정민과 함께 그것을 찾으러 고향집에 내려갔던 "그해 가을"로부터 강시우에게 "당신의 아버지가 죽어가는 순간까지도 놓지 않았던 그 입체 누드사진, 그리고 제 할아버지가 생의 마지막 순간에 불태우려고 했던 그 입체 누드사진 말이에요"라고 외치기까지, 잊을 만하면 한 번씩 등장하는 이 사진 한 장의 경로는 이 숱한 이야기들의 교직이 얼마나 철저히 우연적인지를 여실히 드러낸다. 다음, 즉흥적 재배치. 이 소설에서 우발적 계기로 포착되고 우연한 만남으로 연결되는 많은 뮈토스들, 그 여러 인생의 국면들은 어떤 통합적 이념에도 종속되지 않고 일관된 질서에도 지배되지 않는다. 이 소설에서 뮈토스들의 교차섬들은 그 사체로 역사적인 현징이라고 주장되는 셈이지만, 그것의 역사적 의미가 물어지는 것은 아니다. 거기에 놓인 개인의 실존 상황이 문제될 뿐이다. 이 소설의 서술은 뮈토스들을 강압적으로 연관시키지 않고 조직적으로 대결시키지 않으며 그로부터 심오한 주제를 도출해내려고 애쓰지 않는다. 다만 각각의 뮈토스, 그 우발적인 사태들을 옮겨다니며 즉흥적으로 관찰하고 사색할 뿐이다.

소설에서 역사가 이렇게 서술될 때 여기에는 타자와 부딪치는 것으로 자기 실존을 개척해나가거나 타자와의 부대낌을 혼란상태로 놓아둔 채 그 분열과 쟁투에 몰두하는, 어떤 현대소설이 취하는 그런 소설적 서사는 거의 없다. 세상이 안정된 체계라고 믿거나 타자와의 만남을 언제나 화해로 인식하기 때문은 물론 아니다. 그의 서사적 관심이, 하나의 개별 주체로 복잡한 세계상을 흡수하는 데 있지 않기 때문이다. 그의 관심은, 우연성을 포착하여 다양한 뮈토스들을 섭렵하고 그것들을 확산시켜 뮈토스의 연결로서의 역사를 창안하는 것이다. 세계의 모든 고독한 뮈토스들이 자기를 드러내고 서로의 말을 들어줄 수 있는 우주를 그려내는 것이다. 그가 포착과 연결을 주재할 때, 그의 영혼은 제가 만난 뮈토스의 수만큼 분산되어 있다. 그러기 위해 그는 "자신의 바깥에 존재"하기를 자처한다. 따라서 그는 '나'라고 말해질 때도 실은 '우리' 혹은 익명의 주체다. 그가 섭렵과 확산을 실행할 때, 그의 영혼은 "시작도 끝도 없는 우주공간 속으로, 그리고 외로움이 없는 해방 속으로" 드넓게 퍼져 있다. 신의 질서와 인간의 질서가 분리되는 우주의 인간학적 분열에 저항하여 그는 우주를 사랑의 공간으로 변모시키는 인간적 우주론을 내세운다.

어쩌면 우주론universe으로 보편universal을 말하고 싶은 것일 이 역사 서술의 주체에게서, 어떤 근현대 소설이 취하고 있는 인식적 지평, 가령 도저히 다스려지지 않는 타자성에 대한 인식이나 그에 맞설 주체성 (탈)구축에 관한 아이러니적 각성은 상대적으로 덜 나타난다고도 할 수 있다. 무수한 뮈토스들을 하나의 서사로 연결하려는 시도가 이미 무모한 것이라고, 달의 오랜 꿈이 우리의 연결을 가능케 했고 돌탑을 쌓은 사람들의 갈망 때문에 우리가 행복할 수 있다는 믿음은 너무 천진하다고, 누군가는 시니컬하게 나무랄지도 모른다. 그러나 우리가, 그런 그의 믿음이 절망하지 않겠다는 의지로부터 나온다는 사실을 맨 먼저 헤아릴 수 있다면, 서로를 이해할 때까지 자기의 이야기를 멈추지 말자는 그의 호소에 언젠가 귀가 열린다면, 그는 진정 힘 있는 자다. 무엇보다도 그가 제안하는 이 우주론에는, 인간을 인간이 스스로 조직하고 통제하는 게 아니라는 어떤 겸손이 근원적으로 있다. 성스럽거나 초월적인 힘에 대해 경의를 느낄 줄 아는 그는, 이 분할된 세계에서 신경쇠약과 과민반응에 시달리며 타자에 대한 의식적 긴장에 힘과 감정을 낭비하기보다는 우주의 혼돈을 낭만적인 체험으로 견뎌보려 애쓰는 중인 것이나.

이런 태도와 정신을, 외부적 현실을 유영하지만 주체의 존재론적 질문을 포기하지 않으면서 타자와의 공존 가능성을 모색하는 글쓰기, 전체를 가정하지 않고 일관성을 요구하지 않으며 불확실성을 제거하지 않는 글쓰기인 '산문'에 빗대어보면 어떨까. 물론 운문verse에 대비되는 줄글prose이라는 뜻으로만은 아니다. 고정된 형식에 얽매이지 않고 우발성과 즉흥성에 거침없이 이끌리는 자유로운 관찰과 사색을 부각하자는 뜻이다. 이제 이렇게 말해보자. 뮈토스들의 거대한 네트워크로서의 역사는 자유로운 "산문 형식의 글"에 담긴다.

4. 설화적 모더니즘의 경지

김연수의 『네가 누구든 얼마나 외롭든』은 하나의 긴 이야기라기보다 여러 개의 많은 이야기로 구성된 장편소설이다. 이 소설은 '(장편)소설'에 중요한 두 개의 질문을 품고 있다. '개인은 어떻게 존재하는가'(또는 '소설에서 인물은 어떻게 드러나는가'), '역사는 어떻게 파악되는가'(또는 '소설에서 역사는 어떻게 서술되는가'). 답변은 이 소설 자신의 문체가 스스로 드러낸다. 각각 '일생의 뮈토스'와 '역사의 산문화'라는 스타일로 이 소설은 그 질문들을 돌파했다.

유일한 한 사람이 하나의 '이야기'로 전환되는 '일생의 뮈토스'와, 세계의 파편적 운동들이 '모두인 동시에 하나인' 역사로 전환

되는 '역사의 산문화', 이 둘은 실상 별개의 원리가 아닌 공통의 '지반' 같은 것이다. 두 스타일이 동시에 통하는 현실은, 이야기를 말하고 듣고 다시 전하는, 이야기의 유통망 같은 것이 어느 정도 갖춰진 곳이어야 하기 때문이다. 두 스타일이 동시에 드러내는 현실의 층위는 (날것의 세계의 표면이라기보다) 이야기로 짜인 그물 위와도 같다. 두 스타일을 동시에 감싸는 말로 이 소설을 표현하고 싶다면, '뮈토스'와 '산문'을 합친 자리에 '설화'를 넣어 '설화적 모더니즘'이라 칭해보면 어떨까. 뮈토스와 산문은 공히 이야기narration의 자질로서 상통하고, 무수한 이야기들의 생성, 유통, 변화, 소멸을 환기하는 데 '설화說話'보다 적당한 단어도 찾기 어렵다. 또, 소설에 관한 두 개의 중요한 질문을 소설의 스타일 자체로 답변했다는 점에서 두 스타일은 이미 현대적modern 형식 실험을 실천하고 있는 셈이다. 그러니 이렇게 한번 말해보자. 김연수의 『네가 누구든 얼마나 외롭든』은 이름하여 '설화적 모더니즘'의 한 진수를 보여준다.

길이를 막론하고, 다채로운 매체 환경에 의해 현실이 더욱 다원화되어가는 오늘날 문학 환경에서 '이야기의 유통망'을 기반으로 한 '설화적' 자원들의 효과적, 창조적인 사용은 부쩍 용이해진 측면이 적지 않다(이 소설에서 적극 활용되는, 한 사람의 두뇌 용량을 넘어서는 교양과 지식을 떠올려보라). 풍부한 자원의 취사와 조합으로 새로운 소통방식을 지향하는 시도에 있어 길이의 제한은 불편요할 것이지만, 하필 김연수의 장편소설로부터 '설화적 모더니즘'

이라는 말을 떠올린 까닭은 실상 오늘날 한국에서 (장편)소설이 쓰이는 주목할 만한 방식을 이 말이 적시하고 있다는 느낌 때문일 것이다.[3] 어쩌면 이것은, "서구에서 기원한 서사 형태만이 유일한 서사 모델이라고 생각하지 말고"[4] 한국에서 실제로 쓰이고 읽힌 다양한 형태의 장편소설들을 통해 (귀납적으로) 도출될 수 있는 창조적 장르, 한국 장편소설의 한 모델을 가리킬 수도 있지 않을까. 세계적 모범 사례로 왕왕 거론되는 '마술적 리얼리즘'이 중남미 문학에 그랬던 것처럼, '설화적 모더니즘'이 한국 장편소설의 양식을 세계를 향해 설명해줄 수 있는 날이 올 수는 없다. 콜롬비아의 마르케스가 『백년의 고독』으로 마술적 리얼리즘의 경지境地에 달성했다면 한국의 김연수는 『네가 누구든 얼마나 외롭든』으로 설화적 모더니즘의 경지耕地를 열었다고, 세계적 문학상 수상자의 약력에 기재될 날도 언젠가는. 상이 중요하다는 게 아니고, 문학은 기준에 맞추는 것이 아니라 기준을 만드는 것이라는 평범한 생각을 말한 것이다. 어쨌거나 언제 그런 날이 올지는 몰라도, 김연수가 한국 (장편)소설의 경지境地에 오른 날은 이미 와 있다.

---

3) 김형중은 윤성희, 김중혁, 최제훈, 서준환 등의 장편소설에서 김연수 소설의 양식과 유사한 점을 지적했다. 「프랑켄슈타인 박사의 소설 쓰기—2011년 여름, 한국소설의 단면도」(『문학과사회』 2011년 가을호) 참조.

4) 최원식, 「대담 : 창조적 장편의 시대를 대망한다」, 『창작과비평』 2007년 겨울호, 179쪽.

한국문학의 '새로운 20년'을 향하여

문학동네가 창립 20주년을 맞아 '문학동네 한국문학전집'을 발간한다. 1993년 12월 출판사 간판을 내건 문학동네는 이듬해 창간한 계간 『문학동네』와 함께 지난 20년간 한국문학의 또다른 플랫폼이고자 했다. 특정 이념이나 편협한 논리를 넘어 다양한 문학적 입장들이 서로 소통하는 열린 공간이고자 했다. 특히 세기말 세기초에 출현하는 젊은 문학의 도전과 열정을 폭넓게 수용해 한국문학의 활력을 높이는 데 이바지하고자 했다.

돌아보면 세기말은 안팎으로 대전환기였다. 탈이념화를 중심으로 디지털 기반 정보화와 신자유주의 세계화가 서로 뒤엉켰다. 포스트 시대의 복잡성은 광범위하고 급격했다. 오래된 편견과 억압이 무너지는가 싶더니 도처에 새로운 차이와 경계가 생겨났다. 개인과 사회를 하나의 개념으로 묶어내기 힘든 형국이었다. 많은 시대가 겹쳐 있었고, 많은 사회가 명멸했다. 과잉과 결핍이 롤러코스터를 타고 전 지구적 일극 체제를 강화했다.

지난 20년간 문학을 둘러싼 환경은 호의적이지 않았다. 새삼스럽지만, 문학의 위기, 문학의 죽음은 언제나 현재진행형이다. 그래서 문학의 황금기는 언제나 과거에 존재한다. 시간의 주름을 펼치고 그 속에서 불멸의 성좌를 찾아내야 한다. 과거를 지금-여기로 호출하지 않고서는 현재에 대한 의미부여, 미래에 대한 상상은 불가능하다. 한 선각이 말했듯이, 미래 전망은 기억을 예언으로 승화하는 일이다. 과거를 재발견, 재정의하지 않고서는 더 나은 세상을 꿈꿀 수 없다. 문학동네가 한국문학전집을 새로 엮어내는 이유가 여기에 있다.

이번 전집은 몇 가지 특징을 갖는다. 먼저, 한글세대가 펴내는 한국문학전집이라는 것이다. 문학동네는 전후 한글세대를 중심으로 1990년대 이후 한국문학의 주요 생태계를 형성해왔다. 이번 전집은 지난 20년간 문학동네를 통해 독자와 만나온 한국문학의 빛나는 성취를 우선적으로 선정했다. 하지만 앞으로 세대와 장르 등 범위를 확대하면서 21세기 한국문학의 정전을 완성해나가고자 한다.

문학동네 한국문학전집의 두번째 특징은 이번 문학전집이 1990년대 이후 크게 달라진 문학 환경에 적극 대응해온 결과물이라는 것이다. 문학동네는 계간 『문학동네』의 풍성한 지면과 작가상, 소설상, 신인상, 대학소설상, 청소년문학상, 어린이문학상 등 다양한 발굴 채널을 통해 새로운 문학적 징후와 가능성을 실시간대로 포착하면서 문학의 영토를 확장하는 데 기여해왔다. 그래서 이번 전집을 21세기 한국문학의 집대성을 위한 의미 있는 출발이라고 해도 좋을 것이다.

셋째, 이번 전집에는 듬직한 동반자가 있다는 것이다. 김승옥, 박완서, 최인호, 김소진 등 작가별 문학전(선)집과 세계문학전집, 그리고 한국고전문학전집이 그것이다. 문학동네는 창립 초기부터 한국문학의 해외 진출을 위해 지속적인 노력을 기울여왔다. 문학동네 한국문학전집은 통상적으로 펴내는 작품집과 작가별 전(선)집과 함께 한국문학의 특수성을 세계문학의 보편성과 접목시키는 매개 역할을 수행해나갈 것이다.

새로운 한국문학전집을 펴내면서 '문학동네 20년'이 문학동네 자신의 역량만으로 이루어졌다고 자부하려는 것은 아니다. 문인, 문단, 출판계, 독서계의 성원과 격려가 없었다면 문학동네의 오늘은 불가능했을 것이다. 그러므로 오늘, 문학동네 성년식의 진정한 주인공은 문학인과 독자 여러분이어야 한다. 이 자리를 빌려 거듭 감사드린다. 창립 20주년을 맞아, 문학동네는 한국문학의 더 나은 미래를 위해 한국문학전집 1차분 20권을 선보인다. 문학동네는 해를 거듭할수록 그 가치를 더해갈 한국문학전집과 함께, 그리고 문학인과 독자 여러분과 함께 '새로운 20년'을 향해 한 걸음 한 걸음 나아가고자 한다. 많은 관심과 성원을 부탁드린다.

문학동네 한국문학전집 편집위원
권희철 김홍중 남진우 류보선 서영채 신수정 신형철 이문재 차미령 황종연

김연수

경북 김천에서 태어나 성균관대 영문과를 졸업했다. 1993년 『작가세계』 여름호에 시를 발표하고, 1994년 장편소설 『가면을 가리키며 걷기』로 제3회 작가세계문학상을 수상하며 본격적인 작품활동을 시작했다. 2001년 동서문학상을, 2003년 동인문학상을, 2005년 대산문학상을, 2007년 황순원문학상을, 2009년 이상문학상, 2020년 허균문학작가상을 수상했다. 장편소설 『7번국도 Revisited』 『꾿빠이, 이상』 『사랑이라니, 선영아』 『네가 누구든 얼마나 외롭든』 『밤은 노래한다』 『원더보이』 『파도가 바다의 일이라면』 『일곱 해의 마지막』, 소설집 『스무 살』 『내가 아직 아이였을 때』 『나는 유령작가입니다』 『세계의 끝 여자친구』 『사월의 미, 칠월의 솔』, 산문집 『청춘의 문장들』 『여행할 권리』 『우리가 보낸 순간』 『지지 않는다는 말』 『소설가의 일』 『언젠가, 아마도』 『시절일기』 『대책없이 해피엔 딩』(공저) 등이 있다.

문학동네 한국문학전집 013
네가 누구든 얼마나 외롭든
ⓒ 김연수 2014

1판 1쇄 2014년 1월 15일
1판 5쇄 2021년 8월 31일

지은이 김연수

펴낸곳 (주)문학동네 | 펴낸이 염현숙
출판등록 1993년 10월 22일 제406-2003-000045호
주소 10881 경기도 파주시 회동길 210
전자우편 editor@munhak.com | 대표전화 031) 955-8888 | 팩스 031) 955-8855
문의전화 031) 955-3578(마케팅) 031) 955-8864(편집)
문학동네카페 http://cafe.naver.com/mhdn | 트위터 @munhakdongne

ISBN 978-89-546-2335-3 04810
    978-89-546-2322-3 (세트)

www.munhak.com